Diogenes Taschenbuch 23123

de
te
be

Honoré de Balzac

Geliebtes Leben

Ein Brevier

Herausgegeben von

Werner Fuchs-Hartmann

Diogenes

Die vorliegende
Ausgabe erschien erstmals in der
Dieterich'schen Verlagsbuchhandlung,
Leipzig 1940

Umschlagillustration: Edouard Manet,
›Maskenball in der Opéra‹,
1873 (Ausschnitt)

40/99/8/1
ISBN 3 257 23123 7

INHALT

VORWORT

Es ist immer nur ein geringer Bestandteil des Werkes der Dichter und Denker, der sich über den Wandel der Zeiten hinaus lebendig erhält. Was der Nachwelt verbleibt, ist neben etlichen bedeutenderen Arbeiten zumeist nur eine einzelne Schöpfung, die sich aus einem oft umfangreichen Schaffen heraushebt – eben das Meisterwerk, das wir als vollkommenste Erfüllung einer künstlerischen Sendung ansprechen. Nur in wenigen Fällen vermochte sich die bildende Kraft so zu steigern, daß sich der unsterbliche Name mit der Gesamtheit eines Lebenswerkes vermählte; zu ihnen zählt die »Comédie Humaine« des Honoré de Balzac.

Eine solche Krönung birgt Triumph und Gefahr für die Fortwirkung zugleich, die Zwiespältigkeit jeder Ausnahme; denn mag es auch höchste Gnade sein, einer Nachwelt mit allem verbunden zu bleiben, was man ihr zu geben vermochte, so schreckt die Fülle doch den Suchenden, der vergebens nach einem Hauptwerk fahndet, in dem der Meister sich ihm ganz offenbart. Dies gilt vornehmlich für Balzac, der sich seinen Lesern nur um den Preis eines großen Zeitaufwandes vollständig erschließt.

Wer von den Heutigen hat die Muße, eine Lebensarbeit in sich aufzunehmen, die nahezu hundert Bände umfaßt? Unter solchen Voraussetzungen durfte die Schaffung eines Breviers besonders gerechtfertigt erscheinen.

Es entstand auf Grund eines eingehenden Studiums des Gesamtwerkes, von dem achtundsechzig Romane und Erzählungen, vier Sammelbände der Einzelschriften und die Briefe an Frau von Hanska ausgewertet wurden. Daneben hat sich der Herausgeber ausgiebig in Balzacs übrigen Briefwechsel und in das umfangreiche Schrifttum über Balzac vertieft.

Unser Brevier wurde so aufgebaut, daß sich aus ihm sowohl ein Bild der Lebensanschauung Balzacs als auch seiner Darstellungskunst formt: die Gliederung in einen aphoristischen und einen essayistischen Teil ergab sich hiernach zwangsläufig.

Sämtliche Stücke des Breviers sind unten auf den Seiten beziffert; ein Quellennachweis im Anhang gibt die Werke an, denen sie entnommen sind; er verzeichnet ferner die Titel und Entstehungsjahre der benutzten Werke Balzacs.

Für jene Leser, die tiefer in das Werk Balzacs einzudringen wünschen, wurden zur Einführung und zum Texte im Anhang weiterweisende Erläuterungen gegeben. Die erläuterten Stellen sind in der Einführung durch Ziffern, im Text durch Sternchen gekennzeichnet.

Für die Comédie Humaine sowie für die Contes drôlatiques wurden die Oeuvres complètes, texte revisé et annoté par Marcel Bouteron et Henri Longnon, Paris 1912–1935, benutzt; bei der Übersetzung der Stücke diente zum gelegentlichen Vergleich die Insel-Ausgabe der »Menschlichen Komödie«, Leipzig 1902–1910, und die deutsche Gesamtausgabe bei Rowohlt (o. J.). Der Lektüre der Einzelschriften lagen Band XXII bis XXIV der Oeuvres diverses in der Gesamtausgabe Calman-Lévy, Paris 1869–1906, den Briefen an Frau von Hanska die Lettres à l'Etrangère, 1833–1844, Paris 1899, 1906, zugrunde.

Für die bereitwillige Förderung meines Vorhabens bin ich Herrn Oberbibliotheksrat Dr. Stoiß von der Bayerischen Staatsbibliothek, München, zu Dank verpflichtet.

Werner Fuchs-Hartmann

BALZACS
LEBENSRAUM UND GEDANKENWELT

Aus dem Dämmer des Unwägbaren gestalten sich die Tatsachen unseres Daseins. Am Anfang ist nicht das Wort, auch nicht die Kraft oder die Tat, sondern das Gefühl. Man liebt, man haßt, man fürchtet oder verehrt, und aus diesen Antrieben erwächst die Kraft zu unserem ersten Handeln, sowie das Wort, unsere Entschlüsse zu verteidigen.

Von einem solchen spontanen Gefühl zu einem neuen Ansatz seines Lebens getrieben, fand ein bei einem Pariser Anwalt arbeitender junger Rechtspraktikant den Mut, seiner peinlich überraschten Familie zu erklären, er wolle Schriftsteller werden. Dieser von seinem Vorhaben ganz durchglühte Jüngling hieß Honoré Balzac[1].

Am 20. Mai 1799 in Tours geboren, vereinte er in sich den von der Mutter gepflegten Erwerbssinn des Parisers mit der dem Vater eigenen Phantasie und Eitelkeit des Südfranzosen. Aber alle diese Charakteranlagen sowie das vielgestaltige Erwerbsgut des Intellekts wurden beherrscht von der vielfach ins Leidenschaftliche gesteigerten Kraft eines Gefühls, das hier nicht nur Anfang und Auslösung, sondern Leitmotiv, Höhepunkt und Vollendung eines Lebenswerkes werden sollte, das nicht seinesgleichen hat.

Die ersten Versuche führen den seines Zieles noch traumhaft Unbewußten in die Irre. Ein den einsamen Nächten abgerungenes großes Versdrama »Cromwell« (1821) verfällt eisiger Ablehnung und erlebt nicht einmal den Versuch einer Aufführung, ebenso unrühmlich bleiben die verstiegenen Liebes- und Schauerromane jener frühen Tage im Dunkel, zumal der junge Literat sie selber so schlecht findet, daß er sie nur unter Decknamen zu veröffentlichen wagt[2]. Sie bringen zwar einiges Honorar, aber ihr Verfasser denkt nicht daran, auf halbem Wege zu bleiben, er erstrebt alles oder nichts. Da er klug genug ist, zu erkennen, daß er seine eigene Sprache so schnell nicht meistern wird, will er inzwischen Geld schaffen – viel Geld: einen goldenen Thron für seine Muse, ein eisernes Fundament für seinen Ehrgeiz. Allein auch hierbei leitet ihn kein guter Stern. Seine Bemühungen, als Buchdrucker, Schriftgießer und Verleger zu wesentlichen Mitteln zu gelangen, stürzen den erst Neunundzwanzigjährigen in ungeheure Schulden. Seine Familie kümmert sich wenig oder gar nicht um ihn, er gilt als ihr verlorener Sohn; nur mit seiner Schwester Laura verbindet ihn lange ein inniges Vertrauen[3]. Der Vereinsamte hat jedoch das Glück, eine Dilecta zu finden: Frau von Berny, die in ihrer Konvenienzehe enttäuschte Gattin eines indolenten Mannes, nimmt sich des Jünglings an und wird ihm »Mutter, Geliebte, Familie, Freund und Rat«, wie der so Umhegte ein Jahr nach dem Tode seiner Beschützerin im Juli 1837 in gerührter Dankbarkeit gestanden hat[4].

Die Fehlschläge härten den Willen des Entflammten. Erneut stürmt er gegen den Olymp der zeitgenössischen »Literaturgötter« an, zu denen Autoren wie Chénier, Lamartine und Chateaubriand zählen. Mit knapp dreißig Jahren schreibt er »Les Chouans« und im gleichen Jahre die »Physiologie du mariage«, jene Sammlung geistreicher Zynismen über Liebe und Ehe, die ihm einen Skandalerfolg einträgt. Kurz darauf, im Jahre 1831, läßt er den Roman »La peau de chagrin« folgen, ein Werk, das zum ersten Male die Schauer eigenen Erlebens im Zauberspiegel dichterischer Verklärung enthüllt und die Bewunderung Goethes findet[5].

Aber noch ist er nicht der Nimmermüde, der Entfesselte, der Titan, der die Lasten seines Lebens zu den Blöcken eines Denkmals seiner Zeit zu formen weiß, noch ist er nicht – Balzac.

Immer wieder zieht es den im Fieber seines Schaffens Zitternden zum Père-Lachaise, wo die großen Toten Frankreichs im Glanze ihres Ruhmes liegen, und er gesteht in einem Briefe an die Schwester: »Es gibt ganz gewiß keine anderen Grabschriften, die schöner sind als diese: Lafontaine, Masséna, Molière – ein einziger Name, der alles sagt und alles träumen läßt.« Doch während er sich noch diesen Träumen hingibt, lösen sich bereits von seiner Seele jene unvergeßlichen Gestalten, die ihm selber den Lorbeer reichen sollten: der Wucherer Gobseck, der Oberst Chabert, der Maler Frenhofer und das verklärte Jugendbild seiner selbst – Louis Lambert.

Immer enger vermählen sich ihm Leben und Erleben, Welt und Wirken zu schöpferischer Einheit[6], und immer knapper wird ihm die Zeit, die ihm unter der rastlosen Feder verrinnt. »Schau, ein Brief,« so schreibt er an die Mutter, »das bedeutet für mich nicht bloß Geld, sondern eine Stunde Schlaf und einen Tropfen Blut.«

Dennoch Briefe in Fülle, und was für Briefe! Die schönsten und unmittelbarsten gehen an Evelina von Hanska, jene Frau im fernen Rußland, die mächtig wie das Schicksal selbst in sein Leben eingreift. Sechzehn Jahre, bis zu seinem Tode, währt dies Drama seines Herzens. Er besucht die Geliebte in Neufchâtel, in Genf, in Wien, in Petersburg, in Baden-Baden; er begleitet sie nach Antwerpen und Amsterdam, und durch Italien bis nach Neapel; danach muß er sie noch dreimal in Rußland besuchen, ehe er endlich, am 15. Mai 1850, sein Ziel, die Vermählung mit Gräfin Evelina von Hanska, erreicht[7].

Zwischen diesen Reisen, die wie das tiefe Atemholen eines

gequälten Körpers anmuten, fordert das Werk, das nun schon sein zweites Ich geworden ist, unerbittliche Tribute, und immer wieder muß er, ein zweiter Prometheus, ihm das Feuer seines Geistes reichen.

Den »Père Goriot« vollendet Balzac in vierzig Tagen und gestattet sich während dieser Zeit keine achtzig Stunden Schlaf. Von »César Birotteau« schreibt er die letzten dreißig Bogen in zweiundzwanzig Tagen, wobei er die Druckfahnen siebzehnmal überarbeitet. Daneben entsteht noch das verwirrende Mosaik der journalistischen Beiträge, die sich infolge der Vorabdrucke der Romane zwar vielfach mit seiner Buchproduktion überschneiden, aber auch eine Unzahl selbständiger Artikel erfordern.

Während seiner Mitarbeit als Kritiker an vielgelesenen Literatur- und Boulevardblättern wie der »Caricature«, der »Chronique de Paris« und der »Revue parisienne« referiert er mit der gleichen lebhaften Anteilnahme über theologische Kommentare und Exerzierreglements wie über nationalökonomische Untersuchungen und naturwissenschaftliche Experimente. Die Liste seiner Einzelschriften umfaßt in dem grundlegenden Werk des Vicomte Charles de Spoelbergh vierzehn Seiten. Lachend spricht Balzac selbst gelegentlich von der »furie balzacienne«.

Nun erst, mit dem Beginn des letzten Jahrzehnts seines Lebens, ist der knapp Vierzigjährige ganz er selbst geworden, nun erst ist er Balzac, der vom Leben Besessene, der alles Sein mit unersättlicher Wollust in sich aufsaugt und in einem unvergleichlichen Aufschwung aller Kräfte den bereits im Jahre 1834 gefaßten Entschluß durchführt, seine Romane zu einem gewaltigen Gemälde seiner Zeit zu vereinen, in dem das gesamte individuelle Leben und soziale Getriebe mit all seinen Formen und Äußerungen sich spiegeln soll – zu der unabsehbaren Heerschau der Charaktere und Schicksale der Comédie Humaine.

Dabei erfüllt sich dieses tätige Leben im Wechsel des Jünglings zum gereiften Mann mit immer stärkeren Gegensätzen. Mönchische Enthaltsamkeit wird jäh von wilden Orgien abgelöst, in denen eine minder widerstandsfähige Konstitution zermürbt worden wäre. Vor allem befällt ihn bei solchen Gelegenheiten eine maßlose Gefräßigkeit, die das Entzücken von Rabelais hervorgerufen hätte. Sein Verleger Werdet erzählt, daß Balzac einmal bei einer solchen Mahlzeit hundert Austern, zwölf Lammkoteletten, eine Ente, zwei Rebhühner, eine Seezunge nebst einem Dutzend Birnen fast allein aufgezehrt habe. Am liebsten mag er Hammelkoteletten, alten Bordeaux und guten Mokka, Birnen ißt er in riesigen Mengen[8].

In den kritischen Zeiten seiner großen Entwürfe nimmt Balzac nur ein bescheidenes Essen ein, begibt sich um sechs oder sieben Uhr zur Ruhe, erhebt sich um Mitternacht, trinkt außerordentlich starken Kaffee und arbeitet durch bis zum Mittag des nächsten Tages; dann folgt eine Mahlzeit aus frischen Eiern mit Wasser und schwarzem Kaffee, hernach wieder Arbeit bis sieben Uhr abends.

Gozlan behauptet, daß selbst Voltaire nicht gewagt haben würde, Balzacs Kaffee die Palme streitig zu machen. »Welche Farbe! Welches Aroma! Er bereitete ihn selbst oder bewachte die Zurichtung. Die Mischung bestand aus drei Sorten: Bourbon, Martinique und Mokka, deren jede er von einem anderen Händler besorgte.« Seine Freunde pflegten zu sagen: er hat von 50000 Tassen Kaffee gelebt und ist an ihnen gestorben.

Nicht minder erlesen ist der Tee, »gelb wie venetianisches Gold«. Balzac behandelt ihn wie eine Reliquie und löst behutsam die mit Hieroglyphen bedeckte Hülle aus Seidenpapier. Nur Auserwählte bekommen davon zu trinken, nachdem sie darüber belehrt worden sind, daß die Blätter der Sorgfalt von Mandarinen und keuschen Jungfrauen anvertraut gewesen seien, ein Minister des Zaren habe ihm eine Handvoll davon geschenkt.

Die letzten Jahre steigern sich zu einer echten Balzaciade. Seine Einkünfte sind jetzt bedeutend, im Jahre 1840 allein verdient er 150000 Frank. Dennoch kommt er nie aus den Schwierigkeiten heraus. Dies liegt nicht nur an den Schulden aus früherer Zeit, sondern daran, daß Balzac trotz aller geschäftlichen Emsigkeit mit Geld nicht umzugehen weiß und oftmals beträchtliche Summen in einem Prunk festlegt, der weit über den Rahmen einer bürgerlichen Lebenshaltung hinausgeht. Berühmt sind seine Salons, der eine in Weiß und Rot, der andere in Damast und Gold[9]. Sein Arbeitszimmer ist ganz mit schwarzem Sammet ausgeschlagen.

Er hält sich Pferd und Wagen und Diener, seine Kunstsammlungen mit Bronzen von Cellini, Gemälden von Giorgione, van Dyck und Watteau, mit Möbeln aus dem Besitz der Maria von Medici werden auf 350000 Frank geschätzt. Das Haus, das er für seine künftige Frau kauft und einrichtet, kostet ihn eine halbe Million.

Es ist der letzte Ansatz zu einem gewaltigen Sprung über den Abgrund einer von Widersprüchen zerklüfteten Vergangenheit, zu dem die in tausend Arbeitsnächten ausgehöhlten Kräfte nicht mehr reichen. Der Zusammenbruch wird unvermeidlich. Bald ist er schon so schwach, daß er den an Victor Hugo gerichteten Brief vom 20. Juni 1850 seiner Frau diktieren muß. Nur an den Rand vermag er noch eben die Worte zu kritzeln: »Ich kann weder lesen noch schreiben!« Das ist der letzte Satz eines Mannes gewesen, dessen nimmermüde Hand einst mit fliegender Hast Seite auf Seite zu füllen vermochte.

Am Abend des 18. August 1850 sucht Victor Hugo den todkranken Freund auf. Der Mond scheint, aber er ist von Wolken verschleiert, und die Straße ist ausgestorben. Erst auf wiederholtes Läuten öffnet sich die Tür des prunkvollen

Hauses. Eine Dienerin leuchtet mit einer Kerze und läßt den späten Gast ein. Sie weint und berichtet, daß Herr von Balzac im Sterben liege. Victor Hugo tritt in den Salon, wo inmitten der Kunstschätze die überlebensgroße Marmorbüste Balzacs, von der Meisterhand David d'Angers gemeißelt, im ruhelosen Schimmer einer einsamen Kerze sich aus dem Dunkel löst. Eine andere Frau kommt und sagt, daß die Ärzte den Tod noch in dieser Nacht erwarten. Der Schwager Surville führt den Freund in das Sterbezimmer, das Frau von Hanska schon seit Stunden verlassen und nicht wieder betreten hat. Das Gemach ist von einem lauten, unheilvollen Röcheln erfüllt. In einem Berg von Kissen liegt Balzac. Sein Haupt ist zur Seite geneigt, man sieht nur sein Profil, und so gleicht er ganz dem großen Kaiser der Franzosen. Der Freund sucht die Hand, die so viele Gestalten zum Irdischen gezwungen hat, aber Balzac spürt den Druck nicht mehr. Erschüttert nimmt Victor Hugo Abschied für immer; beim Verlassen des Hauses streift sein Blick noch einmal die vom Kerzenlicht umspielte Büste im Salon, und er vergleicht den Tod mit der Unsterblichkeit[10].

Am Mittwoch darauf wird Balzac zu Grabe getragen. Der prächtige Leichenzug bewegt sich über die Boulevards zum Père-Lachaise, den eine riesige Menschenmenge erfüllt. Zur Rechten des Sarges schreitet Victor Hugo, zur Linken Alexandre Dumas. Als die Erde sich über dem sterblichen Teil des Dichters schließt, hüllt die große Stadt drunten sich in Dunst und Dämmerung, als wolle sie Trauer tragen um den, der ihr in seinen Werken ein tausendfältiges Leben schenkte und mit allen Sinnen so ganz ihr Sohn gewesen war wie keiner zuvor...

Mit einer eigenartigen Zwiespältigkeit von resigniertem Spott und kaum verhehlter Eitelkeit hat Balzac von seiner äußeren Erscheinung gesprochen. Vor seinem ersten Zusammentreffen mit der fernen Geliebten macht er fürsorglich auf seine wachsende Leibesfülle aufmerksam, und später muß er eingestehen, daß bereits der zweite Arbeitssessel unter seinem Gewicht zusammengebrochen sei. Bei Freunden und Bekannten hingegen sucht er mit geradezu verwirrender Einfalt die offenbar nur von ihm erkannten Vorzüge seines Aussehens ins rechte Licht zu setzen.

Larousse schildert im »Grand dictionnaire universel« die ergötzliche Szene, in der Balzac sich vor seiner Marmorbüste aufstellt und in der ihm eigenen Selbstbewunderung ruft: »Achten Sie besonders auf meine Nase – meine Nase ist eine ganze Welt!« Eine erstaunliche Täuschung, meint Larousse, denn Balzacs Nase sei vulgär und grotesk gewesen.

Derartige Schönheitsfehler wurden noch durch die absonderliche Laune hervorgehoben, sich gelegentlich wie ein Dandy zu kleiden. Nicht zuletzt deswegen mag sich im Salon der Madame Récamier dem zu erstem Ruhm gekommenen Verfasser der »Physiologie du mariage« die allgemeine Neugier zugewendet haben. Besonders Delacroix betrachtet ihn mit Maleraugen und wundert sich über die nicht recht zusammenpassende Garderobe des jungen Schriftstellers.

Mit seinen Beobachtungen deckt sich, was Gavarni den Brüdern Goncourts von seiner ersten Begegnung mit Balzac erzählt. Es war in der Redaktion der »Mode«. Dort sah er einen kleinen dicken Mann mit schönen dunklen Augen und einer ein wenig eingedrückten Stumpfnase, der sehr laut und sehr viel sprach. Gavarni hielt ihn zunächst für einen Buchhandlungsgehilfen, aber es war – Balzac!

»Balzac, der nicht reinzuwaschende Balzac, der alles, was man ihm sagte, mit erstauntem Gesicht anhörte, der naive Mensch, der aber die andern gern mit Kenntnissen, die er gar nicht besaß, in Erstaunen setzen wollte. Schmutzig und schmierig, trug er lächerliche weiße Westen und kaufte sich in Vorstadtläden Maurerhüte. Er aß wie ein Schwein, pfropfte sich den Magen mit schwerem Zeug voll und legte sich mit aufgeblähtem Bauch halbverrückt zu Bett. Im Privatleben war er dumm und unwissend. Wenn er an der Arbeit war, schien ein merkwürdiges Phänomen sich in ihm zu vollziehen: durch Intuition kamen ihm alle Dinge, selbst solche, von denen er gewöhnlich keine Ahnung hatte, in den Sinn...«

Bemerkenswert bleibt, wie wenig Balzac sich über seine gewiß oft verwunderliche Wirkung im klaren gewesen ist. Mit großer Genugtuung berichtet er am 11. Dezember 1836 in einem Brief an Frau von Hanska über eine Visite bei der Herzogin von Dino[11]. Wollte man seiner Darstellung glauben, so mußte sein Auftreten höchst eindrucksvoll gewesen sein. Wesentlich anders jedoch beschreibt die Herzogin selber in ihren Tagebüchern mit ihrer Eintragung vom 28. November 1836 das Zusammentreffen:

»Herr von Balzac ließ sich durch einen meiner Nachbarn einführen. Unglücklicherweise verlor er so viel Zeit, daß ich mich genötigt sah, ihn zum Mittagessen zurückzuhalten. Er hat mir nicht gefallen. Er ist vulgär, in seiner Gestalt wie in seinem Ton und, ich glaube, auch in seinen Empfindungen. Er hat unzweifelhaft Geist, aber in der Unterhaltung ist er ohne Schwung und Leichtigkeit. Er ist darin sogar sehr seicht. Er hat uns alle in der peinlichsten Weise gemustert und beobachtet, besonders Herrn von Talleyrand.«

Auch die Gräfin Bassanville schildert Balzac in »Les salons d'autrefois« recht kritisch und macht sich besonders über seine pomadisierten Haare und seine ungebürsteten Anzüge lustig. Bei den verwöhnten Damen der großen Gesellschaft hat Balzac jedenfalls wenig Anklang gefunden. Er hatte so gar nichts von einem Dichter an sich, wie man ihn sich damals in schwärmerischer Empfindsamkeit vorzustellen liebte. Aber auch die Männer kommen über den Kontrast von geistiger Brillanz und körperlicher Plumpheit nicht hinweg. Champfleury[12] sieht ihn im Februar des Jahres 1848 und hebt die erstaunliche Fülle seines Haarschopfes und den Umfang seines Bauches als unvergeßliche Merkmale hervor.

Henri Monnier[13], der ihn in seinen letzten Lebensjahren im Café Minerva trifft, schildert ihn als einen noch jungen Mann mit einem bereits sehr augenfälligen Bauchansatz, lebhaftem Blick, kräftiger, untersetzter Figur und einem sehr zwanglosen Benehmen; er habe zumeist die Hände in den Taschen gehabt und die Miene eines Mönches oder Bauern zur Schau getragen. Auch der Balzac so nahestehende Théophile Gautier spricht von seiner strotzenden Gesundheit, die so wenig mit der romantischen Blässe und Zartheit jener Zeitmode übereinstimmte. Aber die Augen! fügt er hinzu. Noch niemals habe er solche Augen gesehen. »Sie hatten ein Leben, einen Glanz, eine unbegreifliche magnetische Kraft«, die an einen Herrscher oder einen Tierbändiger denken ließ.

Ganz gewiß hat Balzacs Wesen bei näherer Bekanntschaft gewonnen, und wer ein Organ für geistige Größe besaß, vermochte seinem Einfluß auf die Dauer nicht zu widerstehen. Sein Verleger Werdet versichert, Balzac habe die Kunst, sich beliebt zu machen, in einem Maße besessen, daß man in seiner Gegenwart allen Ärger, den man zu Recht oder Unrecht gegen ihn empfand, vergaß, um nur noch der Zuneigung bewußt zu bleiben, die man ihm entgegenbrachte.

Lamartine bewundert seinen eisernen Willen und Mut, seine Selbstlosigkeit gegenüber seinen Freunden, und selbst Gavarni, der Balzacs Manieren so mitleidlos gekennzeichnet hat, sah ihn gern als Gast bei sich, und sein Werk hat er mit den schönen Worten gefeiert: »Balzac hat Erlesenes hervorgebracht. In der Kraft und Stärke der Analyse kann wohl nicht weitergegangen werden. Seine aus Erfindung und Eingebung geborene Gesamtleistung ist eine große Tat.«

Überhaupt ließen ihm – im Gegensatz zu den kleinen journalistischen Kritikern – die bedeutenden Köpfe seiner Zeit schon früh Gerechtigkeit widerfahren. Baudelaire bezeichnet Balzac als den stärksten kommerziellen und literarischen Kopf des 19. Jahrhunderts und als die bemerkenswerteste Figur der menschlichen Komödie, und George Sand bemerkt in ihren Erinnerungen »Autour de la table« sehr treffend: »Der Roman war für Balzac der Grundriß und Vorwand für eine nahezu erschöpfende Prüfung der Ideen, Gefühle, Praktiken, Gewohnheiten, der Gesetzgebung, der Künste, der Berufe, der Sitten, der Lokalitäten, kurz alles dessen, was das Leben seiner Zeitgenossen bedeutete. Dank ihm wird keine frühere Epoche so bekannt sein wie die unsre.«

Dies war, über die Grenzen der Literatur hinaus, ganz die Wirkung, die Balzac erzielen wollte, und er wachte eifersüchtig darüber, daß diese Absicht bereits von seinen Zeitgenossen erkannt wurde. Daher hat er der Art, wie seine Bücher aufgenommen wurden, stets die größte Beachtung beigemessen. Ihm war nichts von jener souveränen Verachtung gegeben, die so mancher große Schöpfer für die Meinung der Öffentlichkeit gehegt hat. Als er bei einem Besuch im Hause des Malers François Gérard[14] einige deutsche Familien kennenlernt, die sich mit verbindlichen Worten zu seinem Werk bekennen, schreibt er entzückt darüber im Juni 1833 seiner Schwester: »Wahrhaftig, es waren brave Deutsche, ich wiege mich in dem Glauben, daß sie auch dachten, was sie sagten, und, die Wahrheit zu gestehen, ich hätte ihnen die ganze Nacht zuhören können.«

Bereits seine mütterliche Freundin, Frau von Berny, sah sich veranlaßt, ihn zu warnen: »Stelle dich so hoch, mein Liebling, daß die ganze Menge dich von überallher erblicke, aber schreie ihr nicht zu, daß sie dich bewundern solle.«

Frau Laura Surville, seine Schwester, sucht diesen Drang, hervorzutreten und aufzufallen, aus ihrer intimen Kenntnis seiner Wesensart begreiflich zu machen. »Gewiß, es wäre besser gewesen,« so gesteht sie in ihrer Biographie Balzacs, die sie acht Jahre nach dem Tode des Bruders veröffentlichte, »diese naive Selbstbewunderung zurückzudrängen, aber würde dies nicht zuviel verlangt gewesen sein bei einem Manne von solcher Lebhaftigkeit der Einbildung und solcher Ungebundenheit? Er lachte immer als erster über diese Eigenliebe und ließ zu, daß man darüber lachte.«

Diese schwesterliche Erklärung trifft jedoch nicht das Motiv von Balzacs Eitelkeit. In all seinen Übertreibungen steckte vielmehr der Keim einer ernsthaften Absicht, eines unbändigen Wollens und Wünschens; sie waren auf jeden Fall mehr als eine bloße Laune oder Schrulle, und sein Lachen darüber scheint eher nur eine Art gesellschaftlicher Rückversicherung gegen die Lächerlichkeit gewesen zu sein, der ein so schlecht verhehltes Machtstreben sonst anheimgefallen wäre.

Henri Monnier berichtet von einem phantastischen Plan, den Balzac ihm voller Begeisterung vorgetragen habe, nämlich den, für seine gesamten Werke eine Aktiengesellschaft zu gründen, die seine Romane in alle Sprachen übersetzen und in allen Ländern drucken lassen sollte. Dieses Streben nach Welteroberung fand seinen sinnfälligen Ausdruck in einer kleinen Napoleonstatue, die in Balzacs Stube in der Rue des Batailles auf einem Kamin stand und auf

deren Sockel er geschrieben hatte: »Was der nicht mit dem Schwert schaffen konnte, werde ich mit der Feder vollenden.«
Dieses Verhältnis Balzacs zu Napoleon ist ungemein aufschlußreich und spiegelt sich in seinen Romanen vielfach wider. Es waren nicht nur die Waffen, die das Vorbild und den Nacheiferer unterschieden. Zu den kalten Machtansprüchen Napoleons trat bei Balzac vor allem noch eine andere, rein menschliche, aber nicht minder kraftvoll das Dasein bestimmende Regung: die Sehnsucht nach Liebe!

»Meine beiden einzigen und unermeßlichen Sehnsüchte sind: berühmt zu sein und geliebt zu werden«, versichert Balzac im Jahre 1822 in einem Brief an die Schwester. Diese beiden Triebe, Ruhmsucht und Liebessehnen, empfangen in der Comédie Humaine eine reiche Deutung, aber sie werden dort fast ausschließlich zu einer Alternative zugunsten des einen oder des andern: so opfern Ferragus (Histoire des treize), de Bière (Modeste Mignon), der Fürst Emilio (Massimilla Doni) und Lord Grenville (La femme de trente ans) alles ihrer Liebe, Rastignac (Le père Goriot), de Marsey (Le contrat de mariage), Vandenesse (Les secrets de la princesse de Cadignan) und Charles Grandet (Eugénie Grandet) alles ihrem Ruhm.
Bei Balzac selbst hingegen bilden diese beiden Triebkräfte kein beziehungsloses Nebeneinander, beide sind eng miteinander verquickt: der Ruhm ist ihm nur eine Stufe, die ihn zur Geliebten führen soll, während die Liebe ihm die Kraft verleiht, den Ruhm unwandelbar anzustreben. »Ohne diese Fülle des Herzens«, gesteht er 1844 in einem Brief an Frau von Hanskä, »würde ich nicht den zehnten Teil meines Werkes vollendet, würde ich diesen wilden Mut nicht besessen haben.«
Einen so gewaltigen Ansporn kann natürlich keine Frau

geben, die selber noch der bürgerlichen Enge verhaftet ist. Bereits mehrere Jahre vor der Begegnung mit der fernen Geliebten bekennt Balzac in »La peau de chagrin« durch den Mund des jungen Valentin, einer der vielen verhüllten Inkarnationen seiner selbst: »Eine aristokratische Frau und ihr feines Lächeln, die Vornehmheit ihrer Manieren und ihre Selbstachtung bezaubern mich. Wenn sie zwischen sich und die Welt eine Schranke setzt, schmeichelt sie meiner Eitelkeit, die die Hälfte der Liebe ist... wir sterben nicht für arme, kleine Mädchen, die sich hingeben!«
Das Liebesideal Balzacs, das besonders deutlich in »Albert Savarus« zum Ausdruck kommt, verlangt nach dem großen Gegensatz, der großen Spannung, verlangt nach dem Idol, das alles besitzt, was dem Anbeter fehlt, verlangt nach dem strahlenden Sinnbild eines gesteigerten Daseins. Ein solches Begehren bringt Schmerzen; denn das Gefühl wird zerrissen von dem Bewußtsein der Größe des Vorhabens und der Bedingtheit der Mittel, es zu bewältigen.
»Mein Leben war eine grausame Antithese und eine immerwährende Lüge«, läßt Balzac seinen Raphael von Valentin in »La peau de chagrin« sagen. Ob er selbst sich dieser bitteren Erkenntnis im Letzten bewußt geworden ist, kann nicht mit Gewißheit behauptet werden; denn er hat so gern posiert, daß es schwerhält, die äußere Geste und die innere Haltung reinlich voneinander zu scheiden; aber eine Ahnung von der Zerrissenheit seines Daseins hat wohl viele seiner Stunden verdunkelt.
Man weiß daher nicht recht, ob man das Schicksal, von dem Balzac auf der Höhe seines Schaffens und seines Lebens hinweggerissen wurde, grausam oder gnädig nennen soll: grausam, weil es ihn sterben ließ in dem Gedanken, das Werk, das ihn wie ein zweites Dasein erfüllte, unvollendet zu wissen – gnädig, weil es ihn vor der sonst zweifellos unvermeidlich gewordenen Enttäuschung seiner Liebe zu

Frau von Hanska bewahrte. Jedenfalls war sein Leben tragisch und voller Widersprüche, eine gelebte menschliche Komödie!

Seine Bindung an Frau von Hanska hat ihm zwar die Kraft verliehen, das Ausmaß seiner Arbeitsleistung bis über das Erträgliche hinaus zu steigern, sie hat ihm den Aufschwung zu vielen unvergleichlichen Stimmungen gegeben, die sein Werk durchleuchten, aber sie hat ihn auch oft seelisch tief bedrückt, und mit nüchternen Augen betrachtet, muß das ganze Verhältnis als ein tragischer Irrtum angesehen werden. Balzac, der mit einer Fülle kluger Beobachtungen und edler Prägungen weibliches Wesen zu erfassen, zu erschließen und darzustellen wußte, spürte nicht, wie diese eitle, gefühlskalte Frau ihn zum Narren hielt[15] – oder wollte er, getrieben von seinem aristokratisch betonten Ehrgeiz, absichtlich den Blick vor der Wahrheit verschließen, weil es seiner Eitelkeit schmeichelte, vor der Welt im Bunde mit einer Dame der Gesellschaft zu sein? War dies nicht vielleicht auch die gleiche Empfindung, die jene zwanzig Lebensjahre überbrückte, die ihn von Frau von Berny trennten, und ihn den Spott mißachten ließ, den eine der bekanntesten Weltdamen jener Zeit, die leichtfertige Herzogin von Castries, mit ihm trieb? Ganz gewiß war das Ressentiment des Parvenus sehr stark in ihm.

In Stunden der Niedergeschlagenheit vermag Balzac selbst der geliebten Frau gegenüber nicht die Fremdheit zu verleugnen, die er bebend ahnte und die wie ein Abgrund zwischen ihnen lag. »Nie werden Sie mein Leben begreifen, Sie wären denn dabei!« schreibt er Frau von Hanska am 22. Oktober 1836, und wie ein verzweifelter Aufschrei klingt der Satz: »Sie sprechen von der Armut wie jemand, der sie nicht kennt und nie kennen wird!«

Bei alledem ist erstaunlich, wie wenig Balzac, der doch sonst in seinen Werken soviel Menschenkenntnis in mu-

stergültiger Klarheit auszusprechen wußte, auf die Lebensform Frau von Hanskas einzugehen verstand, wie wenig er erkannte, daß er die aus der Ferne Geliebte, die verwöhnte Dame von Welt, mit der ständigen Darstellung seiner geistigen und materiellen Nöte davon abschrecken mußte, eine Verbindung mit dem Träger eines so ruhelosen Daseins einzugehen. Aber der Drang, sich mitzuteilen, sich zu offenbaren, eine Zuflucht für das von Liebessehnsucht erfüllte Herz zu finden, war eben stärker als alle Überlegung; denn das, was Balzacin »Les employés« über den Staatsmann geschrieben hat, der einen Menschen braucht, vor dem er sich schwach zeigen darf, um den Mut zu neuen Kämpfen zu sammeln, das gilt auch für den Dichter selbst.
Es war das tiefe menschliche Unglück Balzacs, in Evelina von Hanska eine Frau gefunden zu haben, die aus Veranlagung und Gewöhnung viel zu sehr Herrennatur gewesen war, als daß sie dieses Verlangen nach Aufrichtung und Tröstung hätte verstehen können – und wenn der sich in Sehnsucht Verzehrende sie oft seinen schönen Stern nannte, so hat er damit in schicksalhafter Deutung das ausgesprochen, was seinem Werben die Gewährung versagte: das Unerreichbare!

»Die großen Ereignisse meines Lebens sind meine Werke!« heißt es in einem Brief Balzacs aus dem Jahre 1843. Klingt das nicht wie eine Entsagung und eine Vorahnung, daß seinem Leben keine Höhepunkte, keine Erfüllungen mehr beschieden sein würden? Man fühlt sich an das heroische Wort erinnert, das Nietzsche vier Jahrzehnte später seinen Zarathustra sprechen ließ: »Trachte ich denn nach Glück? Ich trachte nach meinem Werke!«
Zu dieser endgültigen Abkehr von der Eitelkeit des Begehrens hat sich Balzac freilich nie durchringen können –

allzu stark sind bis in das letzte Flackern des Bewußtseins hinein die gärenden Kräfte in ihm gewesen, und nicht zuletzt aus dieser blutbedingten und geistbeseelten Revolution gegen den Verzicht, aus diesem leidenschaftlichen Aufstand aller Sinne gegen das bürgerliche Mittelmaß erwuchs ihm das Werk seines Lebens – das glühende Epos der Comédie Humaine.

»Die erste Idee der Menschlichen Komödie tauchte mir wie ein Traum auf.« Dieser Satz aus dem großen Vorwort enthüllt zugleich den wesentlichen Anteil der Intuition, ohne die sich um das weitgespannte Gerippe der Reflexionen nicht jener organische und beseelte Körper hätte bilden können, dessen ungebrochene Lebenskraft über Generationen hinaus so magisch zu wirken vermochte. Das Unwägbare hat ebenso großen Einfluß auf die Entstehung der Comédie gehabt wie das Festumrissene, das Erahnte ebensoviel wie das Erkannte. Und zwischen diesen beiden Spannungsmomenten springt – wie ein elektrischer Funken zwischen Anode und Kathode – der inspirierende Zufall als Kobold allen Weltgeschehens hin und her. »Der Zufall ist der größte Romandichter der Welt«, versichert Balzac, »um fruchtbar zu werden, braucht man nur zu studieren. Die französische Gesellschaft sollte der Historiker sein, ich nur ihr Sekretär.«

Das ist die große Aufgabe, die Balzac sich gestellt hat; sie enthält Demut und Anspruch zugleich – die Bereitschaft, der Zeit zwar zu dienen, aber auch den Willen, ihr mit der Plastik seiner Weltschau und Menschenzeichnung das Siegel der eigenen Art aufzuprägen. Balzac weiß sich hierin einer stolzen Ahnenreihe verbunden. Schon im Jahre 1838 heißt es im Vorwort zu »Le cabinet des antiques«:

»Zu jeder Zeit sind die Erzähler die Sekretäre ihrer Zeitgenossen gewesen; es gibt keine Erzählung von Ludwig XI. oder Karl dem Kühnen, keine von Bandello[16], von

der Königin von Navarra, von Boccaccio oder Giraldi[17], von Lasca[18], keine Fabel unserer alten Dichter, die nicht als Grundlage ein zeitgenössisches Ereignis gehabt hätte.«
Die Zeitgeschichte! Das ist das gewaltige Panorama, vor dem sich das Geschehen der Comédie abrollt. Sie beginnt mit den letzten Auswirkungen der großen Revolution und führt über die Napoleonische Ära und Restauration hin bis zum Bürgerkönigtum. Auch die privaten Schicksale haben immer irgend eine Beziehung zu den geschichtlichen Ereignissen, so daß man in allen Werken den zeitgeschichtlichen Hintergrund erkennen kann. Hinzu kommt der kulturgeschichtliche Gehalt: Balzac ist Enzyklopädie, ist Lexikon und Dictionnaire zugleich. Selbst wenn wir sämtliche anderen Quellen zur Geschichte Frankreichs aus jener Zeit verlieren sollten, so würde die Comédie hinreichend sein, diese Epoche in ihrer geistigen und äußeren Haltung erstehen zu lassen.

Das gilt nicht nur für den Bereich der Tatsachen, sondern auch für den geistigen Raum. In seinen aphoristischen Prägungen ist Balzac von erstaunlicher Fülle, von ungewöhnlicher seelischer Tiefe und geistigem Weitblick; seine in die Handlung eingestreuten Charakteristiken, Milieuschilderungen, modischen Anmerkungen und kulturgeschichtlichen Miniaturen sind Meisterwerke in der Plastik des Stils und in der Geschlossenheit dichterischer Schau.

In dem heißen Verlangen, alle Abgründe und Tiefen dieses Daseins zu durchleuchten, verschließt Balzac die Augen selbst nicht vor dem Häßlichen. Man hat daher, wie etwa Le Breton[19], dem Verfasser der Comédie gelegentlich vorgeworfen, daß er Pessimist sei. Diese Folgerung trifft nicht zu. Balzacs eigenes Dasein spricht dagegen, sein unersättlicher Lebensdurst, seine Lust am Schönen, seine Genußfreudigkeit auch in den alltäglichsten Dingen. Zudem bleibt seine Darstellung ohne Bitternis, er kennt nicht die düsteren, revolutionsschwangeren Anklagen des späteren Naturalismus. Wenn er auch keine Illusionen aufkommen läßt und die Welt der Tatsachen in dämonischer Verstrickung und Hörigkeit entfesselten Trieben hingegeben sieht, so liebt er doch dieses Leben, so sagt er doch ja zu diesem Leben und wirft sich im Geist und in der Tat in seine wilden Strudel!

Die Universalität der Gegenstände und Fragen, die er behandelt, ist erstaunlich. So kann sich jeder angesprochen fühlen. Es bedarf keiner inneren Vorbereitung oder geistigen Umstellung, um in die Welt Balzacs einzudringen. Er zeichnet keine Wesen, die in den irdischen Bereichen nicht leben könnten, und selbst dort, wo er sich rein tatsachenmäßig aus der Welt des Möglichen entfernt, geht es doch wiederum um Wunschträume, die den Forderungen des Alltags eng verhaftet sind.

Die Vielfalt der Situationen und Hintergründe hat eine unerschöpfliche Substanz geschaffen: dennoch erwächst alles aus der gleichen Ebene und ist eng miteinander verwurzelt. So darf es nicht überraschen, daß sich aus Balzacs Lebenswerk kein Meisterstück heraushebt, das seine übrigen Arbeiten entbehrlich machen könnte. Selbst seine besten Romane vermögen immer nur einen Teil zu erschließen. Die Herausstellung weniger typischer Gestalten, in der viele Erzähler vor und nach ihm ihre Volkstümlichkeit suchten, hat er bewußt vermieden. Es gibt kaum einen Beruf, der nicht vertreten wäre, und das nicht nur am Rande!

Da ist jedes Wirkungsfeld mit einer solchen Sachkenntnis beschrieben, als verbinde sich mit der Darstellung die jahrelange Erfahrung eines Fachmannes. Balzac war in dieser Hinsicht von einer geradezu fanatischen Gründlichkeit. Hinzu kam, daß sein Wissensdurst durch die Unzahl seiner journalistischen Verpflichtungen, aus denen sich

ihm die unterschiedlichsten Themen aufdrängten, immer von neuem gereizt wurde.
Aber nicht nur kenntnismäßig wirkte sich dieser Zeitungsdienst aus: die Knappheit der Lieferfristen ließ neben der Mühsal stilistischer Verbesserungen selten eine Überprüfung der Gefühle und Gedanken zu, und so blieb vieles auch in seinen Romanen spontanes Bekenntnis; nicht zuletzt dies macht Balzac so liebenswert. Jedes seiner Bücher offenbart ihn so unverkennbar, als spräche der Mensch selbst zu uns – er lebte mit seinen Gestalten, darum ist er unsterblich, und seine Gestalten leben durch ihn, darum sind sie unvergeßlich.

»Vielleicht gelingt es mir«, erklärt Balzac im großen Vorwort zur Comédie Humaine, »jene Geschichte zu schreiben, die von so vielen Historikern vergessen wurde, nämlich die der Sitten.« Angesichts eines so hochgesteckten Zieles ergibt sich zwangsläufig, daß die Ergründung und dichterische Deutung menschlicher Handlungen nicht auf die französische Wesensart[20] beschränkt bleiben durfte: weit wie das Thema ist denn auch der Kreis der an dem großen Spiel beteiligten Angehörigen der übrigen europäischen Nationen – wir treffen in der Comédie auf Italiener[21], Spanier[22], Deutsche, Niederländer[23], Engländer und Polen[24], die alle mit den typischen Akzenten ihrer Temperamente das vielstimmige Orchester der Leidenschaften noch klangreicher machen.
Ein so kritischer Biograph wie Faguet[25] erklärt zwar: »Wenn man Balzac liest, dann erkennt man, daß er weder von der Geschichte noch von den Charakteren oder den Sitten fremder Völker etwas wußte.« Mag Balzac wirklich verschiedentlich an der Oberfläche geblieben sein, so ist doch eine solche Verallgemeinerung des Urteils nicht gerechtfertigt. In Paris war schon damals hinreichend Ge-

legenheit geboten, mit Ausländern zusammenzutreffen, außerdem hat Balzac selber Deutschland, Rußland und Italien bereist. Wo seine Kenntnisse nicht ausreichten, half seine Intuition nach, und er irrte nur dort, wo er sich auf die Meinung anderer verließ: so ist die Fehlerquelle mancher Äußerungen über Deutschland zweifellos vor allem in den Mitteilungen zu suchen, die ihm vor seiner Abreise durch die Briefe der Frau von Hanska zuteil geworden waren – eine Einführung, die für eine unvoreingenommene Würdigung deutscher Verhältnisse und Menschen nicht eben günstig gewesen sein wird. Um so mehr muß anerkannt werden, daß Balzac sich niemals abfällig über Deutschland geäußert hat, vielmehr finden sich in seinen Werken und Briefen wiederholt lebhafte Bekundungen seiner Bewunderung und einer freilich nicht immer glücklichen inneren Bereitschaft. Zudem hatte er mannigfache Beziehungen zu markanten deutschen Persönlichkeiten: so kannte er Wilhelm von Humboldt, den Fürsten Hermann von Pückler-Muskau, den Fürsten Friedrich von Schwarzenberg[26] und Gräfin Luise von Thürheim[27].
Diese Begegnungen sowie seine Reiseerinnerungen haben in Balzac fortgewirkt und mehrfach Niederschlag in seinen Werken gefunden. Wiederholt erwähnt er »Wilhelm Tell« und spricht gern von dem »edlen Herzen Schillers«. Von E. T. A. Hoffmann hat er sämtliche Bücher gelesen und gefällt sich in zahlreichen Anspielungen auf die »düsteren Phantasien« des dämonischen Dichters (Le cabinet des antiques), den er auch einmal den »Barden des Unmöglichen« (Physiologie des employés) nennt[28]. In »La peau de chagrin« schildert er die dunkle und phantastische Welt der deutschen Balladen. Besonders liebenswürdig zeichnet er den Nürnberger Kaufmann in »L'auberge rouge« und stellt ihn als »Typus jenes reinen und edlen Deutschlands« dar, das so fruchtbar ist an vornehmen Charakteren; nicht

minder ansprechend erscheint der deutsche Minister in den »Splendeurs et misères«. Eine der rührendsten Gestalten ist der Musiker Schmucke in »Cousin Pons«, und eine der erhabensten Frauengestalten lernen wir in der armen Frau Mignon kennen, die »deutsche Blume« in »Modeste Mignon«[29].

In schroffem Gegensatz zu dieser Aufgeschlossenheit gegenüber deutscher Art steht der fanatische Haß gegen England, von dem Balzac so beseelt ist, daß er ihm in vielen Briefstellen und in fast allen Teilen der Comédie Ausdruck gibt. »Ich verachte die Engländer!« schreibt er am 22. Januar 1843 an Frau von Hanska, und am 14. Dezember 1843 heißt es: »Was England betrifft, so sprechen Sie das Wort nicht mehr aus.«

Diese Gefühlsausbrüche werden verständlich, wenn man bedenkt, daß Frankreich zu jener Zeit noch unter den verheerenden Nachwirkungen zu leiden hatte, die ihm im Laufe des 18. Jahrhunderts aus dem Verlust der kolonialen und europäischen Machtstellung erwachsen waren: diese Einbuße an Reichtum und Ansehen aber war Englands Werk, das eben damals mit sehr unbedenklichen Mitteln die Grundlagen für das britische Empire zu schaffen begonnen hatte. Wenn Balzac daher in seinen »Illusions perdues« die Anklage erhebt »England entfaltet angesichts der ganzen Welt Perfidien, deren Greuel nur mit seiner Habsucht verglichen werden können« und seinen Abbé Herrera in »Splendeurs et misères« von England als von »den zwei Inseln« sprechen läßt, »auf denen die politischen Unruhen des Kontinents geschmiedet werden«, so drückte er damit nur eine Überzeugung aus, die damals in Frankreich ganz allgemein war.

Aber die Erbitterung, die Balzac in seine gegen England gerichteten Worte legt, entspringt nicht nur politischen Überlegungen, seine Abneigung hat tiefere Wurzeln: es handelt sich bei ihm um einen abgründigen Widerwillen gegen alles Englische überhaupt, gegen »das steif britannische Wesen«, gegen den »echt englischen Umschwung von einem Seelenzustand in den andern« (Le lys dans la vallée) und gegen »jene Feierlichkeit, mit der die Engländer ihre patriotischen Albernheiten begehen, die gewissermaßen der Dünkel der Dummheit ist« (Une vieille fille).

Diese Nation erscheint ihm von Grund auf verdorben: »Was es auch tue oder sage – England ist materialistisch, vielleicht ohne es zu wissen, es macht Ansprüche auf eine Religion und Moral, die den göttlichen Atem nicht kennen« (Le lys dans la vallée). So ist es für Balzac auch nicht weiter überraschend, daß es nur wenig Engländer gibt, »die nicht behaupten, Gold und Silber seien in England besser als irgendwo« (Splendeurs et misères).

Die Bedeutungslosigkeit des jungen de la Billardière in »Les employés« umschreibt er mit dem Satz: »Er war ein Geck und hatte die Manieren eines Engländers.« An gleicher Stelle verzeichnet er, daß die verschuldeten Beamten die sie bedrängenden Wucherer als Engländer bezeichnen, und zur Charakterisierung des Subalternbeamten Vimeux prägt er den boshaften Satz: »Kraft seiner Grundsätze hätte Vimeux für 6000 Frank Jahreseinkommen eine Bucklige geheiratet, für 10000 Frank sogar eine Engländerin.«

Überhaupt erscheint ihm die Engländerin gerade gut genug zur Sanierung junger Kavaliere, die mit ihren Finanzen in Unordnung gekommen sind: so empfiehlt in den »Illusions perdues« der Schneider dem neu eingekleideten Lucien von Rubempré, in den Tuilerien spazierenzugehen, um sich eine reiche Engländerin zu kapern; den gleichen Ausweg rät in »Ursule Mirouet« der elegante Marsey seinem im Schuldgefängnis sitzenden Freund Savignan[30].

Als in den »Chouans« der Oberst Hulot hört, daß sein Gegenspieler Montauron im Bunde mit den Engländern steht, ruft er ergrimmt: »Engländer! Weiter fehlte nichts, um einen richtigen Straßenräuber aus ihm zu machen.« Und in der »Femme de trente ans« meint Oberst d'Aiglemont etwas gemäßigter: »Diese Engländer sind alle so unverschämt, als ob die Erde ihnen allein gehöre«, während sein Postillon seine Meinung über Lord Grenville in die Worte zusammenfaßt: »Er gehört zu den Burschen, die – wie man sagt – Frankreich auffressen wollen.«

Einen besonderen Abscheu hegt Balzac als überzeugter Royalist gegen Cromwell. In den »Illusions perdues« spricht er von der »Ruchlosigkeit eines Cromwell«, und in »César Birotteau« nennt er den Spekulanten du Tillet »hinterhältig wie ein Cromwell, der der Gerechtigkeit den Kopf abschlagen wollte«.

In seinem herrlichen Künstlerroman »Massimilla Doni« gibt er der Überzeugung Ausdruck, daß die venezianischen Gondolieri, die die Engländer herumführen, diesen Gästen mit einem solchen Dienst zugleich so etwas wie die eigene Zukunft zeigen, denn, so heißt es in »La messe de l'athée« in kühner Vorausschau, »man hat zwar Napoleon ausgelacht, als er 1804 seine Adler hinüber nach Britannien fliegen lassen wollte, aber die Zeit wird auch diesen kühnen Plan einmal rechtfertigen«.

Angesichts der erbitterten Abneigung, mit der Balzac gegen alles Englische bis zum Rand gefüllt ist, empfindet man es als eine jener widerspruchsvollen Ergötzlichkeiten des Zufalls, denen wir in der Geschichte immer wieder begegnen, daß es gerade ein englischer Schriftsteller, nämlich Walter Scott, gewesen ist, der in ihm den Plan zur Comédie Humaine reifen ließ.

Balzac hatte die historischen Romane des gefeierten Autors schon früh kennengelernt. Er schätzte sie sehr hoch, doch empfand er es von Anbeginn als Mangel, daß die einzelnen

Werke ohne Beziehung nebeneinander standen, und so sehr ihn die gereifte stoffliche und charakterliche Analyse beeindruckte, so lebhaft spürte er doch die fehlende »Querverbindung«, die übersehene Möglichkeit einer Synthese zu einem Kolossalgemälde nationaler Geschichte. Diese nicht erkannte Aufgabe nun auf seine Weise zu lösen, erschien Balzac als ein würdiger Gegenstand seines schrankenlosen Ehrgeizes.

Bereits im Jahre 1830 hatte er seine ersten Erzählungen unter dem zusammenfassenden Titel »Scènes de la vie privée« herausgegeben. Je mehr Arbeiten aber im Laufe der Zeit zu diesem Kernstück hinzukamen, desto weniger entsprach der Titel dem weit ausgreifenden Thema. Nach einiger Schwierigkeit fand er dann dafür im Jahre 1835 die Bezeichnung »Etudes de moeurs«. Das traf seine Absichten schon besser. Doch daneben blieben immer noch einige Bücher, die sich diesem Rahmen nicht einordnen wollten; für diese Werke entschloß er sich nach einigen Änderungen im Jahre 1840 zu dem Sammeltitel »Etudes philosophiques«. Damals war er sich jedoch schon darüber klar, daß zwischen diesen beiden Gruppen eine höhere Gemeinschaft bestand, und als er ein Jahr später an die erste Gesamtausgabe seiner Romane ging, wählte er nach langer Überlegung in glücklicher Eingebung den Titel »La comédie humaine«.

Die beiden Untertitel wurden als Disposition beibehalten, zu ihnen traten noch als dritte Abteilung die »Etudes analytiques«. Die besonders umfangreich ausgefallenen sittengeschichtlichen Studien der ersten Abteilung wurden außerdem noch in sechs Abschnitte gegliedert. Dies ist der noch heute gültige Aufbau der Comédie.

Über die tieferen Absichten dieser Einteilung hat sich Balzac wiederholt geäußert. Balzac ahnte, daß Gerüst und Ausbau einander nicht immer entsprachen und manche

Werke thematisch auch gut hätten anders zugeordnet werden können. Er verteidigte dies immer mit dem Hinweis darauf, daß die Arbeit noch nicht vollendet sei. Er hat diese Vollendung nie erreichen können, die Comédie ist trotz der großen Stoffansammlung ein Torso geblieben: von den 143 Bänden, die der Katalog der letzten Hand anführt, hat Balzac infolge seines frühen Todes über ein Drittel nicht mehr schreiben können.

Man kann also nur ahnen, wie die Aufgaben, die Balzac den einzelnen Abteilungen zugewiesen hatte, gelöst worden wären. Der Aufbau an sich zeigt System und Logik. Die »Etudes de moeurs« sollten alle sozialen Wirkungen im bürgerlichen Leben darstellen, wie sie sich Balzac aus der unermüdlichen Beobachtung seiner Umwelt ergaben. »Keine erfundenen Tatsachen werden es sein«, schreibt er an Frau von Hanska, »sondern das, was sich überall zuträgt.« Auf dieser Grundlage einer Fülle von Tatsachen sollten die »Etudes philosophiques« die treibenden Kräfte nachweisen und deuten, von denen eben jene Tatsachen ausgelöst wurden. »Während die Sittenstudien die Gefühle und ihr Spiel, das Leben und seinen Gang schildern, werden die philosophischen Studien über das Warum dieser Gefühle aussagen.« Nach der Beschreibung also soll die Beurteilung erfolgen. Waren dergestalt Wirkung und Ursache in ihrem Wesen und in ihren Beziehungen zueinander geklärt, sollte den »Etudes analytiques« die Aufgabe verbleiben, die Prinzipien zu erforschen, die das Ganze bestimmen. Man erkennt, um welchen Nachweis es Balzac zu tun ist: die Sitten sind ihm das Schauspiel, die Ursachen die Kulissen und die Maschinerie, die Prinzipien das schöpferische Moment: »So werden der Mensch, die Gesellschaft, die Menschheit ohne Wiederholungen beschrieben, beurteilt, analysiert sein, und zwar in einem Werk, das gleichsam die Tausendundeine Nacht des Okzidents bilden wird.« –

Aus einer so bündigen Ordnung einzelne Werke herauszustellen, ist schwer, zumal Balzac bestrebt war, durch eine ziemlich vollständig erreichte Einheit des Hintergrundes und eine ständige Wiederkehr der gleichen Personen seine Romane auch formal möglichst eng miteinander zu verbinden. Hinzu kommt, daß man bei Balzac nicht von einer eigentlichen Entwicklung im Sinne künstlerischer Reife sprechen kann: zu allen Zeiten seines Schaffens stehen starke und schwächere Arbeiten nebeneinander. Es verbleibt nur das Mittel, aus der Kenntnis des Gesamtwerkes jene Stücke anzudeuten, die in ihrer Menschenzeichnung oder ihrem Spannungsgehalt die Eigenart des Schöpfers der Comédie Humaine besonders sinnfällig ausdrücken.

Kaum einer der Romane des Riesenwerkes ist so echter Balzac wie »La cousine Bette«. Alle Stimmungseffekte seiner an Erregungen so reichen Gefühlswelt klingen hier in einem Furioso zusammen – eine schrecklich unverhüllte Seelenschau, wie wir sie nur noch in den Höllenfratzen der Danteschen Visionen finden. Cousine Bette ist der glänzend geschilderte Typus einer armen Verwandten, die von dem Mitleid ihrer verheirateten Schwester lebt. Die Zwiespältigkeit ihrer Gefühle wird noch erhöht durch die grobknochige Häßlichkeit ihrer Erscheinung, unter der sich ein liebesdurstiger Mensch in glühendem Verlangen verzehrt. Ihr Haß gegen die nur scheinbar glücklichere Schwester wächst ins Übermaß, als sie den Mann, den sie für sich bestimmt glaubte, an ihre Nichte verliert. Aber in grotesker Verkehrung der Wirkung gewinnen alle ihre arglistigen Anschläge den Eindruck edelmütiger Handlungen, so daß sie umhegt von den Bekundungen der Trauer und Dankbarkeit ihr Leben endet.

Ein männliches Gegenstück zu diesem bedingungslosen Sichausleben der eigenen Wesensart begegnet uns in dem Vater der »Eugénie Grandet«. Dieses in seiner Unerbittlichkeit grauenerregende Abbild eines Geizhalses ist mit einer solchen Eindringlichkeit gezeichnet, daß man es nie vergessen wird. Der alte Grandet, ein reich gewordener Weinbauer, ist so von dem Machtrausch erfüllt, den er durch sein gnadenlos zusammengerafftes Geld genießen kann, daß menschliche Gefühle keinen Raum mehr in ihm haben, mag auch seine Familie darunter leiden und das Lebensglück seiner einzigen Tochter daran zerbrechen.

Von der Macht des Geldes träumt auch der junge Lucien de Rubempré in den »Illusion perdues«, doch ist bei ihm der Reichtum nicht Selbstzweck, er soll ihm nur eine Brücke sein, Ruhm zu ernten und das Leben zu genießen. Aus der Stille der heimatlichen Provinzstadt zieht es ihn nach Paris, aber in den Strudeln dieses gesteigerten Lebens vermag er nicht zu schwimmen, sondern wird von ihnen in die Tiefe gerissen.

Ganz anders Eugen de Rastignac, der Sohn eines armen Landedelmannes. In »Le père Goriot« können wir verfolgen, wie er sich mit zäher Verbissenheit durchzusetzen weiß und keiner Versuchung unterliegt, die seinem Ehrgeiz verderblich werden könnte. Mit genialer Regie hat Balzac diese jugendliche und willensstarke Erscheinung gerade in diesem Roman in das Labyrinth seiner Comédie eingeführt: so hebt sich die eigentliche Hauptfigur dieses Buches, der alte Goriot, in seiner schrankenlosen Vaterliebe, die am liebsten das eigene Sein auslöschen möchte, um so stärker von seiner selbstsüchtigen Umgebung ab. Um das Glück seiner Töchter zu begründen, hat sich Goriot seines beträchtlichen Vermögens entäußert und verlebt in einer ärmlichen Pension seine letzten Tage, die ihm die Erkenntnis bringen, daß alle seine Opfer nicht vermocht hatten, ihm die Liebe und Dankbarkeit seiner Kinder zu sichern: den »Christus der Vaterschaft« hat ihn Balzac in der übersteigerten Verliebtheit des Autors einmal genannt.

Das Unglück einer Mutter lernen wir in der »Femme de trente ans« kennen. Julie d'Aiglemont hat trotz der Warnungen des Vaters einen Mann geheiratet, der ihr unter dem Glanz seiner äußeren Erscheinung die Kargheit seiner Gefühle zu verbergen wußte. Die abgründige Enttäuschung hierüber treibt sie in mancherlei Verstrickung und läßt sie die Irrwege des Herzens im Untergang und im Undank ihrer Kinder büßen.

Die Eigentümlichkeit Balzacs, die Lebensschicksale seiner Gestalten in allen Einzelheiten bis zum bitteren Ende zu führen und darzustellen, erhebt sich in »La peau de chagrin« zur Vollkommenheit: hier tritt zum Realismus der Einzelheiten von Milieu und Geschehen die dichterische Vertiefung zum Sinnbild und Gleichnis. Der junge Raphael von Valentin steht vor dem Selbstmord, nachdem er sein letztes Geld im Spiel verloren hat. Der Zufall führt ihn auf dem Weg in den Tod an einem Antiquitätenladen vorbei, dessen Inhaber ihm eine geheimnisvolle Eselshaut überläßt: jeder Wunsch, den er äußert, geht nunmehr augenblicklich in Erfüllung – aber jedesmal schrumpft auch der Talisman ein, und der Wünschende weiß, daß er sterben muß, sobald die Haut verbraucht worden ist. Ein fürchterlicher Kampf mit dem herausgeforderten Geschick setzt nun für den Besitzer ein; denn alle Mühen, sich des Zaubers zu entledigen, nachdem das Begehren gestillt ist, schlagen fehl, und so muß er jeden auch unabsichtlich geäußerten Wunsch mit einem Stück seines Lebens bezahlen, bis der Tod seine Zunge lähmt[31].

Der magische Mittelpunkt aller Auseinandersetzungen in der Comédie ist das Geld, das von Balzac zum ersten Male in seiner ganzen Bedeutung erkannt und mit allen Möglichkeiten der Folgen dargestellt wird[32]. »Das Geld, die einzige moderne Gottheit, an die wir noch glauben«, heißt es in

»Eugénie Grandet«. Im Gelde vereinen sich Religion und Weltherrschaft zu einer dämonischen Energie, die alles bewegt, selbst solche Leidenschaften, die an sich ein anderes Ziel erstreben, es ist das letzte Mittel zur Befriedigung aller Lüste, in ihm liegt der Schlüssel aller Probleme; das Geld wird zum Symbol der Lebensenergie, es verkörpert alle menschlichen Dinge, und so erhebt Balzac es folgerichtig zur Substanz.

»Gold enthält alles im Keim und gibt alles in Wirklichkeit«, sagt der Wucherer Gobseck[33], und in »La peau de chagrin« erleben wir die skurrile Hoffmanniade des zu gespenstischer Wesenhaftigkeit gesteigerten Geldes: Schulden springen im Zimmer umher wie Heuschrecken und treiben den Menschen in den Wahnsinn.

Alle Formen der Herrschaft des Kapitals werden eingehend behandelt: Aktien und Auktionen, Bank und Börse, Kredite und Kommissionen, Pfändungen und Pfandleihen, Warenlager und Wechselgeschäfte, Spesenrechnungen und Spekulationen, Zwischenhandel und Zusammenbrüche, Zinsen und Zessionen…

Ideal und Wirklichkeit können unter solchen Umständen oft dicht nebeneinander stehen. Mit verzückten Worten weiß Balzac etwa in den »Paysans« die Schönheit eines Edelsitzes zu feiern, um dann fast im gleichen Atemzuge die möglichen Einkünfte aus dem zugehörigen Pachtgut zu berechnen; und wenn er in einem seiner Briefe an Frau von Hanska voll rührender Dankbarkeit seiner mütterlichen Geliebten, der Frau von Berny, gedenkt, so vergißt er doch nicht hinzuzufügen, daß der Betrag, den ihm die Freundin geliehen hat, von ihm mit fünf Prozent verzinst worden sei.

Man möchte meinen, daß Balzac durch diese Hochschätzung der im Materiellen liegenden Möglichkeiten sich vom Prinzip des Liberalismus und seiner stark von utilitaristischen Erwägungen bestimmten Politik hätte besonders angezogen fühlen müssen. Doch auch in diesem Falle treffen wir auf jene doppelte Wurzel Balzacscher Gedankengänge, die uns immer wieder überrascht.

Fortschritt ist ihm, wie er im »Député d'Arcis« sagt, eines jener Worte, hinter denen man mehr trügerischen Ehrgeiz als Ideen zu gruppieren sucht. Sich einen Mann des Fortschritts nennen, das heißt, sich in jeder Angelegenheit als Philosoph und in der Politik als Ethiker anzukündigen. Als Anhänger des Fortschritts hat man die Möglichkeit, sich für oder gegen die verschiedensten Dinge zu erklären, denn Fortschritt kann Ja oder Nein bedeuten, es ist die Auffrischung des Begriffes Liberalismus, ein neues Schlagwort für einen neuen Ehrgeiz.

»Die vom Volk erwählten Männer wollen nicht Werkzeug sein, sie haben den König seiner Arme beraubt und setzen das Werk der Zerstörung fort«, heißt es in den »Mémoires de deux jeunes mariées« bei einem Gespräch des Herzogs Chaulieu mit seiner Tochter. Wieder gibt es nur zwei Parteien, die sich unversöhnlich gegenüberstehen: Marius und Sulla, Volkspartei und Adelspartei, Republik und Königtum. Balzac erklärt sich für Sulla, für den Adel, für den König.

Diese klare Stellung erscheint ihm notwendig; denn die Revolution schreitet fort, sie ist in das Gesetz eingepflanzt worden, sie ist auf den Erdboden geschrieben und steht in den Köpfen, sie ist um so furchtbarer, als die Ratgeber des Königs sie besiegt wähnen. Doch als man Ludwig XVI. den Kopf abschlug, hat die Revolution zugleich allen Familienvätern den Kopf abgeschlagen. Es gibt keine Familien mehr, es gibt nur noch Individuen. Indem die Franzosen eine Nation sein wollten, haben sie aufgehört, ein Reich zu sein. Indem sie die Gleichheit der Ansprüche an den väterlichen Nachlaß verkündeten, haben sie den Familien-

geist getötet und der blinden Kraft der Masse, der Herrschaft der persönlichen Interessen den Weg geebnet.
Balzac rechnet sich zu der kleinen Zahl derjenigen, die dem, was man Volk nennt, zu seinem eigenen Wohle widerstehen wollen. Das habe gar nichts mit Feudalrechten zu tun, es handele sich lediglich um das Staatswohl. »Die Subordination muß bis zum König hinaufgehen, so betrachtet ist der König der Inbegriff aller, für den König sterben, heißt dann für sich selbst, für seine Familie sterben, die hiernach ebensowenig untergehen wird wie der Gedanke des Königtums.« Das Land ist schwach, wenn es nicht aus solidarischen Individuen besteht. Man kann einen Mann unter Tausenden wählen, aber unter dreitausend Ehrgeizigen, welche die Livree der Mittelmäßigkeit tragen, kann man nichts finden[34].
Folgerichtig kommt Balzac auch hier wieder auf sein energetisches Prinzip zurück, eine Begriffsbildung, unter der er den Willen als den schöpferischen Urstoff aller Lebens- und Gesellschaftsformen verstanden wissen will. In einem seiner Briefe an Frau von Hanska bekundet er viel Sympathie für den Zaren, »weil er der einzige Souverän im eigentlichen Sinne des Wortes, eben ein Selbstherrscher ist, weil er die Macht ausübt, wie sie ein Herrscher ausüben soll«. In einem Brief an Frau Carraud zieht er Ende 1830 die Quintessenz seines Idealstaates: »Konstitutionelle Monarchie, starke, besitzende Klasse, möglichste Aufklärung, aber gleichzeitig gewaltsame Niederhaltung der Völker.«
Es stimmt ganz mit solchen Grundsätzen überein, daß eine der wesentlichen Tendenzen der Comédie Humaine der Kampf gegen einen übersteigerten Individualismus ist. Das Recht zu einer Formung des Daseins nach eigenen Gesetzen erkennt Balzac nur den großen Persönlichkeiten zu. In ihnen bewundert er die großen Willensträger, deren geballte Energien die unerläßlichen Antriebskräfte darstellen,

von denen der Lauf der Geschichte bestimmt wird. In der Individualisierung als Massenerscheinung hingegen erblickt er eine unheilvolle Atomisierung der wirkenden Kräfte, die das energetische Prinzip aufhebt. So setzt sich ihm folgerichtig eine völkische Gemeinschaft nicht aus Individuen zusammen, sondern aus Familien, in denen er die Keimzellen einer organischen Willensbildung erblickt.
Damit steht keineswegs im Gegensatz, daß Balzac erkennen läßt, mit welchem Wohlgefallen er die Lebenslinien seiner starken Willensmenschen zeichnet – eine stark persönliche Anteilnahme, die sich auch dann nicht mindert, wenn es sich um Gestalten handelt, deren Energien, wie bei Vautrin (Le père Goriot), sich gegen die Gesetze richten. Die Potenzierung des Willens, eben jenes energetische Prinzip, von dem Balzac von Jugend an durchdrungen ist[35], prägt sich hier in gleichsam urmenschlicher Form aus.
Wenn also Balzac den vielfältigen Individualitäten seiner großen Menschenschau voller Hingabe seine ruhelose Feder leiht, so darf hieraus keine Billigung oder Verherrlichung dieser Willenskundgebung abgeleitet werden: die unverkennbare Freude, die Balzac bei der Formung solcher Charaktere empfunden hat, ist lediglich als Ausdruck des künstlerischen Eifers zu deuten – mit einer moralischen Wertung hat dies jedoch nichts zu tun, diese ist vielmehr in dem gnadenlosen Schicksal zu sehen, das er fast stets jenen Gestalten bereitet, die sich ohne eine höhere Berufung gegen den Gemeinsinn empören: Philipp Brideau (Un ménage de garçon), der seine Familie ins Unglück stürzt, wird um das auf unedle Weise erraffte Vermögen betrogen und findet einen ruhmlosen Tod. Taillefer (L'auberge rouge), der seinen Reichtum durch einen Mord begründet hat und seine Tochter im Elend läßt, verliert seinen einzigen Sohn und wird von einem unheilbaren Leiden gequält. Crevel (Cousine Bette), der die edle Mutter seines

Schwiegersohnes zum Ehebruch verleiten will, verendet an einer gräßlichen Krankheit. Der schöne Lucien (Splendeurs et misères des courtisanes), der trotz aller Begabung immer wieder in sittlicher Haltlosigkeit auf Abwege gerät, wird in den Selbstmord getrieben.

Dieses Bekenntnis zum Wirken einer ausgleichenden Gerechtigkeit wurzelt in der nicht ganz leicht zu deutenden Haltung Balzacs in religiösen Fragen[36]. Seine Stellung zur Religion hat Balzac selber verschiedentlich gekennzeichnet: als Politiker bekennt er sich zum Katholizismus, dessen umfassende Organisation er bewunderte; als Mensch fühlt er sich von der »mystischen Kirche des heiligen Johannes« angesprochen, an anderer Stelle nennt er den »Swedenborgianismus«, dem er noch die Unbegreiflichkeit Gottes hinzufüge. Das Unbegreifliche ist überhaupt eines der Sesamworte zur Erschließung von Balzacs Eigenart, die ihn zwangsläufig zum Mystizismus führt, einem starken Element der zeitgenössischen geistigen Kräfte. Wir können die Ansätze dazu schon um 1780 erkennen. Die Illuminaten treten zu eben jenem Zeitpunkt auf und entfachen eine lebhafte Polemik gegen die Kirche, die mit Streitschriften antwortet. Aber der Mystizismus erweist sich zugleich auch als eine geistige Reaktion gegen den Rationalismus, dem um 1800 nicht nur in Frankreich, sondern auch in der Schweiz, in Deutschland und Schweden einflußreiche Gegner erwachsen, vor allem Saint-Martin[37], Lavater, Mesmer und Swedenborg. Die Zeit der französischen Restauration führt ihnen neue Kräfte zu, namentlich in Paris fehlt es nicht an eifrigen »Templern« und ähnlichen Gesellschaften. Wie entscheidend diese Einflüsse auf den jugendlichen Balzac gewirkt haben müssen, offenbart sich vor allem in seinem »Livre mystique«.

Aber ebenso, wie die Ruhmsucht Balzacs ihren Kontrapunkt im Liebessehnen findet, so mangelt auch dem mystischen Verlangen nicht eine sinnliche Komponente: die Leidenschaft!

Die Comédie Humaine ist ein wahres Drama der Leidenschaften und damit zugleich ein revolutionäres Manifest gegen die Verflachung des Daseins unter dem Einfluß eines bürgerlichen Zeitalters. Die Wurzeln dieser von so gewaltigen und unterschiedlichen Triebkräften erfüllten Schöpfung erwuchsen jedoch keineswegs lediglich aus der theatralischen Pathetik der Gefühlswelt der zeitgenössischen Romantik, sondern haben zu einem guten Teil ihren Nährboden in der Geisteshaltung des verklingenden Rokoko: die Erkenntnisse eines Diderot und Saint-Simon ziehen hier noch deutliche Spuren, und namentlich mit der Universalität seines ungeheuren Wissensdranges wird Balzac zu einem Erben der Enzyklopädisten des 18. Jahrhunderts. Dieses Streben, Welt und Leben in allen Offenbarungen in sich aufzunehmen, trennt ihn deutlich von der Romantik.
Die Erregungen der romantischen Seele fanden in der unmittelbaren Wirklichkeit dieser Erde keine Befriedigung, während Balzac sich diesen unverhüllten Wirklichkeiten mit allen Sinnen – mit dem heißen Herzen des Liebhabers und dem kühlen Blick des Forschers – hingab, ihnen in allen Fasern nachspürte und sie mit der beispiellosen Energie seines Gestaltungswillens zwang, sich ihm ebenfalls zu ergeben, eine grandiose Vermählung des Ichs mit seiner Umwelt, aus der Werk und Leben in einer einmaligen Einheit geboren wurden.
Bei alledem steht er jedoch der Romantik nicht fremd oder gar feindlich gegenüber: »Wer würde es wagen, das Romantische zu tadeln?« so schreibt er am 1. Januar 1833 an Frau von Hanska. »Nur ein nüchterner Geist verschließt sich dem Reiz des Schrankenlosen, der in jenen Phantasien

liegt, denen das Unbekannte einen freien Spielraum gönnt.«

Hier verrät sich deutlich Balzacs Neigung zur Mystik und Magie, die wie ein Leitmotiv immer wieder in der Melodie seines Lebens aufklingt. Das Übersinnliche und Überwirkliche spielt in all seinen Spekulationen eine große Rolle. Balzac glaubt an die Möglichkeit des Wahrsagens: »Jede Bewegung entspricht einer Ursache, und jede Ursache ist mit dem Ganzen verbunden«, heißt es im »Cousin Pons«. Im Jahre 1835 erwägt er allen Ernstes, sich Somnambulen zu halten, um keinen Täuschungen von anderer Seite mehr zu erliegen, und einige Jahre später, am 15. Juli 1841, schreibt er hierüber wie über einen Besuch bei dem viel bewunderten Kartenschläger Balthasar an Frau von Hanska:

»Kein Brief von Ihnen! Das beunruhigt mich im höchsten Grade. Ich werde eine Somnambule befragen, um zu erfahren, ob Sie krank sind. Vor einigen Tagen ließ ich mir von einem berühmten Zauberer die Karten schlagen. Er las mir aus den Karten Dinge von einer unglaublichen Richtigkeit, er sagte mir Einzelheiten aus meiner Vergangenheit und weissagte mir die mutmaßliche Entwicklung meiner Zukunft.« Balzac betritt voller Erkenntnishunger jedes Neuland. So kauft er sich im Jahre 1822 Lavaters »Physiognomische Fragmente«, und im Jahre 1835 will er eine Biographie des Phrenologen Gall[38] schreiben. Es ist höchst aufschlußreich, diesen Einflüssen in seinen Werken nachzuspüren[39].

Diese gefühlsmäßigen Beziehungen zum Zeitgeist haben Balzac natürlich noch tiefer, über geistige Anregungen hinaus, beeinflußt: mit seinen ins Überwirkliche gesteigerten Menschentypen, deren dämonische Vitalität ungewöhnliche Schicksale und Situationen heraufbeschwört, weiß er sich wesentliche Elemente der Romantik nutzbar zu machen – hierhin gehört auch seine Schwäche für das Geheimnisvolle, man denke an Frenhofers künstlerische Phantasmagorien (Le chef d'oeuvre inconnu), an die dunkle Vergangenheit des Abbé Herrera (Splendeurs et misères des courtisanes), an die phantastischen Experimente des Balthasar van Claes (La recherche de l'absolue), an Ferragus und seinen Bund der Dreizehn (Histoire des treize), an die alchimistischen Theorien des Lorenzo Ruggieri (Le secret de Ruggieri), an das Lebens-Elixier des alten Belvidero (L'elixier de longue vie), an das Chagrinleder des jungen Valentin (La peau de chagrin) und die vielen Szenen, in denen eine neue Figur mit Vorliebe voll dunkler Ankündigungen zunächst als »der große Unbekannte« eingeführt wird[40].

Die Neigung für das Ungeklärte, Undurchsichtige, Unbegreifliche ist in Balzac tief verwurzelt. Schon seine Mutter soll »ein glühendes Interesse für das Geheimnisvolle« gehabt haben, wie die Schwester berichtet, und Balzac selbst betont in einem Brief an Frau von Hanska: »Ich bin unerklärlich für alle, keiner kennt das Geheimnis meines Lebens, und ich will es keinem preisgeben.«

Aus einer solchen Eigenart ergibt sich zwangsläufig das Gefallen an orakelhaften Anspielungen, denen man in seinen Romanen wiederholt begegnet: so erlebt Frau Birotteau im Traum den wirtschaftlichen Zusammenbruch ihres Mannes (César Birotteau), ahnt in der »Femme de trente ans« der Vater der Julie d'Aiglemont die unglückliche Ehe seiner Tochter voraus und wird in »Une ténébreuse affaire« das gewaltsame Ende Michus aus dessen Gesichtsbildung abgelesen.

Ein weiterer, echt romantischer Wesenszug findet sich bei Balzac in einem lebhaften Naturgefühl, dem er immer wieder in schönbewegten Bildern voll bunter Anschaulichkeit dichterischen Ausdruck verleiht, sei es eine südfranzösische

Landschaft wie in der »Femme de trente ans« oder ein nordischer Fjord wie in »Séraphita«, sei es eine Abendwanderung wie in »Le lys dans la vallée« oder ein Stimmungszauber am See von Le Bourget in »La peau de chagrin«. Nicht minder wurde ihm das Meer, das sich sonst einer Schilderung nicht leicht erschließt, zum tiefen Erlebnis, man denke nur an die großartige Szenerie in »Un drame au bord de la mer« und die gefühlsseligen Träumereien des an den Meeresstrand verbannten Erstgeborenen in »L'enfant maudit«. In »La vendetta« heißt es: »Den niedrigen Seelen erscheint das Meer eintönig, während gewisse bevorzugte Wesen ihr Leben damit zubringen können, es zu bewundern, indem sie darin einen unablässigen Wechsel der Erscheinungen finden, der sie hinreißt.«
Es ist also unzweifelhaft, daß Balzac sich gern der romantischen Ausdrucks- und Gestaltungsmittel bediente, aber er wird damit weder zum Jünger noch zum Meister der Romantik. Gabriel Hanotaux und Georges Vicaire haben diese Zwischenstellung Balzacs in ihrem Werk »La jeunesse de Balzac« sehr treffend mit den Worten gekennzeichnet: »Er lebt mitten in der Romantik, und nichts ist weniger romantisch als sein Werk«, während Ernst Robert Curtius in seinem tiefgründigen Werk über Balzac die Formel findet: »Die Romantik ist in Balzac, aber Balzac ist nicht in der Romantik.«
Die Dinge liegen hier tatsächlich vielfach auf der Grenze; denn mit seiner fanatischen Akribie in Milieu und Charakteristik, mit seiner gnadenlosen Sektion letzter Menschlichkeiten, mit seiner unbedenklichen Darstellung auch des Abschreckenden und Ernüchternden gehört Balzac zugleich zu den glanzvollsten Wegbereitern des Realismus – ja, man darf sagen: die ganze Entwicklung des modernen Romans ist ohne Balzac gar nicht vorstellbar; denn er war es, der zum ersten Male den gesamten Bereich des zeit-

genössischen gesellschaftlichen Lebens mit all seinen sozialen Bindungen und Gegensätzen als literarischen Stoff aufnahm und dadurch erst möglich machte.

Es hat denn auch nicht an zweckbedingten Versuchen gefehlt, Balzac dem Realismus zuzuordnen. Aber nichts wäre abwegiger. Oscar Wilde empfindet ganz richtig, wenn er in seinen »Intentions« schreibt: »Ein Realist ist Balzac ebensowenig wie Holbein. Sein Werk war Schöpfung, nicht Nachbildung«. Auch Balzacs Intimus, Théophile Gautier[41], meint, daß Balzac mit der realistischen Schule[42], die den Meister der Comédie für sich in Anspruch nehmen möchte, gar keinen Zusammenhang hat.

Wenn man versuchen will, Balzacs Stellung mit den herkömmlichen Begriffen der Literaturgeschichte zu umschreiben, so könnte man allenfalls sagen, daß Balzac die Seele der Romantik mit der gedanklichen Klarheit des Klassizismus zu vereinen trachtete. Balzac hat in der »Physiologie du mariage« selbst von seinem »literarischen Eklektizismus« gesprochen, wobei bedacht werden muß, daß sich damals mit einer eklektizistischen Haltung noch nicht jener Mangel an eigenem Gesicht verband wie zu Ende des 19. Jahrhunderts. Schon Goethe verwarf in seinen »Studien zur Weltliteratur« (1828) die Bezeichnung »Eklektizismus« als unzulänglich und schlug dafür »Totalismus« vor.

Ganz in diesem umfassenden Sinne bedeutet Eklektizismus denn auch bei Balzac die souveräne Benutzung aller Kunstmittel zu einer gesteigerten Darstellungsform, da »die Schilderung der modernen Gesellschaft«, so bekennt er in seinem Stendhal-Aufsatz aus dem Jahre 1840, »mit dem strengen Verfahren der Literatur des 17. und 18. Jahrhunderts unmöglich ist«.

Aber selbst damit wäre nur das Formale gegeben. Man muß sich damit abfinden, daß Balzac sich keiner literarischen

Schule oder Richtung einordnen läßt. Seine geistigen Ahnen reichen von Rabelais, dessen drastische Komik bei Balzac eine lebensstrotzende Antithese zur Weltschmerzlichkeit der romantischen Ironie wird, bis Voltaire, dessen geistreichen Spott und ausgefeilte Prosa Balzac in heißem Bemühen zu erreichen strebte. In der Charakterisierung seines Hauptwerkes als »Comédie« huldigte er der selbstsicheren, über allen menschlichen Schwächen schwebenden Heiterkeit Molières; in den historischen Gedankenverknüpfungen lebt die Geschichtsphilosophie eines Montesquieu fort, für die Balzac einen »Esprit des lois nouvelles« geplant hat, während Diderot und die ganze Geistigkeit des sterbenden Rokoko hinter den hundert kulturgeschichtlichen Miniaturen zu spüren ist, mit denen Balzac – wie in einem reich facettierten Spiegel – die unerschöpfliche Vielfalt seiner nimmersatten Erdenschau mit der oft ins Bildhafte erhobenen Kraft seiner Sprache einzufangen wußte, jener Sprache, die die dramatischen Akzente der Comédie ebenso sicher zu treffen versteht wie die burlesken Kapriolen der Contes drôlatiques.

Es ist eine seltsame Erscheinung, daß der schöpferische Mensch häufig gerade für seine umstrittenen Werke eine besondere Vorliebe zeigt, eine gleichsam mütterliche Regung, die das Kind in um so zärtlichere Obhut nimmt, je mehr es der Verteidigung gegen ungerechte Vorwürfe bedarf. So etwa stand auch Balzac zu seinen Contes drôlatiques, die schon mit der Folge ihrer ersten zehn Geschichten scharfer Ablehnung begegneten. Hieran hat sich im wesentlichen bis heute nichts geändert, obwohl namhafte Literarhistoriker – in Deutschland vor allem Curtius und Heiß – sich inzwischen für eine gerechtere Wertung eingesetzt haben.

In der Tat umschließen die Contes drôlatiques ein Gebiet,

über das man nicht einfach auf moralischen Stelzen hinwegschreiten sollte. Es sind die gleichen Gefilde, in denen schon weit vor Balzac die mittelalterlichen Schwankdichter ihre unbekümmerten Streifzüge unternahmen, in denen Rabelais seinen Gargantua und Pantagruel fand, Ronsard die Erotica seines Livret de folastries schrieb, Aretino seine Hetärengespräche erdachte, Boccaccio seinen Decamerone sammelte und Goethe die Römischen Elegien dichtete.
In die Gesamtschau einer Jahrhunderte umfassenden Chronik kraftstrotzender Sinnenfreude eingeordnet, verlieren auch die Contes drôlatiques das Odium einer geschmacklichen Verirrung und werden zu einem von überquellender Vitalität erfüllten Dokument des Allzumenschlichen, dem wir alle unseren Tribut zollen müssen.
Balzac selbst hat seine Contes drôlatiques sehr ernst genommen: »Wenn etwas lebensfähig ist«, betont er, »so sind es diese Erzählungen; wer ihrer hundert vollendet hat, kann nicht sterben.« Zweifellos besitzen die Contes drôlatiques gegenüber der Comédie jene künstlerische Einheit, die wir in dem Hauptwerk Balzacs so vermissen; hier ist der Verfasser ganz Dichter und findet für Gestalt und Handlung stets jene Formen und Maße, die die drängende Fülle seiner Eingebungen in die harmonische Geschlossenheit einer endgültigen Niederschrift zwingen. Aus jeder Zeile spürt man die satte Behaglichkeit eines Erzählers, der sich Zeit gelassen hat, seine Einfälle zur Reife zu bringen, und hinter jeder Szene steht die dröhnende Heiterkeit eines Mannes, der mit durstiger Gebärde den Kelch seines Lebens an die Lippen setzt, um ihn bis zum letzten Tropfen zu leeren, ganz gleichgültig dagegen, ob dies auf manierliche Weise geschieht oder das bürgerliche Gewand davon etliche Flecken abbekommt.
Die Contes drôlatiques, die Balzac in seinem Gesamtplan auf hundert berechnet hat, sollten den Riesenbau der Co-

médie Humaine wie eine beschwingte Arabeske umgeben; ihnen war deshalb die ganze unbändige Daseinslust und Erdenfreude vorbehalten, die Balzac bis zum Bersten erfüllte; sie waren gleichsam als das Satyrspiel der modernen Dichtung gedacht, während die unvergeßlichen Gestalten der Romane dazu bestimmt waren, das riesige Gebäude zu füllen, in dessen hundert Räumen die Komödie des Menschlichen ihre umfassende Darstellung erleben sollte.

Dieses großartige Vorhaben bedingte, daß der gleiche Balzac, der sich uns in den Contes drôlatiques als ein von dionysischem Rausch beseligter Künder sinnlicher Genüsse zeigte, in der Comédie nicht nur zum Schriftsteller, sondern zugleich zum Historiker, Gesellschaftskritiker und Reformator wurde. Diese Universalität führte dazu, daß seine Reflexion oft stärker wurde als seine Intuition und der Antagonismus beider immer wieder die künstlerische Form zerschlug, die Balzac mit ruhelosen Händen zu gestalten trachtete.

»Es genügt nicht, zu beobachten und zu malen«, so soll er einmal, nach Lovenjoul, zu dem Kritiker Felix Davin gesagt haben, »sondern man muß auch irgendeinen Zweck mit dem Beobachten und Malen verfolgen.« Dies ist die Sinngebung seiner vielfachen lehrhaften Einschaltungen, die den Fluß seiner Darstellung immer wieder hemmen und manche zart aufklingende Stimmungsmusik gelegentlich jäh unterbrechen. Balzacs Kunst, sein Wissen anzubringen, ist erstaunlich, nicht zuletzt durch seine gelegentliche Eitelkeit in diesen Dingen. So versteigt er sich in den »Paysans« bei der Schilderung des Anblicks der wartenden Geliebten zu der bombastischen Frage:

»Ist das nicht unser Traum, ist es nicht der aller Liebhaber des Schönen unter jeder Form, der seraphischen Schönheit, die Luini in der ‚Hochzeit der Jungfrau' seiner schönen Freske in Sarono gegeben, der Schönheit, die Rubens für sein Handgemenge in der ‚Schlacht vom Thermodor‘ gefunden hat, der Schönheit, die fünf Jahrhunderte in den Kathedralen von Sevilla und Mailand verarbeiteten, der Schönheit der Sarazenen in Granada, der Schönheit Ludwigs XVI. zu Versailles, der Schönheit der Alpen und der Limagne…?«

Es ist einleuchtend, daß sich Balzac durch die Vermengung so heterogener Elemente schier unüberwindliche Schwierigkeiten schuf, mit denen er um so stärker zu kämpfen hatte, als er sich die Niederschrift seiner Manuskripte zumeist bitter abringen mußte. Man möchte dies mit Hinblick auf die Fülle seiner Veröffentlichungen fast nicht glauben, aber Balzac gesteht im Jahre 1833 selbst: »Ich arbeite nicht leicht. Ich glaube nicht an das, was man mein Talent nennt. Ich bringe meine Nächte in der Verzweiflung hin.« Und Théophile Gautier, der ihn so gut wie sonst kein anderer kannte, erklärt: »Balzac fand seine Ausdrucksmittel nicht oder er fand sie doch erst nach unendlichen Mühen. Ein Abgrund lag bei ihm zwischen Gedanken und Form.«

Diese Diskrepanz zwischen Eingebung und Gestaltung hat Balzac trotz seines sonst so übersteigerten Selbstgefühls nie geleugnet, sie war sein nie verwundener Kummer und seine tiefe Betrübnis. »Der ewige Vater hat Idee und Form als Feinde geschaffen«, läßt er in »Massimilla Doni« seinen Vendramin zu dem Fürsten Emilio sagen, und die anschließende Begründung »sonst würde es kein Leben geben« hat er wohl als eigene Rechtfertigung gedacht.

Diese schöpferische Spannung zwischen Idee und Form haben alle Gestaltenden empfinden müssen, und diese Empfindung ist in Schmerz und Seligkeit stets um so stärker gewesen, je größer sie selber waren; aber sie trugen ihre Kämpfe um das Maß der ihnen vergönnten Vollendung in ihrer Werkstatt aus und offenbarten sich erst dann, wenn sie die Prüfung vor dem eigenen Gewissen bestanden hatten.

Balzac lagen solche Hemmungen fern; er drängte nach der Öffentlichkeit und gab oftmals schon Teile eines Werkes frei, das noch gar nicht abgeschlossen war. Diese Eile zwang ihn zu endlosen Überarbeitungen und machte ihn in diesem Punkt zur Plage der Setzer und zum Schrecken der Verleger. Es geschah gar nicht so selten, daß ein Manuskript ein dutzendmal neu gesetzt werden mußte und hernach für einen Roman zehn bis zwölf Foliobände Korrekturen in seinem Arbeitszimmer standen.

Im Vorwort zu dem »Livre mystique«, einem im Jahre 1835 erschienenen Sammelband, das »Louis Lambert«, »Les proscrits« und »Séraphita« enthält und Frau von Hanska gewidmet ist, muß er zugeben, daß er ebensoviel Mühe und Geld aufgewendet hat, die beiden ersten Ausgaben von Louis Lambert dem Buchhandel wieder zu entziehen, als andere Schriftsteller auf die Verbreitung ihrer Werke verwenden, und am 24. Februar 1833 gesteht er der fernen Geliebten: »Am Abend habe ich einsam geweint, aus Verzweiflung und jener Art von Wut, die uns am Herzen packt, wenn wir nach soviel Arbeit unsere Fehler erkennen.«

Zu dem Ehrgeiz, der ihn drängte, mit Riesenschritten der Sonne seines Ruhmes entgegenzueilen, trat der Zwang seiner immer neuen Verschuldung, die ihn wieder und wieder zur Formulierung trieb, bevor noch die Idee von dem schöpferischen Funken durchglüht war. »Ich bin zur Dampfmaschine geworden«, klagt er einmal, »aber zu einer Maschine, die unglücklicherweise ein Herz hat, das leidet, das in einem unermeßlichen Umkreis empfindet und das von allen betrübt, allen verletzt, allen gereizt wird und dem kein Schmerz fehlt.«

In dieser wahnwitzigen Hast, in dieser fortgesetzten seelischen Aufgewühltheit mußte zudem der Blick immer auf ein in seinen gewaltigen Ausmaßen verwirrendes Ganzes gerichtet bleiben. So ist es unvermeidlich, daß manchen

Teilen seiner Darstellung die Gliederung fehlt, oder richtiger: die Glieder sind da – kraftvoll und lebensfähig an sich, aber sie finden sich nicht zu jener höheren Ordnung zusammen, die sie organisch bindet. Eine Fülle von glanzvoll gelungenen Einzelbildern steht manchmal unmittelbar nebeneinander und fügt sich doch nicht zur Komposition jenes Gemäldes, das ihrem Urheber offenbar vorgeschwebt hat. Aber dies gilt nur für die Details: mögen die Fäden, die er spinnt, sich auch gelegentlich lockern oder gar zu einem krausen Knäuel verschlingen, so daß wir uns in der Wirrnis nicht immer sogleich zurechtfinden: Balzac verliert die Übersicht nie und, auf das Große hin betrachtet, steht er fest im Mittelpunkt seiner Welt.

Was Balzac dazu befähigt hat, trotz aller inneren und äußeren Widerstände eine unübersehbare Fülle von Gegensätzen immer neu in einen Rahmen zu zwingen, das ist nicht allein sein ungeheurer Wille und sein zäher Fleiß, sondern die gestaltende Kraft einer Lebensweisheit, die so ganz aus seinem Wesen erwuchs, daß sie sein Werk bluthaft zu durchdringen vermochte und allen seinen Menschen ein geistiges Rüstzeug zu geben wußte. Dieser Reichtum an Deutungen und Schlußfolgerungen, der sich in jedem seiner Romane in Form von charakterisierenden Enthüllungen und aphoristischen Prägungen findet, hat keineswegs nur den Reiz einer gewissermaßen privaten Psychologie und Philosophie. Balzac war auch darin ganz ein Kind seiner Zeit, und so lebten in seinen Bekenntnissen und Erkenntnissen zugleich Gefühl und Wirklichkeit des 19. Jahrhunderts fort. Seinen Vorsatz, der Sekretär der französischen Gesellschaft zu werden, hat Balzac glänzend ausgeführt: das macht seine geistige Hinterlassenschaft – über alle literarische Wertung hinaus – zu einem unvergleichlichen Kulturdokument zeitlicher Größe und überzeitlicher Gültigkeit. –

Zu dem historischen Gewicht, das Balzac fast allen Teilen seiner Comédie zu geben wußte, gesellt sich eine umfassende Seelenschau. Nie bleibt er in seiner Menschenformung an der Oberfläche, stets legt er alle Wurzeln bloß und läßt jeweils die Umwelt der Handlung mit einer wahrhaften fanatischen Gründlichkeit erstehen. Seine Hauptfiguren werden fast immer durch ihre Abstammung gekennzeichnet, und oft gibt er in kühner Gedrängtheit eine Rückschau auf drei Generationen. Doch dies alles belastet nicht, sondern beleuchtet!

Ist die Vergangenheit dieser Art hinreichend erhellt, so führt uns Balzac durch die belebten Räume sich vollziehender Handlungen, und hier weiß er das Geschehen zu wirklichem Leben zu steigern. Seine Gestalten wandeln nicht nur, sie verwandeln sich auch: ihr Charakter bildet sich mit ihrem Schicksal, und oft erhebt der große Menschenformer Gestalt und Geschehnis zu sinnbildlicher Deutung. »Das Unglück Birotteaus«, so sagt er selbst im Vorwort der Comédie, »ist für mich das der Menschheit. Die Fosseuse im ‚Médicin de campagne' und Frau Graslin im ‚Curé de village' sind mir fast die ganze Frau.«

Balzac will den Typ individualisieren und das Individuum typisieren, so formt er mit geradezu mephistophelischer Eindringlichkeit wiederholt die Repräsentanten der gleichen Stände und Klassen. »Du mußt es dreimal sagen!« Diese Beschwörungsformel scheint ihm immer wieder in den Ohren geklungen zu haben, und oft sagt er es fünf- bis sechsmal.

Welche ungeheure Flügelspanne einer beschwingten Phantasie gehört dazu, um einer solchen Fülle der Erscheinungen mit nie versagender schöpferischer Kraft den Lebensodem einzuhauchen und zwischen Stirb und Werde die Linie ungewöhnlicher Schicksale zu zeichnen! Wie nahe lag die Gefahr einer Wiederholung, einer Erstarrung im

Schema, bei der immer erneuten Auseinandersetzung mit den Vertretern des gleichen Berufes oder Charakters – und mit welcher traumwandlerischen Sicherheit entsprang dem ruhelosen Hirn dieses massigen Schädels dennoch immer wieder ein ganz neuer, ein ganz anderer Mensch! In ihrer klaren Schönheit und Ausgeglichenheit bleibt vor allem die Variation des künstlerischen Typs im »Chef d'oeuvre inconnu« unvergeßlich: der alte Frenhofer, der reife Porbus und der junge Poussin, der Künder, der Meister und der Lehrling, das Genie, das Talent und der Novize, der Erleuchtete, der Begreifende und der Ahnende.

Es ist wie ein Wunder, daß eben diese gleiche Feder, die mit unendlicher Feinheit die tiefsten Probleme künstlerischer Formgebung behandelte, mit derselben Vollendung jene grauenvollen Gestalten der von einem Trieb Besessenen erstehen lassen konnte, dem sie alles opfern – Baron Hulot seiner Sinnenlust (Cousine Bette), Grandet seinem Geiz (Eugénie Grandet), Brideau seiner Lebensgier, Goriot seiner Vaterliebe (Le père Goriot), da Piombo seiner Blutrache (La vendetta), Claes seiner Erfindung (La recherche de l'absolue), Gambara seiner musikalischen Idee (Gambara), Abbé Herrera seinen verbrecherischen Machtinstinkten (Splendeurs et misères). Collin hat sie als Vautrin im »Père Goriot« treffend gekennzeichnet: »Diese Leute setzen sich eine Idee in den Kopf und verbeißen sich darin. Sie haben nur Durst nach einem bestimmten Wasser aus einem bestimmten Brunnen, das häufig verfault ist. Um das zu trinken, würden sie ihre Frauen, ihre Kinder, würden sie ihre Seele verkaufen.«

Das Pendel der seelischen Erregungen schwingt sehr weit. Sowohl in der Verherrlichung wie in der Verspottung, in der Verklärung wie in der Verbannung geht Balzac bis zum Äußersten. Und beides steht oft kraß nebeneinander. Mag das Bild, das er von der lächerlichen Überheblichkeit der provinziellen Gesellschaft zeichnet, noch so unerbittlich sein, so weiß er dennoch inmitten der grellen Farbgebung eines solchen Sittengemäldes mit feenhafter Zartheit die unversehrte Reinheit eines liebenden Herzens erstehen zu lassen: man denke an »Eugénie Grandet« oder »Ursule Mirouet«. In Haltung und Handlung steigern seine Gestalten das Gute und Böse häufig ins Überwirkliche. Es genügt Balzac nicht, eine Tat als edel oder verworfen zu schildern, sie ist sogleich von himmlischer Entrücktheit oder höllischer Verruchtheit.

Er findet Worte, deren Schönheit und Empfindungsreichtum uns in selige Höhen trägt, und er schmiedet Sätze, die einen Abgrund in den Räumen unseres Miterlebens aufreißen. Man spürt hier deutlich den Einfluß von Théophile Gautier und seinem Bekenntnis: »Die Wahrheit der Kunst ist nicht die der Natur. Die Menschen haben nicht soviel Muskeln, wie Michelangelo ihnen gibt, um einen Begriff der Kraft zu vermitteln.«

Balzac ist voll von solchen Übertreibungen, die hiernach durch eine höhere Notwendigkeit, die künstlerischen Ausdrucksmittel zu verstärken, gerechtfertigt sind. Man wird sich der häufigen Schroffheit seiner seelischen Kontrapunktationen auch vielfach gar nicht bewußt, sobald erst die Zauberschlinge der dramatischen Verknüpfungen unsere Aufmerksamkeit eingefangen hat und die Phantasie von dem weiten Reigen der unterschiedlichen Gestalten beschwingt ist.

Das Geschehen vollzieht sich in doppelter Zwangsläufigkeit: es wird ebenso durch die äußere Entwicklung bedingt wie durch die seelische Verfassung der beteiligten Personen begründet. Die Kettenglieder der Motivierungen sind so eng gefügt, daß Balzac uns mit mancher Wendung überraschen darf, die wir bei einem geringeren Gestalter nicht hinnehmen würden.

Welcher Gegensatz zu den fest umrissenen Terminologien des Guten und Bösen, wie wir sie noch in der Literatur des 18. Jahrhunderts finden: damals standen Engel und Dämon in ihren klaren Urformen einander gegenüber, ein jeder war und blieb im Grunde genommen der gleiche, der er von Anbeginn gewesen war – jetzt ringen beide um die gleiche Seele und erschüttern ihren Träger bis in die Abgründe seines Herzens.

Freilich, nicht immer kann Balzac die gärenden Leidenschaften und ungewöhnlichen Ereignisse zu glaubhafter Gestaltung zwingen. Bei einem so umfassenden Werk, wie es die Comédie Humaine darstellt, kann es nicht ausbleiben, daß die Geschehnisse mancher Teile trotz aller Geschicklichkeit der doppelten Motivierungen gelegentlich auf ziemlich grobe Wirkung abgestellt sind; man vermag ihnen mit kritischem Abstand nicht mehr zu folgen und muß sich entscheiden, ob man sich ihnen aus Vergnügen an der Fabulierfreude des Verfassers hingeben und damit auf eine Wertung überhaupt verzichten will oder ob man es vorzieht, die auch hier vorhandenen Goldkörner aus dem Treibsand des rein Unterhaltungsmäßigen zu sieben.

Wesentlich peinlicher berühren jene zum Glück nur geringen Stoffe, in denen die lyrische Kitschmanier der von Balzac einst aus Geldnot verfaßten und später verleugneten Jugendromane fortwirkt. Das Lebensunechte der Situationen und Charaktere hat hier nicht einmal mehr den Reiz der Spannung für sich. Da Balzac in glanzvollen Beispielen gezeigt hat, wie bezwingend eindringlich er die Wirklichkeit auch in gewagter Verknüpfung der Schicksale zu beschwören vermochte, sobald er nur innerlich am Thema beteiligt war, muß man folgern, daß er solche süßlichen Geschichten nur deshalb schrieb, weil sie dem großen Leserkreis einer romantisch angehauchten Zeit zu gefallen und damit hohe Honorare abzuwerfen versprachen.

Es hat schon zu Lebzeiten Balzacs nicht an Vorwürfen von anspruchsvollerer Seite gefehlt, und nur mit sichtlich schlechtem Gewissen sucht er gelegentlich derartige Zugeständnisse an das Publikum begreiflich zu machen. »Ich bitte Sie«, schreibt er am 1. Januar 1833 an Frau von Hanska, »setzen Sie das, was Sie in meinen Arbeiten abstößt, auf Rechnung jener Notwendigkeit, die uns zwingt, ein blasiertes Publikum scharf anzupacken.«

Klingenden Beweisgründen hat sich Balzac leider nie verschlossen, es wohl in seiner ständig von Gläubigern bedrängten Lage auch nie gekonnt[43], aber dieses mangelnde Gefühl für künstlerische Verpflichtung wirft auf das Lebenswerk des außerordentlichen Mannes eben einen Schatten, der zwar seine glänzenden Eigenschaften nicht zu verdunkeln vermag, uns jedoch in schmerzlichem Vergleich jener reinen Künstlerseelen gedenken läßt, die lieber auf alle Freuden dieser Erde verzichteten, als daß sie es über sich gebracht hätten, auch nur mit einem Bruchteil ihrer Kräfte jener höheren Berufung untreu zu werden, die sie als heiliges Vermächtnis in sich wußten.

Balzac forderte beides von dem Leben, das er so liebte: das Glück und den Ruhm, die Liebe und die Macht; und die beharrliche Bemühung, einander so heftig widerstrebende Triebkräfte menschlichen Wollens in sich zu vereinen, störte immer wieder die Harmonie von Werk und Wirken.

Aber liegt nicht auch zuletzt hierin, in dieser seiner menschlichen Unzulänglichkeit, die ihm nicht die Glorie olympischer Erhabenheit gewährte, sondern ihn mit der Vollendung seiner Lebenskreise als Mensch unter Menschen ließ, die Kraft und Verführung seiner einmaligen Erscheinung? Kein Zweifel – durch alles, was ihm an Vollkommenheit mangelte, wurde Balzac erst das, was er uns heute noch ist: zu einem Spiegel, in dem ein jeder sich mit irgendeinem

Wesenszuge wiederfindet, und zu einem Echo, das mit tausend Stimmen zu uns spricht!

Man empfindet es daher als nicht eben glücklich, wenn Hippolyte Taine es unternimmt, Balzac und Shakespeare gegeneinander abzuwägen. Schon die von tausend Tatsachen erhellte Erdenspur des einen und das in mythisches Dunkel gehüllte Dasein des andern macht die menschlichen Voraussetzungen dieses Versuches bedenklich. Aber auch die Verschiedenheit der künstlerischen Form widerstrebt dem. Man kann nicht die Ausdrucksmittel von Roman und Schauspiel in Beziehung zueinander setzen. Hinzu kommt der Unterschied in der Erlebniskraft der Jahrhunderte und der nationalen Temperamente – ja, es sind nicht einmal, wie Taine behauptet, »im Grunde dieselben Dinge, die da vor den Augen des Zuschauers ebensoweit ausgebreitet werden«, nein: die Welt der englischen Königsdramen und des Sommernachtstraumes ist eine ganz andere als die vom Paris des frühen 19. Jahrhunderts und der französischen Provinz. Gemeinsam ist beiden lediglich die gleichsam zyklopische Kraft, mit der sie die Gestalten ihres Riesenwerkes zu formen wußten – jener Kraft, die in überquellendem Vermögen die klassische Kunstform von Tragödie und Epos sprengte.

Alle Vergleiche, die nach Beziehungen und Übereinstimmungen suchen, tragen die Gefahr einer Abschwächung in sich, weil sie den Glanz der Einmaligkeit beschatten und die Grenzen verwischen, in denen das Genie seine Alleinherrschaft ausübt. Eher dürfte die Polarität des schöpferischen Wirkens dazu berufen sein, Umriß und Gestalt der über Zeit und Raum wirkenden Persönlichkeit deutlich zu machen. Aus solcher Betrachtung heraus wendet sich der Blick von der entfesselten Dynamik der »Comédie Humaine« unwillkürlich zu der gebändigten Kraft des »Faust«. Goethe wurde alles Vergängliche zu einem Gleichnis –

Balzac zu einem Erlebnis: in diesem Unterschied offenbart sich die abgeklärte Harmonie des Olympiers ebenso deutlich wie die wühlende Dämonie des Titanen; suchte der Blick des einen bei allen Versuchungen andrängender Wirrnis stets den ruhenden Pol in der Flucht der Erscheinungen, so beschworen die ruhelosen Augen des andern mit fieberhafter Besessenheit in den Wirbeln von Vision und Wirklichkeit das Pandämonium der menschlichen Komödie.

LEBENSWEISHEIT

VON DER LIEBE UND DEN FRAUEN

Die Liebe ist das Bewußtsein, Freude zu geben und zu empfangen, die Liebe ist ein ewig wechselndes Verlangen, ewig befriedigt und ewig unersättlich.

Liebe ist Religion, ihr Kultus fordert mehr als der anderer Religionen: sie geht schnell vorüber, und Trümmer bezeichnen ihren Weg.

Es gibt Abgründe, über die die Liebe nicht hinweg kann, aber sie kann sich hineinstürzen!*

Die Liebe ist für geringwertige Wesen zwar nur ein einfaches Bedürfnis der Sinne, aber für hochstehende Menschen das bedeutendste und fesselndste Schöpfungswerk.

Wir können lieben, ohne glücklich zu sein; wir können glücklich sein, ohne zu lieben, aber lieben und glücklich sein – diese beiden, so großen menschlichen Genüsse zu verbinden, dazu bedarf es eines Wunders.

Die Liebe wiegt sich gern in den größten Hoffnungen – je ausschweifender sie sind, um so mehr glaubt sie an ihre Verwirklichung.

Für die falsche Liebe muß die echte Liebe büßen. Solange die Männer nicht begreifen, wieviel Blüten in der Seele einer jungen Frau durch die erste Enttäuschung geknickt werden, wird dieser Widersinn nicht aufhören.

Die Liebe ist eine suggestive Kraft und weiß, daß Liebe auch Liebe erweckt.*

1–8

Liebe und Haß sind Gefühle, die sich durch sich selbst ernähren, nur daß der Haß langlebiger ist. Der Born der Liebe ist nicht unerschöpflich. Die Liebe lebt von den überschüssigen Kräften im Menschen. Der Haß aber gleicht dem Tode. Er lebt von nichts, ähnlich wie der Geiz. Er ist etwas negativ Lebendiges, etwas, das über dem Leben und den Dingen steht.

Die Liebe ist gewissermaßen das Gold, der Haß das Eisen im Schacht unserer Gefühle.

In der Liebe ist Glaube ebensoviel wie Wirklichkeit!

Die betrübte Liebe, die Liebe, der ein aufrichtiges Gefühl ihres nur vorübergehend gestörten Glückes bleibt, beschert Freuden, die halb Schmerz, halb Lust, die etwas ganz Neues sind.

Die Liebe, die nicht auch innige Freundschaft ist, scheint mir nichts weiter als eine vorübergehende Ausschweifung zu sein, denn was ist eine Hingabe, wenn man doch noch etwas für sich zurückbehält?

Wer die Liebe in ihrer Unendlichkeit kennt, der weiß, daß man ihre Genüsse nicht erlebt, wenn man nicht auch ihre Tugenden anerkennt.

Ein Glück ohne Liebe ist wie eine Göttin ohne Altar.

Die Liebe ist der einzige Weg, auf dem selbst die Dummen zu einer gewissen Größe gelangen.

In der Liebe wirkt nichts so überzeugend wie eine kühne Dummheit.

Welch schönes Vorrecht der Liebe – sie drängt alles in den Schatten, läßt alles verblassen: Altar, Thron und Geschäftsbücher.

9–18

Die Liebe ist das einzig wahrhaft Absolute von allen menschlichen Dingen – sie will nie unrecht haben.

Die wahre Liebe hat in allen Stücken die größte Ähnlichkeit mit der Kindheit: sie hat all ihre Unbedachtsamkeit und Sorglosigkeit, ihre Verschwendung, ihr Lachen und ihr Weinen.

Die echte Leidenschaft geht unbewußt den rechten Weg. Die Natur ist unfehlbar. Das Wunder der Natur heißt in diesem Falle: Liebe auf den ersten Blick. In der Liebe hat der erste Blick einfach das zweite Gesicht!

Die Liebe ist ein Falschmünzer, der beständig aus plumpen Sousstücken Louisdor und manchmal auch aus Louisdor Sousstücke macht.

Liebe und Leidenschaft sind zwei verschiedene Seelenzustände, die Dichter und Weltleute, Philosophen und Dummköpfe fortwährend miteinander verwechseln. Männer und Frauen können, ohne sich dadurch zu entehren, von mehreren Leidenschaften ergriffen werden; denn es ist so natürlich, dem Glück zuzustreben, aber es gibt nur eine einzige Liebe im Leben!*

In der wirklichen Liebe streitet man sich zuweilen um gar nichts und verletzt sich dabei zu Tode. Ein Scheinkampf hingegen schmeichelt der Eigenliebe des Betörten.

Einige Psychologen sind der Ansicht, daß die Liebe die ungewollteste, uneigennützigste, unberechnendste aller Leidenschaften, abgesehen von der Mutterliebe, ist. Diese Meinung ist ganz abwegig. Wenn auch die Mehrzahl der Menschen sich in ihrer Liebe nicht im klaren ist, weil sie ihre Beweggründe nicht kennt, so beruht doch jede körperliche und seelische Sympathie auf Überlegungen, die der

Verstand, das Gefühl oder das brutale Verlangen anstellen. Die Liebe ist eine in ihrem Grundwesen selbstsüchtige Leidenschaft.

Die Liebe verleiht uns so etwas wie eine Religion für unser eigenes Ich: wir halten in uns ein anderes Leben hoch.

Wer liebt, zweifelt an nichts oder an allem.

Für das liebende Herz gibt es keine kleinen Ereignisse: es vergrößert alles, es legt den Fall einer vierzehnjährigen Herrschaft und den Fall eines Frauenhandschuhs auf die gleiche Waage, und fast stets wird der Handschuh schwerer wiegen als die Herrschaft.

Oft läßt eine frühe Glut, die in einem jungen Herzen erloschen ist, allen Glanz der Einbildungskraft zurück. Solche Erinnerungen gleichen Kindern, die jung gestorben sind und von denen nur ihr Lächeln den Eltern zurückbleibt.

Bei jungen Leuten ist Liebe die schönste Empfindung – sie läßt das Leben in der Seele aufblühen, sie entfaltet durch ihre Sonnenmacht die schönsten Eingebungen und die größten Gedanken; die Erstlinge eines jeden Dinges haben einen köstlichen Geschmack.

Liebende finden ein unendliches Vergnügen darin, in den Bildern einer Landschaft, in der durchsichtigen Luft, in den Düften des Bodens die Poesie zu finden, die sie in der Seele haben. Die Natur redet für sie.

Bei einem Jüngling von zwanzig Jahren lebt die Liebe von der Hingebung.

Vierzig Jahre ist das Alter der Tollheiten, das Alter, in dem der Mann um seiner selbst willen geliebt sein will; denn in dieser Zeit hält seine Liebe nur durch ihn selbst sich aufrecht, so wie in der Jugend der Mann nur glücklich sein kann, wenn er kreuz und quer liebt, allen zum Trotz. Mit vierzig Jahren will man alles, so sehr fürchtet man, nichts zu bekommen, während man mit fünfundzwanzig Jahren so viel hat, daß man es versteht, nichts zu fordern. Mit fünfundzwanzig Jahren hat man so viel Kräfte, daß man sie ungestraft zersplittern kann. Mit vierzig Jahren dagegen betrachtet man den Mißbrauch seiner Kräfte als Kraftbeweis.

Es ist stets leicht, sich eines Mannes zu entledigen, der die Frauen liebt.

Die schnellsten Umwälzungen verändern nur die Interessen eines Mannes, während eine Leidenschaft sein Empfindungsleben um und um kehrt. Für die nun, die mehr durch Gefühl denn durch Interessen leben, für die, die mehr Seele und Blut als Verstand und Lymphe besitzen, bedeutet eine wirkliche Liebe einen vollständigen Wechsel ihres Daseins.

Man gibt zwar nicht zu, daß die Gefühle sich plötzlich ändern können, aber es ist sicher, daß zwei Liebende sich manchmal schneller trennen, als sie sich gefunden haben.

Wenn man sich ausschließlich mit einem einzigen Wesen beschäftigt, umfaßt die Seele am Ende die moralische Welt, die sie umgibt, und sieht darin die Elemente der Zukunft.

Wir lieben nicht unseresgleichen: zwischen zwei Liebenden müssen Streitigkeiten auszugleichen, Entfernungen zu überbrücken sein.*

Ein Liebender versteht zu schweigen wie eine – Kanone!

34–39

Wenn zwischen zwei Wesen, die einander lieben und deren Leben in jedem Augenblick von einem zum andern überströmt, eine Wolke aufgetaucht ist, so läßt sie, selbst wenn sie sich zerteilt, dennoch in den Seelen eine Spur ihres Vorüberziehens zurück. Entweder wird die Liebe lebendiger, wie die Erde schöner ist nach einem Regen, oder die Erschütterung hallt noch fort wie ein fernes Donnergrollen in einem reinen Himmel; völlig unmöglich ist es aber, sich in sein früheres Leben zurückzufinden: die Liebe muß entweder wachsen oder sich vermindern!

Es gibt Menschen, die wir in der Erde begraben, aber andere, die wir besonders zärtlich lieben, sind in unser Herz gebettet, die Erinnerung an sie mischt sich täglich in unser Tun und Trachten, wir denken an sie, wie wir atmen, sie haben in unserer Seele eine neue Gestalt angenommen, nach dem zarten Gesetz der Seelenwanderung, das im Reich der Liebe herrscht.

Die Schönheit ist ohne Zweifel das Zeichen des Meisters, das er dem Werke aufdrückt, in das er seinen Geist gelegt hat – es ist die sich offenbarende Gottheit; und die Schönheit selbst da zu sehen, wo sie sich nicht befindet, sie erst durch die Macht des bezaubernden Blickes zu schaffen, das ist gewiß das sicherste Zeichen der Liebe!

Wenn ein Mann in den Schlamm geschlechtlicher Exzesse taucht, wird man fast immer etwas von diesem Schlamm auch an irgendeiner Stelle seines Gesichts finden.

Die Anstrengungen der Koketterie deuten zu sehr eine Trennung an, als daß sie nicht auf die Dauer mißfallen müßten.

Das junge Mädchen kennt nur eine Koketterie und glaubt alles gesagt zu haben, wenn es seine Kleider abgestreift hat; die Frau aber hat unzählige Künste und verbirgt sich hinter hundert Schleiern; sie schmeichelt jeglicher Eitelkeit, die Novize nur einer.

Wenn man ein junges Mädchen liebt oder sich von ihm lieben läßt, so geht man einen Vertrag ein, dessen Bedingungen richtig verstanden werden müssen. Es steht uns frei, das Weib zu verlassen, das sich verkauft, aber nicht das junge Mädchen, das sich hingibt; denn es kennt die Tragweite seines Opfers nicht.

Die jungen Mädchen schaffen sich oft edle, berauschende Gemälde von Idealgestalten und bilden sich ganz märchenhafte Gedanken über Männer, Gefühle und die Welt; dann umkleiden sie in ihrer Unschuld einen bestimmten Charakter mit all diesen Vollkommenheiten und vertrauen sich ihm an; sie lieben in dem Mann ihrer Wahl dieses Phantasiegebilde. Später aber, wenn keine Möglichkeit mehr besteht, das Unglück wieder gutzumachen, wandelt sich die trügerische Erscheinung ihres ersten Idols, die sie so verschönt haben, zuletzt in ein häßliches Skelett*.

Wenn sich bei einem jungen Mädchen das Herz abkühlt, so wird dadurch der Verstand um so tätiger; es beobachtet dann alles mit einer reißenden Schnelle des Urteils.

Wenn eine Frau oder ein junges Mädchen bei einem Vergehen auf der Tat ertappt wird, so faßt sie einen tiefen Haß gegen den Zeugen, den Urheber oder den Gegenstand ihres Fehltrittes.

Die Vorstellungskraft eines jungen Mädchens arbeitet schneller als die einer Frau.

Das Leben einer Frau beginnt mit ihrer ersten Leidenschaft.

46–51

Eine hübsche, gewandte Frau gleicht einer Atmosphäre, in der die Spannung der Nerven sich löst und alle Gefühle milder werden.

Es ist keiner Frau angenehm, eine andere in ihrer Gegenwart loben zu hören. Alle Frauen behalten sich in einem solchen Falle das letzte Wort vor, um dem Lob ein Tröpfchen Bitterkeit beizumengen.

Der Zufall ist für die Frauen in der Liebe die Vorsehung.

Die Frauen sind durch irgendeinen Hang ihres Geistes geneigt, in einem Mann von Talent nur seine Fehler und in einem gewöhnlichen Kerl nur seine guten Eigenschaften zu sehen: sie haben für diese Eigenschaften großes Verständnis, weil sie ihren eigenen Fehlern schmeicheln, während der bedeutende Mann ihnen nicht so viel Befriedigung gewährt, daß dadurch seine Unvollkommenheit aufgewogen würde.

Viele Frauen übertreiben den Kultus mit dem geliebten Mann so sehr, daß sie immer einen Abgott in ihm sehen wollen; während jene, die einen Mann um seiner selbst willen und nicht zuerst um ihretwillen lieben, seine kleinen Züge ebenso verehren wie seine Größe.

Das ist das Merkwürdige an den Frauen, daß sie über ihre verwerflichsten Handlungen nicht nachdenken, sondern sich nur von ihren Gefühlen fortreißen lassen. So liegt selbst in der Heuchelei bei ihnen etwas Natürliches, und nur sie können Verbrechen begehen, ohne dabei gemein zu werden. In den meisten Fällen wissen sie hernach gar nicht mehr, »wie es zugegangen ist«.

Die Frauen haben ein unnachahmliches Talent, ihre Gefühle auszudrücken, ohne zu deutliche Worte zu gebrau-

52–58

chen: ihre Beredsamkeit liegt hauptsächlich im Akzent, in der Bewegung, in der Haltung und im Blick.

In allen Lebenslagen hat das Weib mehr Schmerz und Kummer als der Mann und leidet mehr als er. Der Mann hat seine Kraft und kann seine Macht betätigen, er handelt, kommt und geht, beschäftigt sich, denkt; er umarmt die Zukunft und findet darin Trost. Das Weib aber bleibt zurück, steht dem Kummer von Angesicht zu Angesicht gegenüber, nichts zerstreut sie, sie steigt bis in die Tiefen des Abgrunds hinab, der sich vor ihr aufgetan hat und unermeßlich ist wie ihre Gelübde und ihre Tränen.

Wenn eine Kränkung öffentlich ist, so vergißt eine Frau sie gern, denn sie hat Gelegenheit, sich groß zu zeigen, sie ist in ihrer Milde Weib – geheime Kränkungen hingegen verzeihen Frauen niemals.

Eine Frau fragen, heißt das nicht, sich ihr ausliefern? Wird sie nicht alles erfahren, was man vor ihr verbergen will, und wird sie nicht sprechend zu schweigen wissen?

Ein allzu anständiger Mensch zu sein – das ist ein Ausdruck, der im Mund gewisser Frauen das Diplom der Einfältigkeit ist.

Das liebende Weib besitzt ein tiefes Wissen um seine Macht, und je tugendhafter es ist, desto siegreicher ist seine Koketterie.

Es gibt Frauen, es gibt auch Männer, die es verstehen, sich zu teilen und nur teilweise zu verschenken. Solche Leute werden stets ihre materiellen Interessen von ihrem Gefühlsleben trennen.

Keine Frau widersteht dem Gedanken, daß sie die einzige Geliebte war.

Jede Frau hat Vollkommenheiten, die nur ihr eigentümlich sind.

Die Fähigkeit einer liebenden Frau, sich durch Zweifel zu quälen, ist noch größer als ihre Fähigkeit, neue Freuden zu ersinnen. Wenn sie im Argwohn ist, verlassen zu werden, so versteht sie die Bedeutung einer Gebärde schneller, als Vergils Renner die fernen Atome wittert, die ihm die Liebe anzeigen.

Eine Frau von dreißig Jahren hat für einen jungen Mann eine unwiderstehliche Anziehungskraft. Ein junges Mädchen hat zuviel Illusionen, ist zu unerfahren, und ihr Geschlecht verführt sie zu sehr zur Liebe, als daß ein junger Mann sich dadurch geschmeichelt fühlen könnte, während eine Frau den ganzen Umfang der Opfer, die sie bringen muß, kennt. Wo die eine durch die Neugierde getrieben wird, durch Verführung, die mit wirklicher Liebe nichts zu tun hat, gehorcht die andere bewußt einem Gefühl. Die eine gibt nach, die andere wählt aus!

Mit einem beinahe immer mit Leiden teuer bezahlten Wissen ausgerüstet, scheint eine erfahrene Frau, wenn sie sich hingibt, mehr noch als sich selbst zu geben.

Die Frau von dreißig Jahren genügt allen Anforderungen, das junge Mädchen, aus Angst, es nicht mehr zu sein, darf keiner genügen. Diese Gedanken entwickeln sich im Herzen eines jungen Menschen und schaffen so in ihm die stärkste Leidenschaft, denn sie vereinigt in sich die durch die Sitten geschaffenen künstlichen Gefühle mit den wahren Empfindungen der Natur.

Man kennt Frauengesichter, die durch ihre Ruhe und ihre Feinheit die Wissenschaft täuschen und die Beobachtung irreführen; man müßte sie betrachten können, wenn die

Leidenschaften reden, und das ist schwierig, oder wenn sie gesprochen haben, und dann hilft es nicht mehr; denn zu solcher Zeit verstellt sich die Frau nicht mehr.

Wenn eine Frau dazu kommt, ihre Schwäche zu bereuen, fährt sie wie mit einem Schwamm über ihr Leben, um alles darin auszulöschen.

Das Glück ist die Poesie der Frauen, wie das Kleid ihre Schminke ist. Toilette und Liebesbriefe schaffen eine Frau zum zweiten Male.

Der Kuß einer aufrichtigen Frau hat eine Süße, die die ganze Seele in diese Liebkosung zu legen scheint, ein heiliges Feuer, das bis ins Herz dringt.

Es gibt Frauen, die ja sagen, solange sie einen Mann brauchen, und nein, wenn er seine Rolle gespielt hat.

Die Frauen der großen Welt haben ein wunderbares Talent, das Unrecht, das sie begangen haben, wegzuscherzen. Sie können alles mit einem Lächeln, mit einer Frage, mit der sie die Erstaunte spielen, wieder auslöschen. Sie erinnern sich an nichts, sie erklären alles, sie sind verwundert, sie fragen, sie kommentieren, sie werden weitschweifig, sie streiten, und schließlich haben sie ihr Unrecht entfernt, wie man einen Flecken mit ein wenig Seife auswäscht.

Fürwahr, die Frau, die ihre Liebe wie ein Kleid ablegt, berechtigt zu der Annahme, daß sie ihre Liebe auch ebenso leicht wechseln kann. Diese Frauen sind zu sehr Herr über sich selbst, um einem ganz zu gehören; sie messen der Gesellschaft eine zu große Bedeutung bei, als daß ihre Herrschaft über sie vollkommen sein könnte.

72–77

Eine Geliebte, die Zärtlichkeit mit Größe verbindet, lächelt über Kindereien und versteht sie; aber wenn sie nur ein wenig Eitelkeit hat, verzeiht sie ihrem Geliebten nicht, wenn er sich kindisch oder kleinlich zeigt.

Eine Frau weiß den geliebten Mann mit richterlichem Scharfblick zu verhören. In einer solchen Fassung genügt ein Augenblitz, ein Wort, ein Tonfall, ein Zögern, um den Verrat offenbar werden zu lassen.

Eine Frau, die einen Mann liebt, kennt sein Gesicht wie ein Seemann das offene Meer.

Es gehört zu den geschicktesten Kunstgriffen kluger Frauen, daß sie ihr Wesen verschleiern, wenn die Worte zu ausdrucksvoll werden, und daß sie, sobald die Rede Grenzen findet, die Augen sprechen lassen.

Die Frauen gewinnen leicht einen Haß gegen den Mann, der es nicht verstanden hat, sie in dem Augenblick zu lieben, wo sie Lust hatten, sich lieben zu lassen.

Die glückliche Liebe ist für alle Frauen das heilige Salbgefäß der Krönung, das sie stolz macht wie Kaiserinnen.

Ich habe bemerkt, daß fast alle Frauen, die gut reiten, wenig Gemüt haben. Es fehlt ihnen, wie den Amazonen, die Brust; ihr Herz ist an irgendeiner Stelle verhärtet.

Musikalische Frauen verstehen sich fast immer auf die Liebe.

Nach dem Vergnügen, ein geliebtes Weib selbst zu bewundern, kommt das andere, sie von allen bewundert zu sehen.

Alle Frauen, selbst die Betschwestern und die dummen, verstehen sich im Punkte der Liebe.

78–87

Der Unwille einer Frau, die man begehrt, ist sehr mächtig. Ihre Unterwerfung wie ihr Zorn ist gleich gebieterisch, sie greift alle Fibern im Herzen des Mannes an, durchdringt es, unterjocht es.

Es ist das Vorrecht der Frau, die wir lieben – mehr lieben als sie uns selbst, daß sie uns bei jeder Gelegenheit zwingen kann, Vernunftgründe außer acht zu lassen.

Das Herz hat sein eigenes Gedächtnis. Eine Frau, die die schwerwiegendsten Ereignisse nicht behalten kann, wird sich während ihres ganzen Lebens an Geschehnisse erinnern, die für ihre Gefühlswelt von Wichtigkeit waren.

Die Frauen haben eines mit den Engeln gemeinsam: die Bekümmerten gehören ihnen!

Das Mitgefühl mit dem Unglück dessen, den sie liebt, wird eine Frau immer auch physisch ergreifen.

Mitgefühl – das ist die einzige Überlegenheit der Frau, die einzige, die sie gern fühlen lassen will, die einzige, die sie dem Mann verzeiht, wenn er sich dabei ertappen läßt.

Die Liebe gebiert in der Frau ein neues Weib, und das Weib von gestern ist morgen nicht mehr.

Was wäre das für eine Frau, die nicht weiß, wenn sie geliebt wird?!

Eine Frau ist nur kokett, solange sie nicht liebt.

Es gibt bei der Frau ein Alter, wo sie dem, der ihr nicht widerspricht, selbst ein Laster verzeiht.

Eine Frau erwacht oft plötzlich am Rand oder auf dem Boden eines Abgrunds.

88–98

Es gibt Frauen, die nur den Mann lieben, den schon eine andere erwählt hat.

Die Frauen wären sehr beklagenswert, wenn sie für alle Wünsche verantwortlich sein würden, die sie uns eingeben.

Die Frauen emanzipieren, heißt sie verderben.*

Frauen haben gelegentlich eine ahnende Vorausschau, die ein Geheimnis zwischen den Müttern und Gott ist.

Eine Frau betrügen oder Bankrott machen, ist das nicht ein und dasselbe?

Von allen Strafen, die das Herz einer Frau treffen, ist die allgemeine Verachtung die schlimmste.

Wenn Frauen einen inhaltsschweren Gedanken hegen, sagen sie stets: »Ich habe nichts!«

Es gibt Augenblicke, in denen der Wunsch, zu gefallen, die Schönheit der Frauen noch zu steigern vermag.

Die unbekannte Frau! Das ist von allen Frauen die schönste.*

ÜBER EHE UND MUTTERSCHAFT

Die Liebe und die Mütterlichkeit bekämpfen sich oft im Herzen der Frauen; eine von beiden muß notwendig unterliegen, wenn sie nicht an Kraft gleich sind: wo sie es sind, bilden einige Ausnahmefrauen den Ruhm ihres Geschlechts.

Das Mutterherz ist ein Abgrund, auf dessen Boden sich noch immer ein Verzeihen findet.

Wenn eine Mutter einen Sohn verliert, der geachtet, bewundert, jung und schön war und einer großen Zukunft entgegenging, so erregt dies allgemeines Bedauern; die Welt hilft den Schmerz mit tragen und mildert ihn durch ihre Anteilnahme. Doch der Schmerz jener Mütter, die allein wissen, was ihr Kind war, und seinen Wert allein erkannt haben, zieht sich ins Innere zurück und verbirgt sich vor der Welt, weil er bei ihr keinen Widerhall finden würde.

Mütter haben einen besonderen Blick, eine Stimme – Bewegungen, deren Kraft die Kindesseele formt.

Der Verzicht einer Mutter ist eine entsetzliche oder eine erhabene Tat.

Für eine Mutter gibt es keine Entfernungen, eine wahre Mutter zwingt alles und sieht, wie es um ihr Kind bestellt ist, und sei sie auch so weit entfernt wie ein Pol vom andern!

108–113

Es ist einer der Ruhmestitel der menschlichen Gesellschaft, dort, wo die Natur nur das Weibchen schuf, die Frau geformt zu haben – dort, wo die Natur nur an die Erhaltung der Gattung dachte, die Dauer des Verlangens begründet, kurz: die Liebe entdeckt zu haben, die schönste Religion der Menschen!

Es gibt in einem Leben zu zweit etliche dem Zufall verdankte völlig glückliche Tage, die – vergänglichen Blumen gleich – weder an den vorangegangenen Abend noch an den kommenden Morgen,gekettet sind.

Der Einfluß, den eine Frau auf ihren Gatten gewinnen kann, hängt von ihrem ersten Auftreten in der Ehe ab.

Wenn das Band zweier Seelen vollkommen gewesen ist, wird jede Verletzung zu einer tödlichen Wunde, und wo Ruchlose sich nach Dolchstichen wieder vertragen, da brechen die restlos Liebenden oft um eines Wortes willen unwiderruflich.

Junge Leute sehen nur die schönen Tage. Später machen sie dann für den Jammer des Lebens vornehmlich die Ehe verantwortlich; denn es liegt in der Natur des Menschen, die Ursachen seines Elends im Zunächstliegenden oder in den ihm Zunächststehenden zu erblicken.

Wenn zwei Wesen, die miteinander durchs Leben gehen wollen, nichts als ihr Liebesgefühl haben, so sind ihre Quellen schnell erschöpft, und bald stellen sich Gleichgültigkeit, Übersättigung, Widerwille ein.

Treue ist immer höchste Liebe, ein Beweis ungeheurer Kraft. Daher die dichterischen Verherrlichungen. Ein rechter Mann muß in seiner Frau alle Frauen wiederfinden, wie die galanten Poeten des siebzehnten Jahrhunderts in ihren Manons bald eine Venus, bald eine Madonna sahen.

114–120

In jedem ehelichen Beisammensein sind auch die Gedanken ansteckend.

In ihrer Liebe empfindet eine Frau die Vorgefühle, die später ihre Mutterschaft erhellen. Daraus ergeben sich gewisse Melancholien, gewisse unerklärliche Traurigkeitsanwandlungen, die die Männer überraschen, weil sie alle von einer ähnlichen Konzentration durch die großen Sorgen des Lebens abgezogen werden.

Das beständige Beisammensein von Eltern und Kindern ist kaum weniger gefährlich als zwischen zwei Ehegatten: es gibt nur wenige Seelen, bei denen die Liebe der Allgegenwärtigkeit widersteht, dieses Wunder kommt nur Gott zu.

Es gibt geborene Hausfrauen, es gibt Frauen, die nur anmutig sind, und solche, die nur im Luxus aufblühen. Es gibt Nur-Ehefrauen, Nur-Mütter, Nur-Geliebte. Es gibt Frauen von rein geistiger und solche von rein materieller Anlage, so wie es unter den Männern geborene Künstler, geborene Soldaten, geborene Handwerker, Mathematiker und Dichter, Kaufleute, Finanzleute, Landwirte und Verwaltungsmenschen gibt.

An eine Frau glauben, sie zu seiner irdischen Religion zu machen, zum Grundsatze seines Lebens: heißt das nicht zum zweiten Male geboren werden? Ein junger Mann mischt daher in seine erste Liebe noch etwas von der Liebe, die er für seine Mutter fühlt.

Manche Frauen verlieren, wenn sie von den Räumen getrennt werden, die ihnen als Umrahmung gedient haben. Die lebendigen Physiognomien brauchen eine Art Atmosphäre, die zu ihnen gehört, wie das Helldunkel der flämischen Gemälde ein notwendiges Zubehör der Gestalten ist, die das Genie der Maler dort hineingestellt hat.

121–126

Die Naturforscher haben uns viel berichtet vom Gebaren der wilden Tiere, aber sie haben eins vergessen: Mutter und Tochter auf der Jagd nach dem Mann! Das sind Hyänen, die, um das Wort des Psalmisten zu gebrauchen, herumgehen und suchen, was sie verschlingen könnten, und die mit der Wildheit der Bestie den Verstand des Mannes und die List des Weibes vereinen.

Es ist immerhin noch leichter, sich mit Männern herumzuschlagen, als mit seiner eigenen Frau Krieg zu führen.

Es ist schwer, auf die Illusionen zu verzichten, die der Familiensinn erzeugt und die mit dem Leben geboren werden.

Sehr beschäftigte Männer haben so falsche Vorstellungen von den Kosten eines Haushalts, daß man sie ohne weiteres glauben machen kann, mit hunderttausend Frank nichts und mit zwölftausend Frank alles anfangen zu können.

Wohl kann eine Frau ihrem Gatten stets beweisen, daß er geliebt wird, aber ihn davon zu überzeugen, daß er verstanden wird, ist weitaus schwieriger.

Das Schweigen zweier Herzen, denen das »wir« fremd geworden ist, ist schrecklich wie ein vollzogener Ehebruch.

Der gute und der schlechte Ton hängt von tausend Kleinigkeiten ab, die eine geistvolle Frau ebenso schnell begreift, wie sie gewisse Frauen niemals lernen werden.

Das Gesicht einer Frau beginnt erst mit dreißig Jahren ausdrucksvoll zu werden. Bis zu diesem Alter findet der Maler in ihrem Gesicht nur Milch und Blut, ein Lächeln und einen Ausdruck, das denselben Gedanken immer wiederholt, den Gedanken an Jugend und Liebe, einen immer gleichartigen und nicht tiefgehenden Gedanken; im Alter aber hat alles bei der Frau gesprochen, die Leidenschaften haben sich in ihr Gesicht eingegraben: sie ist Geliebte, Gattin, Mutter gewesen.

Überall in der Welt fragen die Menschen, ehe sie über einen Mann urteilen, nach der Meinung seiner Frau über ihn. Sie fordern so gewissermaßen ein »Präavise«, wie die Genfer es nennen.

Auch im glücklichsten Haushalt kommen Augenblicke des Bedauerns vor.

Es gibt kaum eine Empfindung, die dem Manne so gemäß ist wie der Stolz, stets zum Schutze eines schwächeren Wesens bereit zu sein.

GEFÜHLE UND LEIDENSCHAFTEN

Ist es denn nicht ein Irrtum, zu glauben, daß die Gefühle sich immer neu gestalten? Bleiben sie, einmal aufgeblüht, nicht immer tief im Herzen? Je nach den Wechselfällen des Lebens beruhigen oder erregen sie sich; aber sie sind da, und ihr Dasein muß notwendig die Seele umformen. So hätte also jedes Gefühl nur einen großen Tag: den kürzeren oder längeren Tag seines ersten Sturms!

Die Kraft der Wandlung, die von Gefühlen ausgeht, ist überwältigend. Wie gewöhnlich ein Mensch auch sei, im Augenblick, wo er ein wahres und starkes Gefühl äußert, da strahlt er ein Fluidum aus, das seinen Gesichtsausdruck verwandelt, seine Stimme färbt, seine Bewegungen lebendig macht. Unter dem Einfluß der Leidenschaft kann das dümmste Geschöpf die zartesten Feinheiten einer Idee erfassen und eine Fülle von Licht ausstrahlen.

Vielleicht steht die Kraft der Gefühle im Verhältnis zu ihrer Seltenheit; vielleicht lebt der Mensch, der wenig durch den Gedanken lebt, viel durch die Dinge; je weniger er davon besitzt, desto mehr liebt er sie ohne Zweifel.

Es ist der Fluch der kleinen Geister, der gemeinen Herzen, daß Abwesenheit die Gefühle schwächt, die Züge der Geliebten verwischt und ihre Schönheit mindert. Für Menschen glühender Phantasie, bei denen die Begeisterung ins Blut übergeht, bei denen die Leidenschaft Bestand hat – gleicht für diese nicht Abwesenheit den Martern, die den

138–141

Glauben der ersten Christen befestigten und sie Gott schauen ließen?*

Man fühlt sich nur mit seinesgleichen wohl, sonst leidet man überall.*

Dachstubenlyrik lebt vom Luxus der Gefühle – was würde aus der Liebe ohne diesen Reichtum werden!

Niemals werden die Moralisten den ganzen Einfluß, den die Gefühle auf die Interessen haben, klarlegen können. Dieser Einfluß ist ebenso mächtig wie der der Interessen auf die Gefühle. Alle Naturgesetze haben eine doppelte Wirkung in zwei entgegengesetzten Richtungen.

In Geldsachen ist alles in Ordnung zu bringen – aber die Gefühle sind unbestechlich.

Die natürlichsten Gefühle sind solche, die man sich nur mit dem größten Widerwillen gesteht.

Aus dem Zusammenstoß der Charaktere, nicht aus dem Kampf der Ideen, entstehen die Abneigungen des Gefühls.

Die Frauen sind stärker durch ihr Gefühl als die Männer durch ihre Kraft.

Man kann sich kaum vorstellen, welch einen Eindruck schöne Gefühle bei Versammlungen hervorrufen.

Unverdorbenes Gefühl läßt sich nicht täuschen, es hat seine Augen und seine Intelligenz.

Wenn jemand allein ist und von Gefühlen und Gedanken bestürmt wird, dann gibt er Stimmungen nach, gegen die er im gewöhnlichen Gang des Lebens gefeit wäre.

Da, wo die Form herrscht, hört das Gefühl auf.*

142–152

Das Leben liegt in der Leidenschaft. Wenn unsere Gebärden nur die Ausdrucksformen von Handlungen sind, die bereits von unseren Gedanken vollzogen wurden – wieviel Lebensströme müssen dann oft wiederholte Begehren aufzehren! Die Leidenschaften, die nur ein Anhäufung von Begehren sind, durchfurchen sie nicht mit ihren Blitzen die Gesichter der Ehrgeizigen, der Spieler, und verbrauchen sie nicht deren Leiber mit erstaunlicher Schnelligkeit?

Eine Leidenschaft, die von Vernunftgründen unterstützt wird, ist verdorben; sie wirkt nur schön, wenn sie ganz aus sich selber lebt und in ihren erhabenen Kundgebungen alles Selbstgedenken ausschließt.

Die Leidenschaft umfaßt alles Menschliche. Ohne sie wären Religion, Geschichte, Literatur und Kunst ohne Sinn.

Jede Leidenschaft übt einen so starken Druck auf unsere Natur aus, daß sie zunächst alle Unebenheiten unseres Wesens ausgleicht und die gewohnheitsmäßige Furche unserer guten und schlechten Eigenschaften ausfüllt. Aber später treten bei zwei Liebenden, die aufeinander eingelebt sind, die ursprünglichen Charakterzüge wieder hervor. Da fangen sie an, einander zu richten, und in dieser Reaktion gegen die Leidenschaft entstehen oft entzweiende Abneigungen.

Die Leidenschaften verzeihen ebensowenig wie die menschlichen Gesetze, und sie denken dabei noch richtiger: stützen sie sich denn nicht auch auf ein nur ihnen eigenes Gewissen, das unfehlbar ist wie ein Instinkt?

Mag auch das Gesetz diese oder jene Ausschweifung unterdrücken – die Leidenschaft an sich wird es niemals auslöschen.

153–158

Die ersten weißen Haare bringen die letzten Leidenschaften mit sich, die heftigsten, weil sie aus einer Kraft hervorgehen, die sich einem Ende nähert, und aus einer Schwäche, die beginnt.

Wenn Leidenschaften ihrer Entladung entgegenreifen, üben sie eine berauschende Gewalt über uns aus, die der kümmerlichen Aufreizung weit überlegen ist, in die Opium oder Wein uns versetzen. Die Schärfe der Gedanken, die sich dann einstellt, die Empfindsamkeit der aufgepeitschten Sinne bringen die seltsamsten und unerwartetsten Wirkungen hervor. Dann nehmen manche Menschen, obwohl ein einziger Gedanke sie völlig beherrscht, die unscheinbarsten Gegenstände aufs deutlichste wahr, während die greifbarsten Dinge für sie nicht vorhanden zu sein scheinen.

Ein Augenblick verwandelt nicht selten eine Leidenschaft in ihr Gegenteil: der Schwätzer wird zum Diplomaten, der Feigling ganz plötzlich ein Held!

Die Leidenschaft weiß ihren Weg mit schlafwandlerischer Sicherheit zu verfolgen.

Es gibt wenig Leidenschaften, die in ihrer Dauer nicht unredlich werden.

Wer den Leidenschaften des Augenblicks schmeichelt, wird überall ein Held sein.

Die Leidenschaft hat unendlich viele Abstufungen.

In den südlichen Ländern entstehen die großen Leidenschaften im Augenblick.

In Frankreich führt die Eigenliebe zur Leidenschaft.

159–167

Die Angst wird sich immer Götzen schaffen.

Es gibt zwei Arten von Furchtsamkeit: die Furchtsamkeit des Geistes und die Furchtsamkeit der Nerven, eine physische und eine moralische. Die eine ist von der anderen unabhängig: der Körper kann Furcht haben und zittern, während der Geist ruhig und mutig bleibt, ebenso umgekehrt. Das gibt den Schlüssel zu vielen Überraschungen.

Die Tapferkeit gar vieler Leute ist nur ein Rechnen mit der Furchtsamkeit des Gegners.

Der Mensch hat ein Grauen vor der Einsamkeit. Und von allen Einsamkeiten ist die moralische die schrecklichste. Die ersten Einsiedler lebten mit Gott, sie bewohnten die Welt, die am bevölkertsten ist, die Welt der Geister. Die Geizigen bewohnen die Welt der Phantasie und der Genüsse. Der Geizige hat alles in seinem Hirn, sogar das Geschlecht. Der erste Gedanke des Menschen, sei er ein Aussätziger oder ein Galeerensträfling, ein Frevler oder ein Kranker, wird stets sein: nach einem Genossen seines Schicksals zu fahnden. Um diesem Trieb, der das Leben selbst ist, zu genügen, wendet er alle Kräfte, alle Macht, die ganze Energie seines Daseins an.

Die Einsamkeit ist die Leere, und die moralische Natur hat vor der Leere ein ebenso großes Grauen wie die physische Natur. Die Einsamkeit ist nur für den genialen Menschen bewohnbar, der sie mit seinen Gedanken, den Töchtern der geistigen Welt, anfüllt, oder für den Betrachter der göttlichen Werke, der sie erleuchtet findet vom Licht des Himmels, belebt vom Hauch und der Stimme Gottes.

Seelische Vereinsamung bringt dieselben Wirkungen hervor wie wirkliche Einsamkeit: die Stille schärft das Ohr für die leisesten Geräusche, und die Gewohnheit, sich immer wieder in sich selbst zurückzuziehen, bildet eine Empfindsamkeit heraus, die in ihrer Feinheit die geringfügigsten Abschattierungen unserer Eindrücke offenbart.

Einsamkeit ist Leiden, multipliziert mit dem Unendlichen. Der Leib rührt durch das Nervensystem an die Unendlichkeit, während der Geist durch den Gedanken in sie eindringt.

Man leidet seelisch, wie man körperlich leidet. Nur kann die Seele das Leiden nicht so dumpf über sich ergehen lassen wie der Körper; denn die Seele empfängt vom Körper nicht jene Stütze, die sie ihrerseits dem Körper zu verleihen vermag.

Der Schmerz adelt auch die einfachsten Menschen; denn er trägt seine Größe in sich, und um von seinem Glanz überstrahlt zu werden, braucht man bloß wahr zu sein.

Alle Schmerzen sind individuell, ihre Wirkungen unterstehen keinem festen Gesetz: manche Menschen verstopfen sich die Ohren, um nichts zu hören, manche Frauen verschließen die Augen, um nichts mehr zu sehen, aber es finden sich auch große, prachtvolle Seelen, die sich in den Schmerz wie in einen Abgrund stürzen. In Dingen der Verzweiflung ist alles wahr!

Nichts in der Welt versteht sich so gut wie zwei Träger gleicher Schmerzen.

Der Schmerz steigert alles!

Starke Seelen sind weder eifersüchtig noch furchtsam: Eifersucht ist Zweifel, Furcht ist Kleinheit. Das rückhaltlose Vertrauen ist die bedeutendste Eigenschaft des wahrhaft Großen. Der starke wie der schwache Mann kann be-

174–180

trogen werden. Verachtung ist dann die Waffe, die ihn rächt.

Das italienische Genie kann die Erzählung von Othello erfinden, das englische kann es in Szene setzen, aber die Natur allein hat das Vermögen, in einen einzigen Blick einen vollständigeren und großartigeren Ausdruck der Eifersucht hineinzulegen als England und Italien zusammen.

Die Eifersucht bedeutender Menschen wird zum Streben, zur Nacheiferung, sie gebiert oft große Taten. Die Eifersucht der kleinen Geister hat destruktive Tendenzen: sie wird zum Haß!

Die Furcht ist ein halb krankhaftes Gefühl, das auf die menschliche Maschinerie so heftig einwirkt, daß ihre Eigenschaften sich plötzlich bis zum höchsten Grade der Möglichkeit steigern oder auch in äußerste Verwirrung geraten. Die Physiologie ist lange Zeit von diesem Phänomen in Erstaunen gesetzt worden, das ihre Systeme über den Haufen wirft und ihre Hypothesen stört, obwohl es ganz einfach nur ein Blitzschlag im Innern ist.

Die Furcht ist ein soziales Element, ein Weg zur Höhe für alle, die vor niemandem die Augen senken!

Die Bosheit ist der Geist des Hasses, welcher der Erbe aller schlimmen Leidenschaften des Menschen ist, wie die Liebe alle seine guten Eigenschaften in sich schließt. Und daher gibt es keinen Menschen, der nicht Geist hätte, wenn er sich rächt, ebenso wie es keinen gibt, dem Liebe nicht Wollust verleiht.

Es scheint, daß der Haß gegen einen Feind um die ganze Höhe wachse, um die sich dieser über uns erhebt.

181–186

Der Haß nährt sich, wie die Liebe, von Kleinigkeiten: alles weiß er sich mundgerecht zu machen, und ebenso, wie die geliebte Person niemals etwas schlecht macht, vermag der Gegenstand des Hasses niemals etwas gut zu machen.

Haß ohne das Verlangen nach Rache ist wie ein Saatkorn auf Granit.

Die erste Bedingung zur Rache ist Heuchelei: ein offen zugegebener Haß ist machtlos.

Für jemand, der sich rächen will, gibt es keine Gefahr.*

Der eitle Mann glaubt, ebenso wie das Weib, etwas zu verlieren, wenn man einen anderen lobt oder ihm Liebe bewilligt. Voltaire war auf den Geist eines Lebemannes eifersüchtig, der Paris einige Tage von sich reden machte, und eine Herzogin fühlt sich oft durch den Blick beleidigt, den man ihrer Kammerjungfer widmet.*

Die sichersten Spekulationen sind die auf die Eitelkeit, die Eigenliebe und die Prahlerei. Diese Gefühle werden niemals aussterben.*

Großmütige Menschen empfinden die lebhaftesten Schmerzen, wenn sie die Art Versprechen nicht halten können, die gewissermaßen die kleinen Eitelkeiten der Zärtlichkeit sind.

Man muß die Eitelkeit denen überlassen, die sich durch nichts anderes hervortun können.

Keine Freude vermag sich der triumphierenden Eitelkeit zu vergleichen.

Die Gewohnheiten der Eitelkeit sind stärker als alle anderen.

Unsere Freundschaften entstehen zum Teil eher aus Gegensätzlichkeiten denn aus Ähnlichkeiten.

Es gibt gewisse Charaktere, die infolge eines einzigen Beweises an wahre Freundschaft zu glauben vermögen. Bei so gearteten Leuten verjagt der Nordwind ebenso schnell die Wolken, wie der Westwind sie herbeiführt. Sie halten sich an Tatsachen, ohne nach den Gründen zu forschen.

Was Freundschaften unauflöslich macht und ihren Reiz verdoppelt, ist ein Gefühl, das der Liebe fehlt: die Sicherheit!

Man muß Empfindungen, die nicht verstanden werden, für sich behalten. Ein Sonnenuntergang ist gewiß ein großes Gedicht, aber man macht sich lächerlich, wenn man ihn mit großen Worten vor Leuten schildert, die nur materielle Interessen haben. Es gibt Genüsse, die nur zu zweien genossen werden können: der Dichter mit dem Dichter, Herz an Herz.

Alle Männer, die unter irgendeinem körperlichen Gebrechen leiden, haben nur die Wahl, zwei Wege einzuschlagen: sich entweder gefürchtet zu machen oder eine ganz besondere Herzensgüte zu offenbaren; sich auf dem üblichen Mittelwege zu bewegen, wie es die meisten Männer gewohnt sind, ist ihnen verwehrt.

Die Menschen beten mit Vorliebe an, was sie selbst nicht besitzen.*

Die höchste Gefahr übt eine ebenso furchtbare Macht auf die Seele aus, wie die stärksten Reagenzien sie über den Körper besitzen. Sie ist eine moralische Voltasche Säule. Vielleicht ist der Tag nicht mehr fern, an dem man die Art und Weise erkennt, wie die Empfindung sich chemisch in ein Fluidum verwandelt, das dem der Elektrizität annähernd ähnlich ist.

Die seelische Welt unterscheidet sich von der physischen dadurch, daß es in ihr keine absoluten Gesetze gibt. Die Nachdrücklichkeit der Wirkungen ist abhängig von der Beschaffenheit der Charaktere oder von den Ideen, die wir um eine Tatsache gruppieren.

Wenn schwache Naturen erst einmal Mißtrauen gefaßt haben, so halten sie eigensinnig daran fest und kommen nie mehr davon ab.

Alle menschlichen Schwächen sind in ihrem innersten Wesen Feigheit. Sie geben weder Ruhe noch Frieden. Was man ihnen gestern bewilligt hat, verlangen sie heute, morgen und immer: sie setzen sich in Zugeständnissen fest und erweitern sie. Jede Macht ist gütig, sie fügt sich der bessern Einsicht, ist gerecht und friedlich, während die Leidenschaften, die der Schwäche entspringen, unbarmherzig sind.

Zur Unzeit Mut zeigen, das taugt ebensowenig, als ob man in einem Korbe Wasser tragen wollte.

Der Eindruck, den die verschiedenen Landschaften auf die Seele machen, ist etwas, das Beachtung verdient. Während wir am Meer unfehlbar melancholisch werden, bringt es ein anderes Gesetz unserer empfänglichen Natur mit sich, daß auf den Bergen unsere Gefühle freier sind, die Empfindung gewinnt das an Tiefe, was sie an Feuer einzubüßen scheint.*

Die Interessen der einzelnen laufen immer wieder auseinander – aber in der Sünde verträgt man sich.*

204–209

Es gibt mehrere Gedächtnisse in uns: Körper und Geist haben jeder das ihrige. So ist das Heimweh eine Krankheit des körperlichen Gedächtnisses.

Starke Seelen halten mehr an einer Empfindung fest als am Dasein.

Nichts verträgt der Mensch so schwer wie das Mitleid, zumal dann, wenn er es verdient. Der Haß ist ein Stärkungsmittel, er ruft zum Leben, zur Rache; aber das Mitleid tötet, es schwächt noch unsere Schwäche. Es ist das Unglück, das schleichend geworden ist, die Verachtung in der Zärtlichkeit oder die Zärtlichkeit im Wehtun.

Das Wenn ist das lenkbarste Reittier der Hoffnung.

Der Mensch, der Gewissensbisse hat, ist der wahre Bösewicht, denn er hat einen Begriff von der Tugend.

Das Weinen der Greise ist ebenso schrecklich, wie das der Kinder natürlich.

Ein Begehren ist ein in unserem Willen abgeschlossenes Geschehen, ehe es als solches in die Außenwelt tritt.

Für die Freude gibt es keine Vorahnungen.

Unter einem bestimmten Grad der Bearbeitung durch Druck oder Schlag gibt selbst das Eisen nach. Die Hufschmiede, Schlosser und Metallarbeiter haben dafür ein treffendes Wort. »Das Eisen ist müde«, sagen sie. Nun, in einem ähnlichen Zustand befindet sich auch die menschliche Seele, wenn sie wiederholten Erschütterungen ausgesetzt worden ist: dann geht es den Menschen wie dem Eisen: sie sind müde!

Alle Ausschweifungen sind Geschwister. Diese sozialen Ungeheuerlichkeiten haben die Gewalt des Abgrundes in sich; sie ziehen uns an, wie St. Helena Napoleon an sich lockte; sie machen uns schwindlig, behexen uns, und wir lechzen danach, ihre letzten Tiefen zu ergründen, ohne daß wir wissen warum. Vielleicht lebt in diesen Abgründen die Idee des Unendlichen.*

Ein Mensch, der ein Laster hat, ist immer der Diener seiner Feinde, wenn sie sich dieses Marionettenfadens zu bedienen wissen.*

Die Begeisterung, jene Tugend in der Tugend, die die Heiligen erzeugt, die verborgenen Opfer und leuchtenden Dichtungen hervorbringt, wird zur Überspanntheit, wenn sie sich an Nichtigkeiten verschwendet.*

Die Undankbarkeit ist wie das Unglück: die eine zieht das andere nach sich.

Auch im geistigen Leben gibt es, wie im körperlichen, ein Ein- und Ausatmen. Die Seele hat das Bedürfnis, die Empfindungen einer anderen Seele in sich aufzunehmen, einzusaugen, für sich zu verarbeiten und – hiervon reicher geworden – zurückzugeben. Das Herz lebt nicht, solange es dieses schöne Wunder noch nicht kennt!

Man ist noch lange nicht jämmerlich, wenn man abergläubisch ist. Der Aberglauben ist oft eine Hoffnung.

Welchen Namen soll man jener unbekannten Macht geben, die den Schritt der Wanderer beschleunigt, noch ehe der Sturm sich angekündigt hat; die den Sterbenden einige Tage vor seinem Tode erstrahlen läßt in Lebendigkeit und Schönheit und die lachendsten Pläne in ihm erweckt; die den Gelehrten treibt, seine nächtliche Lampe höher zu schrauben, während sie ihm doch noch hell genug leuchtet; und die eine Mutter den allzu tiefen Blick fürchten läßt, den ein scharfsichtiger Mann auf ihr Kind wirft? Wir alle unterliegen diesem Einfluß in den großen Entscheidungen unseres Lebens, und dennoch haben wir ihn weder erforscht, noch ihm einen Namen gegeben: es ist mehr als Ahnung und noch keine Vision.

Lust wie Leid schaffen sich ihre Atmosphäre. Man weiß auf den ersten Blick, den man in eine Behausung wirft, ob da Liebe oder Verzweiflung herrscht.

Wir gehen eher an den Folgen einer getäuschten Hoffnung zugrunde als an der Reue über eine bestimmte Tat.

Die Intrige entfesselt die Leidenschaft weniger gegen sich als das Talent, denn ihre unterirdischen Schleichwege erregen nicht die öffentliche Aufmerksamkeit. Überdies ist die Intrige dem Talent überlegen: sie macht aus dem Nichts ein Etwas, während die ungeheuren Kräfte des Talents den Menschen meistens unglücklich werden lassen.

Die Unendlichkeit ist das Gebiet des Herzens.

Es ist zu bemerken, daß gewissen wahrhaft poetischen Gemütern, bei denen der Wille schwächer ist als die ihre Vorstellungen gestaltende Empfindung, der moralische Sinn fast ganz fehlt, der jede Beobachtung begleiten sollte.

Nichts verletzt tiefer als eine unverdiente Erniedrigung!

Die Sicherheit des Erfolges erzeugt tausend Glücksempfindungen, die Männer nicht eingestehen, während eine gewisse Art von Frauen von diesem Reiz lebt. Das Verlangen wird durch Schwierigkeiten so gut wie durch leicht errungene Triumphe angestachelt. Alle menschlichen Leidenschaften werden sicherlich von der einen oder anderen dieser beiden Quellen, die das Reich der Liebe beherrschen, erregt und genährt. Vielleicht ist diese Teilung eine Folge der Verschiedenheit der Temperamente, die die menschliche Gesellschaft durchdringen. Wenn die Melancholiker das Spannende der Koketterie brauchen, so geben die Sanguiniker und die Nervösen den Kampf auf, sobald die Widerstände zu lange währen.

Was würde ohne Illusionen aus uns werden?! Sie geben uns die Kraft, die Bettelsuppe der Kunst zu essen, die Anfänge alles Wissens in uns aufzunehmen; denn sie geben uns den Glauben. Illusion ist grenzenloser Glaube.

Die Hingabe, die eine geliebte Arbeit mit sich bringt, gleicht in ihrer Wirkung der geschicktesten Zerstreuung.

Der Geiz hat wie die Liebe die Gabe des zweiten Gesichts für die kommenden Ereignisse, er wittert sie, er nimmt sie voraus.*

Ein Brief ist eine Seele, er ist ein so lebendiges Abbild des Menschen, der ihn geschrieben hat, daß er für empfindsame Seelen zu den reichsten Schätzen der Liebe gehört.

Es ist unmöglich, daß ein Mensch keine Manie hat. Wir lieben alle entweder die Jagd oder das Fischen oder das Spiel oder die Musik oder das Geld oder das gute Essen.

Die Seelen, die zur Bewunderung der großen Werke geschaffen sind, haben die erhabene Fähigkeit der wahren Liebenden: sie empfinden heute ebensoviel Genuß wie gestern!

Wenn die Bewunderung zu leicht gewährt wird, ist sie ein Zeichen von Schwäche: man darf einen Seiltänzer und einen Dichter nicht mit gleicher Münze bezahlen.

233–239

Die Bewunderung scheint eine ermattende Arbeit für das Menschengeschlecht zu sein!

Jene, die den Kummer nicht zu töten wissen, lassen sich schließlich durch ihn töten. Das Leben ist eine Arbeit, ein Handwerk, und man muß sich Mühe geben, es zu erlernen.

Das Himmelsprinzip der Menschlichkeit geht selbst in vergifteten Herzen so leicht nicht unter.

Es gibt viele Naturen, die ihren Verwandten oder Freunden nichts Gutes tun, weil dies lediglich das natürliche Gebot wäre, während es ihr Selbstbewußtsein stärkt, Fremden einen Dienst zu erweisen, zu dem sie nicht verpflichtet sind.

Die periodisch auftretende Reue ist eine große Heuchelei – eine Prämie, die den schlechten Handlungen beigegeben wird. Ein Mensch, der zweimal bereut, ist ein Scheinheiliger, er erblickt in seinen Regungen innere Absolutionen.

Die wirklichen Sorgen liegen scheinbar so ruhig in dem tiefen Bett, das sie sich gegraben haben, daß sie zu schlafen scheinen, aber sie zerfressen unaufhörlich die Seele, so wie eine scharfe Säure das Glas ätzt.

Ein Mann kann Schrecken nur einflößen durch die Macht des Bösen, Respekt nur durch Genie, Furcht nur durch viel Geist.

Wir sind gewohnt, andere nach uns selbst zu beurteilen, und wenn wir sie auch gefällig von jenen Mängeln lossprechen, die wir selber besitzen, so vermerken wir es doch sehr übel, wenn sie nicht unsere guten Eigenschaften haben.

Auch die Scham hat ihre Koketterie.

240–248

Der Spott ist die allmächtige Waffe des Teufels, der einem zugrinst: »Ist das alles?« Spott läßt ein tödliches Gift in der Wunde zurück, die er mit Absicht schlug.

Wenn die Seele und die Phantasie sich ein Unglück vergrößert und es zu einer für Kopf und Schulter zu schweren Last gemacht haben, wenn eine langgehegte Hoffnung, deren Erfüllung den Geier, der am Herzen nagt, beschwichtigt hätte, fehlschlägt und der Mensch trotz der göttlichen Macht weder an sich, noch an seine Kraft, noch an die Zukunft glaubt, dann geht er zugrunde.

Wenn die Menschen in einer gewissen Anzahl beisammen sind, so werden sie noch heuchlerischer, als wenn ihr Interesse sie zwingt, Komödie zu spielen.

In einem einförmigen Dasein ist die Erinnerung an Leiden ein unbeschreiblicher Genuß.

Die Menschen erlauben uns wohl, daß wir uns über sie erheben, aber sie verzeihen es niemals, wenn wir nicht ebenso tief hinabsteigen wollen wie sie. So kommt es denn, daß das Gefühl, das sie für große Charaktere in sich tragen, niemals ganz frei von Haß und Furcht ist.

Es ist mit der Wohltätigkeit wie mit den Triumphen: man übt gern eine Barmherzigkeit, die der Eitelkeit wohltut.

Die schönen Seelen entschließen sich schwer dazu, an die Undankbarkeit zu glauben; sie brauchen harte Lehren, ehe sie merken, wie weit die Verderbtheit des Menschen geht, und dann, wenn ihre Erziehung auf diesem Gebiet vollendet ist, erreichen sie die Höhe einer Nachsicht, die die höchste Stufe der Verachtung ist.

Der Neid löst die Zungen, die die Bewunderung erstarren macht.

249–256

Ich habe in verstellten Schmeicheleien immer Grobheit gefunden.

Der Vergleich zwischen einer Gegenwart, die unsere geheimsten Sehnsüchte enttäuscht, und der Zukunft, die sie verwirklichen kann, ist eine nie versiegende Quelle von Schwermut und süßer Befriedigung.

Unser Herz ist ein Schatz: wenn man ihn auf einmal leert, so ist man zugrunde gerichtet.

Ein böses Gewissen verdirbt die Hand!

Der Neid des Fachmannes gegen seinen Kollegen ist einer der heftigsten Antriebe des Hasses.

Wenn es Beziehungen gibt zwischen den Farben und den Erregungen der Seele, wenn Scharlach auf das Gesicht eine Wirkung üben muß wie eine Fanfare auf das Gehör, so ist es vielleicht erlaubt, die Schwermut mit grauen Farbtönen zu vergleichen.

Ein gewarnter Mensch ist soviel wert wie zwei!

Nach einem kleinen Scharmützel befreundet man sich manchmal um so besser.

Die Ehrbarkeit ist allzu steifnackig, sie vermag sich nicht zu ducken, um durch die Hintertüren zu gelangen, die auf Schleichwegen zum Ziel führen.

Die Tränen sind ebenso ansteckend wie das Lachen.

Es gibt vornehme Naturen, denen die Dankbarkeit wie eine zu hohe Entlohnung erscheint; sie ziehen die Gleichheit des Gefühles, das Zusammenstimmen der Gedanken und die freiwillige Verschmelzung der Seelen vor.

257–267

Eine Tat, die für manches Herz kaum einen Fehler im Leben bedeutet, kann für bestimmte lautere Seelen recht wohl die Ausmaße eines Verbrechens annehmen. Hat das Wort »Lauterkeit« nicht in der Tat einen himmlischen Klang?

Ein Mensch, der kein Steckenpferd hat, ahnt nicht, was man vom Leben haben kann. Ein Steckenpferd ist die genaue Mitte zwischen der Leidenschaft und der Monomanie.

Echte Gemütsbewegungen wirken stets ansteckend.

Die Gewohnheiten des Herzens lassen sich schwer aufgeben.

Wenn man nicht mehr an den Teufel glaubt, so ist auch das Paradies verloren.

Die Gleichgültigkeit ist wie das Eis an den Polen: sie tötet alles!

Wir werden durch das Buch vielleicht sicherer und länger herrschen als durch das Schwert.

Die Überlegungen sind die Ereignisse des inneren Lebens.

Denken, das heißt dem Feuer neue Brennkraft zuführen. Wissen Sie, was ich mit Denken meine? Die Leidenschaften, die Laster, alle aufs äußerste gesteigerten Tätigkeiten, die Schmerzen, die Genüsse, sind Sturzbäche von Gedanken. Wenn man auf einen gegebenen Punkt einige heftige Ideen vereinigt, wird ein Mensch durch sie getötet, als ob er einen Dolchstoß bekäme.*

Das Denken, die philosophische Spekulation, die ruhigen Betrachtungen der Wissenschaft spenden uns Freuden, die man so wenig schildern kann wie alle übrigen Phänomene des Geistes, da sie unseren äußeren Sinnen nicht wahrnehmbar sind.

Denken ist Sehen. Alle menschliche Wissenschaft beruht auf Folgerungen, die ein langsames Sehen sind, vermittelst dessen man von der Ursache zur Wirkung niedersteigt oder von der Wirkung zur Ursache empor. Um es eindrucksvoller zu sagen: alle Poesie, wie jedes Kunstwerk überhaupt, beruht auf einer unverzüglichen Erfassung der Dinge.*

Das Nachdenken tötet das Wort, wenn das Wort nicht auch über das Nachdenken gesiegt hat.

274–279

Gedanken sind heilbar. Auf welche Weise? Man erliegt ihnen!

Der Gedanke ist mächtiger als der Körper, er frißt ihn auf, absorbiert ihn und zerstört ihn; der Gedanke ist das heftigste aller Zerstörungsmittel, er ist der wahre Würgengel der Menschheit, die er tötet und belebt, denn er belebt und tötet.*

Es gibt Gedanken, denen wir gehorchen, ohne sie zu kennen. Sie sind in uns, ohne daß wir es wissen.

Es gibt eine Gedankenatmosphäre, die man erkennt oder fühlt.

Der Gedanke ist der Schlüssel zu allen Schatzkammern – er verschafft die Freuden des Geizigen ohne dessen Sorgen.

Sicherlich werden Gedanken mit der gleichen Kraft übertragen, mit der sie empfangen werden, sie treffen dort, wohin das Hirn zielt. Die Wirkungen nur sind verschieden. Wenn es zärtliche Naturen gibt, in denen fremde Ideen sich festsetzen und sie erschüttern, so gibt es auch starke Menschen, Schädel mit Abwehrvorrichtungen, an denen der Wille der andern zerschellt, wie Kugeln, die vergebens an eine Mauer anprallen.

Es möchte bei den heutigen Fortschritten der Physiologie nicht unwichtig erscheinen, die Art und Weise zu ergründen, wie ein Gedanke die gleichen Verheerungen in unserem Organismus anzurichten vermag wie ein Gift.

Es scheint, daß der Gedanke an alles Heil, das aus den verborgenen Arbeiten der Forscher kommt, unserer Gesellschaft so fern liegt, daß sie sich fürchtet, diese Männer zu den Lebenden ihrer Zeit zu zählen. Sie zieht es vor, sich

280–287

ihrer zu entledigen, indem sie ihnen weder ihre Leiden noch ihre Armut verzeiht.

Die langsame Ausführung der Werke des Geistes erfordert die Verfügung über ein beträchtliches Vermögen oder den erhabenen Zynismus eines Lebens in Arbeit.

Der ohne Maß verschwendete Geist bringt auf die Seelen die gleiche Wirkung hervor wie ein mit Kristallen gefüllter Laden auf die Augen.

Wenn Leute von Geist erst dahin gekommen sind, sich selbst zu erklären, den Schlüssel ihres Herzens zu geben, so steht es fest, daß die Betrunkenheit Herr über sie geworden ist.

Auch der Geist hat seine Hygiene, er bedarf, wie der Körper, einer Gymnastik.

Alle großen Geister werfen sich auf irgendeine machanische Arbeit, um dadurch Herren ihrer Gedanken zu werden. Spinoza schliff Brillengläser, Bayle zählte die Ziegel der Dächer, Montesquieu arbeitete in seinem Garten. Wenn der Körper auf eine solche Weise gezügelt ist, so kann die Seele ihre Schwingen in größter Sicherheit entfalten.

Die Vorsicht ist vielleicht weniger eine Tugend als die Bekundung eines geistigen »Sinnes«, wenn anders man diese beiden Worte miteinander paaren kann. Aber ohne Zweifel wird ein Tag kommen, an dem sowohl Physiologen wie Philosophen anerkennen werden, daß die Sinne gewissermaßen nur die Hülle einer lebhaften und durchgreifenden Aktion sind, die vom Geiste ausgeht.

Unser Geist ist ein Abgrund, der sich in Abgründen gefällt. Kinder, Männer, Greise – wir sind immer lüstern nach

Geheimnissen, unter welcher Gestalt sie sich auch darbieten mögen.

Es gibt eine Mesalliance des Geistes, wie es eine der Sitten und des Ranges gibt.

Ein wahrer Gedanke hat immer Geist!

Die durch den Instinkt geleiteten Menschen stehen gegen die durch Ideen geleiteten Menschen dadurch im Nachteil, daß sie leicht erraten werden. Die Eingebungen des Instinktes sind zu natürlich und fallen zu sehr ins Auge, um nicht sogleich bemerkt zu werden, während die Überlegungen des Geistes von beiden Seiten eine gleiche Intelligenz erfordern.

Wenn man die Entwicklungsgeschichte neuer Ideen verfolgt, so fehlt die Periode der Verhöhnung niemals.

Seltsam, fast alle Menschen der Tat neigen zum Fatalismus, genau wie die meisten Denker zum Glauben an die Vorsehung neigen.

Die Mythologie, die sicher eine der größten Erfindungen der Menschheit ist, hat die Wahrheit auf den Grund eines Brunnens verwiesen: braucht man nicht Eimer, um sie heraufzuholen?

Der Wahnsinn, diese oft nicht genügend beachtete Krise, ist wahrscheinlich die Erinnerung an einen früheren Zustand, der unsere gegenwärtige Form trübt.

Dieser Zwischenraum, den kein Mathematiker, weder Archimedes noch Newton, weder Pascal noch Leibniz, weder Kepler noch Laplace, berechnen kann, dieser Raum, der zwischen Null und Eins liegt.

295–302

Der größte Teil aller Dramen gestaltet sich aus den Begriffen, die wir uns von den Dingen bilden. Die Ereignisse, die uns dramatisch erscheinen, sind nur Grundformen, die erst unser Geist, je nach unserer Veranlagung, in Trauerstücke oder Lustspiele umwandelt.

Ideen können nur durch Ideen unwirksam gemacht werden.

Überall wird ein zur Dauer bestimmtes Werk von der Zeit lange gehegt. Eine lange Zukunft fordert eine lange Vergangenheit.

Der Mensch erschöpft sich durch zwei Betätigungen, die er instinktiv vollzieht und die die Quellen seiner Existenz austrocknen. In zwei Worten lassen sich alle die Formen ausdrücken, die diese beiden Ursachen des Todes annehmen. Wollen und Können! Zwischen diesen beiden Grenzen menschlichen Handelns liegt eine andere Formel, deren sich die Weisen bedienen. Das Wollen verzehrt uns, das Können zerstört uns, aber das Wissen läßt unsern schwachen Organismus in einem immerwährenden Zustand der Ruhe beharren.*

Der absolute Zweifel, den Descartes verlangt, und der im Hirn des Menschen so wenig erreichbar ist wie in der Natur die absolute Leere, dieser Zweifel und die Geistesverrichtung, deren Folge er wäre, würde wie die Kraft der Luftpumpe einen außergewöhnlichen und monströsen Zustand schaffen. Um was es sich auch handle, an irgend etwas glaubt man immer.

Werde ich glücklich oder unglücklich sein? fragen die Philosophen. Werde ich verdammt oder gerettet sein? so drücken es die Christen aus.

303–308

Die Vollendung des inneren Gesichts erzeugt die Gabe der reinen Anschauung. Intuition ist eine der Fähigkeiten des inneren Menschen, von denen die besprochene Gabe ein Attribut ist. Sie wirkt durch eine nicht bis zum Bewußtsein vordringende Empfindung, der man dann gehorcht, ohne sie zu kennen: so verließ Napoleon instinktiv seinen Platz, bevor die Kugel ihn dort erreichte.

Die Fähigkeit der reinen Anschauung besteht darin, die Dinge der materiellen Welt, ebensogut wie die der geistigen, in ihren ursprünglichen und allmählich entstandenen Verzweigungen unmittelbar zu sehen. Die wertvollsten Geister sind die, die aus den Finsternissen der Abstraktion zum Licht der reinen Anschauung gelangt sind. Jesus besaß diese Fähigkeit. Er sah das Einzelne und seine Wurzeln und Wirkungen in der Vergangenheit, die es erzeugt hatte, in der Gegenwart, in der es sich offenbarte, und in der Zukunft, in der es sich noch entwickeln sollte: sein Schauen durchdrang das Denken der andern.

Die Natur ist hinreißend, sie gehört dem Menschen, dem Dichter, dem Maler, dem Liebenden. Aber ist die Ursache nicht in den Augen einiger bevorzugter Seelen und für gewisse gigantische Denker der Natur überlegen? Die Ursache, das ist Gott. In dieser Sphäre der Ursachen leben die Newton, die Laplace, die Kepler, die Descartes, die Malebranche, die Spinoza, die Buffon, die wahren Dichter und die Einsamen des zweiten christlichen Alters, wie die heilige Teresa von Spanien und die erhabenen Ekstatiker. Jedes menschliche Gefühl enthält Analogien mit dieser Situation, wo der Geist die Wirkung um der Ursache willen verläßt.*

Das Wort hat nichts Absolutes: wir wirken mehr auf das Wort, als es auf uns wirkt; seine Kraft kommt aus den

Vorstellungen, die wir erworben haben und nun hineinlegen.*

In der Sphäre, in der sich ihr Talent bewegt, besitzen die geistigen Menschen den allseitigen Blick der Schnecke, den Geruchssinn des Hundes und das Ohr des Maulwurfs; sie sehen, hören und fühlen alles um sich herum.

Die Existenz des Weisen ist ein friedlich strömender Bach; die des Verschwenders ist ein Gießbach.

Auf dem Grunde der Medizin liegt die Verneinung – wie bei allen Wissenschaften!

Jeder hält sich an die Oberfläche, die ihm bei einem Ereignis Eindruck macht, in ihr sieht er die Wahrheit, er beweist sie und hält seine Auffassung für die allein richtige. Die Wahrheit wird also trotz des allen sichtbaren Lebens oft genug verdunkelt.

Die Kritik ist eine Bürste, die man bei leichten Stoffen nicht verwenden darf, weil sie da alles wegnähme.

Die Sprache wird stets die untrüglichste Formel eines Volkes sein!

Es ist die Schattenseite großer Verstandeskräfte, daß sie mit Notwendigkeit alle Dinge erfassen, die Laster ebensowohl wie die Tugenden.

Wie dick auch immer die Dummheit sein mag, die uns entfährt, es gibt stets Dummköpfe, die sie schlucken.

Unter der Haut eines Erfinders sitzt oft der Gimpel.

Es gibt brennende Betrachtungen, die ganze Lebensjahre aufzehren können.

313–322

Ein schönes Theorem wiegt einen großen Namen auf.

Hat nicht der Mensch eine Seele, einen Körper und eine Vernunft? Eine dieser drei Grundursachen wirkt in uns immer mehr oder minder stark, und die menschliche Wissenschaft wird eben immer eine menschliche sein.

Wenn es das Ziel der Poesie ist, die Ideen bis zu dem Punkt herauszuarbeiten, wo jedermann sie sehen und empfinden kann, dann muß der Dichter unaufhörlich die Leiter der menschlichen Begabungen auf und ab steigen, um ihnen allen Genüge zu tun; er muß die Logik und das Gefühl, zwei sonst feindliche Gewalten, unter den lebhaftesten Farben verbergen, er muß eine ganze Welt von Gedanken in ein Wort einschließen, ganze Philosophien in ein Bild zusammenziehen: kurz, seine Verse sind Samenkörner, deren Blüten in den Herzen aufsprießen müssen, indem sie dort die Furchen aufsuchen, die die persönlichen Erlebnisse und Gefühle gegraben haben. Muß man nicht alles empfunden haben, um alles wiedergeben zu können? Und heißt nicht lebhaft empfinden soviel wie – leiden?

Ein Schriftsteller, der auf seiner Höhe steht, gewöhnt sich daran, alles zu denken, und vergißt in der Welt bisweilen, daß man nicht alles sagen darf. Es ist ihm unmöglich, die Zurückhaltung der Leute zu bewahren, die beständig in dieser Welt leben. Aber da seine Seitensprünge fast immer den Stempel der Originalität tragen, so beklagt sich niemand über sie.*

Kein Ausdruck, keine Schilderung kann die Wut wiedergeben, die über die Schriftsteller kommt, wenn ihre Eigenliebe leidet; ebenso ungewöhnlich ist die Energie, von der sie beherrscht werden, sobald sie von den Giftpfeilen des Spottes getroffen werden.*

323–327

Es gibt eine Art Mensch, die zugleich Prinz und Schauspieler ist und ein wundervolles, heiliges Amt verwaltet: den Dichter, der nichts zu tun scheint und der trotzdem über die Menschen herrscht, wenn es ihm gelungen ist, sie darzustellen.

Es gibt fühlende Dichter und ausdrückende Dichter. Die ersten sind die glücklicheren.*

Ein großer Schriftsteller ist ein Märtyrer, der nicht sterben kann.*

Wenn ein Schriftsteller, den der Erfolg berauscht hat, gerade keinen Freund bei sich findet, umarmt er seinen Portier.

Darin liegt der Unterschied zwischen dem Dichter und dem Mann der Tat: der eine überläßt sich dem Gefühl, um es in lebhaften Bildern darzustellen, und er urteilt erst nachher; der andere fühlt und urteilt zugleich.

Die Dichter empfangen lieber in sich Eindrücke, als daß sie selber sich in andere hineinversetzen, um dort den Mechanismus der Empfindungen zu studieren.*

Das Gesetz des Schriftstellers, eben das, was ihn zu einem solchen werden läßt – ja, ich scheue mich nicht zu sagen: was ihn dem Staatsmann gleich, wenn nicht überlegen macht, das ist eine irgendwie über alle menschlichen Dinge gefällte Entscheidung.

Walter Scott erhob den Roman zu dem philosophischen Wert der Geschichte. Er führte den Geist der alten Zeiten ein; er vereinigte das Drama, den Dialog, das Porträt, die Landschaft und die Schilderung; er wies dem Wunderbaren und dem Wahren seine Stellung an – kurz, er gab alle Elemente der Epik.

328–335

Das Bedürfnis der Zeit ist das Drama. Das Drama ist der Wunsch eines Jahrhunderts, in dem die Politik ein unaufhörliches Mimodrama ist. Haben wir in Frankreich nicht in zwanzig Jahren die vier Dramen der Revolution, des Direktoriums, des Kaiserreiches und der Restauration erlebt?

Der Roman, der das Gefühl, den Stil und das Bild verlangt, ist die bedeutendste moderne Schöpfung. Er folgt auf die Komödie, die mit ihren alten Gesetzen bei unseren modernen Sitten nicht mehr möglich ist: er umfaßt die Tatsache und die Idee.

Die Poesie erfordert, um mit der Stimme wiedergegeben, wie um erfaßt zu werden, eine heilige Aufmerksamkeit. Es muß zwischen dem Leser und der Zuhörerschaft eine innige Verbindung entstehen, ohne die die Übertragung der Gefühle nicht möglich ist. Wo dieser enge Zusammenhang der Seelen fehlt, da geht es dem Dichter wie einem Engel, der versuchte, einen himmlischen Gesang inmitten des Hohngelächters der Hölle anzustimmen.

Journalist sein, heißt in der Republik der Geister Prokonsul werden.

Der Druck ist für die Manuskripte, was das Theater für die Frauen ist: er bringt die Schönheiten ebenso ans Licht wie die Fehler – er kann töten und lebendig machen.

336–340

DAS GLÜCK UND SEIN KONTRAPUNKT

Glück ist ein absoluter Wert, es kennt keine Vergleiche.

Das Glück hat keine Geschichte. Die Erzähler aller Länder haben das so gut begriffen, daß der Satz: »Und sie wurden sehr glücklich!« alle Liebesabenteuer beschließt.

Das Glück ist sicherlich nicht moralisch!

Es gibt ein Glück, das unseren Glauben verloren hat; es kommt und wirkt wie der Blitz – es verzehrt!

Der Genuß des Glückes vermindert stets das Glück selbst.

Gehört nicht zum wahren Glück die wichtige Bedingung, daß unsere Eitelkeit, unser Stolz niemals verletzt werde von der Gefährtin, die wir uns erwählten? Ein Mann mit einer guterzogenen Frau wird niemals ganz unglücklich sein können.

Es ist so leicht, ein Glück zu geben, das nichts kostet.

Einem mittelmäßigen Menschen zum Glück zu verhelfen, das heißt für eine Frau wie für einen König, sich das Vergnügen leisten, das so viele große Schauspieler anlockt und das darin besteht, ein schlechtes Stück hundertmal zu spielen. Es ist der Rausch des Egoismus – kurz: es sind gewissermaßen die Saturnalien der Macht!

Eine Beobachtungsweise, die sich nur auf erduldetes Leid stützt, ist unvollkommen. Auch das Glück hat seine Erleuchtungen!

341–349

Ihr alle, die ihr nicht mehr aus dem trinken könnt, was man zu allen Zeiten die Schale des Genusses genannt hat, macht es euch zur Aufgabe, etwas zu sammeln, gleichgültig was – man hat schon Plakate gesammelt! – und ihr werdet die Goldbarren des Glücks in kleiner Münze wiederfinden. Eine Manie bedeutet die Überführung des Genusses in den Zustand der Idee.*

Schüchterne Menschen sind argwöhnisch, übereiltes Entgegenkommen erschreckt sie. Sie fliehen vor dem Glück, wenn es lärmend und gebietend auftritt, und schenken sich dem Unglück, wenn es bescheiden und leise naht.

Das stärkste Element geheimer böser Handlungen und unbekannter Niederträchtigkeiten ist vielleicht ein unvollständiges Glück. Eher nimmt der Mensch gewiß noch ein hoffnungsloses Unglück hin als jene Sonnen- und Liebesmomente zwischen beständigen Regenschauern. Wenn der Körper sich bei solchem Wechsel Krankheiten zuzieht, holt sich die Seele dabei den Aussatz des Neides. Bei den niedrigen Geistern artet dieser Aussatz in eine feige und gleichzeitig brutale, in eine kühne und gleichzeitig versteckte Begehrlichkeit aus. Bei kultivierten Geistern erzeugt er antisozialistische Doktrinen, deren man sich als Fußschemel bedient, um Herr zu werden über seine Vorgesetzten. Könnte man nicht daraus folgendes Sprichwort machen: »Sage mir, was du hast, und ich werde dir sagen, was du denkst«?

Wir empfinden den Mißton eines Schmerzes im Glück stärker als den Genuß einer unerwarteten Freude im Unglück.

Das Unglück ist eine Art von Talisman, dessen Kraft darin besteht, unsere ursprüngliche Anlage zu kräftigen: bei manchen Menschen steigert es das Mißtrauen und die Bosheit, wie es bei Leuten von ausgezeichnetem Herzen auch die Güte steigert.

Geschehnisse können nie abgelöst für sich beurteilt werden, ihre Auswirkungen hängen völlig von den davon Betroffenen ab: Das Unglück ist für das Genie ein Schemel, für den Christen ein Bad, für den gewandten Mann ein Schatz, für den Schwachen ein Abgrund.

Wenn die Menschen ehrlich sein wollten, so würden sie vielleicht erkennen, daß niemals ein Unglück über sie hereingebrochen ist, ohne daß sie eine offene oder geheime Warnung erhalten hätten.

Die Höflinge des Unglücks sind selten zahlreich.

Kaum trifft uns ein Unglück, sofort ist auch ein Freund zur Hand, der es uns erzählt, der uns die Klinge ins Herz stößt und unsere Bewunderung für die Schönheit des Heftes fordert.

Das größte Elend, das uns treffen könnte, ist noch leichter zu tragen im Vergleich zu dem bloßen Gedanken an das Unglück derer, die wir lieben.

Wenn der Unglückliche sich in sein Schicksal ergeben hat, dann hat er seinem Unglück bereits eine Grenze gesetzt.

Das gleiche Unglück stimmt ebenso wie ein gegenseitiges Glück die Seelen auf die gleiche Oktave.

Das Unglück, das man fürchtet, ist meistens nahe.

Das Strafrecht ist von Leuten verfaßt worden, die das Unglück nicht gekannt haben.

355–363

Wenn ein Mensch, der ins Unglück geraten ist, sich mit mehr oder weniger richtigen Erwägungen, mit denen er sein Kopfkissen polstert, um darauf zu schlafen, ein Luftschloß aufgebaut hat, so wird er häufig dadurch gerettet; denn viele Leute halten das Selbstvertrauen, das die Illusion eingibt, für Energie, und vielleicht besteht sogar die Hälfte des menschlichen Lebens aus Hoffnung.

Es herrscht ein großes, erschreckendes Etwas im Selbstmord. Wieviel junge Talente verzehren sich und gehen in einer Mansarde zugrunde, ohne einen Freund, eine Frau, die sie tröstet, inmitten Millionen von Wesen, angesichts einer am Gold übersättigten, von Langeweile geplagten Menge! Wenn man dies bedenkt, so gewinnt der Selbstmord etwas Ungeheuerliches. Gott allein weiß, wieviel Entwürfe, unvollendete Poesien, wieviel Verzweiflung und erstickte Schmerzensschreie, wieviel unnütze Versuche und mißlungene Werke zwischen dem freiwilligen Tode und der keimenden Hoffnung liegen. Jeder Selbstmord ist ein Gedicht von erhabener Melancholie.*

Niemand wagt von einer Gewohnheit Abschied zu nehmen. Viele Selbstmörder haben auf der Schwelle des Todes haltgemacht, weil sie sich an das Café erinnerten, in dem sie jeden Abend ihre Partie Domino spielen.

Daran erkennt man, daß es einem Freund gut geht: er hat kein Gedächtnis mehr.

Wer eine schöne Zukunft vorausahnt, schreitet wie ein Unschuldiger, der zum Galgen geführt wird, ohne Scham durch all sein Elend hindurch.

364–368

GELD UND GESCHÄFTE

Geld nimmt keine Rücksicht auf Personen. Geld hat keine Ohren, Geld hat kein Herz!

Geld bekommt erst Bedeutung in dem Augenblick, wo das Gefühl gestorben ist.

Man verachtet einen Menschen, aber sein Geld verachtet man nicht!*

Die Wunden der Eigenliebe werden unheilbar, wenn das Oxyd des Geldes in sie eindringt.

Der Spieler, der Geld holen geht, um zum Spiel zurückzukehren, verliert alles. Man muß sein Gold in der Tasche haben!

Ich verstehe nicht, wie man mit Geld redlich sein könnte, wenn man es in der Gesinnung nicht ist.

Es fehlt uns leider nie an Geld für unsere Schrullen. Wir markten nur um den Preis für nützliche oder notwendige Dinge. Es scheint, daß wir die Freuden der Eitelkeit nie zu teuer bezahlen!

Wenn das Geld für die Verschwender rund ist, so ist es doch flach für die Sparsamen, die es aufschichten.

Wenn die reichen Leute mehr Gelegenheit haben als andere, Geld zu verlieren, so haben sie auch mehr Gelegenheit, welches zu gewinnen, selbst dann, wenn sie sich ihren Torheiten überlassen.

369–377

Die Verschwendung der Millionäre läßt sich nur mit ihrer Gewinngier vergleichen. Sowie es sich um eine Laune, um eine Leidenschaft handelt, ist das Geld für einen Krösus nichts mehr. Es wird ihnen freilich auch schwerer, Launen zu finden als Gold. Ein Genuß ist die größte Seltenheit ihres gesättigten Lebens.*

Schulden sind reizend bei jungen Leuten von fünfundzwanzig Jahren, später verzeiht sie ihnen niemand.

Der Kaufmann, der nicht damit rechnet, daß er auch einmal bankrott werden kann, ist wie ein General, der als sicher annimmt, daß er niemals geschlagen werden kann: er ist nur ein halber Kaufmann!

Die Spekulation? Das ist das abstrakte Geschäft, bei dem einer die Geschäfte vorwegnimmt, bevor sie vorhanden sind, eine gigantische Konzeption, eine Methode, vorher die Erwartungen zu regulieren – kurz: eine neue Geheimlehre!*

Der Blick eines Mannes, der gewohnt ist, aus seinen Kapitalien enormen Nutzen zu ziehen, bekommt notwendig, gleich dem Blick des Lüstlings, des Spielers, des Diplomaten, einen charakteristischen Ausdruck, eine verstohlene Habgier, die den Gleichgesinnten kaum entgeht. Diese Geheimsprache der Augen bildet gewissermaßen die Freimaurerei der Leidenschaften.

Die europäischen Staaten zu zwingen, daß sie Anleihen aufnehmen und die Zinsen dafür mit dem Gelde der Öffentlichkeit zu verdienen, die Industrien im großen zu prellen, indem man sich der Rohstoffe bemächtigt, dem Gründer eines Geschäfts einen Strick hinzureichen, um ihn über Wasser zu halten, bis man seine scheintote Unternehmung

378–383

aufgefischt hat – kurz alle diese gewonnenen Schlachten der Taler bilden die hohe Politik des Geldes.

Das Geheimnis der großen, plötzlich angesammelten Vermögen ist ein Verbrechen, das längst in Vergessenheit geraten ist, weil es geschickt genug begangen wurde.

Es werden sehr wenig neue Werte in den Gesamtschatz der Erdkugel eingeführt. Jede neue wucherische Bereicherung bedeutet daher eine weitere Verstärkung in der Ungleichheit der Verteilung der Güter.

Zu keiner Zeit hat der Reichtum die Gelegenheit verpaßt, Geschmacklosigkeiten in die Welt zu setzen.

Wisse, daß der Edelmut meist nur ein Erbteil der Armut ist. Die Reichen haben stets herrliche Gründe, um einem Verwandten zwanzigtausend Frank streitig zu machen.

Ein Gläubiger ist fast immer so etwas wie ein Besessener. Heute noch bereit, zuzustimmen, will er morgen auf einmal alles in Brand stecken.*

Bekanntgewordene Verluste sind begrenzt, aber eine Panik kennt keine Grenzen.

Das Leben des Geizhalses ist eine beständige Übung aller menschlichen Kräfte im Dienste eines Individuums.*

Bei den Leuten, die nichts haben, ist immer alles in Ordnung.

Von einem Mann für tausend Frank Jahresgehalt seine Zeit zu fordern, bedeutet das nicht, den Diebstahl und das Elend organisieren?

Einem Menschen das Vermögen zu rauben, ist oft schlimmer, als ihm das Leben zu nehmen.

384–393

Vornehme Naturen sind schlechte Geschäftsleute.

Wer zuviel ausgibt, ist nie reich.*

Unerwartete Ereignisse sind die Schraube an der Kelter, wir sind die Trauben, und die Bankiers sind die Bottiche.

STAAT UND GESELLSCHAFT

Die Nationen sowohl wie die Individuen verdanken ihre Energie nur großen Gefühlen, und die Gefühle eines Volkes sind seine Glaubensartikel.

Völker sterben nicht – sie sind Sklaven oder frei: das ist alles!

Die Freiheit bringt die Anarchie hervor, die Anarchie führt zum Despotismus und der Despotismus wieder zur Freiheit. Millionen Menschen sind ums Leben gekommen, ohne einem einzigen dieser beiden Systeme einen dauernden Bestand sichern zu können, denn wenn der Despotismus in den Gesetzen ist, so findet sich die Freiheit in den Sitten, und umgekehrt.

Die absolute Freiheit führt zum Selbstmord der Völker, sie sterben vor Langeweile, wenn sie Sieger bleiben, wie ein englischer Millionär.

Die Menge bevorzugt meistens die ungewöhnliche, überschäumende Kraft gegenüber der ausgeglichenen und beharrlichen – sie hat weder Zeit noch Geduld, um der ungeheuren Macht innezuwerden, die sich unter einer stets unveränderten Außenseite verbirgt. Um dieser vom Alltagsleben beherrschten Masse aufzufallen, besteht für den von einer leidenschaftlichen Idee Erfüllten wie für den großen Künstler nur eine Möglichkeit: über das Ziel hinauszuschießen.*

397–401

Die Völker lieben gleich den Frauen die Kraft an dem, der sie beherrscht; ihre Liebe kann ohne Achtung nicht bestehen.

Auch der größte Staatsmann braucht einen Menschen, vor dem er sich schwach zeigen darf, unentschlossen im Ringen um sein eigenes Wollen, vor dem er sich die notwendigen Fragen stellen, sie beantworten und den Mut zum Kampf sammeln kann.*

Wenn man alles ist, wie Napoleon es war, kommt ein Augenblick, wo man sich ergänzen lassen muß. Hat man aber zuvor alle überlegenen Leute entfernt, dann findet der geniale Machthaber keine Nachfolge.

Wir alle sagen mehr oder weniger wie Ludwig XIV.: »Der Staat bin ich!«

Ich teile nicht den Glauben an einen unendlichen Fortschritt, soweit es sich um Gesellschaften handelt, ich glaube nur an den Fortschritt des Menschen über sich selbst hinaus.

In unseren Tagen müssen die Wirkungsmittel wirkliche Kräfte und nicht historische Erinnerungen sein.

Die Zeiten haben sich geändert und ebenso die Waffen. Der Bannerherr, für den es früher genügte, Kettenhemd und Panzer zu tragen, seine Lanze gut zu schwingen und sein Panier zu zeigen – er muß heute Beweise von seiner geistigen Überlegenheit abgeben; dort, wo einstmals nur ein großes Herz vonnöten war, muß in unseren Tagen ein großer Schädel sein. Kunst, Wissenschaft und Geld bilden das soziale Dreieck, in welches das Wappen der Macht eingegraben ist.

402–408

Eine mißachtete Aristokratie ist wie ein nichtsnutziger König, wie ein Ehemann im Unterrock, sie ist eine Null, noch ehe sie nichts wird.

Das achtzehnte Jahrhundert hat alles in Frage gestellt, das neunzehnte hat die Aufgabe, Schlußfolgerungen zu ziehen: es schließt mit Wirklichkeiten, und zwar mit solchen, die lebendig und in Bewegung sind; es läßt die Leidenschaften spielen, die noch Voltaire unbekannt waren.*

Die Massen haben einen gesunden Verstand, den sie erst fahren lassen, wenn unredliche Leute sie aufwiegeln. Dieser gesunde Verstand beruht auf Wahrheiten allgemeiner Natur, die in Moskau ebenso wie in London, und in Genf ebenso wie in Kalkutta ihre Gültigkeit haben.

Einen feudalen Adel kann man unterwerfen, indem man einige Köpfe abschlägt, aber kein tausendköpfiges Ungeheuer. Nein, die Kleinen kann man nicht zertreten, sie sind zu flach unter unserm Fuß.*

Sowohl die höchsten wie die niedrigsten Lebewesen, sowohl die Tiere wie die Generalsekretäre, haben ihren Zenit und ihren Nadir. Sie haben eine Periode, in der ihr Fell glänzt, in der das Glück seinen ganzen Strahlenglanz über sie ausbreitet.

Die soziale Stellung ist Zufällen preisgegeben, wie die Natur sie sich niemals gestattet.

Eine jede Existenz hat ihren Höhepunkt, die Zeit, da die wirksamen Ursachen genau im richtigen Verhältnis zu den erzielten Ergebnissen stehen. Dieser Mittag des Lebens, wo die lebendigen Kräfte sich im Gleichgewicht halten und ihre volle Macht zeigen, ist nicht allein allen Lebewesen, sondern auch den Städten, den Nationen, den Ideen, den

Einrichtungen, dem Handel und den Unternehmungen gemeinsam, die ähnlich wie edle Rassen und Dynastien entstehen, in die Höhe kommen und zu Boden sinken.

In den ersten Tages jedes Regierungsantrittes – mag es sich nun um einen Präfekten, um eine Dynastie oder um einen Industriekonzern handeln – findet man die Menschen immer Feuer und Flamme, sich gnädig und gefällig zu erweisen; aber bald merken sie die Unbequemlichkeiten der Protektion und erstarren zu Eis.

In gewissen Epochen gibt es Namen, Institutionen, Mächte, denen man die Schuld an allem Unglück zuschiebt, deren Fähigkeiten man ableugnet und die den Dummen als mitwirkende Ursache gelten.

Nichts kennzeichnet ein Land besser als der Zustand seiner gemeinnützigen Einrichtungen.

Die ärmste Staatskasse ist jene, die mit Goldstücken gefüllt ist, ohne sie zu verwenden.

Der Staatshaushalt gleicht nicht einem Geldschrank, sondern einer Bewässerungsanlage: je mehr Wasser sie aufnimmt und wieder ausströmt, um so schöner gedeiht das bewässerte Land.

Einen Dummkopf, der Karriere macht, bewundern, dem Sturz eines begabten Mannes gleichgültig zusehen: das ist das Ergebnis unserer traurigen Erziehung und unserer Sitten, die die geistreichen Leute zu Spöttern werden lassen und die Genialen zur Verzweiflung treiben.

Jede Zeit läßt sich in einem Wort zusammenfassen. Wenn man unter dem Kaiserreich jemand erledigen wollte, sagte man: »Er ist ein Feigling!« Heute sagt man: »Er ist ein Gauner!«

Die Nöte der Unglücklichen verdienen nicht mindere Aufmerksamkeit als die Krisen, die das Leben der Mächtigen dieser Erde umstürzen.

Eine einzige Ungerechtigkeit vervielfältigt sich durch die Zahl derer, die davon betroffen werden.

Das einzige Epigramm, das dem Elend erlaubt ist, besteht darin, die Gerechtigkeit und das Wohlwollen zu ungerechten Absagen zu zwingen.

Gleichheit mag vielleicht ein Recht sein, aber keine menschliche Macht vermag sie in die Tat umzusetzen.

Selbst den geistig unbegabtesten Massen offenbaren sich die Wohltaten politischer Harmonie. Harmonie ist die Poesie der Ordnung, und Völker haben ein leidenschaftliches Bedürfnis nach Ordnung.

Die Lehre von dem zukünftigen Leben ist nicht allein ein Trost, sondern auch ein Regierungsmittel: ist sie nicht die einzige Macht, die die sozialen Gesetze rechtfertigt?

Die Parteien sind gegen ihre vorgeschobenen Posten undankbar. Sie nennen sie oft gefühlsselig ihre »verlorenen Kinder«, aber sie geben sie mit Willen preis.

In der Zivilisation gibt es nichts Absolutes. Die Ideen, die ein Land beglücken, sind für ein anderes vielleicht tödlich.

Jede festgesetzte Grenze flößt den Wunsch ein, sie zu überschreiten.

Nichts macht schneller Fortschritte als eine legale Revolte.

Man hat die sozialen Kräfte, durch die sich die verschiedenen Berufe füllen, noch nicht genügend studiert. Es wäre aufschlußreich, zu untersuchen, was einen Menschen bestimmt, lieber Papierhändler zu werden als Bäcker.

In der Provinz gibt es zwei Arten intimer Unterhaltungen: die eine, die sich offiziell gibt, findet in voller Versammlung statt, bei Kartenspiel und Plauderei – die andere kocht langsam wie eine sorgfältig zubereitete Suppe, wenn nur noch drei oder vier Freunde vor dem Kamin sitzen, deren man sicher ist und die das Gesprochene zu Hause wiederholen, wenn sie ihrerseits wieder mit drei oder vier Freunden zusammen sind, auf deren Verschwiegenheit sie ebenfalls rechnen können.

Auf dem Lande haben die Leute ein tiefes Grauen vor jeder Veränderung, sogar vor der, die ihnen selbst als den eigenen Interessen nützlich erscheint.

Der Spießbürger, der ja im Grund durchaus ein Freund der Ordnung ist, empört sich innerlich stets gegen die herrschende Macht, gehorcht ihr aber immer; er ist als Masse schwach, aber im einzelnen grimmig, gefühllos wie ein Gerichtsvollzieher, wenn es sich um sein Recht handelt.

Gibt es ein größeres Unglück für eine Partei, als von Greisen vertreten zu sein, so daß auch ihre Ideen als greisenhaft gelten müssen?

Ohne ein Gegner der Wahl zu sein – sie ist ein ausgezeichnetes Prinzip der Gesetzgebung – weise ich die Wahl als einziges soziales Hilfsmittel zurück, zumal dann, wenn sie so schlecht organisiert ist wie heute, wo sie wesentliche Minderheiten überhaupt nicht vertritt. Die Wahl gibt uns, wenn sie auf alles ausgedehnt wird, die Regierung durch die Massen, die einzige, die nie verantwortlich ist und deren Tyrannei keine Grenzen kennt. Deshalb erscheint mir auch die Familie, nicht das Einzelwesen, als wahres Element der Gesellschaft.*

Die Bürokratie ist eine gigantische Maschine, die von Zwergen in Bewegung gesetzt wird.*

Beim Katasteramt kommt man nicht vorwärts. Es ist, wie viele dieser zukunftslosen Verwaltungszweige, eine Art Loch im Regierungsschaumlöffel.*

Die Industrie kann nur durch sich selbst gerettet werden; die Konkurrenz ist ihr Leben – beschützt, schläft sie ein und erstirbt unter dem Monopol wie unter dem Tarif.

Verschwendung wirkt ohne Zweifel auf den sozialen Organismus wie der Schnitt einer Lanzette auf einen vollblütigen Körper.

Die Polizei und die Jesuiten haben die Eigentümlichkeit, daß sie weder ihre Feinde noch ihre Freunde je vergessen.

Die Dynastien haben im Anfang, wie die kleinen Kinder, befleckte Zungen.

Selbst bei gleichen Geistesgaben wird der Insulaner stets tüchtiger sein als der Festlandbewohner, und wenngleich Korsika und die Provence auf dem gleichen Breitengrad liegen, so ist doch, aller menschlichen Wissenschaft zum Trotz, der Meeresarm, der sie trennt, ein ganzer Ozean, der zwei Welten aus ihnen macht.

Wenn edle Eigenschaften übertrieben werden, können sie dieselbe Wirkung wie die größten Laster haben. Bonaparte ist Kaiser geworden, weil er auf das Volk schießen ließ, zwei Schritt von dem Platz entfernt, wo Ludwig XVI. Thron und Leben verlor, weil er das Blut eines Herrn Sauce nicht vergießen wollte.

439–446

Die Gesellschaft – das ist eine zweite Natur.

Es gibt in unserer Gesellschaft drei Menschen, welche die Welt nicht achten können: den Priester, den Arzt und den Mann des Rechts. Alle drei tragen schwarze Kleider, vielleicht weil sie um alle Illusionen trauern.

In allen Stockwerken der menschlichen Gesellschaft sind die Bräuche gleich, nur in der Art, dem Äußerlichen, der Nuance unterscheiden sie sich. So hat auch die große Welt ihr »Rotwelsch«, aber dieses Rotwelsch bezeichnet man als »Stil«.

Die Gesellschaft gleicht dem Ozean: sie nimmt nach einem Zusammenbruch ihr Niveau und ihre glatte Oberfläche wieder an und verlöscht jede Spur durch die Bewegung ihrer verzehrenden Interessen.

In der menschlichen Gesellschaft gibt es wie in der Natur mehr junge Keime als ausgewachsene Pflanzen, mehr Laich als Fische. Viele fähige Köpfe sterben ab wie Körner, die auf nackte Steine fallen.

Die Gesellschaft übt keine der Tugenden, die sie vom Menschen verlangt.

In der Gesellschaft interessiert sich niemand für ein Unglück oder Leiden: alles ersetzt ein Wort.

Die Gesellschaft kann nur bestehen, wenn der einzelne die Opfer bringt, die die Gesetze von ihm verlangen. Wenn man die Vorteile, die sie bringen, annimmt, so verpflichtet man sich auch, die Grundlagen aufrechtzuerhalten, auf denen sie ruhen.

Seit die Gesellschaft die Justiz kennt, hat sie noch keine Möglichkeit entdeckt, der angeklagten Unschuld die gleiche Macht zu geben, die dem Richter wider das Verbrechen zur Verfügung steht.

Die Gesellschaft eines jeden Landes besitzt eine Sprechweise aus lauter Flittern, die – in der literarischen oder philosophischen Asche ausgedörrt – beim Nachgraben unendlich wenig Gold ergibt.

Man findet in den Höhen der Gesellschaft ebensoviel Schmutz wie in den Tiefen, er ist dort nur härter und vergoldet.

Die Vergnügungen der Gesellschaft, namentlich in der Provinz, bestehen darin, sich wechselseitig Schlechtes übereinander zu erzählen.*

Wenn wir uns ins Gesicht sagen würden, was wir hinter dem Rücken übereinander sagen, dann wäre keine Gesellschaft mehr möglich.

Der Mensch ist weder gut noch böse, er wird mit Instinkten und Anlagen geboren. Die Gesellschaft verdirbt ihn keineswegs, wie Rousseau es behauptet, sie vervollkommnet ihn nur in seinen guten und seinen schlimmen Neigungen.

Kein Gesetzbuch, keine staatliche oder menschliche Einrichtung kann das moralische Verbrechen hindern, mit dem ein Wort zu töten vermag.*

Das natürliche Recht kennt Gesetze, die niemals verkündet wurden und doch wirksamer und besser bekannt sind als jene, die die Gesellschaft beschlossen hat.

Die Leute beurteilen die Gesetze nicht danach, wie sie sind, sondern nach der Art, wie sie gehandhabt werden.

456–463

Je mehr unsere Gesetze nach einer unmöglichen Gleichheit streben, desto mehr entfernen wir uns von ihr durch unsere Sitten.

Die Politik liegt heute in dem Impuls, der Nation eine Oligarchie zu geben, die ein festes Regierungsprogramm entwickelt und die die öffentlichen Angelegenheiten in glatte Bahnen lenkt, anstatt daß das Volk in tausend Richtungen hin und her gezerrt wird, wie es uns seit vierzig Jahren in unserm schönen, so klugen und so dummen, so weisen und so närrischen Frankreich ergangen ist, dem ein System mehr nottut als ein Mann.

Wie auf dem Meere, so gibt es auch in der Politik eine trügerische Windstille.

Der Krieg im Justizpalast ist oft ebenso teuer wie der auf den Schlachtfeldern.

Politik machen ist undenkbar ohne einen Ehrenmann, mit dessen Hilfe man alles sagen, alles wagen kann!

Das Mißtrauen gegen die Rechtsprechung ist der Beginn der sozialen Auflösung.

Das Naturgesetz und das Gesetzbuch sind Feinde, und wir sind das Schlachtfeld, auf dem sie kämpfen.*

In der Politik kann man nur einmal drohen!

Es gibt nichts Schwierigeres in der zuwartenden Politik, als zu erkennen, wann eine Macht, die sich neigt, stürzen wird.

Die Sitten sind oft grausamer als die Gesetze. Die Sitten sind die Menschen; aber das Gesetz ist die Vernunft eines Landes.

464–473

Wenn es überall Religion gäbe, wären die Gesetze unnötig. Religiöse Völker haben stets nur wenig Gesetze!

Wer bloß die äußeren Ereignisse eines Lebens kennen will, der gibt sich mit Chronologie ab, die nur die Toren Geschichte nennen.

Die Geschichte, die die Ursachen von Größe und Niedergang aller Dinge hienieden erzählt, könnte dem Menschen den Augenblick anzeigen, da er mit der Entfaltung aller seiner Kräfte innehalten sollte; aber weder die Eroberer noch die Schauspieler, noch die Frauen, noch die Schriftsteller hören auf ihre warnende Stimme.

Ein unparteiischer Geschichtschreiber käme in große Verlegenheit, wenn er eine Meinung über Tatsachen haben wollte, die in den Geheimnissen des Privatlebens begraben sind.

Die Moralisten entfalten ihren dichterischen Schwung gewöhnlich nur über ganz außergewöhnliche Schandtaten. Für sie besteht ein Verbrechen nur vor dem Schwurgericht oder der Sittenpolizei. Die sozialen Feinheiten entgehen ihnen!

Eine der Verpflichtungen, denen der Sittenhistoriker sich niemals entziehen darf, besteht darin, die Wahrheit nie durch scheinbar dramatische Anordnung zu zerstören, vor allem dann, wenn die Wahrheit sich die Mühe macht, romantisch zu werden.

Ist es nicht eine soziale Beschönigung, die schon allzulange gedauert hat, wenn die Menschen immer wieder mit falschen Farben abgebildet und die wahren Ursachen ihrer Laster nicht enthüllt werden, die so häufig in einer Krankheit wurzeln? Die Sittenschilderer haben bis jetzt allzusehr unterlassen, das physische Übel in seinen Verheerungen auf moralischem Gebiet und in seinem Einfluß auf den ganzen Mechanismus des Lebens darzustellen.

Wenn ein Mann zur Macht gelangt, so hat er alle Tugenden, die eine Grabschrift füllen; fällt er ins Elend, so hat er noch mehr Laster als der verlorene Sohn.

Der Besitz einer Macht, mag sie noch so gewaltig sein, gibt noch nicht die Weisheit, sich ihrer zu bedienen. Das Zepter ist ein Spielzeug für ein Kind, eine Axt für Richelieu und für Napoleon ein Hebel, um die Welt aus den Angeln zu heben. Die Macht läßt uns, wie wir sind, und vergrößert nur die Großen!

Eine Macht, der man ungestraft trotzen kann, ist nicht weit vom Untergang. Dieser Grundsatz ist tiefer in ein Frauenherz eingegraben als in das Hirn der Könige.

Nichts unterrichtet in der Politik so gut wie die Ausübung der Macht.

Nicht nur die Menschen, sondern auch die Hauptereignisse des Lebens formulieren sich nach Typen. Es gibt Situationen, die in allen Existenzen wiederkehren, typische Entwicklungsphasen.

In der absonderlichen Armee der Leute von Welt hat der Lebemann den Rang eines Marschalls, der elegante Mann nur den eines Generalleutnants.

Es sind immer Kleinigkeiten, die über die Geschicke der Menschen wie der Nationen entscheiden: der Sturm Kellermanns bei Marengo, die Ankunft Blüchers in Waterloo, die Verachtung Ludwigs XIV. gegen den Prinzen Eugen – alle diese Ursachen großer Ereignisse und Katastrophen werden von der Geschichte verzeichnet, aber niemand

481–487

zieht den Nutzen daraus, in den kleinen Vorkommnissen des Lebens nichts zu versäumen.

Es gibt gewisse Bekanntschaften, von denen man auf der Stelle genug hat.

Nichts ist uns in der Welt förderlicher als die Aufmerksamkeit, die wir unseren Mitmenschen zeigen: auf die Worte anderer zu hören, ist nicht nur die Vorschrift des Evangeliums, sondern auch eine herrliche Spekulation, merkt euch das, und man wird euch alles verzeihen, selbst eure Fehler!*

Nicht jeder weiß, mit welcher Kunst in der großen Welt das Ja gehandhabt wird, wenn man nein sagen will, und umgekehrt.

DIE MACHT DER PERSÖNLICHKEIT

Es ist das Eigentümliche eines großen Mannes, die gewöhnlichen Berechnungen zu verwirren. Er ist erhaben und rührend, naiv und titanenhaft.

Die Absonderung der Großen, ihre sich abhebende Lebenssitte, ist zugleich das Symbol einer wirklichen Macht und die Ursache ihres Todes, sobald sie die Macht verloren haben.

Wer die Blicke auf sich lenkt, erscheint groß. Muß man sich nicht über die anderen erheben, um von ihnen gesehen zu werden? Die Masse empfindet unwillkürlich Achtung für alles, was groß geworden ist, ohne sehr nach den Mitteln zu fragen.

Beispiele der großen Männer werden verderblich, wenn sie nur in ihren Fehlern gezeigt werden und nicht in der Allmacht ihres Mutes und ihrer Gedankenwelt.

Die Großen haben stets unrecht, wenn sie mit Tieferstehenden scherzen. Der Scherz ist ein Spiel, aber es setzt Gleichheit voraus.

Der Sturz eines großen Mannes steht immer im Verhältnis zu der Höhe, zu der er gelangt war.

Wenn der Triumph des Willens für große Männer ein berauschendes Vergnügen ist, so ist er bei beschränkten Geschöpfen das ganze Leben.

491–497

Bei reichbegabten Persönlichkeiten können sich die Gefühle nur in einer befreundeten Sphäre entwickeln. Ein Künstler von Genie empfindet es wie eine innere Niederlage, wenn er von Unwissenden umgeben ist. Dieses Wesensmerkmal, das die menschlichen Affekte beherrscht, hat die Sprichwörter erzeugt: Man muß mit den Wölfen heulen – Gleich und gleich gesellt sich gern.

Vergessen können, das ist das große Geheimnis starker schöpferischer Persönlichkeiten – vergessen, wie die Natur, die vom Vergangenen nichts weiß und zu jeder Stunde das Mysterium der unermüdlichen Zeugung sich erneuern läßt.

Das Talent ist auf geistigem Gebiet ein Geschöpf, das – wie alle lebendigen Wesen – eine Kindheit hat mit allen ihren Krankheiten.*

Jedes große Talent ist schließlich Absolutist.*

Die Gesellschaft stößt die unvollkommenen Talente zurück, genau so, wie die Natur ihre kranken oder mißgebildeten Geschöpfe vernichtet.*

Sich gelegentlich langweilen zu können, ist eine Eigenschaft jedes Mächtigen.

Das wahre Talent ist immer gutmütig und treuherzig, offen, ohne Pedanterie; ein spitzes Wort von ihm schmeichelt dem Geist und trifft nie die Eigenliebe.

Alle großen Talente achten und begreifen wahre Leidenschaften; sie erklären sie sich und finden die Wurzeln zu ihnen in der eigenen Brust und im eigenen Kopf.

Alle menschliche Macht ist das Ergebnis von Zeit und Geduld. Die großen Leute wollen und wachen!

Da kleinliche Geister von den letzten Gründen, nach denen höhere Menschen handeln, keine blasse Ahnung haben, so benutzen Neider und Narren belanglose Verschrobenheiten an genialen Menschen, um ihnen einen Strick daraus zu drehen.*

Man kann nicht billig dazu kommen, ein großer Mann zu werden. Das Genie begießt seine Werke mit seinen Tränen.

Wie groß die genialen Menschen auch sein mögen, wie bekannt oder unbekannt, glücklich oder unglücklich in ihren Absichten – alle haben sie ihre Schwächen, mit denen sie dem Menschlichen verbunden sind, und es ist ein doppeltes Verhängnis, daß sie ebenso durch ihre Vorzüge leiden wie durch ihre Schwächen.

Es gibt mehr schöne Frauen als geniale Männer!

Das Genie ist eine Daseinsform des Gehirns; was das Herz dabei gewinnt, weiß ich nicht.

Man muß ein großer Mensch sein, um den Ausgleich zwischen seinem Genie und seinem Charakter zu finden.

Der Mann, der baut, und der Mann, der einreißt, sind zwei Erscheinungen des Willens – es ist der Genius des Guten und der Genius des Bösen. Das Böse aber hat eine helle Stimme, die die Seelen aufweckt und sie mit Bewunderung für ihren Tyrannen erfüllt, während das Gute lange stumm ist.

Das Genie ist stärker als der Witz!

Nur das Genie versteht es, die alte Haut abzustreifen und sich zu verjüngen wie eine Schlange.

Das Genie ist bei allen Dingen Intuition. Unterhalb dieses Phänomens entspringen bemerkenswerte Werke dem

Talent. Darin besteht der Unterschied zwischen den Leuten ersten und zweiten Ranges.

Die Tugend und das Genie scheinen mir die beiden schönsten Formen der vollkommenen und standhaften Aufopferung zu sein, die Christus uns gelehrt hat.

Das Mißtrauen, das die Geschäftsleute den ausgezeichneten Männern gegenüber hegen, ist bemerkenswert: sie bewilligen ihnen oft nicht das Geringste, weil sie an ihnen das Höchste, also das Ungewohnte, erkennen. Vielleicht aber ist ein solches Mißtrauen als Lob anzusprechen: da die Geschäftsleute sehen, wie jene anderen den Gipfel der menschlichen Dinge bewohnen, halten sie diese Auserwählten nicht für fähig, in die Details der bürgerlichen Welt hinabzusteigen.

Die Offenbarung des Glaubens oder der Bewunderung findet sich selten, wenn man mit dem Abgott in näherer Berührung steht. Der Mechaniker mißtraut der Maschine, während der Laie sich von ihr in Erstaunen setzen läßt.

Wenn ein starker Geist sich einen Rückzug sichert und sich ein glückliches Ende ausmalt, so schafft er sich damit einen Stützpunkt, der ihm zum Sieg verhilft.

Wenn man sich zum Schöpfer großer Dinge bestimmt fühlt, ist es schwer, sie nicht ahnen zu lassen: der Scheffel hat Spalten – das Licht dringt durch!*

Im Leben der Ehrgeizigen und all derer, die nur mit Hilfe der Menschen und der Dinge durch einen mehr oder weniger fein berechneten, befolgten und aufrechterhaltenen Plan ans Ziel gelangen können, kommt immer ein grausamer Augenblick, wo irgendeine Macht ihnen schwere Prüfungen auferlegt: alles schlägt mit einemmal fehl, auf allen Seiten reißen die Fäden oder verwirren sich, es geht überall unglücklich. Wenn einer in diesem moralischen Zusammenbruch den Kopf verliert, ist er verloren!*

Um jede Art von Berühmtheit, woher auch immer sie stammen möge, spinnt sich ein geheimnisvoller Zauber.

Die Bestimmung eines starken Mannes ist der Despotismus.*

Meiner Meinung nach ist der größte Fehler, den man im Leben begehen kann, der, sich mit einem bedeutenden Manne zu überwerfen.

Die Starken sind immer ihre eigenen Kritiker.

•

»Wir werden sehen!« Ein verhängnisvolles Wort. Für große Politiker hat das Verbum »sehen« kein Futurum.

Ansprüche haben und sie durchsetzen, macht die Impertinenz der Kraft aus; aber seinen offen eingestandenen Ansprüchen nicht genügen, bedeutet eine beständige Lächerlichkeit, an der die kleinen Geister sich weiden.

Je mehr Empfindung ein Mann von Geist aus der Ferne erweckt, um so weniger wird er ihr aus der Nähe entsprechen; je glänzender die Träume von ihm waren, um so glanzloser wird er selber sein. In dieser Hinsicht geht die enttäuschte Neugier bisweilen bis zur Ungerechtigkeit!*

Alles wollen heißt: alles schulden!

Die Menschen, die Zukunft in sich tragen, werden niemals von ihrer Familie verstanden.*

Je mittelmäßiger ein Mensch ist, desto schneller gelangt er ans Ziel.

523–532

Die Größe der Charaktere steigert auch die Größe der Situationen.

Wenn man Künstler in ihrer Ungebundenheit stört, sind sie ohne Mitleid: sie drehen einem den Rücken, oder man verfällt ihrem Gespött.

Wenn zu irgendeiner Zeit inmitten einer Nation eine besonders zusammengesetzte Gemeinschaft besteht, wird der Geschichtschreiber darin stets auf eine Hauptgestalt stoßen, die die Tugenden und die Fehler der Menge aufzeigt, zu der sie gehört: Coligny bei den Hugenotten, der Koadjutor inmitten der Fronde, der Marschall von Richelieu unter Ludwig XV., Danton während der Schreckensherrschaft. Diese Übereinstimmung der Physiognomie eines einzelnen Menschen mit seiner historischen Umgebung liegt in der Natur der Dinge. Muß man nicht, um eine Partei zu führen, ihre Vorstellungen hegen und, um in einer Epoche zu glänzen, sie verkörpern?

An Ideen fehlt es nicht, aber an Männern, sie auszuführen!

Ein Mann ist sehr stark, wenn er sich seine Schwäche eingesteht.

Im Beginn ihres Daseins können selbst die stolzesten und tapfersten Charaktere nicht immer der Entmutigung entgehen.

Der Ruhm ist die Sonne der Toten!*

533–539

Der Mensch besteht aus Materie und Geist; in ihm hört die Tierheit auf und beginnt das Göttliche.

Vielleicht gibt es menschliche Wesen, mit denen es geht wie mit gewissen Tieren, die in einem anderen Klima als dem ihres Heimatlandes nicht gedeihen.

In allen organischen Wesen lebt eine innige Harmonie. Ist ein Mensch träge, so verrät sich die Trägheit in jeder seiner Bewegungen.

Der Menschenkenner weiß, daß wohlerzogene, aber lasterhafte Menschen viel liebenswürdiger sind als die Tugendbolde. Da sie immer ein schlechtes Gewissen haben, so nehmen sie gleichsam einen Vorschuß auf die Nachsicht der anderen; sie sind gegen die Fehler ihrer Richter nachsichtig, und so gelten sie bei diesen als prächtige Menschen. Natürlich gibt es auch unter den Tugendsamen reizende Leute, aber meist dünkt sich die Tugend an sich schon vollkommen genug und spart sich jeden Aufwand von Liebenswürdigkeit.

Die Kenntnis der Dinge und Menschen verleiht eine zweite Erziehung, die noch wertvoller ist als die erste Erziehung von Haus und Schule.

Es gibt Menschen, denen alles erlaubt ist, sie können die unvernünftigsten Dinge machen, ihnen steht alles wohl an; aber es gibt andere, gegen welche die Welt unglaublich streng ist – diese müssen alles recht machen, dürfen sich nie täuschen, nie eine Dummheit begehen: man könnte sie für bewunderte Statuen halten, die man von ihren Postamenten nimmt, sowie der Frost ihnen einen Finger oder die Nase beschädigt hat.

Es ist so natürlich, daß ein Mensch sich durch dieselben Mittel aufrecht halten will, durch die er erhoben wurde.

Viele unaufrichtige Menschen verstecken ihre Plattheit unter einem barschen Wesen. Fahrt sie derb an, und ihr werdet die Wirkung eines Nadelstichs in einen Ballon erleben.

Der Mensch kann zu seiner Verzweiflung nichts tun, was nicht unvollkommen wäre, im Guten wie im Bösen: alle seine geistigen und stofflichen Werke tragen die Zerstörung in sich.

Blumen und Bücher sind vielen Menschen ebenso unentbehrlich wie das tägliche Brot.

Die Menschen, die sich rühmen, ihre Ansicht niemals zu wechseln, sind Narren, die sich verpflichten, stets geradeaus zu gehen, Toren, die an ihre Unfehlbarkeit glauben.

Vielleicht ahnen gewisse Menschen, daß sie bei jenen, mit denen sie zusammenleben, nichts mehr gewinnen können. Wenn sie ihnen die gähnende Leere ihrer Seelen verraten haben, so fühlen sie sich insgeheim mit verdienter Strenge verurteilt. Aber da sie eine unüberwindliche Sehnsucht nach Schmeicheleien in sich tragen oder vom Verlangen verzehrt werden, Eigenschaften vorzutäuschen, die ihnen fehlen, so hoffen sie, wenigstens die Achtung oder Liebe Fremder zu erlisten.

Wenn ein Mensch aufspringt und Feuer ruft, so reden seine Füße ebenso laut wie seine Stimme.

546–552

Menschliches Begehren kann im engsten Kreise ebenso befriedigt werden wie innerhalb der Welt. Auch Napoleon konnte nicht zweimal hintereinander zu Mittag essen oder mehr Geliebte haben als ein Mediziner, der im Internat lebt. Unser Glück ist ganz an uns gebunden, es möge nun jährlich eine Million oder hundert Louis verschlingen – auf das innere Erleben allein kommt es an!

Ehrenhafte Menschen haben häufig kein Taktgefühl, kein Maßhalten im Guten, weil sie alles ohne Umwege und ohne Hintergedanken tun.

Laufen nicht viele Menschen auf der Welt herum, deren vollkommene Nichtigkeit für die große Mehrzahl ihrer Bekannten ein Geheimnis ist? Eine hohe Stellung, eine vornehme Geburt, ein wichtiges Amt, ein Höflichkeitsfirnis, ein sehr zurückhaltendes Benehmen oder der Zauber des Glücks sind für diese Menschen die Wächter, die der Kritik den Zutritt zu ihrer eigentlichen Existenz verwehren.

Menschen lassen sich töten, Interessen nicht.*

Es gibt nichts Jesuitenhafteres als einen Wunsch! Man findet tausend Gründe, ihn zu rechtfertigen.*

Der Wert einer Träumerei beruht ganz in ihrer Unbestimmtheit. Ist sie nicht eine Art Verdunstung des Geistes?

Wenn man träumt, soll man auf nichts verzichten!

Die Advokaten können leicht beredt werden, wenn die Dinge an sich beredt werden.

Manche Advokaten, die Künstler ihres Berufes, machen aus ihren Prozessen ihre Geliebten.*

553–561

Ebenso wie der Arzt den Kranken von seinen Befürchtungen nichts merken läßt, zeigt auch der Advokat seinem todgeweihten Klienten stets ein Gesicht voller Hoffnung. Es ist einer der seltenen Fälle, in denen die Lüge zur Tugend wird.

Für den Advokaten, der seinen Klienten als unschuldig ansieht, wird jede Anklage zur Fabel.

Ein Protokoll ist nur noch die Asche eines Brandes.

Ein verfehlter Beruf verfolgt uns durch das ganze Leben!

Der Beruf ist stärker als alle Hindernisse, die man seinen Wirkungen entgegenstellt. Der Beruf! Das Wort heißt Berufung – nun, das ist das Auserwähltsein von Gott.

Den Zufall nimmt man nicht in Sold, man hat ihn ebensosehr für sich wie gegen sich.*

Es gibt Lebensläufe, denen der Zufall fehlt.

Greise sind geneigt, die Zukunft der jungen Männer mit ihren eigenen Schmerzen auszustatten.

Wenn ein Greis redet, so geht das jungen Leuten genau so ins Ohr, wie es Greisen ins Ohr eingeht, wenn junge Leute reden: Es ist ein Geräusch, dessen Sinn man nicht erfaßt.

Sicherlich hat ein geschickt gehandhabtes Leugnen das Absolute seiner Form für sich – aber es ist ein Rüstzeug, das zermalmt, wenn der Dolch des Verhörs eine Lücke darin findet.

In geheimen Angelegenheiten werden Untergebene viel öfter zu Vertrauten gewählt als Höherstehende – sie werden zu Mitwissern unserer geheimsten Gedanken und zu Ratgebern bei unseren wichtigsten Überlegungen.

562–572

Männer, die miteinander kneipen, verständigen sich leicht.

Wer bei Geschäften den Becher hebt, hebt auch den Preis.

Emporkömmlinge sind wie die Affen, deren Geschicklichkeit sie besitzen: man sieht sie steigen, man bewundert ihre Gelenkigkeit, solange sie klettern, aber wenn sie zu oberst angelangt sind, gewahrt man nur noch ihre ekle Rückseite.

Wenn die Jugend vor einer Ungerechtigkeit steht, so wagt sie es nicht, in den Spiegel des Bewußtseins zu blicken, während das reife Alter sich schon oft darin besehen hat.

Es geht einem mit den Möbeln, mit denen man lebt, gerade wie mit einem selbst. Man hält sich, da man sich täglich sieht, für ewig jung und unverändert, während die andern längst bemerken, wie sich auf unseren Häuptern das Haar chinchillaähnlich färbt, wie sich auf unserer Stirn Falte zu Falte gesellt und unser Schmerbauch dick wird wie ein Kürbis.

Die echteste Schönheit, die bewunderungswürdigste Gestalt ist nichts, wenn sie nicht bewundert wird; denn eine Kraft, die man nicht kennt, bleibt ohne Bedeutung.

Die Schmeichelei ist keine Eigenschaft der großen Seelen, sie ist der Lebensraum der kleinen Geister, die dadurch Erfolg suchen, daß sie sich kleiner machen, als sie schon sind, um so leichter in die Sphäre desjenigen einzudringen, zu dem sie hinstreben. Die Schmeichelei hat immer einen selbstsüchtigen Beweggrund.

Nehmen und nicht wiedergeben, ist leichtsinnig; aber nehmen, um sich das Recht zu erwirken, göttlich, hundertfach zurückzugeben – das ist eine ritterliche Tat!

573–580

Am Ende ist das, was wir Himmel nennen, nichts anderes als das Weiterleben unserer vervollkommneten Fähigkeiten, und die Hölle das Nichts, in dem unsere unfertigen Fähigkeiten sich auflösen.

Die Leute, die an den Luxus gewöhnt sind, wissen sich oft täuschend den Anschein von Einfachheit zu geben: sie bedienen sich seiner, verachten ihn, er ist ihnen Werkzeug, nicht Inhalt des Lebens.

Leute, die viel Geschmack haben, zeichnen sich vor allem durch ihre Art zuzuhören aus, durch eine Liebenswürdigkeit ohne Beimischung von Spötterei, die sich zur Höflichkeit verhält wie die werktätige Tugend zur redenden.*

Wie viele Wunderlampen muß man versuchen, bis man erkennt, daß die wahre Wunderlampe entweder der Zufall oder die Arbeit oder das Talent ist!

Es ist fast immer so, daß ein Mann in Unkenntnis der Gerüchte ist, die über ihn im Umlauf sind.

Welcher Physiognomiker ist imstande, einen Charakter so schnell zu erfassen wie ein Hund, der sofort weiß, ob ein Fremder ihn liebt oder nicht? Das Gefühl umfaßt alle Dinge und überwindet den Raum.

Eine Jugend, die noch nie Schiffbruch erlitten hat, ist leicht unduldsam gegen die Fehler der Älteren.

Es findet bisweilen zwischen zwei Feinden derselbe helle Blick der Vernunft, dieselbe Kraft des geistigen Gesichts einen Austausch wie zwischen zwei Liebenden, die gegenseitig in ihren Herzen lesen.

Begabung ist die beste Mitgift, die ein Bräutigam mitbekommen kann.

581–589

Es gibt für die moralischen Wahrheiten wie für die körperlichen Dinge gewisse Gesichtspunkte, von denen aus sie einen ganz anderen Eindruck machen, so daß sie dadurch oft völlig unkenntlich werden.

Bei großen Krisen wird die physische Natur dort angegriffen, wohin die Wesensanlage des Individuums den Sitz des Lebens verlegt hat. Schwache Leute bekommen dann Kolik. Napoleon verfiel in Schlaf.

Wenn die Wirkung nicht mehr in richtiger Beziehung und in gerechtem Verhältnis zur Ursache steht, dann beginnt die Auflösung.*

Wenn ein Mann im mittleren Lebensalter noch den Glauben, die Träume, die Offenherzigkeit und das Ungestüm der Kindheit besitzt, so besteht seine erste Regung sozusagen darin, die Hand nach dem Gegenstande auszustrecken, den er besitzen will, und wenn er dann die ihn trennende, fast unüberschreitbare Entfernung geprüft hat, wird er, gleich den Kindern, von einer Art Erstaunen oder Ungeduld ergriffen, die den Wert des ersehnten Gegenstandes noch steigert.

Es gibt gute Werke, die schlecht angebracht sind – halbe Schandtaten!

Die Gesetze der Physiognomie haben ihre Gültigkeit nicht nur, soweit es sich um die Deutung der Charaktere handelt, sondern auch in bezug auf das Verhängnis des Daseins: es gibt prophetische Physiognomien.

Dieses verhängnisvolle: »Wenn ich wollte . . .« hat schon immer die Starrköpfe ins Unglück gestürzt.

590–596

Wie man sich auch dreht und wendet, wie man auch ausweicht, welche Umwege man auch macht, einmal kommt der Augenblick doch, in dem es gilt, sich zu entscheiden.

Das Vergnügen gleicht gewissen medizinischen Stoffen – um dauernd dieselben Wirkungen zu erzielen, muß man die Dosen verdoppeln, und die letzte enthält Tod oder Verblödung.

Fast alle Männer haben eine Vorliebe für eine ganz bestimmte Haltung, wobei sie sich einbilden, sie stellten alle ihre Vorzüge gleichsam in einer Auslage heraus.

Durch ein unerklärliches Phänomen haben viele Leute Hoffnungen, ohne Glauben zu besitzen. Die Hoffnung stellt die Blüte des Wunsches dar, der Glaube ist die Frucht der Gewißheit.

Viele Leute ziehen es vor, eine Entwicklung zur Katastrophe hin zu leugnen, statt die Fäden und Knoten, die Kraft des Gewebes zu prüfen, das insgeheim eine Handlung an die andere knüpft.

Es gibt Leute, die von ihren Fehlern wie andere von ihren guten Eigenschaften gefördert werden.

Vollkommenheit des Leibes ist ein schlechtes Zeichen für die Geisteskräfte eines Menschen. Man findet wenig Ausnahmen von dieser Regel. Jeder bedeutende Mensch hat kleine körperliche Unvollkommenheiten, die einen unwiderstehlichen Zauber ausüben, hat bewegliche, leuchtende Mienen, in denen die widersprechendsten Empfindungen aufflammen und die Blicke auf sich lenken. Eine vollendete Harmonie des Leibes deutet auf kalte Halbnaturen.

597–603

»Ich kann nicht!« Das ist das überzeugende Argument aller Schwachheit. »Ich will nicht!« Das ist der letzte Beweisgrund, dem nichts mehr hinzuzufügen ist.

Wer immer als redlicher Mann handelt, dem wird jede Unwissenheit verziehen.

Es ist außerordentlich selten, eine Übereinstimmung zwischen dem Talent und dem Charakter zu finden. Von den Fähigkeiten dürfen wir nicht auf den Mann selbst schließen. Das Talent ist daher bei den Männern in moralischer Hinsicht fast eben das, was die Schönheit bei den Frauen ist: ein Versprechen!*

Den ersten Fehlern ist man ein erstes Verzeihen schuldig!

Wir zahlen schließlich sehr teuer, was wir anfangs gar nicht bezahlen!

Selbst die schamhaftesten Spießbürger haben, wenn sie ohne Frauen beisammen sind, das Bestreben, als Spaßmacher zu gelten.

Für die Dummen gleicht die Leere der Tiefe. Für die Masse ist die Tiefe unverständlich. Daher kommt vielleicht die Bewunderung des Volkes für alles, was es nicht versteht.

Der Spötter ist stets ein oberflächlicher und darum grausamer Mensch; der Narr bedenkt nicht, daß unsere Lebensform selbst zum großen Teil das Lächerliche geschaffen hat, das er belacht; denn die Natur setzt lediglich ihre Geschöpfe in die Welt – die Dummen und die Hansnarren verdanken wir der Gesellschaft!

Der Mißerfolg beweist uns immer, wie groß unsere Ansprüche waren.

604–612

Es ist gefährlich, die Macht der Kleinheit zu verkennen – sie gleicht der Kraft des Wurmes, der eine Ulme zernagt, indem er die Rinde unterhöhlt.

Die Frage der Kleidung ist bei denen von größter Bedeutung, die den Anschein erregen wollen, als hätten sie, was sie nicht haben; denn das ist oft das beste Mittel, es später zu besitzen.*

Die Schönheit ist ein Privileg wie der Adel, sie läßt sich nicht erwerben, sie wird überall anerkannt und ist oft mehr wert als Vermögen oder Talent; sie braucht sich nur zu zeigen und triumphiert, man verlangt nichts von ihr, als daß sie da sei.

Ein Schicksal ist so viel wert, wie der Mensch es schätzt.

Man hat immer Verstand genug, um eine Gefährdung oder Verletzung der eigenen Interessen zu erkennen. Das Interesse befestigt den Verstand des Bauern ebenso wie den des Diplomaten, und der Einfältigste ist hier vielleicht der Stärkste.*

Die Unwissenheit nimmt teil an den Vorrechten der Verschlagenheit.

Der Teufel ist ein Herrscher ohne Verfassung.

Es gibt Worte, die gleich den Trompeten, den Zimbeln, den großen Trommeln der Marktschreier immer das Publikum anlocken. Worte wie Schönheit, Ruhm, Poesie haben eine Zauberkraft in sich, die selbst die plumpesten Köpfe zu verführen vermag.

Wenn ein Mann nicht unter allen Umständen die Dinge nach jeder Seite betrachtet, so ist das eine bedauerliche Schwäche, die ihn zugrunde richtet.

613–621

Man ziehe den Apollo des Belvedere oder den Antinous als Wasserträger an: wer wird dann die göttliche Gestalt des griechischen oder römischen Meißels erkennen? Die Augen vergleichen, ehe das Herz das rasche Urteil berichtigt hat.

Zwischen guten und bösen Taten ist kein anderer Unterschied, als der Frieden des Gewissens oder seine Unruhe – die Mühe ist dieselbe.

In den Augen gewisser Leute ist es besser, ein Verbrecher als ein Dummkopf zu sein.

Wir sind alle eingeschätzt nach dem, was wir wiegen, und nicht nach dem, was wir wert sind.

Das Verbrechen – das ist ein Wort, das die Höhe eines Galgens und die Tiefe der Seine hat!

Das Hauptverdienst der guten Manieren und des guten Tons besteht darin, daß sie ein harmonisches Ganzes bilden. So vermag eine einzige Dissonanz, wie in der Musik, eine weitgehende Verwirrung hervorzurufen.

Alles hat sein eigenes Gesetz: der ewige Diamant muß fleckenlos sein, das Augenblickskind der Mode hat das Recht, leicht, bizarr und ohne Bestand zu sein.

Wer über das Ziel hinausschießt, ist ebenso weit von ihm entfernt wie jener, der ihm überhaupt nicht nahekommt.

Niemand will einen Genuß, zu dem er gezwungen wird.

Man sagt mit Recht, es gäbe keinen schöneren Anblick als eine Fregatte mit gespannten Segeln, ein galoppierendes Pferd und eine tanzende Frau.

622-631

Die Unbekannten rächen oft die Niedrigkeit ihrer Lage mit dem Hochmut ihrer Betrachtungsweise.

Widerstehen können ist der Grund aller Tugend.

Das Vorrecht, überall zu Hause zu sein, besitzen nur Könige, Dirnen und Diebe.

Briefe haben schon ebensoviel geheimes wie öffentliches Unglück verschuldet.

Man muß in der Tat viel Erfahrung im Leben hinter sich haben, ehe man erkennt, daß nach einem schönen Wort Raffaels »verstehen« eigentlich »gleichstellen« heißt.

Nichts verlangt im Leben mehr Vorsicht als die Dinge, die natürlich erscheinen; dem Ungewöhnlichen mißtraut man stets von selber.

Die großen Stöße des Lebens benehmen die Furcht vor seinen kleinen gewöhnlichen Gefahren.

Man verbringt einen guten Teil seines Lebens damit, auszujäten, was man in der Jugend in seinem Herzen hat wachsen lassen. Diese Operation nennt man: Erfahrungen machen!

Das Leben ist eine Kette von Vergessenheiten.

LEBENSSPIEGEL

UMWELT DER »MENSCHLICHEN KOMÖDIE«

DIE SEELE VON PARIS

Eines der Schauspiele, die das höchste Maß von Schrecken bergen, ist sicherlich das allgemeine Aussehen der Pariser Bevölkerung, eines Volkes, ausgezehrt, gelb, ledrig gebeizt – grauenvoll anzuschauen. Ist Paris denn nicht ein unermeßlich weites Feld, das unaufhörlich aufgewühlt wird von einem Sturm von Begehrlichkeiten, unter dem ein reifes Ährenmeer von Menschen, die der Tod hier öfter als anderswo abmäht, durcheinanderwirbelt und die immer, ewig gleich aneinandergedrängt, neu erstehen und deren verzogene, verzerrte Gesichter aus allen Poren den Geist, die Begierden und die Gifte ausdünsten, von denen ihre Gehirne geschwängert sind . . .?!

Oh, nicht Gesichter, wohl aber Masken! Masken der Schwäche, Masken der Kraft, Masken des Elends, Masken der Freude, Masken der Heuchelei – und alle erschöpft und alle Abdruck der unauslöschlichen Zeichen einer keuchenden Gier. Was wollen sie? Geld oder Vergnügen?

Einige Betrachtungen über die Seele von Paris mögen die Ursachen ihres leichenhaften Antlitzes erklären, eines Antlitzes, das nur zwei Lebensalter hat, entweder Jugend oder Verfall: blasse Jugend, ohne Farben, geschminkten Verfall, der jung erscheinen will. Die Fremden, die nicht gehalten sind, nachzudenken, verspüren beim Anblick dieses ausgegrabenen Volkes zuallererst eine Regung des Widerwillens gegen seine Hauptstadt, eine ungeheure Werkstatt der Genüsse, der sie selber schon nach kurzer Zeit nicht mehr zu entfliehen vermögen, sondern dort bleiben, um sich freiwillig zu verunstalten.

Wenige Worte werden genügen, um physiologisch die fast biblische Färbung der Pariser Gesichter zu rechtfertigen, denn nicht nur im Scherz ist Paris eine Hölle genannt worden. Nehmt dieses Wort für wahr: dort raucht alles, brennt alles, blitzt, siedet, flammt, verdampft, verlöscht und entzündet sich wieder, funkelt, prasselt und verzehrt sich. In keinem Lande war Leben je brennender und verzehrender. Diese gesellschaftliche, ewig flutende Natur scheint sich nach jedem vollbrachten Werke zu sagen: »Auf! An ein anderes!« Ebenso wie die große Natur befaßt sich diese gesellschaftliche mit Käfern, Eintagsblumen und allerlei sehr vergänglichem Tande und speit auch ebenso Feuer und Flammen aus ihrem ewigen Krater.

Dadurch, daß der Pariser sich für alles interessiert, endigt er damit, sich für nichts mehr zu interessieren. Da keine Empfindung sein durch die dauernde Reibung des Empfindens abgenutztes Gesicht beherrscht, wird es grau wie Stuck an den Häusern, der alle Arten von Staub und Rauch aufgesogen hat. Am Abend gleichgültig gegen das, woran er sich am andern Morgen berauschen wird, lebt der Pariser, wie alt er auch immer sei, tatsächlich als ein Kind. Er murrt über alles, tröstet sich über alles, verspottet, vergißt, will und versucht alles, ergreift alles mit Leidenschaft, verläßt alles mit Sorglosigkeit: seine Könige, seine Eroberungen, seinen Ruhm und seinen Abgott, sei er fest wie aus Erz oder dünn wie aus Glas, genau wie er seine Strümpfe, seine Hüte und sein Vermögen fortwirft.

In Paris widersteht keine Empfindung dem Strudel der Dinge; ihr reißender Strom zwingt zu einem Kampf, der die Leidenschaften entfesselt: Liebe ist hier eine Gier und der Haß eine Laune; es gibt keinen andern treuen Verwandten hier als den Tausendfrankschein, keinen anderen Freund als den Pfandleiher.

Dieses allgemeine Gehenlassen trägt seine Früchte. Alles wird dort geduldet: die Regierung und die Guillotine, die Religion und die Cholera. Ihr werdet dieser Welt zu jeder Stunde recht kommen – und ihr werdet ihr niemals fehlen.

Was herrscht denn aber in diesem Lande ohne Sitten, ohne Glauben, ohne jegliche Empfindung, in dem dennoch alle Empfindungen, aller Glaube und alle Sitten Ursprung und Ende nehmen? Gold und Vergnügen! Nehmt diese beiden Worte als Fackeln in die Hand und durchschreitet damit den großen Stuckkäfig, den Bienenkorb aus schwarzen Gossen, und verfolgt darin die Schlangenwindungen dieses Gedankens, der ihn aufreizt, durcheinanderjagt und peinigt.

Vom Grunde der Kellerlöcher, wo seine Rinnen anfangen, vom Grunde der Krämerbuden, wo kümmerliche Dämme es aufhalten, aus dem Schoße der Geschäftshäuser und großen Werkstätten, wo es sich zu Stangen schichten läßt, steigt das Gold, in Gestalt von Mitgiften oder Erbschaften, aus der Hand der jungen Mädchen oder aus knochigen Greisenhänden, in die aristokratische Sippe auf, wo es nun wieder leuchtet, auseinanderfließt und dahinrieselt.

Vergnügen suchen, heißt das nicht Langeweile finden? Die Menschen der großen Welt haben ihre Natur frühzeitig erschöpft. Mit nichts anderem beschäftigt, als sich Freuden zu erfinden, haben sie gar bald ihre Sinne mißbraucht, wie der Arbeiter seinen Branntwein mißbraucht. Die Reichen finden in Paris den Geist vollkommen fertig, die Wissenschaft ganz durchgekaut und die Urteile vollständig gebildet, was sie davon befreit, Geist, Wissenschaft oder Urteil zu besitzen. Man geizt mit der Zeit, um damit zu wüsten. Suchet hier auch nicht mehr Gefühle als Gedanken. Die Umarmungen bedecken tiefe Gleichgültigkeit und die

Höflichkeit dauernde Geringschätzung. Man liebt hier niemals andere!

Das hohle Leben, das fortgesetzte Harren auf Vergnügen, das niemals kommt, die ewige Langeweile, die Leere in Geist, Herz und Hirn, und die ganze große Müdigkeit der vornehmen Pariser Gesellschaft drückt sich in den Zügen aus und erzeugt jene Pappgesichter voll frühzeitiger Runzeln, jenes Nabobsantlitz, worin Ohnmacht Fratzen schneidet, worauf das Gold sich abspiegelt und aus dem jeder geistige Hauch verschwunden ist.

Diese Ansicht des seelischen Paris beweist, daß das körperliche Paris niemals anders sein könnte, als es ist. Diese gekrönte Stadt ist eine Königin, die, ewig schwanger, unwiderstehlich rasende Gelüste hat. Das Antlitz dieser Stadt birgt die Keime des Guten und Bösen, den Kampf und den Sieg, die geistige Schlacht von 1789, deren Trompeten noch in allen Ecken der Welt widerhallen, und auch den Zusammenbruch von 1814. Diese Stadt kann also weder sittlicher noch herzlicher, noch reiner sein, als es die Triebwerke jener prachtvollen Dampfboote sind, die ihr bewundert, wenn sie die Wogen durchschneiden.

Ist Paris denn nicht ein hehres Schiff, beladen mit Geist? Ja, sein Wappen ist eine der Prophezeiungen, die sich das Schicksal zuweilen gestattet. Dieses Schiff mag immer stampfen und rollen, es durchfurcht dennoch die Welt, gibt Feuer aus den hundert Mündern auf seinen Rednerkanzeln, wühlt die Meere der Wissenschaft auf, gleitet dahin mit vollen Segeln und ruft mit der Stimme seiner Gelehrten und seiner Künstler von der Höhe der Mastkörbe herab: »Vorwärts, regt euch und folget mir!« Es trägt eine ungeheuer große Mannschaft, die sich darin gefällt, es mit immer neuen Wimpeln zu schmücken. Lachende Buben und Schiffsjungen im Tauwerk, Ballast aus schwerem Bürgertum, beteerte Handwerker und Matrosen, in den Kabinen die glücklichen Reisenden, auf dem Oberdeck Soldaten, Neuerungssüchtige oder Ehrgeizige, die an allen Küsten anlegen wollen und, während sie dort hellen Glanz um sich verbreiten, Ruhm fordern, der ihnen ein Vergnügen ist, oder Liebe, die Gold will.

DIE STRASSEN VON PARIS

Es gibt in Paris gewisse Straßen, die so ganz aller Ehre bar sind, wie es nur ein zu jeglicher Gemeinheit fähiger Mensch sein kann; ferner gibt es edle Straßen, dann einfach ehrbare Straßen, dann junge Straßen, über deren Sittlichkeit das Publikum sich noch keine Meinung gebildet hat, dann mörderische Straßen, Straßen, die älter sind, als alte Witwen alt sein können, achtbare Straßen, stets saubere Straßen, stets schmutzige Straßen, werkelnde Straßen, arbeitende Straßen, handelnde Straßen. Kurz, die Pariser Straßen haben menschliche Eigenschaften und erregen durch ihr Aussehen bestimmte Vorstellungen in uns, wider die wir ohne Waffen sind. Es gibt Straßen voll übler Nachbarschaft, in denen man nicht würde wohnen wollen, und Straßen, in denen man sehr gern sein Heim gründen möchte. Manche Straßen haben gleich der Rue du Montmartre einen schönen Kopf und endigen in einen Fischschwanz. Die Rue de la Paix ist eine breite, eine große Straße, aber sie erweckt keinen einzigen jener anmutig edlen Gedanken, die inmitten der Rue du Roi einem eindrucksfähigen Gemüt überkommen, und sie entbehrt zweifellos der Majestät, die auf der Place de Vendôme herrscht. Schreitest du in den Straßen der Isle de St. Louis einher, so hat die nervöse Traurigkeit, die dich ergreift, keine andere Ursache als die Einsamkeit und das finstere Aussehen der Häuser und der großen verödeten Paläste. Diese Insel, der Leichnam der Generalpächter, ist etwas wie ein Pariser

Venedig. Der Börsenplatz ist geschäftig, tätig, geschändet; nur im Mondschein, gegen zwei Uhr morgens, ist er schön: tagsüber bietet er ein zusammengedrängtes Bild von Paris, nachts einen Traum von Griechenland. Ist die Rue Traversière-Saint-Honoré nicht eine schändliche Straße? Es gibt darin böse kleine zweifenstrige Häuser, in denen von Stockwerk zu Stockwerk Laster, Verbrechen und Elend hausen. Die schmalen Straßen im Norden, in die nur drei- oder viermal im Jahr die Sonne tritt, sind Mörderstraßen, die straflos töten: die Sterblichkeit dieser Straßen ist doppelt so groß wie die aller anderen.

Die Rue de Langlade verunziert mit den anstoßenden Straßen das Palais Royal und die Rue de Rivoli. Dieser Teil eines der glänzendsten Pariser Viertel wird noch lange den Makel tragen, den ihm die Kehrichthügel des alten Paris aufgedrückt haben, auf denen ehemals Mühlen standen. Diese engen, düstern und schmutzigen Straßen, in denen Industrien getrieben werden, die wenig für ihre äußere Erscheinung sorgen, nehmen nachts ein geheimnisvolles Aussehen voller Gegensätze an. Wenn man von dem lichtreichen Pflaster der Rue Saint-Honoré, der Rue Neuve des Petits Champs und der Rue de Richelieu kommt, in denen sich eine nie ebbende Menge drängt und in denen die Meisterwerke der Industrie, der Mode und der Künste glänzen, so muß jeder, dem das abendliche Paris unbekannt ist, von einer traurigen Angst ergriffen werden, sobald er in das Gewirr der kleinen Straßen kommt, das diesen bis zum Himmel hinaufgespiegelten Glanz umschließt.
Dichter Schatten folgt auf die Ströme von Gaslicht. Von Zeit zu Zeit wirft eine bleiche Laterne ihr ungewisses, rauchiges Licht, das bestimmte schwarze Sackgassen nicht mehr beleuchtet. Selten sieht man einen Menschen gehen, und der geht schnell. Die Läden sind geschlossen, und

643

wenn einer geöffnet ist, so macht er einen verdächtigen Eindruck; es ist eine dunkle, unsaubere Kneipe oder ein Wäscheladen, in dem man Eau de Cologne verkauft. Eine ungesunde Kälte legt einem den feuchten Mantel über die Schultern. Es kommen wenig Wagen durch. Es gibt unheimliche Winkel, unter denen sich die Rue de Langlade, die Mündung der St. Guillaume-Passage und ein paar Straßenecken auszeichnen. Zwischen dem Hausgemäuer und den Vorübergehenden gleiten Kleider, die gehen und reden. Gewisse angelehnte Türen brechen jäh in schallendes Gelächter aus. Worte fallen einem ins Ohr, die – wie Rabelais sagt – gefroren waren und nun schmelzen. Aus dem Pflaster tönen Refrains herauf. Es ist kein unbestimmtes Geräusch, es bedeutet irgend etwas; wenn es heiser wird, so ist es eine menschliche Stimme; aber wenn es einem Singen gleicht, so hat es nichts Menschliches mehr. Oft wird plötzlich gepfiffen. Nicht zuletzt haben die Stiefelabsätze alle irgend etwas Herausforderndes und Spöttisches. Man wird schwindelig bei diesem Gesamteindruck der Dinge. Man schwitzt im Winter und friert im Sommer – aber welches Wetter auch immer herrschen mag, diese seltsame Natur bietet stets das gleiche Schauspiel dar, hier lebt die phantastische Welt E. T. A. Hoffmanns.

Wenn Paris ein Ungeheuer ist, so ist es sicherlich das wahnwitzigste. Diese Stadt läßt sich von tausend Launen fortreißen: bald baut sie wie ein großer Fürst, der sich in die Kunst der Maurerkelle verliebt hat, dann wieder wirft sie ihre Kelle beiseite und wird soldatisch, sie kleidet sich von Kopf bis Fuß als Nationalgardist, exerziert und raucht, dann gibt sie plötzlich die soldatischen Übungen auf und wirft ihre Zigarre fort, dann verzweifelt sie plötzlich, macht Pleite, verkauft auf der Place du Chatelêt ihre Möbel und erklärt sich für zahlungsunfähig. Aber schon wenige Tage

darauf ist sie mit ihren Geschäften wieder im Gleichgewicht, veranstaltet große Feste und tanzt.
An dem einen Tage frißt das Ungeheuer mit vollen Händen und gierigen Lefzen Graupenzucker, gestern kaufte es Weynen-Papier, heute hat das Ungeheuer Zahnschmerzen und klebt Giftanpreisungen an alle seine Mauern, morgen wird es ganze Fuder Brustbonbons einhandeln. Es hat seinen Wahnwitz so für den Monat, die Jahreszeit, das Jahr wie für den einzelnen Tag.
Ein vollständiges Ungeheuer! Seine Dachkammern gewissermaßen Schädel voller Wissenschaft und Geist, seine ersten Stockwerke glückliche Mägen, seine Erdgeschosse wahrhafte Füße: von hier gehen alle Geschäftigen und alle Gängemacher aus. Oh, und welches stets rege Leben besitzt dieses Ungeheuer! Kaum hört das letzte Rollen der letzten Ballkutschen in seinem Herzen auf, so beginnen sich an den Grenzen bereits seine Arme zu regen, und langsam dehnt und reckt es sich. Alle Türen gähnen und öffnen sich in ihren Angeln, wie die Scheren eines großen Hummers, unsichtbar geschoben von dreißigtausend Männern oder Frauen, von denen eine jede oder ein jeder in einem Geviert von sechs Fuß lebt, darinnen eine Küche, eine Werkstatt, ein Bett, Kinder und einen Garten besitzt, nicht genug Licht zum Sehen hat und doch alles sehen soll! Unmerklich knacken die Gelenke, die Bewegungen gleiten weiter, die Straße fängt zu sprechen an. Um Mittag ist alles lebendig, die Essen rauchen, das Ungeheuer frißt, darauf brüllt es dumpf, und seine tausend Tatzen regen sich.
Ein schönes Schauspiel! Wer aber, o Paris, deine dunklen Gänge, deine Lichtschächte, deine tiefen schweigenden Sackgassen nicht bewundert, wer zwischen Mitternacht und zwei Uhr des Morgens dein Murmeln und Säuseln nicht vernommen hat, der kennt noch nichts weder von deiner wahren Poesie, noch von deinen wunderlichen und

großen Gegensätzen. Es gibt eine kleine Zahl Liebhaber, Menschen, die niemals stumpf dahinschreiten, die ihr Paris schlürfen und sein Antlitz innerlich so fest erschauen, daß sie jede Warze, jeden Pickel und jede Rötung darauf wahrnehmen. Für alle anderen Menschen bleibt Paris stets jenes wunderbare Ungeheuer, eine erstaunliche Verschlingung von Regungen, Maschinen und Gedanken, die Stadt der hunderttausend Romane – das Haupt der Welt!

PARIS UND DIE FRANZOSEN

Paris ist ein Ozean! Seine Tiefe vermag man nicht mit der Sonde zu ergründen. Versucht es nur, es zu durcheilen, zu beschreiben! Welche Mühe man daran wenden mag, wie groß auch die Zahl der Tiefseeforscher sei, immer wieder wird man jungfräulichen Boden finden, eine verborgene Höhle, Blumen, Ungeheuer, etwas Unerhörtes, Vergessenes.

Die vollkommene Tugend, Molières Traum »Alceste«, ist äußerst selten; man trifft sie jedoch überall – selbst in Paris!

Eine Regierung braucht höchstens zweihundert Spione zu unterhalten, denn in einem Lande wie Frankreich gibt es zehn Millionen ehrlicher Spitzel.

Wenn man in Paris einem Typus begegnet, so ist er kein Mensch mehr, er ist ein Schauspiel! Es ist nicht mehr ein Augenblick aus dem Leben, sondern ein Dasein, ein mehrfaches Dasein!

Im allgemeinen ist Sinn und Verständnis für Poesie in Frankreich selten, wo der Witz die Quelle der heiligen Tränen der Begeisterung so schnell austrocknet, wo niemand sich die Mühe geben will, das Erhabene zu verstehen und ihm auf den Grund zu gehen, um seine Unendlichkeit zu gewahren.

Wirklich, die Falten eines altmodischen Kleides von Paris zeugen noch von Geschmack, man kann damit etwas anfangen, man ahnt, was es einmal war, aber ein altmodisches Provinzkleid ist unmöglich, ist lächerlich.

Paris ist ein absonderlicher Schlund: man kann dort für achtzehn Sous zu Mittag essen, und das einfachste Diner eines feinen Restaurants kostet fünfzig Frank. Du bekommst Westen und Hosen für vier Frank und vierzig Sous – die Modeschneider machen sie dir nicht unter hundert Frank.

In Paris gibt es nur für die Leute, die einen überaus großen Verkehr haben, Zufälle. Die Zahl der Beziehungen vergrößert die Aussichten auf den Erfolg, und auch der Zufall hält es mit den großen Bataillonen.

In der Luft und in den geringsten Kleinigkeiten von Paris liegt ein Geist, der eingeatmet wird und sich in literarischen Schöpfungen ausprägt. Man lernt in einer halben Stunde mehr als in der Provinz in zehn Jahren. Wahrhaftig, hier ist alles Schauspiel, dient dem Vergleich und der Belehrung. Über die Maßen billig – unglaublich teuer: das ist Paris!

Paris ist ein seltsames Land, in allen Winkeln lauern interessante Dinge.

Es ist schwer, in Paris über irgend etwas Illusionen zu haben oder zu bewahren. Es wird hier alles besteuert, man verkauft alles, man fabriziert alles – selbst den Erfolg!

In Frankreich fällt alles dem Scherz zum Opfer, er ist hier König: man scherzt auf dem Schafott, an der Beresina, an

650–656

den Barrikaden, und irgendein Franzose wird sicher auch noch vor dem Gerichtshof des Jüngsten Tages seinen Witz anbringen.

In Paris wird alles, sogar der tiefste Schmerz, zum Schauspiel. Es gibt Leute, die sich ans Fenster stellen, um zu sehen, wie ein Sohn hinter dem Leichnam seiner Mutter weint, gleichwie andere sich um einen bequemen Platz reißen, um dabei zu sein, wenn ein Kopf abgeschlagen wird. Kein Volk der Welt hat je gierigere Augen besessen!

In Paris macht man einen Mann unmöglich, indem man von ihm sagt: »Er hat ein gutes Herz«, denn das heißt soviel wie: »Der arme Kerl ist dumm wie ein Rhinozeros!«

Es gibt in Paris drei Grade des Elends. Zunächst das Elend des Mannes, der den Schein wahrt und dem die Zukunft gehört: dies ist das Elend der jungen Leute, der Künstler, der Leute der Gesellschaft, die im Augenblick gerade bedrängt sind; die Anzeichen dieses Elends erkennt nur der geübte Beobachter, diese Menschen füllen den Ritterstand des Elends, sie fahren noch mit der Droschke. Auf der zweiten Stufe stehen die Greise, denen alles gleichgültig ist, die im Juni das Kreuz der Ehrenlegion auf einem Alpakamantel tragen: es ist das Elend der alten Rentner, ehemaliger Beamter, die im Stift der heiligen Perine wohnen und die sich um ihre Kleidung kaum noch bekümmern. Schließlich das Elend in Lumpen, das Elend des Volkes, das poetischste übrigens, wie es Callot, Hogarth, Murillo, Charlet, Raffet*, Gavarni, Meissonnier, wie es die Kunst anbetet und pflegt, besonders im Karneval!

In Paris wird das Elend nur groß durch das Grauenhafte, was es an sich hat.

657–660

In Paris eine Rolle zu spielen, ohne daß man ein bekanntes Vermögen besitzt oder eine anerkannte Erwerbsquelle hat, das ist etwas, das sich vermöge keiner List lange durchführen läßt.

In Paris haben die meisten Wohltaten einen berechneten Hintergrund.

Der Spott gehört zu den stärksten Notwendigkeiten des Franzosen.

Wenn man Paris kennt, so glaubt man nichts von dem, was man sagt, und sagt nichts von dem, was man tut.

In Frankreich entstehen bei den Wahlen politisch-chemische Verbindungen, bei denen die Gesetze der Verwandtschaft außer Kraft gesetzt sind.

Der Pariser Flaneur ist ebenso häufig ein verzweifelter wie ein müßiger Mensch.

Wenn ein Dichter durch die Rue des Lombards geht, so kann er, wenn er Wohlgerüche wahrnimmt, von Asien träumen. Er bewundert Tänzerinnen in einer Wirtschaft und meint den Duft des Vetivergrases einzuatmen. Geblendet von dem Glanz der Cochenille, glaubt er darin Dichtungen der Brahmanen, indische Religionen und Kasten wiederzusehen. Wenn er rohes Elfenbein sieht, so steigt er in Gedanken auf den Rücken eines Elefanten, in ein Zelt von Musselin und pflegt darin der Liebe wie der König von Lahore.

Das Cliquenwesen ist wohlverstanden die Hauptstaatsmacht in Paris.

Was in Frankreich am nationalsten ist, das ist die Eitelkeit.

661–669

Wenn die Leute in Paris sehen, daß man eben dabei ist, den Fuß in den Steigbügel zu setzen, so ist sofort einer da, der einen hinten am Rockschoß zerrt; ein anderer schnallt den Sattelgurt auf, damit wir beim Reiten das Genick brechen; man lockert die Eisen, stiehlt den Reitstock und so weiter – der ehrlichste ist noch jener, der sich frech in den Weg stellt und mit der Pistole droht.

Auch der stärkste Hasser hat in Paris wenig Gelegenheit, Pläne zu schmieden: das Leben ist hier zu hastig und zu bewegt, es gibt hier zu viele unvermutete Zwischenfälle; aber wenn auch das ständige Auf und Ab keine umfassende Vorbereitung gestattet, so ist es doch sehr geeignet, daß ein tief im Herzen gehegter Gedanke seine flüchtige Chance zu erspähen vermag.

In Paris gibt es geniale Menschen, die in ihrem ganzen Leben weiter nichts tun, als daß sie von sich reden machen, die begnügen sich mit einer Art Salonruhm.

In Paris gibt es nur zwei Arten von Advokaten: den Advokaten, der Ehrenmann ist, der sich in den Grenzen des Gesetzes hält, Prozesse führt, die Dinge nie übereilt, nicht vernachlässigt, seinen Klienten redlichen Rat erteilt, indem er in zweifelhaften Fällen zu einem Vergleich mahnt. Der andere ist der Hungeradvokat, dem alles recht ist, vorausgesetzt, daß es sichern Gewinn bringt – ein Mann, der keine Berge versetzt, weil er sie lieber verkaufen würde, aber der die Sterne vom Himmel holt.

Es liegt im Charakter des Franzosen, sich zu begeistern, dem Meteor des Augenblicks leidenschaftlich zuzujubeln. Ist denn das Volk, sind die Massen ohne Gedächtnis?

Was ist das für eine Nation, in der man soviel Gutes und soviel Schlimmes beisammen findet?!

670–675

Es gibt wenig Orte in Frankreich, wo die Justiz den Dingen jenes Prestige leiht, das sie stets begleiten sollte. Überall, selbst in Paris, verringern die Erbärmlichkeit des Lokals, die schlechte Raumverteilung und der Mangel an Dekorum die Wirkung dieser ungeheuren Macht – und das bei der eitelsten und der in Monumenten theatralischsten Nation, die es heute gibt!

In Paris finden sich die Gegensätze durch die Leidenschaften. Das Laster lötet dort beständig den Reichen an den Armen, den Großen an den Kleinen.

Jeden Tag erheben sich in Paris hundert und einige Leidenschaften.

In Paris stimmen die verschiedenen Wesen, die zusammen das Antlitz irgendeines Teiles dieser ungeheuerlichen Stadt ergeben, stets wunderbar zu dem Charakter des Ganzen. Ob nun Pförtner, Türhüter oder Schweizer oder welcher Name sonst diesem wichtigen Muskel des Ungeheuers Paris gegeben wird, stets stimmt er mit dem Viertel überein, zu dem er gehört – ja, oft ist er ein gedrängtes Abbild davon. Müßig und auf allen Nähten bestickt, lebt der Türhüter in dem Sain-Germain-Viertel von seinen Renten, in der Chaussée-d'Antin hat der Pförtner seine Bequemlichkeit, im Börsenviertel liest er Zeitungen, in der Vorstadt Montmartre hat er einen Beruf. Im Viertel der Prostitution ist die Pförtnerin eine alte Prostituierte, im Marais ist sie züchtig, hochnasig und hat ihre Grillen.

In Frankreich lügen die Frauen bewunderungswürdig. Unsere Sitten sind für sie herrliche Lehrmeister der Heuchelei. Kurz, die Frau ist im Lügen so kindlich frech, so reizend, so anmutig, so wahr, sie begreift im gesellschaftlichen Leben die Nützlichkeit der Lüge zur Vermeidung der hef-

676–680

tigen Anstürme, denen kein Glück zu widerstehen vermöchte, so trefflich, daß sie ihr notwendig ist wie die Watte, in die sie ihren Schmuck legt.

In Frankreich ist es äußerst selten, um nicht zu sagen unmöglich, daß man die berühmten dreißig Schönheiten beisammenfindet, die, wie man sagt, eine in persischen Versen im Serail eingemeißelte Inschrift aufzählt und die notwendig sind, damit eine Frau vollkommen schön sei; in Frankreich gibt es wenig Gesamtschönheiten, es gibt nur entzückende Einzelheiten. Was die imponierende Gesamtschönheit angeht, wie die Skulptur sie wiederzugeben sucht und wie sie sie auch in einigen seltenen Schöpfungen, etwa der Diana und der Kallipyga, wiedergegeben hat, so ist sie das Vorrecht Griechenlands und Kleinasiens.

Paris mit sich zu beschäftigen, wenn man erst begriffen hat, was diese Stadt bedeutet und wie schwer es ist, in ihr etwas zu sein, das erfüllt den Menschen mit Wonne.

In Paris ist ein Ehrgeiziger sehr glücklich zu preisen, wenn er ein Wesen neben sich hat, das bereit ist, sich kompromittieren zu lassen.

In Paris hat die Nacht seltsame, wunderliche, unbegreifliche Wirkungen. Nur wer sich einmal damit befaßt hat, sie genau zu beobachten, weiß, wie phantastisch die Frau in der Pariser Dämmerung wirkt. Bald erscheint das Geschöpf, dem man zufällig oder mit Absicht folgt, schlank, bald erweckt der Strumpf, wenn er sehr weiß ist, einen Glauben an zarte, geschmeidig schlanke Beine, dann wieder quillt der Rumpf, obgleich er in ein Tuch, in einen Mantel gehüllt ist, jung und Wollust atmend aus dem Dunkel hervor, und endlich verleiht der unbestimmte Schein eines Ladens oder einer Laterne der Unbekannten einen flüchtigen, fast immer trügerischen Glanz, der die Phantasie voll-

681–684

ends erweckt und entzündet und weit über die Wahrheit hinausfliegen läßt. Die Sinne werden rege, und alles färbt und beseelt sich, das Weib bekommt ein neues Aussehen, ihr Leib wird schön; in manchen Augenblicken ist es kein Weib mehr, sondern ein Dämon, ein Irrlicht, das dich kraft eines glühenden Magnetismus bis vor ein ehrbares Haus lockt, wo dir dann das arme Bürgermädchen, das sich schon vor deinen drohenden Schritten fürchtete, die Haustür dicht vor der Nase zuschlägt, ohne dich auch nur anzublicken.

In Frankreich tötet der Erfolg. Wir sind in unserem Lande zu eifersüchtig aufeinander, als daß wir nicht die Trümpfe der andern vergessen und in Vergessenheit bringen möchten.

In der Provinz wie in Paris darf man nur die Hälfte von dem glauben, was gesprochen wird.

In Frankreich bekommt man nur dann einen Triumph, wenn die ganze Welt sich auf dem Haupte des Triumphators mitkrönt.

Wenn in Frankreich einmal der erste Anstoß gegeben ist, so kann niemand mehr den Schwung aufhalten.

In Frankreich klatscht man seit fünfzig Jahren der Aufführung der nationalen Dummheiten Beifall, man fährt fort, die unmöglichsten Hüte zu tragen, und die Regierung wechselt nur unter der Bedingung, daß sie stets die gleiche bleibt.

In Paris nimmt alles eine furchtbare Bedeutung an, die kleinsten juristischen Zwischenfälle werden zu politischen Ereignissen.

685–690

Ein Pariser Fest gleicht stets ein wenig einem Feuerwerk: Witz, Freude, Gefallsucht, alles glänzt und verlischt darin wie eine Rakete. Aber bereits am nächsten Morgen hat ein jeder seinen Geist, seine Gefallsucht und seine Freude vergessen.

Diese Pariser haben ein verdammt schlechtes Blut!

Der Père-Lachaise ist noch einmal das ganze Paris mit seinen Straßen, seinen Schildern, seinen Gewerben, seinen Häusern, aber gesehen durch ein umgekehrtes Fernglas, ein mikroskopisches Paris, zusammengedrängt in die kleinen Ausdehnungen der Schatten, der Totenlarven, einer Menschheit, die außer ihrer Eitelkeit nichts Großes mehr besitzt.

Mehr als irgendein anderer Mensch sieht der Franzose niemals unter sich; er steigt von der Stufe, auf der er steht, zu einer höheren Stufe hinan: selten beklagt er die Unglücklichen, über die er sich erhebt, er seufzt immer nur darob, über sich so viele Glückliche zu sehen. Obgleich er viel Herz besitzt, zieht er es dennoch allzuoft als sicherer vor, nur auf den Verstand zu hören.

Frankreich ist das einzige Land, in dem irgendein kleiner Satz eine große Umwälzung herbeiführen kann.

Frankreich liebt gleich den Frauen die Fehler.

Einst, da der französische Adel noch groß, reich und mächtig war, verstanden es die Edelleute in der Gefahr recht wohl, sich einen Führer zu wählen und ihm zu gehorchen. Seit sie geringer geworden sind, haben sie sich als ungezügelt erwiesen; ähnlich wie im oströmischen Reich wollte jeder von ihnen Kaiser sein, und da sie sich in ihrer Schwäche alle gleich sahen, wähnten sie sich überlegen.

691–697

Für den Charakter der Franzosen kommt ein langsames Gelingen einem Fehlschlag gleich.

In Paris müssen alle Männer schon einmal geliebt haben. Keine Frau will den, den vor ihr noch keine gewollt hat. Aus Furcht, für einen Dummkopf gehalten zu werden, entspringen daher die Lügen der in Frankreich allgemeinen Geckenhaftigkeit, wo für einen Dummkopf zu gelten soviel bedeutet wie: nicht Franzose zu sein.

In Paris faßt Eitelkeit alle Leidenschaften in sich!

In Frankreich ist es Brauch, die Perücke zu verherrlichen. Napoleon, Ludwig XIV., die großen Könige allein haben stets junge Leute gewollt, um ihre Pläne durchzuführen.

Die jungen Leute von Paris haben in der Tat keine Ähnlichkeit mit den jungen Leuten irgendeiner anderen Stadt. Sie teilen sich in zwei Klassen: einerseits der junge Mann, der etwas hat, und andererseits der junge Mann, der nichts hat – oder der junge Mann, der denkt, und der, der verschwendet. Es leben natürlich dort auch einige andere junge Männer, aber das sind Kinder, die erst sehr spät das Pariser Dasein erfassen und seine Opfer bleiben. Sie spekulieren nicht, sondern sie studieren: sie büffeln, sagen die andern! Schließlich begegnet man noch gewissen jungen Leuten, die sich – ob reich, ob arm – in eine Laufbahn stürzen und sie einzig und allein verfolgen; sie haben etwas vom Emil des Jean Jacques Rousseau an sich, vom guten Bürgerfleische, und erscheinen niemals in der Gesellschaft. Die Gewitzten nennen sie unhöflich Dummköpfe. Dumm oder nicht, sie vermehren jedenfalls die Zahl der Mittelmäßigen, unter deren Last Frankreich seufzt.

698–702

Der unglückliche Mensch von Paris ist der vollkommen unglückliche Mensch, denn er findet noch Freude, um besser zu erkennen, wie unglücklich er ist.

Wenn die Französin liebt, ist sie wie umgewandelt; ihre vielberufene Koketterie stellt sie in den Dienst ihrer Liebe, ihre gefährliche Eitelkeit opfert sie und kennt keinen anderen Ehrgeiz mehr als den, recht zu lieben. Die Interessen, Feindschaften und Freundschaften ihres Geliebten macht sie zu den eigenen, im Handumdrehen erwirbt sie den erfahrenen Scharfblick des Geschäftsmannes; sie studiert das Gesetzbuch, erfaßt die Technik des Geldwesens und beherrscht die Kasse des Bankiers. Sie, die von Haus aus fahrig und verschwenderisch ist, wird nicht mehr fehlgehen und kein Goldstück mehr verschwenden. Sie wird zugleich Mutter, Erzieherin und Arzt, und alles das mit einer leichten, glücklichen Anmut, die bis ins kleinste hinein ihre unendliche Liebe atmet. Die Französin liebt immer, ohne nachzulassen und müde zu werden, in jedem Augenblick, gleichviel ob sie in Gesellschaft oder allein ist. In Gegenwart Fremder findet sie einen Tonfall, der nur in des einen Ohr widerhallt; selbst ihr Schweigen ist beredt, sie weiß einen mit gesenkten Augen anzuschauen. Sind ihr gelegentlich einmal Wort- und Augensprache unmöglich, so schreibt ihr Fuß ihre Gedanken in den Sand. Ist sie allein, so offenbart sie selbst im Traum ihre Leidenschaft. Kurz, sie unterwirft ihrer Liebe die ganze Welt!

In Frankreich ist der Luxus eine Wesensäußerung, in ihm spiegeln sich persönliches Denken wider und selbständiges künstlerisches Empfinden. Er kennzeichnet den Besitzer.

In Paris ist der Erfolg alles, er ist der Schlüssel zur Macht!

703–706

Paris gleicht einem amerikanischen Urwald, hier gibt es zwanzigerlei Arten wilder Völker, Huronen, Irokesen, die von den Erträgnissen der Jagd auf die Gesellschaft leben.

Wir wollen Paris nicht Unrecht tun, wir leben in der liebenswürdigsten Stadt der Welt. Wenn die stolzen Aristokratien sämtlicher europäischer Hauptstädte sich weigern, einen verrufenen Millionär in ihren Kreis aufzunehmen, so öffnet ihm Paris die Arme, drängt sich zu seinen Festen, schlemmt auf seinen Diners und trinkt mit seiner Niedertracht Bruderschaft.

Im Augenblick, wo ein Pariser Student Geld in seiner Tasche spürt, errichtet er eine phantastische Säule in seinem Innern, auf die er sich stützt. Sein Gang wird elastischer, er hat einen neuen Ansatzpunkt für seinen Hebel gefunden, er kostet seine Genüsse aus, zergliedert sie, gefällt sich darin, glaubt sich im Himmel und kennt das Wort Not nicht mehr. Paris gehört ihm, denn diesem Alter scheinen alle Dinge in Duft und Glanz gehüllt.

In Paris liebt man anders als in jeder anderen Stadt. Hier ist die Liebe im wesentlichen prahlerisch, kühn, verschwenderisch, prunkvoll, nicht frei von Charlatanerie.

Das Pariser Leben ist eine ewige wilde Ehe zwischen Elend und Luxus, Laster und Anstand, unterdrückter Lust und wild erwachendem Sinnentaumel. Das macht diese wunderbare Stadt zur Erbin von Ninive, Babylon und dem Rom der Kaiserzeit.

In Paris tritt die Periode des sich zusammenziehenden Mißtrauens ebenso schnell ein, wie es lange dauert, bis sich das Vertrauen wieder ausbreitet.

In einem so geistreichen Lande wie Frankreich scheint Vereinfachen soviel wie Zerstören zu bedeuten.

707–713

Die Pariserin ist der Neugierde gegenüber, die ihr nützt, sehr nachsichtig. Aber sie ist unversöhnlich gegen alles, was ihrem Ruf als elegante Frau schaden könnte.

In Paris ist vielleicht die erste Regung, sich als Gönner zu zeigen – gleich die zweite aber, die viel länger anhält, verführt dazu, den Schützling zu verachten.

Man kann sich nicht vorstellen, wie viele unbekannte Abenteuer, wie viele vergessene Dramen sich in dieser Stadt des Schmerzes abspielen! Wieviel Schreckliches und wieviel Schönes! Die Phantasie wird der Wirklichkeit, die hier verborgen ist und die nie einer finden wird, niemals nahekommen; man muß zu tief hinabsteigen, um diese wunderbaren Szenen der Tragik oder der Komik zu finden, diese Meisterwerke, die der Zufall erzeugt hat.

ÜBER DEN DÄCHERN VON PARIS

Ich entsinne mich, wie ich oft in heiterer Stimmung mein Brot in die Milch getaucht habe und an meinem Fenster die frische Luft atmete, meine Blicke über eine Landschaft von braunen, grauen, roten Dächern schweifen ließ, die in Schiefer, in Ziegeln, von gelbem oder grünem Moos bedeckt waren. Anfangs fand ich diese Aussicht einförmig, doch bald entdeckte ich allerlei seltsame Schönheiten. Manchmal erhellten und belebten breite Lichtstreifen, von schlecht geschlossenen Fensterläden herrührend, die tiefen Schatten dieses originellen Reiches. Manchmal drangen von unten her die gelblichen Reflexe der Straßenlaternen durch den Nebel und zeichneten undeutlich die Wellenlinien der dichtgedrängten Dächer, so daß man ein Meer von unbeweglichen Wogen zu sehen meinte. Ein anderes Mal tauchten vereinzelte Gestalten in dieser schweigsamen Wüste auf; zwischen den Blumen eines hängenden Gartens

sah ich das hakennasige eckige Profil einer alten Frau, die Kapuzinerkresse begoß, oder in dem Rahmen einer morschen Dachluke ein junges Mädchen, das sich bei der Toilette allein glaubte und von dem ich gerade nur die schöne Stirn und die langen Haare wahrnehmen konnte, die, hochgenommen, über einen hübschen weißen Arm fielen.
In den Dachrinnen bewunderte ich ein paar rasch welkende Pflänzchen, kümmerliches Unkraut, das gewöhnlich von einem Gewitterguß hinweggeschwemmt wurde. Ich studierte die Moose, die sich im Regen lebhafter färbten und sich in der Sonne in einen trockenen braunen Sammet mit eigentümlichen Reflexen verwandelten. Kurzum, die flüchtigen poetischen Wirkungen des Lichts, die melancholischen Stimmungen des Nebels, das plötzliche Aufflackern der Sonne, die Stille und die Wunder der Nacht, die Geheimnisse der Morgendämmerung, der Rauch jedes Kamins, alle Zufälligkeiten dieser seltsamen, mir vertraut gewordenen Natur waren mir eine liebe Unterhaltung.
Ich liebte meine Gefangenschaft, sie war freiwillig. Diese Savannen von Paris, aus Dächern, die wie zu einer Ebene zusammengeschlossen waren und bevölkerte Abgründe bedeckten, paßten zu meiner Seele und harmonierten mit meinen Gedanken. Wenn man aus den himmlischen Höhen herabsteigt, wohin die wissenschaftliche Betrachtung uns fortgetragen hat, ist es qualvoll, sich plötzlich wieder dem Wirrwarr der Welt gegenüber zu finden. Das Studium ist eine so gute Mutter, daß es vielleicht ein Verbrechen ist, andern Lohn davon zu erwarten als die reinen und sanften Freuden, die es seinen Kindern zuteil werden läßt.

EIN PARISER WIRTSHAUS

Ficoteaux ist ein Name, der sich manchem Gedächtnis eingeprägt hat. Die meisten Studenten, die in den ersten zwölf Jahren der Restauration im Quartier latin unter gebracht waren, haben diesen Tempel des Hungers und des Elends kennengelernt. Das Mittagessen bestand aus drei Gängen und kostete mit einem Schöppchen Wein oder einer Flasche Bier achtzehn Sous, und mit einer ganzen Flasche Wein zweiundzwanzig Sous. Was diesen Freund der Jugend ohne Zweifel daran gehindert hat, ein Vermögen zu erwerben, war ein Artikel seines Programms, der in großen Buchstaben auf seinen Plakaten zu lesen war und also lautete: »Brot kostet nichts!« Was natürlich dem Wirt sehr viel kostete.

Viele berühmte Leute haben Flicoteaux zum Nährvater gehabt, und gewiß war schon mancher von ihnen in seinem Herzen von unsagbaren Erinnerungen bewegt worden, wenn er die Front dieses Hauses mit den kleinen Fenstern wiedersah. Dieses bekannte Wirtshaus bestand damals aus zwei langen und niedrigen rechteckigen Sälen, von denen der eine sein Licht von der Place de la Sorbonne, der andere von der Rue Neuve de Richelieu empfing; alle beide waren mit Tischen eingerichtet, die aus irgendeinem Klosterrefektorium zu stammen schienen, denn ihre Länge hatte etwas Mönchisches an sich, und auf den Gedecken lagen die Servietten der Abonnenten, die in numerierten Ringen aus billigem Metall steckten. Flicoteaux I. wechselte seine Tischtücher nur alle Sonntage, aber Flicoteaux II. hat sie, wie man sagt, sogar zweimal die Woche gewechselt, seit die Konkurrenz seine Dynastie bedrohte.

Dieses Restaurant ist ein Arbeitsraum mit den dazugehörigen Werkzeugen und nicht ein Festsaal mit seiner Eleganz und seinen Vergnügungen: jeder geht schnell wieder hinaus. Alles ist in hurtiger Bewegung. Die Kellner eilen, ohne bummeln zu können, hin und her, sie sind alle beschäftigt, alle notwendig. Die Gerichte bieten wenig Abwechslung. Es gibt dort wenig Kartoffeln, und wenn es in ganz Irland keine Kartoffeln mehr gäbe, und wenn sie in aller Welt fehlten, fände man sie doch bei Flicoteaux. Sie werden dort seit dreißig Jahren in jenem blonden Ton, den Tizian so geliebt hat, auf den Tisch gestellt, sind mit gehackten Kräutern überstreut und genießen ein Vorrecht, um das sie die Frauen beneiden könnten: so wie man sie im Jahre 1814 gesehen hat, findet man sie im Jahre 1840 wieder.

Hammelkoteletts oder Beefsteaks sind auf der Karte dieses Wirtshauses, was bei Very Birkhähne oder Stör sind, nämlich außerordentliche Gerichte, die man schon am Vormittag bestellen muß. Das Ochsenfleisch stammt meistens von der weiblichen Linie der Familie, und der Sohn der Familie ist dort unter allen möglichen Verkleidungen zu treffen. Eine alte Verleumdung brachte das Auftauchen von Beefsteaks in Verbindung mit der Sterblichkeit der Pferde.

Wenige Pariser Restaurants bieten ein so schönes Bild. Man findet da nur Jugend und Zuversicht, fröhlich getragene Not, wenn manchmal auch leidenschaftliche und düstere, ernste und besorgte Mienen nicht fehlen. Die Kleidung wird im allgemeinen vernachlässigt, jedoch bemerkt man auch Stammgäste, die gut gekleidet kommen. Sie wissen alle, was dieser ungewöhnliche Aufzug zu bedeuten hat: die Geliebte wird erwartet, er geht ins Theater oder macht einen Besuch in den höheren Sphären.

Es haben sich dort, so sagt man, Freundschaften zwischen den Studierenden geschlossen, die später berühmt geworden sind. Andererseits können sich die Gäste von Flicoteaux an einige düstere und geheimnisvolle Personen erinnern, die in den Nebel des äußersten Elends eingehüllt waren und wohl zwei Jahre da aßen und dann wieder verschwanden, ohne daß selbst die neugierigsten Stammgäste etwas über diese dunklen Existenzen von Paris erfahren hätten.

EIN ANTIQUITÄTENLADEN

Auf den ersten Blick boten die Verkaufsräume ein verworrenes Bild, in dem weltliche und heilige Dinge durcheinanderlagen. Krokodile, Affen, ausgestopfte Riesenschlangen grinsten an Kirchenfenstern empor, schienen Büsten heißen zu wollen, japanischen Lacken nachzulaufen oder an Kronleuchtern emporzuklettern. Eine Sèvres-Vase, auf die Madame Jacotot Napoleon gemalt hatte, stand neben einer dem Sesostris geweihten Sphinx. Die Anfänge der Welt und die Begebenheiten von gestern gingen miteinander eine groteske Verbindung ein. Ein Bratenwender lag auf einer Monstranz, ein republikanischer Säbel auf einer mittelalterlichen Hakenbüchse. Madame Dubarry, von Latour in Pastell gemalt, nackt, in Wolken schwebend, mit einem Stern auf dem Kopf, blickte voller Begehrlichkeit auf einen indianischen Tschibuk, als wollte sie die Nützlichkeit der Spiralen ergründen, die sich ihr entgegenschlängelten.

Werkzeuge des Todes, Dolche, seltsame Schießwaffen, Rüstungen, lagen in buntem Durcheinander neben Geräten, die dem Leben dienten: Porzellanschüsseln, Tellern, durchsichtigen chinesischen Tassen, antiken Salzfässern, Konfektschalen aus adligem Familienbesitz. Ein Schiff aus Elfenbein entfaltete seine Segel auf dem Rücken einer unbeweglichen Schildkröte. Eine Luftpumpe stieß dem Kaiser Augustus, der dafür unempfindlich schien, ein Auge aus. Die Porträts mehrerer französischer Schöffen und holländischer Bürgermeister hingen über diesem Chaos von Antiquitäten und ließen ihre Blicke darübergleiten, die wie bei Lebzeiten ungerührt blieben. Alle Länder der Welt schienen Überreste ihrer Wissenschaften, eine Probe ihrer Kunst, hierhergeschickt zu haben.

Es war eine Art philosophischer Misthaufen, auf dem

nichts fehlte, weder die Tabakspfeife des Wilden noch der grüne, goldgestickte Pantoffel des Serails, noch der krumme Säbel des Mauren, noch die Götzenbilder der Tartaren. Ja, sogar der Tabaksbeutel des Soldaten, der Kelch des Priesters, Federn von einem Thron waren da zu finden. Durch die tausend Zufälligkeiten des Lichts, die von dem Wirrwarr der Farbentöne herrührenden Reflexe, den großen Kontrast der Schatten gewann die Szenerie noch an Seltsamkeit.
Das Ohr glaubte Schreie zu vernehmen, die im Halse steckengeblieben waren, der innere Sinn vermeinte abgebrochene Dramen sich vollziehen, das Auge längst erloschene Farben hervorleuchten zu sehen. Ein hartnäckiger Staub hatte eine leichte Decke über alle Gegenstände gebreitet, deren Kanten und Ecken wunderlich hervorstachen und sich zu den malerischsten Wirkungen vereinigten. Der Fremde verglich diese Säle, die bis an den Rand mit den verschiedensten Kulturen, Gottheiten, Kunstwerken, Herrscherinsignien, mit Ausschweifung, Vernunft und Tollheit gefüllt waren, mit einem künstlich geschliffenen Spiegel, von dessen zahlreichen Facetten jede eine Welt zeigt.
Nach dem verworrenen Eindruck wollte er sich seine Genüsse einzeln aussuchen; doch nach dem vielen Sehen, Denken und Träumen benahm ihm ein Fieber, das wohl von den in seinen Eingeweiden nagenden Hungergefühlen herrühren mochte, vollends die Sinne. Der Anblick so vieler nationaler und persönlicher Existenzen, die hier ein Unterpfand hinterlassen hatten, betäubte ihn. Der Wunsch, der ihn hineingetrieben hatte, war erhört worden: er verließ die Wirklichkeit, stieg zu einer eingebildeten Welt empor, gelangte in den verzauberten Palast der Ekstase, wo das Weltall nur noch in Bruchstücken und Feuerstreifen vor ihm auftauchte, so wie vor dem Evangelisten Jo-

hannes auf Patmos die Zukunft, von Blitzen erhellt, vorübergezogen war.

Eine Schar schmerzbewegter, lieblicher und schrecklicher, finsterer und leuchtender, entfernter und naher Gestalten wogte vor seinen Augen, in Scharen, in Myriaden, ganze Geschlechter.

Ägypten erhob sich, starr, geheimnisreich, in Gestalt einer Mumie, von schwarzen Binden umwickelt. Dann kamen die Pharaonen, die ganze Völker verschlungen hatten, um sich eine Grabstätte zu bauen; Moses, Hebräer und die Wüste, eine feierliche alte Welt. Eine Marmorstatue auf einer gewundenen Säule, von köstlicher Weiße, ließ die brünstigen Mythen Griechenlands und Ioniens vor ihm erstehen. Wen hätte es nicht, gleich ihm, entzückt, in dem feinen Ton einer etruskischen Vase, auf rotem Grund, ein junges braunes Mädchen vor dem Gotte Priapus tanzen zu sehen, den sie mit heiterer Miene grüßte? Eine lateinische Königin liebkoste ihre Chimära mit den Blicken. Die Seltsamkeiten des kaiserlichen Rom lebten wieder auf im Bad, in der Lagerstätte, dem Putztisch, dem Bett einer träumerisch lässigen Julia, die ihren Tibull erwartete. Von arabischen Talismanen umgeben, rief der Kopf Ciceros die Erinnerung an das freie Rom wach und ließ die Seiten des Livius sich vor ihm auftun. Der Jüngling sah den Senatus populusque romanus: wie die nebelhaften Figuren eines Traumes zogen der Konsul, die Liktoren in purpurumsäumten Togen, die Kämpfe des Forums, das erzürnte Volk langsam an ihm vorüber. Dann beherrschte das christliche Rom seine Phantasie. Auf einem Bild sah er den Himmel geöffnet, die Jungfrau Maria inmitten von Engeln in einer goldenen Wolke schweben und den Glanz der Sonne überstrahlend, die Klagen der Unglücklichen entgegennehmen, denen diese Eva in neuer Gestalt sanft zulächelt. Indem er ein Mosaikbild berührte, das aus der verschiedenfarbigen Lava des Vesuv und des Ätna zusammengesetzt war, versenkte er sich in das glühende, heißblütige Italien. Er wohnte den Orgien der Borgia bei, irrte in den Abruzzen umher, warb um die Liebe italienischer Frauen, entbrannte in Leidenschaft für ihre hellen Gesichter mit den schwarzen Augen.

Er schauderte vor der kalten Klinge des Ehemanns bei einem nächtlichen Drama, als er einen mittelalterlichen Degen bemerkte, dessen Griff von spitzenähnlich durchbrochener Arbeit war und auf dem der Rost wie Blutflecken aussah. Indien und seine Religionen lebten in einem mit Gold und Seide bekleideten Idol mit spitzem glockenbehangenem Hut wieder auf. Die hübsche Matte neben dem Affen roch noch nach Sandelholz, sie mochte einer Bajadere als Lagerstätte gedient haben. Ein chinesisches Ungeheuer mit verdrehten Augen, verzerrtem Mund, verrenkten Gliedern erweckte Vorstellungen von einem Volk, das, des einförmig Schönen überdrüssig, dem Häßlichen unerhörte Eindrücke entlockte.

Ein Salzfaß aus der Werkstatt des Benvenuto Cellini versetzte ihn mitten in die Renaissance, in die Zeit der Künste und der Zügellosigkeit, wo die Fürsten sich an Foltern ergötzten und Kirchenfürsten in den Armen von Kurtisanen die Keuschheit der einfachen Priester dekretierten. Auf einer Kanne sah er die Siege Alexanders, die Metzeleien Pizarros auf einer Luntenschloßmuskete; auf einem Helm die wilden, hitzigen und grausamen Religionskriege. Dazu tauchten auf einer prächtig damaszierten, blankgeputzten mailändischen Rüstung, unter deren Visier noch die Augen eines Paladins zu funkeln schienen, die heiteren Bilder des Rittertums empor.

Ein schlafendes Kind aus Wachs, der Werkstatt von Ruysch entstammend, mahnte ihn an seine eigene Kindheit. Beim Anblick des jungfräulichen Bastschurzes eines jungen Mädchens aus Tahiti malte seine glühende Phantasie ihm das einfache Leben der Natur aus, die keusche Nacktheit echter Schamhaftigkeit, die Wonne des dem Menschen so natürlichen Müßigganges, ein ganzes sanftes Geschick am Rande eines munteren Baches, unter einem Bananenbaum, der, ohne Pflege, ein wohlschmeckendes Manna hergab. Doch plötzlich wurde er Korsar und bemächtigte sich der schrecklichen Poesie der Lara, die ihm aus dem perlmutterfarbenen Glanz einer Unmenge Muscheln und Sternkorallen entgegenströmte, die nach Tang, Algen und atlantischen Stürmen rochen. Als er dann wieder die zarten Miniaturen, die Arabesken in Azurblau und Gold auf einem kostbaren handschriftlichen Meßbuch bewunderte, vergaß er die Unruhen des Meeres. Sanft gewiegt von friedlichen Gedanken, gab er sich aufs neue dem Studium und den Wissenschaften hin, wünschte sich das wohlgenährte Leben der Mönche, frei von Kummer, frei von Freuden, und blickte durch das bogenförmige Fenster seiner Zelle auf die Wiesen, Wälder und Weinberge seines Klosters hin. Vor einem Teniers zog er die Kassacke des Soldaten an und teilte das harte Leben des Handwerksmannes; er wollte die schmutzige, rauchgefärbte Mütze der Flamländer tragen, berauschte sich an Bier, spielte Karten mit ihnen und liebäugelte mit einer Bäuerin von anziehender Fülle. Er zitterte vor Kälte beim Anblick eines Schneefalles von Mieris und kämpfte in einer Schlacht von Salvator Rosa. Er streichelte einen Tomahawk aus Illinois und fühlte das Skalpiermesser eines Tscherokesen die Haut seines Schädels abziehen. Eine dreisaitige Geige, die ihn entzückte, vertraute er der Hand einer Schloßfrau und erklärte ihr seine Liebe, während sie des Abends am gotischen Kamin, im Halbdunkel, ihre gewährenden Blicke verbergend, wohllautende Romanzen sang. Er hing sich an alle Freuden, ergriff alle Schmerzen, eignete sich alle Formen des Daseins an und verschleuderte sein Leben und seine Gefühle so verschwenderisch über den Trugbildern dieser plastischen und doch öden Welt, daß das Geräusch seiner Tritte so fern in ihm erklang wie das Brausen von Paris auf den Türmen von Notre-Dame.

Als er die innere Treppe hinaufstieg, die zu den oberen Räumen führte, sah er über jeder Stufe Votivschilde, Rüstungen, geschnitzte Tabernakel und Holzfiguren. Er schritt wie im Traum, von den seltsamsten Formen verfolgt, von wunderbaren Schöpfungen umgaukelt, die sich an den Grenzen von Tod und Leben niedergelassen hatten. Ja, seine eigene Existenz war ihm fraglich geworden; er war – wie diese Raritäten – weder ganz tot noch ganz lebend. Es dunkelte bereits, doch das Licht schien für die aufgehäuften Schätze überflüssig. Die kostbarsten Liebhabereien von Verschwendern, die in Dachstuben geendet hatten, nachdem Millionen durch ihre Finger geglitten waren, befanden sich in diesem unerschöpflichen Lager.

Der Unbekannte gelangte zu einer Galerie, wo an seinen ermüdeten Augen mehrere Gemälde von Poussin, eine herrliche Statue von Michelangelo, ein paar entzückende Landschaften von Claude Lorrain, ein Gerard Dow, Rembrandts, Murillos, düstere Velasquez, von der Farbe eines Gedichts von Byron, vorüberzogen, ferner antike Basreliefs, Achatkelche, seltene Onyxe . . kurzum, es waren Arbeiten, die einem selber die Arbeit verleiden konnten, Kunstwerke in solcher Unzahl, daß sie einen Widerwillen gegen die Kunst einflößen und die Begeisterung töten mußten. Er stand vor einer Madonna von Raffael, aber er war Raffaels überdrüssig, er hatte nicht einmal einen Blick für Correggio. Für eine antike Porphyrvase hatte er kaum ein Lächeln. Er erstickte unter den Trümmern von fünfzig entschwundenen Jahrhunderten, er war krank von all diesen menschlichen Ideen, erschlagen vom Luxus und von den Künsten, erdrückt von diesen neu erwachsenden Formen, die, wie Ungeheuer unter den Füßen eines bösen Geistes emporschießend, ihn einem endlosen Kampf preisgaben.

BESUCH IM AMT

In Paris ist fast genau ein Büro wie das andere. In welchem Ministerium man auch umherirrt, immer wird man dunkle Korridore finden, schlecht erleuchtete Nebenausgänge, zerlöcherte Türen, wie in Theaterlogen mit einem ovalen Guckloch, das einem Auge gleicht und durch das man phantastische Gestalten sieht, die eines Callot würdig sind. Wände, an denen unbegreifliche Vorschriften hängen. Wenn man den Gegenstand seiner Wünsche gefunden hat, dann ist man in einem Zimmer, in dem der Bürodiener sitzt. Dann gibt es ein zweites Zimmer, in dem die niederen Beamten sind, daran schließt sich an der rechten oder linken Seite der Arbeitsraum des Unterchefs, ein bißchen weiter oder ein bißchen höher der des Vorstehers des ganzen Büros. Jene gewichtige Persönlichkeit aber, die einst Divisionschef genannt wurde, wohnt unter oder über diesen zwei oder drei Büros. Ihre Räume zeichnen sich immer durch ihre Größe aus, einen Vorzug, der in den Waben dieses Bienenstocks, den man Ministerium oder Generaldirektorium nennt, sehr wohl gewürdigt wird.
Das Zimmer, in dem sich der Bürodiener aufhält, ist ebenso wie der Korridor mit Fliesen ausgelegt und mit einer dürftigen Tapete beklebt. An Mobiliar enthält es einen Ofen, einen großen, schwarzen Tisch, Federn, Tinte, manchmal eine Wasserleitung und hölzerne Bänke ohne Lehne für das gewöhnliche Publikum, das hier warten muß, während der Bürodiener in einem bequemen Sessel sitzt und seine Füße auf einer Strohmatte ausstreckt. Der Arbeitsraum der Beamten ist ein großes Zimmer, das mehr oder weniger

hell ist und nur selten einen Parkettfußboden hat. Parkett und Kamin sind den Büro- und Abteilungschefs vorbehalten, ebenso die Schränke, Schreib- und Mahagonitische, mit rotem oder grünem Leder bezogene Sessel, Sofas, Fenstervorhänge aus Seide und anderer administrativer Luxus. In dem Arbeitsraum der Beamten ist ein Ofen, dessen Rohr in einen verstopften Kamin mündet, wenn überhaupt ein solcher da ist. Die Tapete ist einfarbig grün oder braun. Die Tische sind aus schwarzem Holz. Die Eigenart der Beamten kommt in der Art, wie sie sich an ihren Arbeitsplätzen einrichten, zum Ausdruck. Wer ein wenig fröstlig ist, hat unter seinen Füßen eine kleine Fußbank, wer ein gallig-sanguinisches Temperament hat, nur eine einfache Matte. Wer sehr zart besaitet ist und den Luftzug fürchtet, der baut sich auf seinem Platz einen kleinen Schirm aus Pappdeckeln auf. In dem Zimmer steht ein Schrank, in dem sie alle ihre Arbeitsanzüge aufbewahren, ihre leinenen Schutzärmel, ihre Lichtschirme, ihre Mützen, Käppchen und andere Handwerksutensilien. Fast immer stehen auf dem Kamin lauter Wasserkaraffen, Gläser und Frühstücksreste. In gewissen, besonders dunklen Zimmern gibt es Lampen. Die Tür zu dem Arbeitsraum des Unterchefs steht offen, so daß er seine Beamten überwachen kann, etwa um zu verhindern, daß sie zuviel plaudern, oder auch, um bei bedeutsamen Gelegenheiten herauszukommen und selber mit ihnen zu plaudern.

Das Mobiliar eines Büros wird jedem Beschauer nach seinem Bedürfnis die Eigenschaften seiner Bewohner offenbaren. Die Vorhänge sind weiß oder aus farbigem Stoff, aus Seide oder aus Leinen. Die Stühle sind aus Kirschbaumholz oder aus Mahagoni mit Strohgeflechten, Leder oder Stoffbezügen. Die Tapeten sind mehr oder weniger neu. Aber zu welcher Verwaltung auch alle diese Gegenstände gehören mögen, sowie sie aus einem Ministerium herauskommen, gibt es nichts Seltsameres als diese Welt von Möbeln, die so viele Herren und so viele Herrschaft erlebt, so viel Unglück erlitten haben. So sind auch von allen Umzügen in Paris die der Verwaltungsbüros die tollsten. Niemals hat das Genie eines E. T. A. Hoffmann, dieses Dichters des Unmöglichen, etwas Phantastischeres ausgedacht. Wenn man diese Wagen vorbeifahren sieht, legt man sich meist keine Rechenschaft darüber ab, was sie enthalten. Die Kisten klaffen und lassen eine Staubwolke hinter sich. Die Tische strecken ihre vier Beine in die Luft, die zerfressenen Sessel, alle diese märchenhaften Utensilien, mit denen Frankreich verwaltet wird, haben ein erschrekkendes Aussehen. Es ist, als ob sie zum Theater oder zu irgendeinem Gaukler gehören. So wie auf Obelisken, so bemerkt man auch auf ihnen Spuren von Intelligenz und verwischte Schriftzüge, die die Phantasie aufregen, wie alles, was man sieht, ohne es verstehen zu können. Und das alles ist so alt, so abgebraucht, so verwelkt, daß selbst das schmutzigste Küchengeschirr unendlich viel angenehmer anzusehen ist als die Utensilien der Verwaltung.

EIN ANWALTSBÜRO

Das Büro bestand aus einem großen Zimmer mit dem Schmuck des klassischen Ofens, der alle Höhlen der Rechtsverdrehung ziert. Die Ofenrohre liefen diagonal durch das Zimmer und führten in einen außer Gebrauch gesetzten Kamin, auf dessen Marmorsims man verschiedene Stücke Brot, dreieckige Rahmkäse, frische Schweinskoteletten, Gläser, Flaschen und die Tasse Schokolade des ersten Schreibers erblickte.

Der Geruch dieser Lebensmittel vermischte sich so innig mit dem Gestank des maßlos überheizten Ofens, mit dem allen Büros und Aktenhaufen eigenen Duft, daß man einen

Fuchs nicht mehr gerochen hätte. Der Fußboden war mit dem Schmutz und dem Schnee bedeckt, den die Schreiber hereingetragen hatten.

Dicht am Fenster stand der Zylinderschreibtisch des Bürovorstehers, der kleine Tisch des zweiten Schreibers lehnte sich mit seinem Rücken daran. Als einzigen Schmuck wies das Büro jene großen gelben Plakate auf, die Grundstückspfändungen, Versteigerungen, Zwangsteilungen zwischen Großjährigen und Minderjährigen, definitive oder vorläufige Verfügungen verkündeten.

Hinter dem ersten Schreiber stand ein großer Fachschrank, der die Wand von oben bis unten bedeckte; alle Abteilungen waren vollgepfropft mit Papierstößen, an denen eine unendliche Anzahl von Etiketten und roten Fadenendchen herabhing, wie sie den Prozeßakten ihre besondere Physiognomie geben. Die unteren Reihen der Fächer lagen voller Papiere, die durch den Gebrauch gelb geworden und mit blauem Karton umrändert waren; auf ihnen las man die Namen der großen Klienten, deren saftige Geschäfte eben jetzt gebraut wurden.

Die schmutzigen Scheiben des Fensters ließen nur spärlich Licht herein. Übrigens gibt es in Paris wenig Büros, in denen man im Februar vor zehn Uhr ohne Lampe schreiben kann, denn sie sind einer nur allzu begreiflichen Vernachlässigung ausgesetzt: jedermann betritt diese Räume, niemand bleibt dort, keinerlei persönliches Interesse heftet sich an banale Dinge; weder der Advokat noch die Prozeßparteien, noch die Schreiber legen Wert auf die Eleganz eines Zimmers, das für die einen eine Schulklasse ist, für die anderen ein öffentlicher Durchgang und für den Advokaten selbst ein Laboratorium.

Das schmierige Mobiliar vererbt sich mit so religiöser Peinlichkeit von Notar zu Notar, daß manche Büros noch heute Papierkästen, Beklebestreifen und Aktensäcke besitzen, die von den Sachwaltern am Chatelêt herrühren. Dieses Gericht entsprach in der alten Ordnung der Dinge dem gegenwärtigen Gericht der ersten Instanz.

Das dunkle, verstaubte Büro hatte also wie alle anderen für die Klienten etwas Abstoßendes, was es zu einer der scheußlichsten Pariser Ungeheuerlichkeiten machte. Wenn es nicht die feuchten Sakristeien, in denen man Gebete abwägt und bezahlt wie Gewürze, wenn es keine Trödelläden gäbe, wo Lumpen umherliegen und alle Illusionen des Lebens welk machen, indem sie uns zeigen, welches Ende unsere Feste schließlich nehmen, – wenn diese beiden Kloaken der Poesie nicht vorhanden wären, so wäre sicherlich ein Advokatenbüro von allen sozialen Werkstätten die scheußlichste.

Aber im Spielhaus, im Gerichtsgebäude, im Lotteriebüro und im verrufenen Hause ist es ebenso. Weshalb? Vielleicht macht an solchen Orten das Drama, das sich in der Seele des Menschen abspielt, alle Nebendinge gleichgültig. Das würde auch die Einfachheit der großen Denker und der großen Ehrgeizigen erklären.

EINE DRUCKEREI

Die Druckerei befand sich dort, wo die Rue de Beaulieu auf die Place du Murier mündet. Sie bestand in diesem Hause bereits seit der Regierung Ludwigs XIV. Das Erdgeschoß war ein sehr großer Raum, der von der Straße her durch einen alten Fensterverschlag und von einem innern Hof durch ein großes vergittertes Fenster erleuchtet wurde. Man konnte außerdem durch einen Gang in das Kontor des Meisters gelangen. Aber in der Provinz sind die Vorgänge bei der Buchdruckerei immer ein Gegenstand so lebhafter Neugier, daß die Kunden lieber durch eine Glastür eintraten, die an der Vorderseite von der Straße her zugänglich war, obgleich man dabei einige Stufen hinuntergehen mußte, da sich der Fußboden der Werkstatt unter dem Straßenzug befand.

Die erstaunten, neugierigen Besucher achteten niemals auf die Unbequemlichkeiten des Zuganges durch die Engpässe dieser Werkstatt. Wenn sie die gebauschten Papierbogen betrachteten, die an Seilen von der Decke herunterhingen, dann drängten sie sich an den reihenweise aufgestellten Setzkästen entlang, oder sie ließen sich von den Eisenstangen, die die Pressen festhielten, die Frisur in Unordnung bringen. Wenn sie den flinken Bewegungen eines Setzers folgten, der seine Lettern aus den hundertzweiundfünfzig kleinen Fächern seines Setzkastens zusammensuchte, sein Manuskript las, seine Zeile in seinem Winkelhaken noch einmal überlas, während er den Durchschuß einfügte, dann gerieten sie in ein Ries aufgeweichtes Papier, das mit Steinen beschwert war, oder sie blieben mit dem Rock an der Kante einer Bank hängen. Niemals war jemand ohne Zwischenfall bis zu den beiden großen Käfigen gelangt, die am Ende dieser Höhle lagen und die zwei elende Erker bildeten. Dort thronten auf der einen Seite der Faktor, auf der anderen der Meister. Im Hof waren die Mauern sehr hübsch mit Weinspalieren geschmückt. Hinten, an die Grenzmauer angebaut, erhob sich ein verfallener Schuppen, wo das Papier befeuchtet und zurechtgeschnitten wurde. Dort war der Ausguß, auf dem vor und nach dem Druck die Formen abgewaschen wurden; es floß von da ein Gemisch aus der Druckerschwärze und den Abwässern der Haushaltung heraus, das ein solches Aussehen hatte, daß die Bauern, die an den Markttagen in die Stadt kamen, glaubten, der Teufel habe sich in diesem Hause ein Bad vergönnt.

EIN BÜRGERHAUS IN DER PROVINZ

Das Haus, das Rouget von den Descoings geerbt hatte, nimmt die Mitte der Place Saint-Jean ein, einer Art langen und sehr schmalen Vierecks, das mit ein paar kränklichen Linden bepflanzt ist. Die Häuser sind hier besser gebaut als irgendwo sonst, und das der Descoings ist eins der schönsten. Dieses Haus hat im ersten Stock drei Frontfenster und im Parterre ein großes Tor, das auf einen Hof führt, hinter dem sich wiederum ein Garten erstreckt. Unter dem Gewölbe der Einfahrt befindet sich die Tür zu einem riesigen Saal, der sein Licht durch zwei Fenster von der Straße her erhält.

Die Küche liegt hinter diesem Saal, ist aber von ihm durch eine Treppe getrennt, die in den ersten Stock und die darüber gelegenen Mansarden führt. Hinter der Küche folgten ein Holzstall, ein Schuppen, in dem man die Wäschelauge bereitete, ein Stall für zwei Pferde und eine Wagenremise; über all dem lagen kleine Kornböden für den Hafer, das Heu und das Stroh. Dort befand sich auch das Zimmer des Dieners. Der bewunderte Saal hatte als Schmuck eine geschnitzte und grau bemalte Vertäfelung im Stil Ludwigs XV. und einen schönen Marmorkamin mit einem großen Spiegel, dessen geschnitzter Rahmen vergoldet war.

Auf der Täfelung sah man in bestimmten Abständen ein paar Gemälde, Beutestücke aus den Abteien von Deols, Issoudun, Saint-Gildas, La Prée, Le Chezal-Benoit, Saint-Sulpice und den Klöstern von Bourges und Issoudun, die die Freigebigkeit unserer Könige mit den schönsten Werken, die wir der Renaissance verdanken, bereichert hatte. Daher befanden sich unter den von den Descoings gesammelten und auf Rouget übergegangenen Bildern auch eine Heilige Familie von Albano, ein heiliger Hieronymus von Dominichino, ein Christuskopf von Giovanni Bellini, eine

Jungfrau von Leonardo da Vinci, eine Kreuztragung von Tizian, die von dem Marquis de Belabre stammte, jenem, der unter Ludwig XIII. belagert und dem der Kopf abgeschnitten wurde, ein Lazarus von Paolo Veronese, eine Hochzeit der Jungfrau von dem genuesischen Priester, zwei Kirchenbilder von Rubens und die Kopie eines Bildes von Perugino, die entweder von Perugino selbst oder von Raffael herrührte, schließlich zwei Correggios und ein Andrea del Sarto.

Die Descoings hatten diese Schätze aus dreihundert Kirchenbildern ausgesucht, ohne ihren Wert zu kennen, denn sie wählten einzig nach der Erhaltung. Mehrere hatten nicht nur prachtvolle Rahmen, sondern einige befanden sich sogar unter Glas. Diese Gemälde hüteten die Descoings wegen der Schönheit der Rahmen und wegen des Wertes, auf den die Scheiben hinzudeuten schienen. Die Einrichtung dieses Saales entbehrte also nicht jenes Aufwandes, den man heute so schätzt, der aber damals in Issoudun ganz wertlos war.

Die Uhr, die zwischen zwei herrlichen sechsarmigen silbernen Leuchtern auf dem Kamin stand, empfahl sich durch einen kirchlichen Prunk, der auf Boulle schließen ließ. Die Sessel aus geschnitztem Eichenholz, die ganz mit jener Stickerei bezogen waren, wie man sie der Frömmigkeit einiger hochgestellter Frauen verdankt, würden heute hochgeschätzt werden, denn sie waren sämtlich von Kronen oder Wappen überragt. Zwischen den beiden Fenstern stand eine reiche Konsole, die aus einem Schloß stammte und auf deren Marmorplatte sich eine ungeheure chinesische Vase erhob, worin der Doktor seinen Tabak aufbewahrte. Weder der Arzt noch sein Sohn oder die Köchin und der Diener pflegten diese Reichtümer. Man spie auf einen Kamin von ausgesuchter Feinheit, dessen vergoldete Skulpturen mit Grünspan gesprenkelt waren. Ein hübscher

Lüster, zur Hälfte aus Kristall, zur Hälfte aus Porzellanblumen, war wie die Decke, von der er herabhing, mit schwarzen Punkten übernarbt, die für die Freiheit zeugten, deren sich die Fliegen erfreuten. Die Descoings hatten vor die Fenster Vorhänge aus Brokatell gehängt, die dem Bett irgendeines Titularabtes entnommen waren. Links von der Tür diente ein Schrank im Wert von einigen tausend Frank als Büfett.

DIE GESCHICHTE VON ISSOUDUN

Mit aller Achtung vor Paris sei es gesagt, daß Issoudun eine der ältesten Städte Frankreichs ist. Tatsächlich hat man unter dem berühmten Turm von Issoudun eine Basilika des fünften Jahrhunderts entdeckt, wahrscheinlich die einzige, die es in Frankreich gibt. Diese Kirche trägt schon in ihrem Material das geprägte Antlitz einer noch früheren Zivilisation, denn ihre Steine entstammen einem römischen Tempel, an dessen Stelle sie getreten ist. Wie alle französischen Städte, deren Namensendung das »dun« enthält, trägt Issoudun das Zeugnis einer autochthonen Existenz. Dun ist das Erkennungszeichen für jede vom Druidenkult geweihte Bedeutung, dürfte also auf einen religiösen Mittelpunkt der Kelten hinweisen.

Richard Löwenherz hat ziemlich sicher über der Basilika, dem dritten Denkmal der dritten Religion dieser alten Stadt, den Turm erbaut, in dem er Münzen schlug. Er hat diese Kirche als einen für die Errichtung seines Walles nötigen Stützpunkt benutzt und sie erhalten, indem er sie wie mit einem Mantel mit seinen mittelalterlichen Befestigungen umgab.

Issoudun war damals der Eintagssitz der Wegelagerer und Plünderer, jener Kondottieri, die Heinrich II. seinem Sohn Richard zur Zeit seiner Empörung als Graf von Poitou entgegenstellte. Es ist noch ein anderes Zeugnis für die alte Macht Issouduns vorhanden, nämlich die Kanalisation der Tournemine, eines kleinen Flusses, der auf eine weite Landstrecke hin um mehrere Meter über das Niveau der Theols, des die Stadt umziehenden Flusses, erhöht wurde. Dieses Werk verdankt man ohne Frage dem Genie der Römer. Schließlich wird das Stadtviertel, das sich vom Schloß nach Norden hin erstreckt, von einer Straße durchschnitten, die seit mehr als zweitausend Jahren als Römische Straße bezeichnet wird, ebenso heißt das Wohnbereich auch Römisches Viertel.

Die Bewohner dieses Stadtviertels, die übrigens in ihrer Rasse, in ihrem Blut und Bau des Gesichts ein besonderes Gepräge zeigen, nennen sich Abkömmlinge der Römer. Es sind fast lauter Weinbauern von auffallender Sittenstrenge. Nach der Erhebung von 1830 war Frankreich zu erregt, um den Aufstand dieser Weinbauern von Issoudun zu beachten. Er war furchtbar, und aus guten Gründen hat man Einzelheiten über ihn nicht veröffentlicht. Die Bürger von Issoudun erlaubten den Truppen nicht, in die Stadt einzuziehen. Sie wollten nach den Bräuchen und Sitten des mittelalterlichen Bürgertums selbst für ihre Stadt einstehen.

Im vierzehnten Jahrhundert hatte Issoudun noch beinahe siebzehntausend Einwohner. Karl VII. besaß dort einen Palast, der noch vorhanden ist und bis zum achtzehnten Jahrhundert unter dem Namen »das Haus des Königs« bekannt war. Diese Stadt, damals der Mittelpunkt des Wollhandels, versorgte einen Teil von Europa mit Wolle und stellte in großem Maßstabe Tuche, Hüte und ausgezeichnete ziegenlederne Handschuhe her. Unter Ludwig XIV. wurde Issoudun immer noch als eine Stadt der Eleganz, der feinen Sprache und der guten Gesellschaft genannt. In seiner Geschichte der Stadt Sancerre stellt der Pfarrer Poupart den Einwohnern von Issoudun das Zeugnis aus, daß sie unter allen Berrichonen durch ihren Scharfsinn und ihren natürlichen Witz hervorragten.

Heute sind dieser Glanz und dieser Witz vollständig verschwunden. Issoudun, dessen Ausdehnung noch von der ehemaligen Bedeutung spricht, schreibt sich zwölftausend Einwohner zu, einschließlich der Weinbauern in vier ausgedehnten Vororten: dem von St. Paterne, dem von Vilatte, dem Römischen Viertel und dem Faubourg des Alouettes, alle vier sind kleine Städte für sich.

Die Bürgerschaft lebt wie die von Versailles in den Straßen. Issoudun hat sich den Wollmarkt in der Landschaft Berri bewahrt, aber diesen Handel bedrohen jetzt die Verbesserungen der Schafrassen, die man überall einführt und denen sich nur die Landschaft Berri verschließt. Die Weinberge von Issoudun tragen einen Wein, den man in zwei Provinzen trinkt; wenn man ihn herstellte, wie Burgund und die Gascogne den ihren herstellen, so könnte er einer der besten Weine Frankreichs werden. Aber ach! Alles zu machen, wie unsere Väter es machten, keine Neuerungen einzuführen, das ist dort Landesgesetz. Die Weinbauern lassen also auch weiterhin den Weinkamm während der Gärung im Most, und das macht einen Wein, der die Quelle neuen Reichtums und für die Stadt ein Sporn der Betriebsamkeit werden könnte, abscheulich. Dank der Herbheit, die der Weinkamm ihm mitteilt und die sich, wie man sagt, mit dem Alter mildert, überlebt dieser Wein ein Jahrhundert. Dieser Grund, den der Weinbau selbst anführt, ist für die Weinkunde wichtig genug, um veröffentlicht zu werden. Wilhelm aus der Bretagne hat übrigens diese Eigenschaft in einigen Versen geschildert.

Der Verfall Issouduns wird also durch den Geist der Unbeweglichkeit, der bis zur Albernheit getrieben wurde, erklärlich.

MODISCHE ARABESKEN

Es gibt eine unbeschreibliche Art, einen Hut zu tragen: man setze den Hut ein wenig nach hinten, und man sieht keck aus, man setze ihn zu sehr nach vorn, dann sieht man verschmitzt aus; sitzt er zur Seite, bekommt man ein burschikoses Aussehen, und die Frauen von Welt setzen ihre Hüte, wie sie wollen, und sehen immer gut aus.

Konstanzes Kleid, gewöhnlich von ihrer Lieblingsfarbe, einem matten Braun, das an vertrocknete Blätter erinnerte, fiel an den Hüften in unnachahmlichen Falten herab, deren Geheimnis die alten Stiftsdamen mit sich unter die Erde genommen haben. Sie hatte die schwarze, mit gleichfarbigen Spitzen und großen, viereckigen Maschen garnierte Mantille beibehalten; ihre Hauben von altmodischer Form hatten einen Aufputz, der an die gezackten Ausschnitte alter à jour gearbeiteter Rahmen erinnerte. Sie schnupfte Tabak, wobei sie die peinlichste Sorgfalt beachtete und jene Handbewegungen sehen ließ, an die sich noch die jungen Leute erinnern werden, die das Glück gehabt haben, ihre Großmütter und Großtanten feierlich die goldene Tabaksdose neben sich auf einen Tisch stellen und die Tabakspuren von ihren Fichus entfernen zu sehen.

Auf dem Schädel des Herrn Ragon zeichnete sich, scharf abgezirkelt, ein schneeiger Halbmond von Puder ab, an den sich zwei Flügellocken anschlossen; zwischen diesen hing ein kleiner, von einem Band zusammengehaltener Zopf herab. Er trug einen kornblumenblauen Rock, weiße Weste, seidene Beinkleider und Strümpfe, Schuhe mit goldenen Schnallen und schwarzseidene Handschuhe. Besonders kennzeichnend für ihn war, daß er auch auf der Straße den Hut stets in der Hand hielt.

725–727

Birotteaus Kleidung stimmte mit seinen Gewohnheiten und seinem Äußern überein. Keine Macht der Erde hätte ihn bestimmen können, auf die weißen Musselinkrawatten zu verzichten, deren gestickte Enden ihm unter dem Kinn herabhingen. Seine rechtwinklig zugeknöpfte Weste aus weißem Pikee ging ziemlich tief über seinen Bauch herunter, der etwas hervortrat. Er trug eine blaue Hose, schwarzseidene Strümpfe und Schnürschuhe, deren Schleifen ihm oft aufgingen. Sein stets sehr weiter, olivengrüner Überrock und sein breitrandiger Hut gaben ihm das Aussehen eines Quäkers. Bei den Sonntagsgesellschaften legte er ein seidenes Beinkleid, Schuhe mit goldenen Schnallen und die unvermeidliche rechteckige Weste an, deren Öffnung dann ein plissiertes Jabot sehen ließ. Sein brauner Frack war in breiten Bahnen geschnitten und hatte lange Schöße. Selbst im Jahre 1819 trug er noch zwei parallel herabhängende Uhrketten, legte die zweite aber nur bei der Sonntagstracht an.

Die Reifröcke, die eine Engländerin nach Paris brachte, wurden in London durch eine Französin, die berühmte Herzogin von Portsmouth, erfunden, und man weiß auch warum. Anfangs hielt man sich darüber so auf, daß die erste Engländerin, die im Reifrock in den Tuilerien erschien, von der Menge beinahe gesteinigt worden wäre, aber hernach fand man sich damit ab. Diese Mode tyrannisierte die Frauen von Europa ein halbes Jahrhundert hindurch. Nach dem Frieden von 1815 gefielen während eines Jahres die langen Taillen der Engländerinnen, und ganz Paris eilte in das Theater, um Potier und Brunet in den »Anglaises pour rire« zu sehen. Aber 1816 und 1817 stieg die Taille der Französinnen, die 1814 noch den ganzen Busen abgeschnitten hatte, allmählich bis auf die Hüfte hinab.

728–729

Der Student trug feine Stiefel, ein Pantalon von weißem, englischem Leder mit Strippen von Lackleder, ein schönes Halstuch, eine Phantasieweste und in der Tasche dieser Weste eine flache Uhr, deren Kette heraushing, einen kurzen, blauen Oberrock und einen grauen Hut. Den Emporkömmling verrieten die goldenen Westenknöpfe und der Ring über den Handschuhen von veilchenblauem Ziegenleder. Er trug ferner einen Handstock mit ziseliertem goldenen Knauf.

Cecile Beauvisage, ein neunzehnjährig es junges Mädchen hatte ein grauseidenes Kleid angezogen, mit Schnüren von dunklerem Grau, das vorn wie ein Redingot zugeschnitten war. Das ärmellose Leibchen lief vorn spitz zu und wurde hinten geschnürt. Dies falsche Korsett umriß vollständig Rücken, Hüften und Büste. Der Rock warf entzückende Falten und bewies in Schnitt und Machart das Können einer Pariser Schneiderin. Ein hübsches, spitzenbedecktes Brusttuch fiel auf das Leibchen. Um den Hals trug die Erbin ein sehr elegant geschlungenes rosa Tüchlein und auf dem Kopf einen mit einer Stoffrose geschmückten Strohhut. Ihre Hände steckten in langen, schwarzen Filethandschuhen, ihre Füße in Schnürstiefeln aus goldfarbenem Leder. Ihr niedliches Sonntagsgesicht, ihr Aussehen überhaupt, das einer Modepuppe in den Journalen glich, mußte ihre Eltern entzücken. Cecile war gut gebaut, mittelgroß und von schönem Ebenmaß. Sie hatte, der Mode von 1839 entsprechend, ihre kastanienbraunen Haare in zwei große Zöpfe gebunden, die das Gesicht einrahmten.

Celestine war mit einem Weintraubenschmuck aus Jett von der schönsten Arbeit frisiert, leicht wie wirkliches Weinlaub, und der Künstler hatte nicht die anmutigen Ranken vergessen, die bestimmt sind, sich in den Locken zu verwirren, wie sie sich an jedem Blatte hochranken. Die

730–732

Armbänder, der Halsschmuck und die Ohrringe waren aus sogenanntem Berliner Metall, aber in Wirklichkeit kamen diese zarten Arabesken aus Wien und schienen von jenen Feen gemacht zu sein, die im Märchen von irgendeiner Hexe beauftragt sind, Ameisenaugen zu sammeln oder Leinwand zu weben, die man in einer Nußschale aufbewahren könnte. Ihre Figur, die durch das Schwarz schon besonders schlank erschien, wurde hervorgehoben durch ein Kleid von durchdachtem Schnitt, ohne Schulternaht; es schien, als ob die Frau bei jeder Bewegung wie ein Schmetterling aus ihrer Hülle herausglitte, dennoch behielt das Kleid dank einer Erfindung der Schneiderin seinen Sitz. Es war aus ganz feinem Wollmusselin, einem Stoff, der später einen ungeheuren Erfolg hatte, einem göttlichen Stoff. Dieser Erfolg ging weiter, als die Moden sonst in Frankreich gehen. Die wirkliche Sparsamkeit des Wollmusselins, der keines Plättens bedarf, hat später den Leinwandstoffen geschadet, und das so sehr, daß es zu einer vollständigen Veränderung der Fabrik in Rouen führte. Celestine trug feinmaschige Strümpfe und einen Halbschuh aus türkischem Satin, denn die Trauer schloß Seidensatin aus. Der Schuh war wundervoll geformt. So sah Celestine sehr schön aus.

Die Kunst, seine Krawatte zu binden, bedeutet für den Weltmann, was die Kunst, ein Diner zu geben, für den Staatsmann bedeutet. Die Krawatte ist nicht allein ein bewährtes Schutzmittel gegen Schnupfen, steifen Hals, Entzündungen, Zahnschmerzen und andere unerfreuliche Naturerscheinungen, sie bildet auch einen wesentlichen und unerläßlichen Bestandteil der Toilette und gestattet in der reichen Mannigfaltigkeit ihrer Formen sichere Schlüsse auf die Wesensart des Trägers. Vergleichen Sie die äußere Erscheinung von Monsieur Auguste Hus mit der von

Monsieur de Lamartine, und Sie werden erkennen, daß sehr bedeutende Unterschiede zwischen der klassischen und romantischen Krawatte bestehen. Wenn, wie Buffon gesagt hat, »der Stil der ganze Mann ist«, so können wir unsererseits sagen: Die Krawatte ist der ganze Mann. Sie ist das Thermometer, an dem man den Grad des Geschmackes in Sachen der Kleidung und Bildung ablesen kann. Bei Lodi, bei Marengo, bei Austerlitz, bei Wagram und an vielen anderen Orten trug Napoleon eine schwarze Krawatte, die ihm zweimal rund um den Hals ging und rückwärts mit einem kleinen Knoten geknüpft war. Aber bei Waterloo soll einer seiner Ordonnanzoffiziere bemerkt haben, daß er gegen seine Gewohnheit an diesem Tage eine weiße Krawatte trug, die nur mit einer losen Schleife gehalten war, während er noch am Tage zuvor seine gewohnte schwarze Krawatte umgetan hatte.

GESTALTEN DER »MENSCHLICHEN KOMÖDIE«

IM REGEN

Warum hat noch keiner unserer Maler versucht, das Aussehen eines Schwarmes Pariser wiederzugeben, die während eines Gewitterregens im feuchten Torweg eines Hauses stehen? Wo könnte man ein reicheres Gemälde antreffen?!
Da ist zunächst der träumerische oder philosophische Fußgänger, der mit Vergnügen die Regenstriche auf dem grauen Grunde der Luft beobachtet, eine Art Ziselierung, gleich dem launischen Spiel blinkender Glasfäden, oder die weißen Wasserwirbel, die der Wind wie leuchtenden Staub über die Dächer rollt, oder das unbekümmerte Überfließen der träufelnden, schäumenden Dachrinnen, kurz tausend andere wunderbare Nichtigkeiten, die von allen Bummlern trotz der Besenstöße, die ihnen der Hausmeister versetzt, mit Entzücken bewundert werden.
Ferner ist da der unterhaltungslustige Fußgänger, der sich beklagt und mit der Pförtnerin unterhält, während sie sich auf ihren Besen stützt wie ein Grenadier auf sein Gewehr; dann der arme, wunderlich an die Wand gedrückte Fußgänger, den keine Sorge um seine Lumpen erfüllt, da sie bereits alle Unbilden der Straße gewohnt sind; der gelehrte Fußgänger, der die Maueranschläge studiert, mühsam nachbuchstabiert oder liest, ohne je zu Ende zu kommen; der fröhliche Fußgänger, der sich über die Leute lustig macht, denen auf der Straße ein Mißgeschick zustößt, der die mit

Schmutz bespritzten Frauen belächelt und den Leuten an den gegenüberliegenden Fenstern Gesichter schneidet; der schweigsame Fußgänger, der versonnen alle Fenster und alle Stockwerke mit seinem Blick durchläuft; der Geschäftsmann, der, eine Tasche oder ein Paket unter dem Arm, den Regen in Gewinst oder Verlust umsetzt; der liebenswürdige Fußgänger, der wie eine Granate hereinbricht, er ruft: »Oh, welches Wetter, meine Herren!« und begrüßt jedermann; endlich der echte Pariser Fußgänger, der sich, was die Regengüsse betrifft, auskennt und einen Schirm mitgenommen hat; obgleich er den Sturzbach vorausgesehen, ist er doch dem Rat seiner Frau zum Trotz ausgegangen und läßt sich nun auf den Stuhl des Pförtners nieder.
Jeder einzelne in dieser zusammengewürfelten Gesellschaft betrachtet je nach seinem Charakter den Himmel und geht, um sich nicht mit Schmutz zu bespritzen, hüpfend davon, oder weil er Eile hat, oder weil er andre Bürger trotz Wind und Flut gehen sieht, oder weil er in dem feuchten, mit tödlichen Erkältungen drohenden Torweg vom Regen in die Traufe gekommen ist. Jeder hat seine Gründe. Schließlich bleibt nur der bedächtige Fußgänger zurück, ein Mann, der sich erst auf den Weg macht, nachdem er zwischen den geborstenen Wolken etliche blaue Streifen erspäht hat.

PARISER BETTLER

Charlet* hat sie gezeichnet: grobe, durch den Schmutz gezogene Gestalten mit rauher Stimme, roter, wulstiger Nase und zahnlosem Munde, demütige und schreckliche Gesichter, an denen die in den Augen glänzende Klugheit ein Widersinn zu sein scheint.
Einige dieser frechen Herumtreiber haben eine fleckige, rissige, geäderte Haut, die Stirn ist mit Runzeln bedeckt, und die Haare sind dünn und schmutzig, wie an einer auf

den Kehricht geworfenen Perücke. Sie sind alle in ihrer Erniedrigung fröhlich, heruntergekommen in ihren Freuden, und tragen das Siegel der Ausschweifung auf der Stirn; ihr Schweigen ist wie ein Vorwurf, und ihre Haltung erweckt schreckliche Gedanken.

Zwischen Verbrechen und Almosen gestellt, kennen sie keine Gewissensbisse mehr und kreisen gar geschickt um das Schafott, ohne jemals hinaufzugeraten; sie sind unschuldig inmitten ihres Lasters und lasterhaft inmitten ihrer Unschuld. Oft geben sie Grund zum Lächeln, immer aber Grund zum Denken.

Der eine stellt im Abriß die ganze Zivilisation dar, er umfaßt alles: die Ehre des Bagnos, das Vaterland, die Tugend, dann wieder ist es die Bosheit des Verbrechens oder die Verschmitztheit einer klug bedachten und geschickt ausgeführten Missetat. Der andere stellt sich ergeben, ein tiefer, aber blödsinniger Schauspieler. Alle haben sie Anwandlungen von Ordnung und Arbeit, aber sie werden in ihren Schmutz zurückgestoßen von einer Gesellschaft, die nicht zu erforschen wünscht, was es an Dichtern, großen Männern, unerschrockenen Seelen und prachtvollen Organisationen unter den Bettlern, den Zigeunern von Paris, geben kann.

Es ist ein äußerst gutes und ein äußerst böses Volk, wie alle Massen, die gelitten haben; es ist gewohnt, unerhörte Leiden zu erdulden, und wird von einer verhängnisvollen Macht stets genau auf der Oberfläche des Sumpfes gehalten. Sie haben alle einen Traum, eine Hoffnung, ein Glück: Spiel, Lotterie oder Wein.

EIN SÄUFER

Nicolas Séchard, der Vater des ehrsamen Buchdruckers und Erfinders in den »Verlorenen Illusionen«, gehört zu jener Gruppe von Geizhälsen, die Balzac mit wahrhaft dämonischer Lust zu zeichnen wußte. Die Geldgier und Trunksucht des Alten stürzt den Sohn ins Unglück und fordert die dramatischen Vorgänge heraus, von denen die Handlung erfüllt ist.

Jérome Nicolas Séchard, getreu dem Schicksal, das sein Name, der Trockene, ihm bestimmt hatte, war mit einem unauslöschlichen Durst begnadet. Seine Frau hatte seine Leidenschaft für den Saft der Traube lange Zeit hindurch in erträglichen Schranken gehalten; aber die Philosophen haben die Bemerkung gemacht, daß die Gewohnheiten der Jugend im Greisenalter mit großer Stärke wiederkommen. Séchard war eine Bestätigung für dieses psychische Gesetz: je älter er wurde, um so mehr liebte er das Trinken. Seine Leidenschaft hinterließ auf seinem Bärengesicht Spuren, die es höchst originell machten. Seine Nase hatte die Form und den Umfang eines großen A von riesigen Dimensionen, seine beiden mit unzähligen Äderchen durchzogenen Backen sahen aus wie manche Weinblätter, die voller violetter, purpurner und oft buntgesprenkelter kleiner Buckel sitzen. Man konnte an einen ungeheuren Trüffel denken, der mit herbstlichem Weinlaub umrankt war. Unter zwei mächtigen Brauen, die wie zwei schneebedeckte Büsche aussahen, hatten seine beiden grauen Augen, in denen die Schlauheit einer Habgier funkelte, die alles, selbst die Vaterliebe, in ihm ertötet hatte, ihren Glanz noch in der Trunkenheit bewahrt. Sein kahler Schädel, der noch von grauen, lockigen Haaren umgeben war, erinnerte an die Franziskanermönche aus den Erzählungen Lafontaines.

Er war untersetzt und beleibt, wie es bei diesen alten Lampen, die mehr Öl als Docht verbrauchen, oft der Fall ist; denn die Ausschweifungen in irgendeiner Sache treiben den Körper in einer Richtung, die ihm gemäß ist. Die Trunken-

736

heit macht, ebenso wie das Studieren, den Dicken noch dicker und den Mageren noch magerer.

Jérome Nicolas Séchard trug seit dreißig Jahren den bekannten Dreispitz, der sich noch heutzutage in den Städten mancher Provinzen auf dem Kopf des städtischen Tambourmajors findet. Seine Weste und seine Hose waren aus grünlichem Tuch. Überdies trug er einen alten braunen Überzieher, buntgewebte baumwollene Strümpfe und Schuhe mit silbernen Schnallen. Diese Tracht, in welcher der Handwerksmann noch im reichgewordenen Bürger zu erkennen war, entsprach seinen Lastern und Gewohnheiten so gut, war so sehr der Ausdruck seines Lebens, daß es schien, als ob dieser Wackere völlig angekleidet erzeugt worden wäre, man hätte ihn sich ebensowenig ohne seine Kleidungsstücke vorstellen können wie eine Zwiebel ohne die Häute.

EINE GRISETTE

Voll feiner Beobachtung schildert der Dichter in der »Geschichte der Dreizehn« diese charakteristische Erscheinung des Pariser Lebens und läßt sie in schicksalhafter Verknüpfung allen zum Verhängnis werden, die sich mit ihr einlassen: selbst Ferragus, das geheimnisvolle Oberhaupt des Bundes der Dreizehn, zerbricht durch das eigenmächtige Handeln seiner Grisette in seinem Lebenswillen.

Dieses Fräulein war der Typ einer Frau, wie sie nur in Paris vorkommt. Sie entsteht in Paris wie der Schmutz, wie das Pflaster von Paris, wie das Wasser der Seine in Paris in großen Sammelbecken hergestellt wird, wo große Maschinen es zehnfach filtrieren, ehe sie es in die geschliffenen Wasserkaraffen weitergeben, in denen es jetzt ebenso klar und rein funkelt, wie es zuvor schlammig gewesen war. So ist auch dieser Frauentypus eine wahrhaft eigentümliche Schöpfung. Unzählige Male festgehalten von dem Pinsel des Malers, der Kohle des Karikaturisten, dem Stift des Zeichners, entschlüpft er allen Versuchen, weil er in seinen

Wandlungen unfaßbar ist wie die Natur, wie das große, phantastische Paris. Mit dem Laster hängt diese Frau nur in einer Schicht zusammen und entfernt sich davon an tausend anderen Punkten des sozialen Umkreises. Außerdem läßt sie auch nur einen Zug ihres Charakters erraten, den einzigen, der sie tadelnswert macht: ihre schönen Tugenden sind verborgen; aus ihrer kindlichen Schamlosigkeit aber macht sie sich ihren Ruhm. In allen Dramen und Büchern, in denen sie in all ihrer tausendfältigen Poesie vorgeführt worden ist, bleibt sie unvollständig; echt und wahr wird sie stets nur in ihrer Kammer sein, weil sie allenthalben sonst verleumdet oder günstig geschminkt wird. Reich, wird sie lasterhaft – arm, bleibt sie unverstanden. Und das könnte niemals anders sein: sie hat zu viele Laster und zu viele gute Eigenschaften, sie ist erhabener Erstarrung und entehrendem Lachen zu nahe, sie ist zu schön und zu abscheulich, sie personifiziert allzu gut Paris, dem sie zahnlose Türhüterinnen, Wäscherinnen, Straßenkehrerinnen, Bettlerinnen und bisweilen freche Gräfinnen, bewunderte Schauspielerinnen und gefeierte Sängerinnen liefert – einst hat sie dem Land sogar zwei halbe Königinnen geschenkt!

Wer vermag eine solche proteische Gestalt zu erfassen? Sie ist das ganze Weib, weniger als das Weib, mehr als das Weib. Von diesem weiten Bilde kann ein Sittenschilderer immer nur bestimmte Einzelheiten, das Gesamte und das Unendliche, wiedergeben.

EINE SCHÖNE FRAU

In der langen Reihe der Frauengestalten der »Menschlichen Komödie« ist Frau Evangelista ein Meisterwerk seelischer Analyse. Wir erleben in ihr das Beispiel einer leidenschaftlich für das Glück ihrer Tochter kämpfenden Mutter, die sich mit dieser Auseinandersetzung zugleich für ihren verletzten Stolz rächen will.

Frau Evangelista war mit vierzig Jahren schön wie ein zauberhafter Sonnenuntergang an einem wolkenlosen Sommertag. Ihr tadelloser Ruf bot der Klatschsippe von Bordeaux endlosen Gesprächsstoff, und die Neugier der Frauen war um so lebhafter, als die Konstitution der Witwe alle Merkmale einer edlen Rasse* bot – Merkmale, wegen deren die Spanierinnen und besonders die Kreolinnen berühmt sind. Sie hatte schwarzes Haar und schwarze Augen, den Fuß und die Gestalt der Spanierin. Ihrem schönen Gesicht verlieh die getönte Haut der Kreolin, deren durchglühte Zartheit nur vergleichbar ist mit einem über Purpur gebreiteten Musselin, verführerischen Reiz. Ihre vollen Formen waren von jener Anmut, die Lässigkeit und Lebhaftigkeit, Kraft und Zartheit zu vereinen weiß. Sie war anziehend und ehrfurchtgebietend, verführerisch ohne Verheißung. Da sie groß war, wurde es ihr leicht, sich das Ansehen und die Haltung einer Königin zu geben.

Wie Vögel am Leim klebten die Männer an ihrer Unterhaltung, denn sie hatte geniale Fähigkeiten, die fesselnden Gaben, mit denen die Notwendigkeit die Intriganten ausstattet; wenn sie etwas erreichen wollte, drang sie schrittweise vor, von Forderung zu Forderung, rüstete sich mit dem, was man ihr zugestanden hatte, um sogleich mehr zu begehren, und wußte sich auf tausend Arten zurückzuziehen, sobald man von ihr eine Gegenleistung erwartete.

Bei alledem besaß sie keine tiefe Bildung, doch hatte sie die Höfe Spaniens und Neapels, die Berühmtheiten von Amerika und einige der bekanntesten Familien Englands sowie

des Kontinents gekannt, was ihr so ausgedehnte oberflächliche Kenntnisse einbrachte, daß ihr Wissen für ungeheuer galt. Sie begegnete ihren Gästen mit dem feinen Geschmack, der Hoheit und Würde, die nicht erlernt werden, die aber gewisse schönbegabte Seelen sich zur zweiten Natur machen können, indem sie alles Vorteilhafte, das ihnen begegnet, aufzunehmen und sich zu eigen zu machen wissen.
Frau Evangelista hatte, so erzählte man, einen Mann geliebt, den die zweite Restauration in seine Rechte und in die Pairswürde wieder einsetzte. Dieser Mann, der sich noch 1814 glücklich geschätzt haben würde, Frau Evangelista heiraten zu dürfen, hatte 1816 seine Beziehungen zu ihr sehr entschieden abgebrochen. Frau Evangelista, scheinbar die beste Frau der Welt, hatte eine entsetzliche Eigenschaft, die man am treffendsten mit der Devise der Katharina von Medici kennzeichnet: Odiate e aspettate – hasse und warte!
Sie war gewohnt, an der Spitze zu stehen, Gehorsam, Unterwürfigkeit zu finden, und hatte alle Eigenschaften der Herrschernaturen; liebenswürdig, sanft und zugänglich, wurde sie schrecklich und unversöhnlich, sobald ihr Stolz als Weib, als Spanierin und als geborene Casa-Real verletzt wurde. Sie verzieh niemals. Dieses Weib glaubte an die Macht ihres Hasses, der als unseliges Geschenk über dem Haupte ihres Feindes schwebte; sie hatte diese Macht am Schicksal jenes Mannes erprobt, der es wagte, mit ihr sein Spiel zu treiben.
Die Ereignisse, die sich einstellten, befestigten in ihr das abergläubische Vertrauen in ihre persönliche Macht. Der betreffende Mann, der Minister und Pair von Frankreich geworden war, richtete sich bald völlig zugrunde. Sein Hab und Gut, sein politisches und sein persönliches Ansehen waren schließlich restlos verloren. Eines Tages konnte Frau Evangelista in den Champs-Elysées in ihrem prun-

kenden Wagen an ihm, dem Fußgänger, vorüberfahren und ihn mit einem Blicke niederschmettern, aus dem ihr ganzer funkelnder Triumph auf ihn herabsprühte.
Ihre traurige Erfahrung, die sie zwei Jahre hindurch beschäftigte, hatte sie davon abgehalten, sich wieder zu verheiraten. Später hatte ihr Stolz sie immer veranlaßt, Vergleiche zu ziehen zwischen den Freiern, die sich boten, und ihrem verstorbenen Gatten, der sie so innig, so sehr geliebt hatte. So war sie also von Irrtum zu Berechnung, von Hoffnung zu Enttäuschung schließlich in das Alter gekommen, wo die Frauen keine andere Rolle mehr zu spielen haben als die der Mutter, wo sie sich ihren Töchtern opfern und alle Interessen nicht mehr auf sich selber, sondern auf die Gründung einer neuen Haushaltung richten, deren Haupt ihr Kind werden soll – es ist dies gewissermaßen die letzte Anlage für menschliches Gefühlskapital.

EIN BLAUSTRUMPF

Balzac war nicht nur Historiker der französischen Gesellschaft, sondern auch ihr Kritiker: mit geistreichem Sarkasmus wußte er ihre Torheiten und Übertreibungen lächerlich zu machen. In den »Verlorenen Illusionen« wird uns Frau von Bargeton als die Verkörperung jener seichten Ästhetik vorgeführt, in der ein anspruchsvoller Provinzzirkel sich und andere über die geistige Beschränktheit seiner Mitglieder hinwegzutäuschen sucht.

Frau von Bargeton griff um jeder Kleinigkeit willen zur Leier, ohne das, was nur im Privatleben poetisch ist, vom Allgemeingültigen zu unterscheiden. Man sollte Empfindungen, die nicht verstanden werden, für sich behalten. Ein Sonnenuntergang ist gewiß ein großes Gedicht, aber macht sich eine Frau nicht lächerlich, wenn sie ihn mit großen Worten vor Leuten schildert, die nur materielle Interessen haben? Außerdem hatte sie den Fehler, daß sie ungeheure Sätze bildete, die mit pathetischen Worten gespickt waren, Sätze, wie sie die Sprache der Pariser Journalisten so trefflich als »Brotscheiben« bezeichnet: sie schneiden täglich ihren Abonnenten sehr wenig verdauliche zum Frühstück herunter, und die verschlingen sie zum Frühstück. Sie verschwendete maßlos Superlative, die ihre Unterhaltung beschwerten, weil sie die geringsten Dinge ins Riesenhafte wachsen ließen.

In dieser Zeit fing sie an, alles zu typisieren, zu prosaisieren, zu individualisieren, synthetisieren, dramatisieren, superiorisieren, analysieren, poetisieren, kolossifizieren, neologisieren und tragieren: man muß schon einen Augenblick die Sprache vergewaltigen, um die modernen Verschrobenheiten zu schildern, die manche Frauen betreiben. Ihr Geist entzündete sich übrigens gerade so wie ihre Sprache. Der Dithyrambus war in ihrem Herzen wie auf ihren Lippen. Um jeden Vorfall bebte sie, fiel in Ohnmacht oder wurde hingerissen um die Aufopferung einer grauen Schwester und die Hinrichtung der Brüder Faucher, um die »Ipsiboe« d'Harlincourts wie für die »Anaconda« von Lewis*, um die Flucht des La Valette* wie um eine ihrer Freundinnen, die mit lauter Stimme Diebe in die Flucht gejagt hatte.

Für sie war alles erhaben, außerordentlich, seltsam, göttlich, wunderbar. Sie regte sich auf, wurde wütend, verzagte, schwang sich auf, klappte wieder zusammen, betrachtete den Himmel oder die Erde, und ihre Augen füllten sich mit Tränen. Sie verbrauchte ihr Leben in unausgesetztem Bewundern und verzehrte sich in seltsamem Verachten. Sie war begeistert für den Pascha von Janina, sie hatte Lust, mit ihm in seinem Serail zu kämpfen, und fand Großes darin, in einen Sack genäht und ins Meer geworfen zu werden.

Sie beneidete Lady Esther Stanhope*, den Blaustrumpf der Wüste. Sie bekam Lust, eine Schwester vom Orden der heiligen Kamilla zu werden und zur Pflege der Kranken nach Barcelona zu gehen, um dort am gelben Fieber zu sterben: denn das war ein großes, edles Los! Kurz, sie dürstete nach allem, was nicht das seichte, stehende Wasser ihres Daseins war. Sie betete Lord Byron oder Jean Jacques Rousseau an, wie alle dramatischen und poetischen Persönlichkeiten.

Sie hatte Tränen für alles Elend und triumphierte über alle Siege. Sie hatte Mitgefühl mit dem besiegten Napoleon und ebenso mit Mehemet Ali, der die Tyrannen Ägyptens niedermetzelte. Kurz, sie sah die genialen Menschen mit einem Glorienschein umgeben und glaubte, sie lebten von Duft und Licht.

Vielen Leuten erschien sie als eine harmlose Geisteskranke; aber einem guten Beobachter wären diese Dinge als Trümmer einer wundervollen Liebe erschienen, die ebenso schnell wieder einstürzte, wie sie erbaut war, die Reste eines himmlischen Jerusalems, mit einem Wort – die Liebe ohne den Liebenden!

EIN HÄSSLICHES MÄDCHEN

Wir lernen in diesem Bild die Tochter des Herzogs von Chaulieu kennen, deren Hand der schöne Lucien von Rubempré in »Glanz und Elend der Kurtisanen« zur Sicherung der von seinem Ehrgeiz erstrebten Zukunft erringen wollte.

Klotilde war ein Mädchen von siebenundzwanzig Jahren. Ihre dürre und dünne Gestalt glich ziemlich genau einem Spargel. Der Busen des armen Mädchens war so flach, daß er nicht einmal die Ersatzmittel möglich machte, die die Modistinnen als falsche Brüste bezeichnen. Daher ließ denn auch Klotilde, die wußte, daß sie in ihrem Namen genügende Vorzüge besaß, diesen Fehler heroisch hervortreten, anstatt sich die Mühe zu machen, ihn zu verbergen. Indem sie sich eng in ihre Kleider einschnürte, erreichte sie die Wirkung der starren und scharfen Zeichnung, die die

Holzschnitzer des Mittelalters für ihre Figuren suchten: auch deren Profile heben sich scharf vom Hintergrund der Nischen ab, vor die sie gestellt werden.

Klotilde war fünf Fuß und vier Zoll hoch. Wenn es erlaubt ist, sich einer familiären Wendung zu bedienen, die wenigstens den Vorteil besitzt, klar verständlich zu sein, so kann man sagen: sie war ganz Bein. Dieser Mangel an Proportion gab ihrem Oberkörper etwas Unförmiges. Sie hatte eine braune Gesichtshaut, hartes, schwarzes Haar, sehr dichte Brauen, glühende Augen, die in schon gedunkelten Höhlen lagen, und ein Gesicht, krumm wie eine Mondsichel im ersten Viertel, gekrönt von einer vorspringenden Stirn. So stellte sie das Zerrbild ihrer Mutter dar, einer der schönsten Frauen Portugals.

Klotilde trug auf ihrem stark eingezogenen Mund den stereotypen Ausdruck der Geringschätzung. Daher verrieten ihre Lippen mehr als jeder andere Zug ihres Gesichtes die heimlichen Regungen ihres Herzens; denn die Liebe gab ihnen einen reizenden Ausdruck, der um so mehr auffiel, als ihre Wangen, die zu braun waren, um zu erröten, und ihre stets harten, schwarzen Augen nie etwas preisgaben.

Aber trotz so vieler Nachteile, trotz ihrer Bretterscheinung hatte sie durch ihre Erziehung und ihre Rasse etwas von der Größe mitbekommen, einen stolzen Zug, kurz alles, was man mit so vielem Recht »das gewisse Etwas« genannt hat. Vielleicht lag es an der Sicherheit ihres Kostüms, das die Tochter aus gutem Hause verriet. Sie machte sich ihre Haare zunutze, deren Stärke, Fülle und Länge für eine Schönheit gelten konnte. Ihre Stimme, die sie gepflegt hatte, übte einen Zauber aus: sie sang entzückend.

Klotilde war eben das junge Mädchen, von dem man sagt: »Aber sie hat schöne Augen« oder »Sie hat einen liebenswürdigen Charakter«.

EIN MANN NAMENS POIRET

Dieser Spießbürger, den Balzac in »Die Beamten« in Gestalt und Gewohnheit zu bezwingendem Leben erweckt, ist nur eine der vielen Nebenfiguren des von einer Unzahl von Einzelschicksalen erfüllten Romans, aber er bietet ein glänzendes Beispiel dafür, mit welchem durchdringenden Blick der Dichter alle Daseinsformen zu erfassen wußte.

Der junge Herr Poiret, um ihn von seinem älteren Bruder zu unterscheiden, war schon dreißig Jahre im Dienst. Die Natur ist nie so unveränderlich in ihrer Entwicklung gewesen, wie dieser Mann in den Handlungen seines Lebens es war: er legte seine Sachen immer genau an dieselbe Stelle, seine Federn in genau dieselbe Holzrille, er setzte sich um genau dieselbe Stunde auf seinen Platz, erwärmte sich am Ofen um genau dieselbe Minute, und sein einziger Ehrgeiz bestand darin, eine ganz unfehlbar richtige Uhr zu tragen, die er übrigens alltäglich nach der Rathausuhr stellte, denn er wohnte in der Rue du Martrois, und sein Weg zum Ministerium führte ihn am Rathaus vorbei. Von sechs bis acht Uhr morgens führte er die Bücher eines großen Modehauses in der Rue Saint-Antoine, und von sechs bis acht Uhr abends die des Hauses Camusot, Rue des Bourdonnais. So verdiente er dreitausend Frank jährlich, zusammen mit seinem Staatsgehalt. Da nur noch wenige Monate bis zu dem Zeitpunkt fehlten, an dem er pensionsberechtigt war, trug er eine große Gleichgültigkeit gegen die Intrigen in den Büros zur Schau. Ähnlich seinem Bruder würde auch er bedeutend im Werte sinken, wenn sein Weg ihn nicht mehr ins Ministerium führte.

Er hatte den Auftrag, die Tageszeitungen zu sammeln, auf die das Büro abonniert war, und ebenso den Moniteur, und er besorgte diese Sammlung mit Fanatismus. Wenn irgendein Beamter seine Nummer verlor, sie fortnahm und nicht wiederbrachte, dann nahm Poiret sich die Erlaubnis, während der Dienstzeit auszugehen, begab sich geradewegs in das Verlagshaus der Zeitung, forderte dort die fehlende Nummer und kehrte voller Begeisterung für die Höflichkeit der Verlagsangestellten zurück. Er hatte es immer mit einem außerordentlich liebenswürdigen jungen Mann zu tun bekommen, und seiner Meinung nach waren die Journalisten außerordentlich verbindliche und wenig bekannte Menschen.

Poiret war von mittlerer Größe, er hatte halberloschene Augen, sein Blick war matt und ohne Wärme, seine Haut bleifarbig, faltig und mit kleinen bläulichen Punkten besät; er hatte eine Stumpfnase und einen zusammengekniffenen Mund, in dem einige verdorbene Zähne verloren umherstanden. Seine langen und mageren Arme endeten in enorm großen Händen, an denen keine einzige weiße Stelle war. Seine grauen Haare waren durch den Druck des Hutes eng an den Kopf geschmiegt und gaben ihm das Aussehen eines Geistlichen, eine ihm übrigens wenig schmeichelhafte Ähnlichkeit; denn er haßte die Priester und die Geistlichkeit, freilich ohne seine religiösen Ansichten auseinandersetzen zu können. Diese Abneigung hinderte ihn jedoch nicht, jeder Regierung, welchen politischen Charakter sie auch immer tragen mochte, fest anzuhängen. Seine alte, grünliche Weste knöpfte er niemals zu, auch nicht an den kältesten Tagen; er trug stets Schnürstiefel und eine schwarze Hose. Er kaufte seit dreißig Jahren in denselben Geschäften. Wenn sein Schneider starb, forderte er Urlaub, um zu seinem Begräbnis zu gehen, drückte dem Sohn auf dem Grabe des Vaters die Hand und versicherte ihn seiner Kundschaft. Er war mit allen seinen Lieferanten persönlich befreundet, er erkundigte sich nach ihren Privatangelegenheiten, plauderte mit ihnen, hörte ihre Klagen an und bezahlte alles bar. Wenn er an einen von diesen Herren schrieb, um irgendeine Änderung in seinen Aufträgen zu veranlassen, dann beobachtete er die höflichsten

Formen. Er schrieb die Anrede in Schönschrift, setzte das Datum und fertigte eine Abschrift des Briefes an, die er in einem Karton: »Meine Korrespondenz« aufbewahrte. Es war kein ordentlicheres Leben denkbar als das seine. Poiret besaß seine sämtlichen quittierten Rechnungen, alle Quittungen, auch dic unbedeutendsten, und seine jährlichen Kontobücher waren jedes für sich eingeschlagen aufgehoben, alle seit seinem Eintritt in das Ministerium. Er aß immer in demselben Restaurant, auf demselben Platz, auf Abonnement, im »Veau qui tette« an der Place du Chatelet. Die Kellner hielten seinen Platz für ihn frei. Punkt acht Uhr traf er im Kaffee David ein und blieb dort bis elf Uhr. Auch dort verkehrte er seit dreißig Jahren und trank regelmäßig um halb elf Uhr eine Tasse Milchkaffee mit Zucker. Er hörte die politischen Diskussionen an, die Arme auf seinen Stock gekreuzt und das Kinn in die rechte Hand gestützt. Aber er nahm niemals an ihnen teil. Das Bürofräulein, die einzige Frau, mit der er gern sprach, war die Vertraute der kleinen Ereignisse seines Lebens, denn sein Tisch stand dicht an der Kasse. Er spielte Domino, das einzige Spiel, das er begriffen hatte. Wenn seine Partner nicht kamen, fand man ihn manchmal eingeschlafen, den Rükken an das Holzgeländer gelehnt, mit einer Zeitung in der Hand, deren Bügel auf der Marmorplatte des Tisches ruhte.

Er interessierte sich für alles, was in Paris geschah, und er verbrachte seinen Sonntag damit, den Fortgang der neuen Bauten zu überwachen. Er fragte den Invaliden, der mit der Überwachung des Bauplatzes beauftragt war, und beunruhigte sich über jede Verzögerung, die wegen Mangel an Geld oder Material eintrat, sowie über die Schwierigkeiten, auf die der Architekt stieß. Man hörte ihn sagen: »Ich habe die Place du Chatelet erstehen sehen, den Quai aux fleures, die Markthallen!« Er und sein Bruder waren in Troyes als

Söhne eines Gutspächters geboren und nach Paris zur Lehre in die Büros geschickt worden. Ihre Mutter hatte ein unglückliches Schicksal gehabt. Die beiden Brüder wurden durch die Nachricht bekümmert, daß sie im Hospital zu Troyes gestorben sei. Da verschworen sich beide, nicht nur niemals zu heiraten – nein, sie faßten auch einen tiefen Abscheu vor Kindern; aber auch die Kinder fürchteten sie, wie man Verrückte fürchten kann, und betrachteten sie mit scheuen Blicken.

Seit seiner Ankunft in Paris war Poiret niemals mehr aus der Stadt herausgekommen. Seit jener Zeit hatte er ein Tagebuch geführt, in dem er die wesentlichsten Ereignisse eintrug. Oft überraschte man ihn im Büro in einer melancholischen Haltung; dann sah er aus, als ob er in tiefes Nachdenken versunken sei, aber in Wirklichkeit dachte er überhaupt nicht.

Sein Kollege Bixiou nahm sich vor, an einem der Hundstage das Innere des alten Hutes, den Poiret seit neun Jahren trug, mit Schweineschmalz einzufetten. Bixiou, der niemals einen anderen Hut als diesen auf dem Kopf von Poiret gesehen hatte, träumte schon von ihm, und beim Essen sah er ihn vor sich; im Interesse seiner Verdauung hatte er beschlossen, das Büro von diesem unsauberen Hut zu befreien.

Poiret ging gegen vier Uhr fort. Während er durch die Straßen von Paris schritt, in denen die Strahlen der Sonne, die sich in Pflaster und Mauer einfangen, tropische Hitze hervorbrachten, fühlte er, daß er, der so selten schwitzte, am Kopf vollständig durchnäßt war. Da er sich sofort für krank hielt oder im Begriff, es zu werden, ging er, statt ins Restaurant zum Mittagessen, nach Hause, zog aus seinem Schreibtisch sein Tagebuch hervor und zeichnete die Begebenheit auf: »Heute, am 3. Juli 1823, hat mich ein ungewöhnlicher Schweiß überfallen. Ich will Herrn Dr. Haudry konsultieren. Das Übel hat in der Höhe des Quai d'Ecole eingesetzt.«

Plötzlich merkte er, da er den Hut abgelegt hatte, daß der angebliche Schweiß eine Ursache hatte, die ganz unabhängig von seiner Person war. Er trug seine Bedeckung zu dem Huthändler Turnan. Dieser erkannte auf der Stelle das Vorhandensein eines fetten Körpers, der durch das Auslassen von dem Fette eines Schweines oder einer Sau entstanden war. Diese unbegreifliche Tatsache beschäftigte den Verstand von Poiret während mehr als vierzehn Tagen. Er hat niemals begriffen, wie diese Erscheinung zustande gekommen war.

EIN SPITZEL

Gestalten auf der Schwelle ins Dunkle, Ausgeburten nahe der Grenzscheide des Bürgerlichen zum Ungesetzlichen, finden sich in der »Menschlichen Komödie« sehr häufig und haben kaum eine vollendetere Interpretation gefunden als bei Balzac. Contenson ist der Gegenspieler des verbrecherischen Abbé Herrera, aber selber dem Verbrechen verwandt genug, um von ihm erfaßt zu werden.

Man muß wissen, daß Contenson ein ganzes Gedicht war, ein Pariser Gedicht. Bei seinem Erscheinen hätte man auf den ersten Blick erraten, daß der »Figaro« des Beaumarchais, der »Mascarillo« von Voltaire, der »Frontin« bei Marivaux* und Dancourts* »Lafleurs« – jene großen Verkörperungen der verwegenen Schelmerei – mittelmäßig sind im Vergleich mit diesem Koloß des Geistes und des Elends.

Man brenne in einem Ofen eine Gipsbüste dreimal, dann erhält man eine Art von Bastardbild florentinischer Bronze: nun, die Blitze unendlich wiederholten Unglücks, die Zwangslagen grauenhafter Zustände, hatten Contensons Kopf bronziert, als hätte der Schweiß eines Backofens dreimal auf sein Gesicht gewirkt. Die sehr engen Runzeln ließen sich nicht mehr glätten, sie bildeten unauslöschliche

Falten, die im Innern weiß waren; das gelbe Gesicht bestand nur noch aus Runzeln. Der Schädel hatte gleich dem Voltaires die Empfindungslosigkeit eines Totenkopfes, und ohne die wenigen Haare ganz hinten hätte man gezweifelt, daß es der eines lebenden Menschen wäre. Unter einer regungslosen Stirn bewegten sich ausdruckslos Augen wie die der Chinesen, die man unter Glas an den Toren eines Teemagazins ausstellt, künstliche Augen, die das Leben nur spiegeln und deren Ausdruck sich niemals wandelt. Die Nase, stumpf wie die des Todes, verhöhnte das Schicksal, und der Mund, der dünn war wie der eines Geizhalses, stand immer offen und war trotzdem verschwiegen wie der Spalt eines Briefkastens.
Contenson war ruhig wie ein Wilder, seine Hände waren braun, und so hatte dieser kleine und magere Mann jene Diogeneshaltung voller Sorglosigkeit, die sich niemals den Formen der Achtung beugen kann.
Welche Kommentare über sein Leben und seine Sitten standen für jeden, der ein Kostüm zu entziffern vermag, in seinen Kleidern geschrieben! Was für eine Hose ..! Eine Büttelhose, schwarz und glänzend wie der sogenannte »Voilestoff«, aus dem die Advokatenroben sind. Eine auf dem Trödelmarkt gekaufte Weste, aber eine Schalweste und bestickt! Ein Rock von einem rötlichen Schwarz! Und dies alles gebürstet, fast sauber zu nennen, geschmückt mit einer Uhr, die an einer Talmikette hing. Sein Hemd bestand aus gelbem Perkal und wurde von einer Nadel mit einem falschen Diamanten geschlossen. Der Sammetkragen glich einem Halseisen, und die roten Fleischfalten eines Karaiben hingen darüber hin. Der seidene Hut glänzte wie Satin, aber das Futter hätte zwei Lämpchen gespeist, wenn ein Krämer es gekauft hätte, um es auskochen zu lassen.
Es genügt nicht, wenn man diese Bestandteile nur aufzählt,

man müßte nachweisen, welche Bedeutung Contenson ihnen zu geben wußte. In dem Kragen des Rockes, in den frisch geputzten Stiefeln mit den klaffenden Sohlen lag jenes kokette Etwas, das kein französischer Ausdruck wiederzugeben vermag. Kurz, um diese Mischung so verschiedener Töne halbwegs klarzumachen, will ich sagen, daß ein Mann von Geist bei Contensons Anblick dieses eine begriffen hätte: wäre er statt eines Spitzels ein Dieb gewesen, so würde man vor all diesen Lumpen, statt ein Lächeln auf den Lippen zu haben, erschaudert sein. Nach dem Kostüm hätte ein Beobachter gemeint: Das ist ein heimtückischer Mensch, er spielt, er trinkt, er hat Laster, aber er berauscht sich nicht, er ist weder Dieb noch Meuchelmörder.
Und Contenson blieb wirklich undefinierbar, bis einem das Wort »Spitzel« in den Sinn kam. Er hatte ein Gesicht aus Weißblech, und die Seele mußte diesem Gesicht gleichen. Daher waren die Regungen seiner Züge eher Grimassen, die der Höflichkeit abgerungen wurden, als der Ausdruck innerer Regungen. Er war eines der seltsamsten Produkte des Schaums, der über dem Sieden der Pariser Kufe schwimmt, in der alles in Gärung ist.

EIN LEBENDER LEICHNAM

Das tragische Schicksal eines Totgesagten wird in »Oberst Chabert« voll leidenschaftlicher Spannung geschildert. Unter unsäglichen Mühen ist es dem vermißten Offizier gelungen, nach Paris zurückzukehren. Dort findet er, der unter den Fahnen Napoleons gekämpft hatte, eine andere Welt vor, von der er vergebens sein Recht fordert.

Der Unbekannte saß so vollkommen reglos da, wie nur eine Wachsfigur des Kabinetts Curtius sitzen kann. Diese Reglosigkeit hätte vielleicht kein Staunen weiter erweckt, hätte sie nicht das übernatürliche Schauspiel ergänzt, das die Gesamtheit dieser Persönlichkeit darbot.
Der alte Soldat war trocken und hager. Seine absichtlich

unter dem Haar seiner glatten Perücke verborgene Stirn gab ihm etwas Geheimnisvolles. Seine Augen schienen von einem durchscheinenden Überzug bedeckt zu sein – man hätte sie für schmutziges Perlmutter halten können, dessen bläuliche Reflexe beim Licht der Kerzen schillerten. Das leichenhafte, blasse Gesicht, das spitz war wie eine Messerklinge, wenn es erlaubt ist, diesen Volksausdruck zu gebrauchen, sah aus wie tot.

Der Hals war umbunden von einer schlechten Krawatte aus schwarzer Seide. Den Körper verbarg der Schatten unterhalb der braunen Linie, die dieser Lumpen beschrieb, so gut, daß ein Mensch von Phantasie den alten Kopf für eine Zufallshalluzination oder für ein rahmenloses Bild Rembrandts hätte halten können. Die Ränder des Hutes, der die Stirn des alten Mannes bedeckte, warfen einen tiefen Schatten auf das Obergesicht. Diese wunderliche, wenn auch natürliche Lichtwirkung hob durch den schroffen Gegensatz die weißen Runzeln, die kalten Furchen, den farblosen Ausdruck dieser Leichenphysiognomie noch hervor.

Schließlich verband sich das Fehlen jeder Bewegung in dem Körper, jeder Wärme im Blick mit einem gewissen Ausdruck traurigen Irrseins, mit den degradierenden Symptomen, durch die sich der Idiotismus verrät, um dieses Gesicht zu etwas Unheimlichem zu machen, was kein menschliches Wort ausdrücken kann.

Aber ein Beobachter, vor allem ein Anwalt, mußte in diesem vom Blitz getroffenen Menschen auch die Anzeichen eines tiefen Schmerzes entdecken, die Merkmale eines Elends, das diese Züge entstellt hatte, wie die Wassertropfen, die lange vom Himmel herunter auf eine Marmorstatue fallen, diese schließlich unkenntlich machen.

Ein Arzt, ein Schriftsteller, ein Richter hätte beim Anblick dieses Bildes ungeheuren Grauens, dessen geringstes Verdienst darin bestand, daß es jenen Grotesken glich, wie sie

die Maler gern unten auf die Steinplatten zeichnen, wenn sie mit ihren Freunden plaudern, ein ganzes Drama geahnt.
Als der Unbekannte den Anwalt sah, erzitterte er mit einer krampfhaften Bewegung, ähnlich jener, die den Dichtern entschlüpft, wenn sie ein unerwartetes Geräusch mitten in der Stille der Nacht von einer fruchtbaren Träumerei ablenkt. Der Greis nahm auf der Stelle den Hut ab und erhob sich, um den jungen Mann zu begrüßen. Das Leder im Innern seines Hutes war zweifellos sehr fettig, denn ohne daß er es merkte, blieb seine Perücke daran haften, so daß sich sein schauerlich entstellter Schädel zeigte: eine schräge Narbe lief vom Hinterkopf bis zum rechten Auge und bildete in ganzer Länge eine dick aufliegende Naht.
Als der Arme plötzlich diese schmutzige Perücke abnahm, die er trug, um seine Verletzung zu verbergen, kam die beiden Rechtsgelehrten nicht einmal die Lust an, zu lachen, so furchtbar war der Anblick dieses gespaltenen Schädels. Der erste Gedanke, den der Anblick einer solchen Wunde weckte, war der: Durch dieses Loch ist der Verstand entflohen!
»Mit wem habe ich die Ehre, zu sprechen?« fragte Derville.
»Mit dem Obersten Chabert.«
»Mit welchem?«
»Dem, der bei Eylau gefallen ist«, erwiderte der Greis.

EIN PROVINZNOTAR

Der Notar spielt in fast allen Teilen der »Menschlichen Komödie« eine bedeutsame Rolle; sehr oft wird er zum väterlichen Freund und Berater, der sich persönlich dem Glück der von ihm betreuten Familie verbunden fühlt. Im »Ehevertrag« verficht der alte Mathias mit erbitterter Hartnäckigkeit die Ansprüche seines Mandanten, der in seiner Liebesverblendung sein Recht gefährdet.

Herr Mathias war ein guter alter Mann von neunundsechzig Jahren, der mit Stolz auf seine zwanzig Dienstjahre zurückblickte. Seine geschwollenen gichtigen Füße steckten in Schuhen mit silbernen Schnallen und bildeten den lächerlichen Abschluß ganz dünner Beine, deren Kniescheiben gleichfalls unverhältnismäßig stark hervortraten, so daß seine Beine in gekreuzter Stellung aussahen wie die Knochen eines memento mori. Seine kurzen magern Schenkel versanken in weiten, schwarzen, schleifengezierten Hosen und schienen unter der Last eines runden Bauches zusammenzuknicken.

Er hatte die unverkennbare Gestalt eines Stubenhockers, sein dicker, kugeliger Oberkörper war stets in einen grünen Rock mit eckigen Schößen eingehüllt, den niemand jemals neu gesehen hatte. Seine wohlgeglätteten und gepuderten Haare vereinigten sich zu einem kleinen Rattenschwanz, der immer zwischen dem Rockkragen und dem Kragen seiner weißen, geblümten Weste untergebracht wurde. Mit seinem runden Gesicht, das in allen Farben eines welken Weinblattes schillerte, den blauen Augen, der Himmelfahrtsnase, den aufgeworfenen Lippen und dem fetten Doppelkinn erweckte der kleine Mann überall, wo er sich zum ersten Male zeigte, das Gelächter, das wir Franzosen allen närrischen Schöpfungen der Natur so freigebig spenden.

Bei Meister Mathias aber hatte der Inhalt über die Form den Sieg davongetragen, die Vorzüge des Geistes hatten die Lächerlichkeit seines Körpers überwunden. Die meisten Leute hatten für ihn eine respektvolle Hochachtung, eine freundschaftliche Ergebenheit. Die Stimme des Notars gewann die Herzen; sie war von überzeugender Redlichkeit. Er war nicht listig, sondern ging allem ehrlich zu Leibe und vernichtete hinterhältige Gedanken durch klare Fragen. Sein sicherer Blick und seine große Geschäftserfahrung hatten ihm eine tiefe Seelenkenntnis erworben; er vermochte die geheimsten Gedanken zu lesen.

Obgleich er in Geschäften ernst und würdig war, besaß

dieser Patriarch die Heiterkeit unserer Altvordern. Er mußte Tischreden halten, Familienfeste leiten und Geburtstage feiern, die Gesellschaften der Großmütter und der Kinder in Szene setzen. Er zählte zu denen, die gern Neujahrsüberraschungen und Geschenke machen oder Ostereier verstecken. Er pflegte die Familienbeziehungen und versäumte niemals einen der Gebräuche, die das Leben damals so bunt und angenehm gestalteten.

Mathias war ein edler und würdiger Vertreter jener einstigen Notare, die keine Quittung ausstellten, wenn man ihnen Millionen anvertraute, aber die Summen wiedererstatteten, wie sie sie empfangen hatten: im nämlichen Beutel, gebunden mit der nämlichen Schnur – einer jener Notare, die Fideikommisse mit peinlicher Gewissenhaftigkeit verwalten, Inventare auf die sorgfältigste Art ausarbeiten, sich wie ein zweiter Vater der Interessen ihrer Klienten annehmen, zuweilen sogar den Verschwendern ein Hindernis in den Weg legen – kurz, einer der Notare, die sich für Fehler, die ihnen bei ihren Verhandlungen unterlaufen, tief verantwortlich zeigen und ihnen lange nachsinnen.

Fromm und freigebig, war Mathias überall da zu finden, wo das Gute ohne Lohn getan wird. Er war aktives Mitglied des Komitees für Kranken- und Armenhäuser, ferner des Unterstützungskomitees und zeichnete die größte Summe für freiwillige Abgaben zur Unterstützung plötzlich Verunglückter, zur Errichtung wohltätiger Anstalten. Sein Versprechen war ihm heilig, in seinen Kellern lagen ebenso viele Kapitalien, wie die Bank sie besaß, man nannte ihn »den guten Meister Mathias«, und als er starb, folgten dreitausend Menschen seinem Sarge.

EIN LANDEDELMANN

Den Typus des Rokoko-Kavaliers der vorrevolutionären Zeit wußte Balzac glänzend zu schildern, zumal er noch Gelegenheit gehabt hatte, ihn an einigen langlebigen Vertretern kennenzulernen. Vom Hintergrund der unheilvollen Ereignisse in »Eine dunkle Begebenheit« zeichnet sich in scharfen Umrissen die Gestalt eines Landedelmannes ab, der in wirklichkeitsfremder Starrheit den durch die bourbonische Tradition geheiligten Formen verbunden bleibt, mag auch alles andere um ihn herum wanken.

Der Edelmann, der damals zweiundfünfzig Jahre alt war, eine große, dürre, vollblütige Gestalt von robuster Gesundheit, hätte ohne die fayenceblauen großen Augen, deren Blick auf äußerste Einfalt schließen ließ, für energisch gelten können. In seinem Gesicht, das in ein spitzes, gebogenes Kinn auslief, lag zwischen der Nase und dem Mund ein nach den Gesetzen der Zeichnung maßloser Zwischenraum, der ihm einen Zug von Unterwürfigkeit verlieh, wie er mit seinem Wesen in vollkommenem Einklang stand.

Sein graues Haar, das durch den Hut, den er fast den ganzen Tag hindurch auf dem Kopf behielt, verfilzt war, bildete eine Kappe, die den Umriß des birnenförmigen Schädels klar hervortreten ließ. Seine vom Landleben und den beständigen Sorgen stark gefurchte Stirn war flach und ausdruckslos. Seine Adlernase belebte das Gesicht ein wenig; das einzige Zeichen von Kraft lag in den buschigen Augenbrauen, die ihre schwarze Farbe bewahrt hatten, und in der lebhaften Tönung seiner Haut.

Der Edelmann hing, obgleich er einfältig und sanft war, fest am monarchischen und katholischen Glauben, und keine Erwägung hätte ihn zu einem Wechsel der Partei gebracht. Der Biedere hätte sich verhaften lassen, er würde nicht auf die Behörden geschossen haben und wäre ganz geruhsam aufs Schafott gestiegen. Die dreitausend Frank Leibrente, die seine einzigen Mittel darstellten, hatten ihn

745

an der Emigration gehindert. Er fügte sich also der gegenwärtigen Regierung, ohne deshalb von seiner Liebe zur königlichen Familie und dem Wunsch nach ihrer Wiedereinsetzung zu lassen. Aber er hätte es abgelehnt, sich bloßzustellen, indem er an einem Anschlag zugunsten der Bourbonen teilnahm. Er gehörte zu jener Schar von Königstreuen, die ewig daran dachten, daß man sie geschlagen und bestohlen habe; sie lebten hinfort sparsam und grollend, ohne jede Energie, aber auch jeder Entsagung und jedes Opfers unfähig. Sie waren bereit, das Königtum zu begrüßen, wenn es obsiegte, sie waren Freunde der Religion und der Priester, aber sie waren auch entschlossen, jeden Schimpf des Unglücks hinzunehmen. Es heißt das nicht mehr, eine Meinung zu haben, sondern im Eigensinn zu verharren! Das Wesen der Parteien besteht im Handeln. Geistlos, aber königstreu, geizig wie ein Bauer und doch von edlen Umgangsformen, kühn in seinen Wünschen, aber vorsichtig in Worten und Handlungen: so vertrat Herr von Hauteserre, der aus allem Nutzen zog und bereit war, sich zum Bürgermeister von Cinq-Cigne ernennen zu lassen, vortrefflich jene Edelleute, die die Gewitter der Revolution über ihre Adelssitze und ihre Köpfe dahinziehen ließen, sich mit dem Reichtum ihrer versteckten Ersparnisse unter der Restauration wieder erhoben, stolz auf ihre verschwiegene Gefolgschaft, und nach 1830 auf ihre Landgüter zurückkehrten.

Sein Kostüm, die beredte Hülle dieses Charakters, malte den Mann wie die Zeit. Er trug einen jener haselnußbraunen Überröcke mit kleinem Kragen, wie der letzte Herzog von Orléans sie bei seiner Rückkehr aus England in Mode gebracht hatte; sie waren während der Revolution gewissermaßen ein Kompromiß zwischen den scheußlichen Volkstrachten und den eleganten Röcken der Aristokratie. Seine Sammetweste mit den geblümten Streifen, deren Form an die Robespierres und Saint-Justs erinnerte, ließ den Oberteil eines kleingefältelten Jabots sehen, das auf dem Hemd ruhte.

Er trug noch die Kniehose, aber sie war aus grobem, blauem Tuch und hatte blindgewordene Stahlschnallen. Seine Strümpfe aus schwarzer Florettseide lagen glatt um die Hirschbeine, an denen die groben Schuhe von Gamaschen aus schwarzem Tuch festgehalten wurden. Er hatte auch noch den tausendfach gefältelten Musselinkragen beibehalten, der am Hals durch eine goldene Schnalle zusammengehalten wurde.

Der gute Mann hatte keineswegs politischen Eklektizismus treiben wollen, als er dieses zugleich bäurische, revolutionäre und aristokratische Kostüm annahm, es sprachen sich lediglich die Zeitverhältnisse darin aus.

EIN SEKRETÄR DER NAPOLEONISCHEN ZEIT

An Emporkömmlingen und Intriganten hat sich Balzacs Phantasiefreudigkeit stets besonders stark entfaltet. Der Baron du Chatelet, der wiederholt in der »Menschlichen Komödie« auftaucht, ist eine der ergötzlichsten Figuren dieser Art.

Herr du Chatelet hatte seine Karriere als Geheimsekretär einer kaiserlichen Prinzessin begonnen und war im Besitz aller Unfähigkeiten, die diese Stellung erforderte. Er war ein wohlgebauter hübscher Mann, ein guter Tänzer, geschickter Billardspieler, gewandt in allen Leibesübungen, ein mäßiger Schauspieler bei Liebhaberaufführungen, ein Romanzensänger, gab ein gutes Publikum für Witze ab, war zu allem bereit, schmiegsam, mißgünstig und wußte alles und nichts.

Er verstand nichts von Musik und konnte eine Dame schlecht und recht am Klavier begleiten, wenn sie aus Gefälligkeit eine Romanze singen wollte, die sie einen Monat lang mit unsäglicher Mühe geübt hatte. Er besaß keinerlei

Sinn für Poesie und pflegte in Gesellschaft keck um die Erlaubnis zu bitten, zehn Minuten auf und ab gehen zu dürfen, um etwas zu improvisieren, irgendeinen Vierzeiler, der platt wie ein Pfannkuchen war und in dem der Reim den Gedanken ersetzen mußte.

Herr du Chatelet besaß auch das Talent, die Stickerei auszufüllen, deren Blumen von der Prinzessin begonnen worden waren; er hielt mit unbeschreiblicher Grazie die Seidensträhnen, die sie aufspulte, und sagte ihr dabei Nichtigkeiten, in denen die Zote unter einem mehr oder weniger durchlöcherten Schleier versteckt war. Er verstand nichts von Malerei und konnte eine Landschaft kopieren, ein Profil zeichnen oder ein Kostüm entwerfen. Kurz, er hatte alle die kleinen Talente, die in einer Zeit, in der die Frauen mehr Einfluß hatten, als man glaubt, von so großem Wert für die Karriere waren. Er spielte sich als stark in der Diplomatie auf, in der Wissenschaft derer, die keine haben und die tief sind infolge ihrer Leere, einer Wissenschaft, die überdies sehr bequem ist: da sie diskrete Menschen braucht, erlaubt sie denen, die nichts wissen, nichts zu sagen, sich auf geheimnisvolles Wiegen des Kopfes zu beschränken; und schließlich ist der Mann der stärkste in dieser Wissenschaft, der seinen Kopf über dem Fluß der Ereignisse hält, wenn er schwimmt, obgleich er vorgibt, ihn zu lenken: diese Tugend ist eine Frage des geringsten spezifischen Gewichtes. Hier wie in den Künsten trifft man tausend Mittelmäßigkeiten auf einen Mann von Genie!

ZWEI STUTZER AUS PARIS

Balzac liebte es, den äußeren Eindruck seiner Gestalten durch eingehende Beschreibungen ihrer Kleider sinnfällig zu machen. So kam er nicht nur zu einer ergänzenden Charakteristik, sondern hinterließ zugleich Modestudien von unvergleichlichem Reiz. Dieser und der folgende Abschnitt sind beredte Beispiele dafür.

Die beiden Pariser zeigten Gesichter, die für einen Maler geeignete Typen abgegeben hätten.

Der eine, der der Untergebene zu sein schien, trug Stulpstiefel, die ein wenig tief herabfielen und schmächtige Waden in buntseidenen Strümpfen von zweifelhafter Sauberkeit zeigten. Die Hose aus aprikosenfarbenem, geripptem Tuch war ein wenig zu weit; der Leib hatte reichlich Platz darin, und die abgescheuerten Falten deuteten durch ihre Anordnung auf einen Mann mit sitzender Lebensweise. Die mit stark aufliegenden Stickereien beladene Pikeeweste war offen und wurde über dem Bauch von einem einzigen Knopf zusammengehalten; sie gab dieser Persönlichkeit einen unordentlichen Anflug, zumal sein schwarzes, zu Korkzieherlocken gedrehtes Haar die Stirn verbarg und über die Wangen herabfiel. Zwei stählerne Uhrketten hingen auf die Hosen hinab. Das Hemd war mit einer weiß und blauen Kameennadel geschmückt.

Der zimmetfarbene Rock empfahl sich dem Karikaturisten durch einen langen Schoß, der, von hinten gesehen, so vollkommen dem geschweiften Schwanz einer Schwalbe glich, daß man ihm diesen Namen gab. Die Mode der Schwalbenschwanzröcke hatte zehn Jahre gedauert, fast so lange wie das Reich Napoleons.

Die Krawatte, die den Hals locker und in zahlreichen großen Falten umschloß, erlaubte diesem Mann, das Gesicht bis zur Nase darin zu vergraben. Sein finniges Gesicht, seine dicke, ziegelrote Nase, seine lebhaften Backen, sein entzahnter, aber drohender und gefräßiger Mund, seine mit

dicken Ringen geschmückten Ohren, seine niedrige Stirn, alle diese Einzelheiten, die nur grotesk erscheinen, wurden furchtbar durch zwei kleine Augen, deren Stellung und tiefe Lage sie denen der Schweine ähnlich machten; zudem waren sie von unerbittlicher Gier und einer spöttischen, beinahe lustigen Grausamkeit. Diese beiden stöbernden, scharfblickenden Augen von einem eisigen und gefrorenen Blau konnte man für das Vorbild jenes berühmten Auges halten, das während der Revolution als furchtbares Abzeichen der Schreckenspolizei erfunden wurde.
In den Fingern hielt der Stutzer schwarzseidene Handschuhe und ein Spazierstöckchen. Er mußte irgendeine Amtsperson sein, denn in seiner Haltung, in der Art, wie er sich seinen Tabak nahm und in die Nase schob, verriet sich die bürokratische Wichtigkeit eines untergeordneten Mannes.
Der andere, dessen Kostüm in gleichem Geschmack gehalten, aber elegant war und sehr elegant getragen wurde, gepflegt bis in die kleinste Einzelheit hinein, der im Gehen seine über die enganliegenden Hosen gezogenen Stiefel à la Suwarow knarren ließ, trug über dem Rock einen Spenzer; diese Mode war aristokratisch, und ihr folgten die Anhänger der monarchischen Klubs und die Jeunesse dorée, aber beide sanken vor ihr ins Grab.
Um diese Zeit gab es Moden, die länger lebten als die Parteien, ein Symptom der Anarchie, das uns auch das Jahr 1830 schon gezeigt hat. Dieser vollendete Stutzer schien etwa dreißig Jahre alt zu sein. Seine Manieren rochen nach der guten Gesellschaft; er trug wertvolle Steine. Der Kragen seines Hemdes reichte bis zu den Ohren hinauf. Sein eitles und fast impertinentes Wesen deutete auf eine gewisse verborgene Überlegenheit, sein fahles Gesicht schien nicht einen Tropfen Blut zu enthalten, seine dünne platte Nase zeigte den sardonischen Umriß eines Toten-

kopfs, und seine grünen Augen waren undurchdringlich: ihr Blick war ebenso diskret, wie sein dünner und verkniffener Mund es sein mußte. Der erste erschien im Vergleich mit diesem dürren, magern jungen Menschen als ein guter Kerl.

Der eine konnte wohl selber einen Kopf abschneiden, aber der andere war imstande, die Unschuld, die Tugend, die Schönheit in die Netze der Verleumdung und Intrige zu verstricken, sie kühl zu ertränken oder zu vergiften. Der Rote hätte sein Opfer mit Kalauern getröstet, der Feine nicht einmal gelächelt. Der erste war etwa fünfundvierzig Jahre alt, er mußte das Wohlleben und die Weiber lieben. Solche Leute haben alle Leidenschaften, und die machen sie zu Sklaven ihres Berufes. Aber der Jüngere war ohne Leidenschaften und Laster. Wenner Spion war, so gehörte er zur Diplomatie, und er arbeitete um der Kunst willen. Er entwarf, der andere führte aus – er war der Gedanke, der andere die Tat.

EIN ELEGANT DER JAHRHUNDERTWENDE

In Charles Grandet stellt Balzac mit überzeugender seelischer Vertiefung einen empfindsamen Jüngling dar, der sich unter der niederschmetternden Wirkung seiner jähen Verarmung zu einem aller Gefühle baren Glücksritter wandelt. Seine Treulosigkeit vollendet das Schicksal seiner Base Eugénie – einer der rührendsten Mädchengestalten der »Menschlichen Komödie«.

Herr Charles Grandet, ein hübscher junger Mann von zweiundzwanzig Jahren, bot einen seltsamen Gegensatz zu den biederen Provinzlern, die von seinen aristokratischen Manieren empört waren und sein Benehmen eifrig studierten, um sich insgeheim darüber lustig zu machen.

Das bedarf einer Erklärung. Mit zweiundzwanzig Jahren sind die jungen Leute ihrer Kindheit noch nahe genug, um Gefallen an Kindereien zu finden, und gewiß trifft man

unter hundert von ihnen neunundneunzig, die sich ebenso betragen haben würden wie Charles Grandet. Einige Tage vor diesem Abend hatte sein Vater ihn veranlaßt, für ein paar Monate zu seinem Bruder nach Saumur zu fahren.
Charles, der zum ersten Male in die Provinz geraten sollte, kam auf den Einfall, dort mit aller Überlegenheit eines jungen Mannes, der mit der Mode geht, aufzutreten. Er wollte durch seinen Luxus verblüffen, Aufsehen erregen und das Raffinement des Pariser Lebens veranschaulichen. Kurz, er wollte in Saumur noch mehr als in Paris seine Zeit darauf verwenden, sich die Nägel zu pflegen; ja er wollte sogar die in Paris so graziöse Nachlässigkeit seiner eleganten Kleidung für diese Zeit durch übertriebene Auserlesenheit ersetzen.
Charles stattete sich also mit dem entzückendsten Jagdkostüm, mit Flinte und Hirschfänger aus. Er versah sich mit einer Auswahl der interessantesten Westen: da waren graue, weiße, schwarze, goldkäferfarbene und mit Flitter benähte Westen und solche mit Goldknöpfen. Er führte alle damals beliebten Abwandlungen von Kragen und Krawatten mit sich, zwei Gesellschaftsanzüge und die allerfeinste Leibwäsche.
Er nahm sein goldenes Reisenecessaire mit, es war ein Geschenk seiner verstorbenen Mutter. Er nahm alle einem Stutzer unentbehrlichen Kleinigkeiten an sich, darunter ein reizendes Schreibzeug, das ihm die – für ihn wenigstens – liebenswürdigste aller Frauen geschenkt hatte. Er war auch mit sehr schönem Briefpapier versehen, um seiner Annette alle vierzehn Tage zu schreiben. Kurzum, es war eine ganze Schiffsladung unnützer Pariser Sächelchen – eine Sammlung, so vollständig, als es ihm nur möglich war.
In Tours hatte ein Friseur sein schönes, kastanienbraunes Haar frisch gelockt, er hatte die Wäsche gewechselt und eine schwarzseidene Krawatte angelegt, die sich mit einem

runden Kragen verband, um sein zartes und strahlendes Gesicht angenehm zu umrahmen. Ein halboffener Reiseüberrock umschnürte seine Taille und ließ eine Kaschmirweste sehen, unter der eine andere weiße Weste hervorblickte. Seine Uhr war mit einer goldenen Kette an einem der Westenknöpfe befestigt. Seine grauen Hosen waren an den Seiten geknöpft, und schwarze Seidenstickereien verschönten die Nähte. Anmutig handhabte er seinen Spazierstock, dessen goldene Krücke der Frische seiner grauen Handschuhe keinen Schaden zufügte. Seine Reisemütze war von erlesenem Geschmack. Ein Pariser, nur ein Pariser aus den allerersten Kreisen konnte sich so herausputzen, ohne lächerlich zu erscheinen, und all diesen Nichtigkeiten eine Einheitlichkeit verleihen.
Hob Charles sein Lorgnon ans Auge, um die einzelnen Einrichtungsgegenstände des Saales zu betrachten – die Balken der Decke, die braune Holzverkleidung der Wände oder die Punkte, die die Fliegen so zahlreich darauf hinterlassen hatten, daß ihre Menge für die Methodische Enzyklopädie oder den Moniteur gewiß ausreichend gewesen wäre – sofort hoben sich auch die Nasen der Provinzler und betrachteten ihrerseits den Pariser mit ebensoviel Neugier, als hätten sie eine Giraffe vor sich.

KLEINE BOSHEITEN

Du zahlst deinen Schneider? Aus dir wird nie etwas werden – nicht einmal ein Minister!«

Dank der tiefen Verschwiegenheit, um die der Chevalier gebeten hatte, wußte jedermann von diesen Einzelheiten.

Er schien 300000 Livres Schulden reich zu sein.

Der außergewöhnliche Umfang ihrer Taille gab der Befürchtung Raum, daß sie, sobald sie sich bückte, von den

749–752

oberen Partien zu Boden gerissen werden würde; doch hatte die Natur ihr ein Gegengewicht gegeben, das die lügnerische Vorsicht einer »Tournure« überflüssig machte.

Eine Zeitschrift ohne Novellen ist wie ein schönes Mädchen ohne Haare.

Herr von Watteville, ein trockener, magerer und geistloser Mensch, schien abgenutzt zu sein, ohne daß man sich vorstellen konnte wovon; denn er erfreute sich einer schrecklichen Dummheit.

In den Augen Jeromes kehrten 15 000 Frank alle Gesetze der Optik um, und er fand, daß Mariette einen schönen Wuchs habe.

Wenn man an die unermeßlichen Dienste denkt, welche die Fenster den Liebenden leisten, so scheint es sehr natürlich, einen steuerpflichtigen Gegenstand daraus zu machen.

Muß man nicht ein Postmeister sein, wenn man sich vor einer Wiese langweilt, auf der Vieh weidet, wie Potter es malte, wo ein Himmel sich wölbt, der an Raffael gemahnt, wo ein von Bäumen umsäumter Kanal sich hinzieht, wie man ihn bei Hobbema findet?

Er sah, wie seine Zähne von ihm gingen, ähnlich wie am Ende eines Festes die weißen und geputzten Damen eine nach der anderen fortgehen und den Saal öde und ausgeräumt zurücklassen.

»Wenn ich mich vierzig Bürgern gegenüber sähe, die mich mit offenem Maule anstarrten und hochtrabende Reden von mir erwarteten .. dann hätte ich mein Hemd naßgemacht, bevor mir das erste Wort eingefallen wäre.«

Es herrschte eine so tiefe Stille, daß Phileas eine Regung von Bauchgrimmen verspürte.

753–760

Beauvisage, der sich nicht für den Vorsitzenden gehalten haben würde, wenn er nicht die Glocke geschwungen hätte, vermehrte den Lärm, indem er Ruhe gebot.

Herr Saillard, ein dicker, gutmütiger alter Herr, war sehr stark in der Buchhaltung und sehr schwach in allem andern. Er war rund wie eine Null und einfach wie »guten Tag«. Er kam mit abgezählten Schritten wie ein Elefant, und ebenso ging er wieder nach Haus.

Die Reste einer Hammelkeule mit Zwiebeln schmeckten ihm so prächtig, daß er einen alten Onkel hätte mit aufessen können, ohne es zu merken.

Isidor war ein Mann von siebenunddreißig Jahren, groß und grob gebaut. Er schwitzte leicht. Sein Kopf sah wie von Wasser aufgequollen aus, er war plump geformt, mit kastanienbraunem, kurzgeschorenem Haar bedeckt. Sein fetter Hals hatte die Kragenweite verdoppelt.

Am Bett des Kranken standen Apothekerfläschchen, Medizinbüchschen und andere Begräbnisinstrumente.

Sie gehen zu weit«, sagte Martin Falleix, »Sie erlangen zu großen Einfluß auf mich, Frau Baudoyer. Sie haben bereits erreicht, daß ich meine Zähne putze, bald werden Sie mich dazu bekommen, daß ich meine Nägel bürste.«

Der eine rauchte, der andere schnupfte, und sie stritten unaufhörlich miteinander, wer von ihnen auf eine vorteilhaftere Weise den Tabak verbrauche.

Chazelle und Paulmier hatten beide kleine Bäuche: der von Chazelle war rund, klein und spitz und hatte die Frechheit, immer als erster voranzugehen. Der von Paulmier schwankte von rechts nach links.

761–768

Was hat eine Schauspielerin mit der Frau eines Bürovorstehers gemeinsam? Beide spielen Komödie!

Der Alte runzelte die Brauen und nahm einen zärtlichen Gesichtsausdruck an wie ein Schlächter beim Gottesdienst.

Es ist ein schöner Stand, Generaldirektor zu sein!

Seine Gestalt schien aus einer weißen Papiertüte zu kommen. Er hatte das, was man in der Provinz Würde nennt, das heißt, er hielt sich steif und war langweilig.

Sein lilien- und rosenfarbener Teint wurde noch durch ein freundliches Lächeln gehoben, das weniger vom Zustand seiner Seele herrührte als vom Zustand seiner Lippen, für die man das Wort »puppig« geschaffen hat.

Wenn der Herrgott zur Vervollständigung der Arten seines irdischen Paradieses einen Provinzbourgeois gebraucht hätte, einen schöneren und vollkommeneren Typ als Philéas Beauvisage hätte er nicht finden können.

Er grüßte nach rechts und links alle Bürger, die ihn mit jener Ergebenheit betrachteten, welche die Leute in der Provinz dem reichsten Mann ihrer Stadt bezeugen.

Konstanze war der Typ der Kleinbürgerin, die nur die einfachsten Gedanken, das geistige Kleingeld, begreift, die aber dennoch über alles urteilt, sich vor allem fürchtet, alles berechnet und immer an die Zukunft denkt.

Herr Molineux war ein kleiner, komischer Rentier, wie solche nur in Paris zu finden sind, ähnlich wie eine gewisse Art von Moos nur in Island wächst. Der Vergleich ist um so treffender, als dieser Mensch ein Zwitterwesen war, das einem Tier-Pflanzenreich angehörte, wie es ein neuer

Mercier aus Kryptogamen zusammenstellen könnte, die auf, in oder unter dem Mauerputz verschiedener ungesunder Häuser aufsprossen, blühen und absterben und wo ebenda auch diese Wesen mit Vorliebe erscheinen.

Der Bourgeois, der im Grunde durchaus ein Freund der Ordnung ist, revoltiert stets innerlich gegen die herrschende Macht, gehorcht ihr aber dennoch immer: er ist als Masse schwach, im einzelnen hingegen grimmig und gefühllos wie ein Gerichtsvollzieher, wenn es sich um sein Recht handelt.

Die richtigen Kaufleute betrachten einen Schriftsteller mit einem Gefühl, das aus Schreck, Mitleid und Neugierde zusammengesetzt ist.

»Ich habe selten einen so schönen Ball besucht«, versicherte Herr de la Billardière, den eine offizielle Lüge nicht genierte.

Der Finanzier warf Birotteau einen Blick zu, den man schlechthin den Bankiersblick nennen muß, er erinnerte an den des Geiers und des Advokaten, er war neugierig und gleichgültig, klar und dunkel, leuchtend und finster zugleich.

Einen früheren Geschäftsreisenden betrunken zu machen, ist ein Ding der Unmöglichkeit.

Die Rue Perrin-Gasselin ist eine der Gassen, von denen man in Paris ebensowenig eine Ahnung hat wie die meisten Menschen von dem, was in ihrer Bauchspeicheldrüse vor sich geht.

Sie sah aus wie ein in gestreifte Baumwolle gekleideter Grenzstein, ohne jeden Tailleneinschnitt.

778–784

Sein Vater hat lauter Gründe, den Geist nicht zu lieben, und er hält auch nichts davon; es ist unmöglich, ihm klarzumachen, daß man auch mit Geist Geld verdienen kann – er kennt nur den Weingeist!

Dann stand noch der ganzen Familie die Überraschung mit der neuen Wohnung bevor, worauf nach vierzehn Tagen die große Überraschung der zu bezahlenden Rechnungen erfolgen sollte.

Seine Frau hatte sich mit einem Federhut und dem seit fünfzehn Jahren gewünschten Kaschmirschal verunstaltet.

Der Bankier trat in das Zimmer mit der Haltung eines Frosches, der sich zu einem Ochsen aufblähen will.

Die schlurrenden Pantoffeln der Witwe waren ausdrucksvoll wie Gesichter. Ihre Miene glich einem ersten Frosttag im Herbst.

Das alte Fräulein Michonneau trug über ihren müden Augen einen schmutzigen Schirm aus grünem Taft, in Messingdraht eingefaßt, der selbst den Engel des Erbarmens abgeschreckt hätte.

In der Art, wie er ausspuckte, verriet sich eine unerschütterliche Kaltblütigkeit.

Frau Vauquer brannte vor Verlangen wie ein Rebhuhn in seinem Fett.

Die Diener standen mit ernsten Gesichtern herum, wie Esel, die gestriegelt werden sollen.

785–793

SZENEN DER »MENSCHLICHEN KOMÖDIE«

EINE ABENDGESELLSCHAFT

Durch seine Gönnerin, Frau von Bargeton, wird der Dichter Lucien bei dem hochmütigen Provinzadel seiner kleinen Vaterstadt eingeführt, wo man seiner ungelenken Erscheinung mit kritischem Abstand begegnet – eine Erfahrung, die Balzac im Anfang seines Ruhmes selber machen mußte, und es mag eine kleine Genugtuung für ihn gewesen sein, die Hohlheit dieser Gesellschaft mit jener Ironie behandeln zu können, wie es hier und bei anderen Gelegenheiten geschehen ist.

Inzwischen trafen die Gäste langsam ein.

Es erschienen zunächst Frau von Chandour und ihr Gatte. Das waren ungewöhnliche Wesen, und wer die Provinz nicht kennt, möchte versucht sein, sie für Phantasiegebilde zu halten. Der Gatte spielte sich auf den jungen Mann heraus und hatte ein Gesicht wie ein Sieb. Er trug eine Krawatte, deren Enden immer so geknüpft waren, daß das eine bis zum Ohr hinaufging, während das andere demonstrativ auf das rote Band eines Ordenskreuzes hinwies. Nachdem er die Wellenlinien seiner enganliegenden Hosen einer liebevollen Betrachtung unterworfen hatte, suchte er meist nach einem Spiegel, wobei er einen Finger in die Westentasche steckte, sich zurückbog und gleichzeitig den Körper kokett zur Seite drehte. Diese Hahnenkampfstellung sicherte ihm in dieser aristokratischen Gesellschaft, deren Lieblingsgeck er war, seinen Erfolg.

Die Gattin Amélie war eine kleine Frau im Stil der Schmierenkomödiantin, diek, wciß, mit schwarzen Haaren; sie übertrieb alles, sprach sehr laut, bewegte immer den Kopf, auf dem sie im Sommer Federn, im Winter Blumen trug, so lebhaft hin und her, daß man glauben konnte, sie wolle radschlagen. Sie sprach nicht übel, aber sie konnte keinen Satz vollenden, ohne ihm das Keuchen eines Asthmas zum Geleit zu geben, das sie nicht eingestehen mochte.

Herr von Saintot, Astolf genannt, ein großer schwerer Mann mit gerötetem Gesicht, wurde von seiner Frau hereingeschleppt, die große Ähnlichkeit mit einem vertrockneten Farnkraut hatte; man nannte sie Lili, was auf etwas Kindliches schließen ließ, obgleich es sich bei Madame um eine feierliche, überaus fromme Frau handelte, mit der beim Spiel sehr schwer auszukommen war, da sie gern zankte.

Astolf galt für einen großen Gelehrten. Er war zwar dumm wie ein Karpfen, aber er blätterte oft im Cicero, um sich eilig einen Satz oder ganze Stellen aufzuschreiben, die man auf die Tagesereignisse anwenden konnte; am Abend bemühte er sich dann, die Unterhaltung auf einen Gegenstand zu lenken, der ihm erlaubte, seine Bemerkung an den Mann zu bringen.

Nach diesem Paar kam Herr von Bartas, Adrian genannt. Er sang ersten Baß und tat sich riesig viel auf sein musikalisches Talent zugute. Die Eigenliebe hatte ihn auf den Gesang gebracht und ließ ihn nun nicht mehr herunter. Er hatte damit angefangen, sich selbst als Sänger zu bewundern, dann hatte er begonnen, von Musik zu sprechen, und schließlich beschäftigte er sich mit nichts anderm mehr. Die Musik war bei ihm eine Art Monomanie geworden.

Herr von Bartas wurde von Alexander von Brebian begleitet, jenem Helden der Tusche, der die Zimmer seiner Bekannten mit abgeschmackten Malereien unsicher machte und jedes Album des Departements verschmierte. Jeder der beiden Freunde reichte der Frau des andern den Arm, und wenn man der Skandalchronik glauben wollte, so entsprach diese Umstellung durchaus den natürlichen Verhältnissen. Ihre abgetragenen Röcke verliehen ihnen das Aussehen von Statisten, wie sie in kleinen Theatern Leute aus der feinen Gesellschaft darstellen, die an einer Hochzeit teilnehmen.

Unter den Gestalten, die im Salon landeten, war eine der originellsten der Graf von Senchonches, ein großer Jäger, hochmütig, trocken, mit sonnenverbranntem Gesicht, liebenswürdig wie ein Eber, mißtrauisch wie ein Venezianer, eifersüchtig wie ein Mohr und sehr befreundet mit Herrn von Hautoy, dem offiziellen Hausfreund.

Frau von Senchonches war groß und schön, aber im Gesicht infolge eines Leberleidens stark gerötet und machte so den Eindruck einer Frau, die große Ansprüche stellt.

Herr von Hautoy war ein gezierter Geck, dessen Besorgnis für seine eigene Person sich ins Affige und Kindische gekehrt hatte. Er beschäftigte sich mit seinem Husten, seinem Schlaf, seiner Verdauung und seinem Essen. Seine Zephirine hatte ihn dazu gebracht, daß er den Menschen mit der schwachen Gesundheit spielte. Sie nudelte ihn mit ausgesuchten Gerichten wie ein Schoßhündchen, sie stickte ihm Westen, Krawatten und Taschentücher; sie hatte ihn schließlich daran gewöhnt, so hübsche Sachen zu tragen, daß sie ihn in eine Art japanischen Götzen verwandelt hatte.

Zuletzt kamen der Präfekt und der General, gefolgt von einem Landedelmann, der nicht wußte, wo er seine Hände lassen sollte. Wenn er mit jemandem sprach, ging er im Kreise um ihn herum, er schien immer irgendwie geneigt, beim Servieren helfen zu wollen. Mehrmals am Abend hatte er versucht, über Seidenwürmer zu sprechen, aber zu seinem Pech war Herr von Severac zuerst auf Herrn von Baras gestoßen, der ihm zur Antwort etwas von Musik zu erzählen begann, und dann auf Herrn von Saintot, der sogleich Cicero auf ihn losließ. Schließlich war der Arme an Frau und Fräulein du Brossard geraten, und da Herr von Severac ein kinderloser Witwer war, wurden seine Schilderungen mit andächtigem Entzücken aufgenommen.

»Meine Tochter hat immer die Tiere geliebt«, beteuerte die Mutter, »meine Kamilla hat überhaupt so viel Verstand, daß sie gleich alles versteht. Hat sie doch sogar einmal das umgekehrte Verhältnis des Quadrates der Entfernung begriffen ...«

EINE PLAUDEREI BEI TISCH

Die Schilderung des Hauses Vauquer im ersten Kapitel des »Vater Goriot« ist ein Musterbeispiel realistischer Epik. Ihr ebenbürtig sind die Tischgespräche der Gäste, aus deren Reden eine ganze Welt und Unterwelt von Gefühlen emporsteigt.

Die Pensionäre erschienen und begrüßten sich gegenseitig mit Nichtigkeiten, die gewisse Pariser Gesellschaftsschichten für witzig halten, während Dummheit ihr Hauptelement bildet und Betonung oder Gebärde allein einen gewissen Sinn hineinbringen. Die Art wechselt beständig, die Scherze halten sich kaum einen Monat. Ein politisches Ereignis, ein Sensationsprozeß, ein Gassenhauer, die Mätzchen eines Schauspielers – aus alledem zieht dies Gesellschaftsspiel seine Nahrung. Es besteht im wesentlichen darin, Worte und Gedanken wie einen Ball aufzufangen und zurückzuwerfen. Die neue Erfindung des Diorama hatte in einigen Ateliers den Witz aufgebracht, allen Worten die Endsilbe »rama« anzuhängen. Ein junger Maler, der Stammgast im Hause Vauquer war, hatte die neue Mode in der Pension eingeführt.

»Nun, Herr Poiret«, sagte der Museumsbeamte, »wie steht das Befindorama?« Dann, ohne die Antwort abzuwarten, zu Frau Couture und Victorine: »Meine Damen, Sie scheinen traurig zu sein?«

»Gibt's bald was zu essen?« rief Horace Bianchon, ein Mediziner und Rastignacs Freund, »mein kleiner Magen ist schon bis zu den Fußsohlen hinuntergekrochen.«

»Das ist heute ein ordentliches Käldorama!« rief Vautrin.

»Weg vom Ofen, Vater Goriot, zum Teufel, Ihr Stiefel bedeckt ja das ganze Kaminloch!«

»Hier ist Seine Exzellenz, der Marquis von Rastignac, Doktor der Rechten und Linken«, rief Bianchon, packte Eugen am Kragen und drückte ihn so heftig, daß er dem Ersticken nahe war.

Fräulein Michonneau kam leise herein, grüßte stumm und setzte sich neben die anderen drei Frauen.

»Beim Anblick dieser alten Fledermaus überläuft es mich immer kalt«, flüsterte Bianchon Vautrin zu und wies auf die Michonneau. »Ich studiere das Gallsche System und habe Judas-Buckel bei ihr entdeckt.«

Haben Sie sie gekannt?« fragte Vautrin.

Wer ist ihr nicht begegnet?!« sagte Bianchon. »Wahrhaftig, diese alte Jungfer erinnert mich an Holzwürmer, die einen Balken zerfressen.«

»Ja, junger Mann«, sagte der Vierzigjährige und kämmte seinen Schnurrbart. »Als Rose ward ihr die Lebensdauer der Rosen: ein kurzer Morgen!«

»Ah, hier ist ein prachtvolles Supporama«, sagte Poiret bei »Christophs Anblick, der vorsichtig mit der Suppenschüssel hereinkam.

»Verzeihung«, sagte Frau Vauquer, «aber das ist eine Kohlsuppe.«

Alle jungen Leute begannen laut zu lachen.

Reingelegt, Poiret!« – »Mama Vauquer rückt einen höher!«

Hat jemand den Nebel heute morgen beobachtet?« fragte der Beamte.

»Es war«, sagte Bianchon, »ein wahnsinniger, beispielloser Nebel, ein düsterer, melancholischer, grüner, keuchender Nebel, ein Goriot-Nebel!«

»Goriorama«, sagte der Maler, »man sah nicht die Hand vor Augen.«
»He, Mylord Goriotte, von Ihnen ist die Rede.«
Vater Goriot, der am Ende des Tisches in der Nähe der Tür saß, hob den Kopf. Aus alter Kaufmannsgewohnheit, die sich gelegentlich wieder hervorwagte, roch er an einem Stück Brot, das auf seinem Platz lag.
»Nun«, rief Frau Vauquer scharf, und ihre Stimme übertönte das Geklapper der Teller und die Stimmen der übrigen, »paßt Ihnen das Brot etwa nicht?»
»Im Gegenteil, es ist aus Mehl von Etampes gebacken, allererste Qualität!«
»Woran können Sie das sehen?» fragte Eugen.
»An der Weiße und am Geschmack.«
»Am Geruch, weil Sie daran schnüffeln«, sagte Frau Vauquer, »Sie werden so sparsam, daß Sie es bald heraushaben werden, wie man satt wird, wenn man nur den Küchendunst einatmet.«
»Nehmen Sie ein Patent darauf», rief der Museumsbeamte, »und Sie werden ein steinreicher Mann!«
»Mein Lieber«, flüsterte Rastignac seinem Nachbar Bianchon zu, »auf Vater Goriot sind wir reingefallen. Er ist weder ein Esel, noch ist er abgestumpft. Untersuche ihn mal nach deinem Gallschen System, ich bin auf das Ergebnis gespannt. Ich habe gesehen, wie er heute nacht eine Schüssel aus vergoldetem Silber mit einer Leichtigkeit in seinen Händen zerdrückt hat, als wenn er ein Stück Wachs vor sich gehabt hätte, und in eben diesem Augenblick verrät sein Gesicht ungewöhnliche Empfindungen. Sein Leben scheint mir geheimnisvoll genug, um nicht der Mühe wert zu sein, erforscht zu werden. Lache nur, Bianchon, ich mache keinen Scherz.«
»Zugegeben, dieser Mann ist ein medizinischer Fall«, sagte Bianchon, »und wenn er einverstanden ist, werde ich ihn sezieren.«

DIE EINLADUNG ZUM BALL

Der reich gewordene Parfumeur Birotteau will zur Einrichtung seiner neuen Wohnung ein Fest veranstalten. Die Beratung mit Frau und Tochter über die Auswahl der Gäste gibt treffliche Einblicke in die seelische Verfassung eines harmlosen Emporkömmlings.

»Also fangen wir mit der Liste an«, sagte Birotteau, »und zwar mit den vornehmen Leuten. Schreib, Cäsarine: der Herr Herzog und die Frau Herzogin von Lenoncourt...«

»Mein Gott, Cäsar«, rief Frau Konstanze, »schicke doch bloß keine Einladung an Leute, die du nur als Lieferant kennst! Willst du vielleicht deine ganze Kundschaft einladen? Du bist verrückt geworden.«

»Also schön, dann schreib, Cäsarine: primo den Herrn Seinepräfekten, mag er nun kommen wollen oder nicht, aber er steht an der Spitze der Stadtverwaltung: Ehre, wem Ehre gebührt! Herrn de la Billardière und Sohn, den Herrn Bürgermeister. Die Zahl der Personen setze ans Ende. – Meinen Kollegen Granat, den Beigeordneten und Frau. Sie ist sehr häßlich, aber das hilft nichts, man kann sie nicht weglassen. – Herrn Curel, den Juwelier und Obersten der Nationalgarde, nebst Frau und beiden Töchtern. Das wären die Behörden. Nun zu den Hauptpersonen! Den Herrn Grafen und die Frau Gräfin von Fontaine und ihre Tochter, Fräulein Emilie von Fontaine.«

»Eine unverschämte Person, die mich immer aus dem Laden herausholen läßt und mit mir an der Wagentür redet, ganz gleich, was für Wetter ist«, sagte Frau Birotteau. »Wenn sie kommt, dann tut sie es bloß, um sich über uns zu mokieren.«

»Dann wird sie sicher kommen«, sagte Cäsar, der durchaus Leute aus der vornehmen Gesellschaft haben wollte. »Den Herrn Grafen und die Frau Gräfin von Grandville, meinen Hausherrn, der feinste Kopf am königlichen Hofe, sagt Derville. Ach richtig, Herr de la Billardière hat ja veranlaßt, daß ich morgen als Ritter in die Ehrenlegion von dem Grafen Lacédède persönlich aufgenommen werde. Es gehört sich, daß ich dem Großkanzler eine Einladung zum Ball und zum Diner schicke. Dann unser Handelsagent, Herr Jules Desmarets und Frau.«

»Die wird die Schönste auf dem Ball sein«, sagte Cäsarine, »die gefällt mir sehr und mehr als alle anderen.«

»Derville und Frau!«

»Schreibe doch Herrn und Frau Coquelin auf«, sagte Konstanze, »sie rechnen so bestimmt darauf, daß sich die arme kleine Frau bei meiner Schneiderin schon ein prachtvolles Ballkleid hat machen lassen: einen Rock von weißem Satin und darüber ein Tüllkleid mit einem Besatz von gestickten Blumen. Es hat nicht viel gefehlt, so hätte sie sich eine golddurchwirkte Robe bestellt, als ob sie bei Hof erscheinen sollte. Lassen wir die fort, so machen wir uns zwei erbitterte Feinde!«

»Schreib sie auf, Cäsarine, wir müssen dem Handelsstand Ehre machen, wir gehören ja selbst dazu. Dann Herrn und Frau Roguin.«

»Mama, Frau Roguin wird ihr Diadem anlegen und alle ihre Brillanten und ihr Spitzenkleid.«

»Herrn und Frau Lebas«, fuhr Cäsar fort, »dann den Herrn Präsidenten des Handelsgerichtes mit Frau und zwei Töchtern, ich habe ihn bei den Spitzen übersehen.«

»Papa, vergiß Herrn Andoche Finot und Herrn Gaudissart nicht, die beiden jungen Leute, die Herrn Anselm von großem Nutzen sind.«

»Gaudissart? Der hat ja in Untersuchungshaft gesessen. Aber das schadet nichts, er geht nächster Tage weg und reist für unser Öl, schreib ihn auf! Aber was soll uns der Andoche Finot?«

»Herr Anselm sagt, er wird ein großer Mann werden, er ist so geistvoll wie Voltaire!«

»Ein Schriftsteller? Das sind lauter Atheisten!«

»Wir wollen ihn doch aufschreiben, Papa, wir haben so schon nicht Überfluß an Tänzern. Außerdem ist doch der schöne Prospekt für euer Öl von ihm.«

»Er glaubt an mein Öl?« sagte Cäsar. »Schreib ihn auf, liebes Kind!«

»Ich habe auch meine Günstlinge«, lächelte Cäsarine.

»Dann schreibe Herrn Mitral auf, meinen Gerichtsvollzieher, und Herrn Haudry, unsern Arzt, nur der Form halber, kommen wird er doch nicht!«

»Er wird schon kommen, um seine Partie zu spielen.«

»Ach, wir dürfen auch nicht die Schwägerin von Lebas vergessen, Frau Augustine von Sommervieux«, sagte Cäsarine, »die arme kleine Frau leidet so, daß der Kummer sie noch umbringen wird, hat uns Lebas erzählt.«*

»Das kommt dabei heraus, wenn man einen Künstler heiratet«, rief Cäsar.

»Sieh mal, deine Mutter schläft ein«, sagte er leise zu seiner Tochter, »Gute Nacht, Frau Birotteau!«

DER TRIUMPH DES KAUFMANNS

In wenigen Sätzen weiß Balzac die Grundlagen einer gelungenen Spekulation zu entwerfen – ein Thema, das er gern und oft in der ihm selber eigenen spekulativen Art wie einen Wunschtraum verlockend darzustellen liebte.

Der Parfümhändler reichte seinem Kassierer die Hand mit einer Gebärde, wie Ludwig XIV. wohl den Marschall von Villars bei seiner Rückkehr von Denain bewillkommnet haben mochte. Der glückliche Kommis zog eine Flasche von flacher, eckiger Kürbisform aus der Tasche: »Ich habe zehntausend solcher Flakons entdeckt, alle fertig und lieferbar, zu vier Sous das Stück, bei sechs Monate Ziel.«

»Anselm«, sagte Birotteau, während er die merkwürdige Form des Flakons betrachtete, »gestern in den Tuilerien, ja, erst gestern sagtest du, ich werde Erfolg haben. Heute sage ich zu dir: du wirst Erfolg haben. Vier Sous! Sechs Monate Ziel! Eine so originelle Form! Mecassar ist in seinen Grundfesten erschüttert, was wird das Macassaröl für einen Stoß bekommen! Wie klug war ich, daß ich alle Nüsse in Paris aufgekauft habe! Wo hast du denn diese Flakons aufgetrieben?«

»Ich schlenderte umher, während ich die Zeit abwartete, wo ich Gaudissart sprechen konnte...«

»Genau wie ich damals«, rief Birotteau.

».. als ich die Rue Aubry-le-Boucher hinabgehe, sehe ich bei einem Glasgroßhändler, der mit Flaschen, mit Gläsern und Glasstürzen handelt und der ein Riesenlager hat, dieses Flakon. Ach, es stach mir in die Augen wie ein Blitz, und eine Stimme rief mir zu: Das ist, was du suchst!«

»Der geborene Kaufmann! Er soll meine Tochter haben«, murmelte Cäsar.

»Ich gehe hinein und sehe Tausende von diesen Flakons in Kisten ...«

»Du erkundigst dich danach ...?«

»Sie werden mich doch nicht für so naiv halten?« meinte Anselm schmerzlich berührt.

»Der geborene Kaufmann«, wiederholte Birotteau.

»Ich frage nach Glasstürzen für wächserne Christuskinder. Während ich um diese handle, mache ich die Flasson der Flakons schlecht. Schließlich bringe ich den Kaufmann zu einer Generalbeichte, und wie ein Wort das andere gibt, erzählt er mir, daß Faille & Bouchot, die kürzlich in Konkurs geraten sind, ein Kosmetikum in den Handel bringen und dazu Flakons von eigenartiger Form verwenden wollten; er traute ihnen nicht und verlangte Vorauszahlung der Hälfte des Preises. Faille & Bouchot, in der Hoffnung, daß sie Erfolg damit haben würden, gaben das Geld, aber während der Herstellung bricht der Konkurs aus; die Syndici, aufgefordert, zu zahlen, verhandeln mit ihm und überlassen ihm die Flakons und die Anzahlung, als Entschädigung für die Fabrikate, die als lächerlich und unverkäuflich angesehen werden. Da die Flakons acht Sous kosten, so würde er sie gern für vier Sous hergeben, denn Gott weiß, wie lange er eine solche unverkäufliche Fasson auf Lager halten müßte. Wollen Sie sich verpflichten, zehntausend Stück zu vier Sous zu liefern? frage ich. Ich kann Sie von Ihren Flakons erlösen, ich bin Kommis bei Herrn Birotteau. Ich ködere ihn damit, berede ihn, gewinne ihn, mache ihn begierig, und er stimmt zu.«

»Vier Sous«, sagte Birotteau. »Weißt du, daß wir den Preis für das Öl auf drei Frank festsetzen können und immer noch, bei zwanzig Sous Rabatt an die Detaillisten, dreißig Sous daran verdienen?«

»An dem Huile Césarienne!« rief Popinot aus.

»Huile Césarienne? Ei, mein Herr Verliebter, Sie wollen dem Vater und der Tochter schmeicheln. Na schön, es lebe das Huile Césarienne! Die Cäsaren haben die Welt erobert, sie müssen prachtvolles Haar gehabt haben.«

»Cäsar war ein Kahlkopf«, meinte Popinot.

»Weil er unser Öl nicht gebraucht hat, das werden wir sagen! Das Huile Césarienne kostet drei Frank, das Macassaröl das Doppelte. Gaudissart haben wir, das wird uns hunderttausend Frank jährlich einbringen; denn ich rechne auf den Kopf aller Leute, die etwas auf sich halten, zwölf Flaschen jährlich, das macht achtzehn Frank. Das sind, wenn ich achtzehntausend Köpfe annehme, hundertachtzigtausend Frank. Dann sind wir Millionäre!«

DER VERHÜLLTE GENIUS

*Der alte Frenhofer, einziger Schüler des geheimnivollen Mabuse, hat den Maler Porbus und den jungen Poussin in seine Werkstatt gebeten, um ihnen das Meisterwerk zu zeigen, an dem er seit sieben Jahren gearbeitet hat. Mit hinreißender Gefühlskraft weiß Balzac im »Unbekannten Meisterwerk« den Wechsel von Verzückung und Zweifel zu schildern, von dem der nur halb aus seinem Wahn gelöste Künstler zerrissen wird, als die Augen der andern nicht das zu schauen vermögen, was er mit seinem Pinsel zu schaffen wähnte.**

Voll lebhafter Neugier eilten Porbus und Poussin in die Mitte eines wüsten Ateliers, das sich voller Staub und Unordnung zeigte. Hier und dort waren Gemälde an den Mauern befestigt. Die beiden verharrten zuerst vor einer Frauenfigur in natürlicher Größe und wurden sogleich von größter Bewunderung ergriffen.

»Oh, beschäftigt Euch nicht damit!« bemerkte Frenhofer verächtlich. »Diese Leinwand habe ich nur beschmiert, um eine Pose zu studieren, dieses Bild hat nichts zu bedeuten. Hier hängen meine Irrtümer!« fuhr er fort, indem er auf die wunderbaren Kompositionen deutete, die rings die Wände bedeckten.

Verwirrt ob der Geringschätzung gegenüber solchen Meisterwerken begannen Porbus und Poussin nach dem oft besprochenen Gemälde zu suchen, jedoch konnten sie es nirgends erblicken.

»Aber da ist es ja!« rief der Greis. Sein Haar hing in wirren Strähnen herab, und sein Gesicht war von einer übernatürlichen Begeisterung erfüllt; die Augen funkelten, er atmete stürmisch wie ein Jüngling, den die Liebe toll macht. »Ha! Soviel Vollkommenheit hattet Ihr allerdings wohl nicht erwartet. Ihr steht vor einer Frau, und gesucht habt Ihr – ein Gemälde! Es ist eine solche Tiefe auf dieser Leinewand, die Luft ist so wahr, daß Ihr sie nicht mehr von der unterscheiden könnt, die uns hier umgibt. Wo ist die Kunst?

Verloren – verschwunden! Hier gibt es die Glieder der Frau selbst. Habe ich nicht die Farben, das Leben der Linien, die den Körper zu umgrenzen scheinen, wunderbar gepackt? Herrscht nicht bei den Dingen, die in der Luft stehen, dasselbe Phänomen wie bei den Fischen im Wasser? Bewundert nur, wie die Konturen sich vom Hintergrund abheben. Scheint es nicht, daß Ihr mit der Hand über diesen Rücken streichen könnt? So – ja, so habe ich innerhalb von sieben Jahren die Hochzeit des Lichtes mit den Dingen und ihre Wirkung studiert. Und diese Haare hier, überschwemmt sie nicht das Licht? – Jetzt eben hat sie geatmet... ich glaube es fast. Dieser Busen, seht! Ach, wer möchte sie nicht auf den Knien anbeten? Das Fleisch zuckt, gleich wird sie sich erheben, wartet nur..«

»Bemerkt Ihr irgend etwas?« fragte Poussin den Porbus.

»Nein. Und Ihr?«

– »Nichts!«

Die beiden Maler überließen den Greis seiner Ekstase und untersuchten, ob nicht das Licht, das steil auf die Leinewand fiel, nicht alle Wirkung zerstörte. Sie schritten von rechts nach links, sie traten davor, bückten sich schließlich und erhoben sich wieder. Immer erneut prüften sie das Bild.

»Ja – ja«, versicherte Frenhofer, »es ist wahrhaftig eine Leinewand!« Er verkannte die Absicht der genauen Untersuchung. »Da habt Ihr den Rahmen und die Staffelei – und da sind meine Farben und meine Pinsel!« Er bemächtigte sich seines Pinsels und bot ihn mit kindlicher Bewegung dar.

»Der alte Landsknecht macht sich über uns lustig!« zischte Poussin und wandte sich wieder dem angeblichen Gemälde zu. »Ich sehe da nichts als Farben, die in einem wirren Durcheinander zusammengeballt sind und von einer Fülle verzerrter Linien umschlossen werden – das ist eine förmliche Mauer von Malerei!«

Nein, wir täuschen uns, seht doch..« versetzte Porbus.
Indem sie sich näherten, entdeckten sie in einer Ecke des Bildes die Spitze eines nackten Fußes, die aus diesem Chaos von Farben, Tönen, unentschiedenen Nuancen, dieser ganzen nebelhaften Formlosigkeit herausragte; einen entzückenden, lebenden Fuß! Versteinert vor Bewunderung standen sie vor diesem Bruchstück, das einer unvorstellbaren, fortschreitenden Zerstörung entschlüpfen konnte. Dieser Fuß erschien wie der Torso einer Venus aus parischem Marmor, der aus den Ruinen einer zu Asche gebrannten Stadt sich erhebt.
»Es gibt eine Frau darunter!« schrie Porbus, indem er Poussin auf die Farbschichten aufmerksam machte, die der alte Maler, in dem tragischen Glauben, sein Bild zu vervollkommnen, darauf gehäuft hatte.
Die beiden Künstler wandten sich spontan zu Frenhofer, sie begannen zu begreifen, wenn auch nur dunkel, welcher Art die Verzückung war, in der er lebte.
»Er ist guten Glaubens«, meinte Porbus still.
»Ja, mein Freund«, erwiderte der Greis erwachend, »glauben – glauben müssen wir in unserer Kunst! Es bedarf einer langen Verbundenheit mit dem Werk, um eine ähnliche Schöpfung hervorzubringen. Manche von diesen Schatten haben mich sehr viel Mühe gekostet. Da! Über der Wange, unterhalb der Augen, liegt ein leichter Halbschatten, der, wenn Ihr ihn in der Natur beobachtet, unübersetzbar auf die Leinwand erscheint. Nun, glaubt Ihr nicht, daß dieser Effekt mir bei der Wiedergabe unerhörte Qualen verursacht hat? Trotzdem, sieh dir nur meine Arbeit aufmerksam an, mein lieber Porbus! Nunmehr wirst du verstehen, was ich dir über die Manier sagte, wie man Modellierung und Konturen behandelt. Betrachte das Licht auf dem Busen und sieh, wie durch eine Folge von leichten Berührungen und immer stärker aufgetragenen Schichten es mir

glückte, das wirkliche Tageslicht aufzufangen und mit dem glänzenden Weiß der illuminierten Töne zu verbinden. Betrachte auch, wie ich durch eine entgegengesetzte Bemühung dazu kam – indem ich die Plastik und das Korn der Paste zerstörte –, durch zärtliches Streicheln des Konturs, getränkt in Halbtönen, noch jeden Gedanken an Zeichnung und an künstliche Mittel in die Flucht zu schlagen. Nähert Euch doch, so werdet Ihr besser diese Arbeit sehen! Von fern betrachtet, verschwindet sie. Kommt hierher! Da, ich glaube, das hier ist recht bemerkenswert.« Und mit der Spitze seines Pinsels wies er auf einen Flecken, der nichts als reine Farbe war.

Porbus wandte sich an Poussin.

»Wißt Ihr, daß wir in ihm einen großen Maler zu sehen haben?«

»Er ist noch mehr Maler als Dichter«, versetzte Poussin ernst.

»Hier», erklärte Porbus und berührte die Leinwand, »hier endet unsre Kunst auf Erden.«

»Und von hier aus wird sie sich in die Himmel verlieren«, sagte Poussin.

»Wieviel Freuden gibt es doch auf diesem Stück Leinewand!« rief Porbus aus.

Der Greis, entrückt, hörte sie nicht und lächelte seiner vermeintlichen Frau zu.

»Aber früher oder später wird er gewahr werden«, meinte Poussin, »daß nichts auf seiner Leinewand steht!«

»Nichts auf meiner Leinewand?« fragte Frenhofer und betrachtete abwechselnd die beiden Maler.

»Was habt Ihr getan!« flüsterte Porbus dem jungen Gefährten zu.

Der Greis packte gewaltsam den Arm des Zweiflers und schüttelte ihn: »Du siehst nichts, Halunke, Spitzbube? Du Narr, du Vieh, weshalb bist du zu mir heraufgekommen? –

Mein guter Porbus,« wandte er sich zu dem Maler, »willst auch du dich über mich lustig machen? Antworte, denn ich bin dein Freund – sage, habe ich wirklich mein Bild verdorben?«

Porbus wagte nichts zu sagen; aber die Angst, die sich auf dem weißen Gesicht des Greises malte, war so fürchterlich, daß er auf die Leinewand deutete und still sagte: »Seht!«

Frenhofer betrachtete einen Augenblick sein Gemälde und schwankte.

Nichts! Nichts! Und dafür habe ich zehn Jahre gearbeitet?!«

Er setzte sich und brach in Tränen aus.

»Ein Verrückter also bin ich, ein Dummkopf! Ich habe also weder Talent noch Können, ich bin nichts als ein reicher Mann, der vorwärts kommt, wenn er die Beine bewegt! Nichts, nichts habe ich geschaffen«!

Durch den Schleier seiner Tränen betrachtete er sein Bild. Plötzlich erhob er sich voller Stolz und warf einen funkelnden Blick auf die beiden Maler.

»Beim Blut, beim Körper, beim Haupt unseres Heilands! Ihr seid zwei Eifersüchtige, die mich glauben machen wollen, diese Frau sei verdorben, um sie mir zu stehlen! Ich aber, ich sehe sie, und ich weiß es: sie ist wunderbar schön!«

DIE UNHEIMLICHE

Der Baron Hulot in »Tante Lisbeth« wird von seiner hemmungslosen Sinnenlust zu einem unehrenhaften Lebenswandel verführt. Dem pflichtbewußten Sohn bietet sich unvermutet die Gelegenheit, jene Frau, die mit am Unglück seines Vaters Schuld trägt, zu beseitigen. Trefflich ist die düstere Verlockung dieses Auftrittes eingefangen.

Viktor von Hulot empfing den Besuch einer alten, etwa fünfundsiebzigjährigen Frau.

»Ich habe mich unter einem falschen Namen eingeführt«,

erklärte sie, als sie dem Anwalt gegenüber Platz genommen hatte, »ich heiße eigentlich Nourrisson.«
Viktor betrachtete sie. Er empfand etwas wie einen Schauer. Die Alte kam ihm unheimlich vor. Obgleich sie elegant gekleidet war, hatte ihr Gesicht doch etwas Verbrecherisches, Gewöhnliches, Böses, Lauerndes und Gieriges. Namentlich ihre Nase wirkte wie die eines Raubvogels.
»Verehrter Herr«, sagte sie im gönnerhaften Ton, »ich mische mich seit langem schon nicht mehr in die Angelegenheit anderer Leute. Wenn ich etwas für Sie tue, so geschieht dies um meines lieben Neffen willen, der mir mehr ans Herz gewachsen ist, als wenn es mein eigenes Kind wäre. Für ihn arbeite ich. Er ist Beamter der Sittenpolizei. Sie haben nun in diesen Tagen in einer Familienangelegenheit die Unterstützung der Polizei erbeten..«
In der Tat hatte Viktor von Hulot mit einer Empfehlung des Fürsten von Weißenburg einen Versuch in dieser Richtung unternommen, und der Polizeipräsident hatte ihm versprochen, seinen Schwiegervater über die Buhlerin aufklären zu lassen, in deren Fänge er geraten war.
»Ganz recht«, bestätigte Hulot.
»Wir haben«, setzte die Alte fort, »Ihre Angelegenheit erwogen und einen Weg gefunden, Ihre Wünsche zu erfüllen. Geben Sie dreißigtausend Frank, und Sie sind das Übel los! Wir machen die Sache. Sie brauchen erst hinterher zu zahlen..«
»Sie wissen, um wen es sich handelt?« fragte Viktor.
»Ich erwarte nähere Aufschlüsse von Ihnen. Wir wissen nur so viel: ein schwachsinniger alter Herr ist in den Händen einer jungen Witwe. Sie hat ihr Gaunerhandwerk so fein verstanden, daß sie schon zwei Familienväter um eine Rente von vierzigtausend Frank ärmer gemacht hat. Sie steht nun im Begriff, das Doppelte zu ergaunern, wenn sie den alten Herrn heiratet und ihn dann baldigst unter die

Erde befördert. Es besteht somit die Gefahr, daß Ihre Familie um ein großes Vermögen kommt..«

»Das stimmt so ungefähr«, meinte der Anwalt, »es handelt sich um meinen Schwiegervater Coelestin Crevel..«

»Ehemaligen Parfümeriehändler, jetzigen Stadtrat!« ergänzte Frau Nourrisson.

»Die andere Person ist Frau Valerie Marneffe!«

»Die kenne ich nicht, aber in drei Tagen bin ich genau über sie im Bilde«, erklärte die Alte.

»Glauben Sie imstande zu sein, diese Heirat zu verhindern?«

»Wie weit sind die beiden?«

»Sie sind zum zweiten Male aufgeboten«, erwiderte Hulot.

»Man müßte die Frau entführen. Heute ist Sonntag. Wir hätten nur drei Tage Zeit. Am Mittwoch ist die Trauung. Das ist unmöglich. Aber man könnte sie umbringen..«

Als Viktor diese Worte hörte, prallte er betroffen zurück.

»Umbringen?« wiederholte er. »Und wie wollten Sie das machen?«

»Herr von Hulot«, antwortete die Alte mit gräßlichem Hochmut, »seit vierzig Jahren sind wir nun schon Werkzeuge des Schicksals, wir machen in Paris, was wir wollen. So manche Familie hat mir ihr Geheimstes anvertraut. Sehen Sie, wir haben Heiraten zustande gebracht, Ehen zerstört, Testamente verschwinden lassen, auch manchem seine Ehre gerettet. Das alles bedeutet für mich ein Jahreseinkommen von sechsunddreißigtausend Frank. Sie können mir getrost vertrauen! Mein Schicksal wäre besiegelt, wenn ich nicht verschwiegen wäre. Ich handle. Aber alles, was geschieht, wird als Werk des Zufalls gelten.* Sie brauchen nicht die geringsten Gewissensbisse zu haben. Vier Wochen hinterher werden Sie glauben, es sei alles von selber so gekommen.«

Viktor trat der kalte Schweiß auf die Stirn. Der Anblick

einer Hinrichtung hätte ihn weniger erregt als diese Person. Es kam ihm vor, als sei sie blutrot gekleidet.

»Frau Nourrisson«, sagte er beklommen, »ich kann Ihre Hilfe, Ihre Erfahrung, Ihre Tätigkeit nicht annehmen, wenn es jemandem das Leben kostet, wenn dabei ein Verbrechen begangen wird..«

»Sie sind ein großes Kind«, unterbrach ihn die Alte, »Sie wollen vor sich selber unschuldig dastehen, und doch ist es Ihr Wunsch, Ihren Feind vernichtet zu wissen.«

Viktor versuchte eine Geste des Ableugnens.

»Gewiß ist er es!« betonte sie. »Sie wollen, daß diese Frau ihre Beute losläßt, die sie bereits zwischen den Zähnen hat. Was würden Sie tun, wenn Sie einem Tiger ein geraubtes Stück Vieh wieder entreißen wollten? Würden Sie ihm den Rücken streicheln und sagen: Liebe Miezekatze? Sie haben keine Logik! Sie wollen den Krieg, aber keine Verwundeten! Gut, ich will Ihnen also das Gefühl der Schuldlosigkeit verschaffen. In einem Vierteljahr wird Sie eines Tages ein Bettelmönch besuchen und Sie um vierzigtausend Frank für irgendein gutes Werk bitten. Sind Sie bis dahin mit Ihrem Schicksal zufrieden, so geben Sie dem Mann das Geld. Die Summe ist nicht zu hoch im Vergleich zu der, die Ihnen zufällt.«

Damit stand sie auf, grüßte verbindlich lächelnd und empfahl sich.

»Das war des Teufels Schwester!« murmelte der Anwalt. Er erhob sich. Es fiel ihm ein, daß er sie hätte hinausbegleiten müssen, aber sie war bereits verschwunden – spurlos wie die böse Fee im Märchen.

DIE LIEBE UND DIE ENGLÄNDER

Das widerspruchsvolle Leben der Dirnen von Paris ersteht in »Glanz und Elend der Kurtisanen« als ein farbenprächtiges und figurenreiches Bild, dem kein Ausdruck der Leidenschaft fremd bleibt. Auch hier versäumt Balzac nicht, seinen Englandhaß deutlich werden zu lassen.

»Fünf Jahre bei einem Engländer, das ist zuviel«, rief Esther, »er war gelb wie das Lächeln eines Freundes bei einem Erfolg, und ich glaubte, er würde in zehn Monaten sterben. Aber ich habe England zugrunde gerichtet – man hat ganz recht, mich eine Jungfrau von Orléans zu nennen!«

»Auch ich übernehme es in meinem ganzen Leben nicht mehr, einen Engländer zu lieben«, versicherte Frau du Val-Noble, »es sind lauter kalte Egoisten, Schweine im Gehrock! Die Liebe, das ist für ihn dasselbe, als ob er sich rasiert. Er wischt sein Rasiermesser ab, besieht sich im Spiegel und scheint zu sagen: Ich habe mich nicht geschnitten. Und dann behandelt er mich mit einer Achtung, die jede Frau wahnsinnig machen könnte. Dieser elende Lord Suppentopf! Er verfolgt mich wie eine Bremse mit seiner Achtung. Wenn ich versuche, einen Nervenanfall zu bekommen oder schlecht gelaunt zu sein, so ärgert er sich nicht einmal. Der Schlingel bleibt trocken, blaß und kühl, indem er mir zu verstehen gibt, daß er mich im Grunde genau soviel schätzt wie einen Neger.«

»Gemeiner kann man unmöglich sein«, bestätigte Esther, »aber ich würde ihn ruinieren, diesen Chinesen!«

»Ihn ruinieren?« wandte Frau du Val-Noble ein, »da müßte er mich ja lieben! Aber du selbst würdest keine zwei Heller von ihm verlangen wollen. Er würde dich ernst anhören und dir mit seiner britannischen Förmlichkeit, im Vergleich zu der man Ohrfeigen liebenswürdig finden kann, erwidern, er gäbe dir schon reichlich genug, zumal die Liebe in seinem armen Dasein eine so geringe Rolle spiele...«

800

»Läßt du dich denn nie hinreißen?« wollte Esther wissen. »Sagst du ihm nicht von Zeit zu Zeit die Wahrheit? Versuche es nur.«

»Dann müßtest du schlauer sein als ich. Oh, trotz deines Witzes würde er dich mit seinem eisigen Lächeln umbringen. Er würde dir sagen: Ich bin antislavery, und Sie sind frei. Du könntest ihm die merkwürdigsten Dinge sagen, er würde dich nur ansehen und entgegnen: Very good. Man könnte ihn links unter der Brust operieren, man würde ihm nicht das geringste zuleide tun. Seine Eingeweide müssen aus Weißblech sein. Ich habe ihm das auch schon erklärt, aber er meinte: Ich bin sehr zufrieden mit dieser Veranlagung. Und immer höflich! Meine Liebe, er trägt Handschuhe auf der Seele! Er trinkt zehn Flaschen und ist erst angeheitert, er hat ein trübes Auge und sieht doch klar.«

»Das ist«, sagte Esther, »wie bei den Leuten, deren Fenster von außen schmutzig sind, aber von drinnen sehen sie, was draußen vorgeht!«

DER SCHATZ DER JUNGFRAU

Ein Kabinettstück der Liebe zum Detail, in der sich Balzac als unerreichter Meister ausgezeichnet hat, bildet diese genießerische Schau über den kleinen Goldschatz der jungen Eugénie Grandet. Wie fast immer bei solchen Gelegenheiten, ist der kulturgeschichtliche Gehalt bedeutend.

Eugénie öffnete mit inniger Freude das Schubfach der alten Eichenkommode, einer prächtigen Arbeit aus der Renaissance, auf der noch, halb verwischt, der berühmte königliche Salamander zu sehen war. Sie entnahm dem Fach eine große rote Sammetbörse mit Goldquasten und verschabter Kantillenstickerei, die aus dem Nachlaß ihrer Großmutter stammte. Mit glücklichem Stolz wog sie die Börse in der Hand und machte sich nun daran, ihr kleines Vermögen nachzuzählen.

Zunächst legte sie zwanzig noch neue Portugiesen beiseite, sie waren unter Johann V. im Jahre 1725 geprägt worden und hatten einen Kurswert von hundertachtundsechzig Frank vierundsechzig Centimes pro Stück, wie ihr Vater gesagt hatte, der Liebhaberwert aber war hundertundachtzig Frank, infolge der Seltenheit und Schönheit der Stücke, die wie Sonnen glänzten.

Ferner fünf Genueser, also fünf Hundertlirestücke aus Genua, eine ebenfalls seltene Münze, deren Kurswert siebenundachtzig Frank betrug für Münzensammler jedoch hundert Frank galt. Sie hatte sie noch vom alten Herrn de la Bertellière erhalten.

Weiter waren da drei doppelte spanische Goldpistolen, geprägt unter Philipp V. im Jahre 1729, geschenkt von Frau Gentillet, die bei jedesmaliger Überreichung immer den gleichen Satz wiederholte: »Dieses reizende Kanarienvögelchen ist achtundneunzig Frank wert. Verwahre es gut, mein Herz, es wird die Zierde deiner Sammlung sein.«

Ferner fanden sich jene Stücke zusammen, die ihr Vater ganz besonders schätzte: hundert holländische Dukaten aus dem Jahre 1756, sie hatten alle etwas über dreiundzwanzig Karat und einen Wert von je dreizehn Frank. Schließlich eine große Seltenheit, ein paar für Sammler sehr wertvolle Münzen, nämlich drei Rupien mit dem Zeichen der Waage und fünf Rupien mit dem Zeichen der Jungfrau, alle aus vierundzwanzigkarätigem Gold – das herrliche Gold des Großmoguls! Ein jedes Stück hatte einen Kurswert von siebenunddreißig Frank vierzig Centimes, für den Kenner aber galt das Stück mindestens fünfzig Frank. Hierzu kam der Napoleon zu vierzig Frank, den sie vorgestern erhalten und zu den andern in die rote Börse getan hatte.

Dieser Schatz bestand aus lauter neuen und jungfräulichen

Stücken, wahren Kunstwerken, über die der alte Grandet gern zu reden liebte, und die er sich von Zeit zu Zeit vorlegen ließ, um seiner Tochter die prächtige Prägung, die schöne Randzier, die kräftigen Lettern zu zeigen, deren reine Konturen noch tadellos erhalten waren.

BETRACHTUNGEN UND PHANTASIEN

TRÄUMEREIEN EINES WUCHERERS

Alles, was Balzac über die Macht des Geldes und seine Erhebung ins Gleichnishafte ausgesagt hat, steigert sich in den Offenbarungen des Wucherers Gobseck zu einer großartigen Vision, die alles Menschliche dem Gold unterworfen sieht.

»Ja, es hat gewiß einen Wert, wenn man die geheimsten Falten des menschlichen Herzens durchschauen und das Leben anderer ohne Hülle sehen kann! Es gibt dabei ewig neue Schauspiele, schreckliche Wunden, grausamen Kummer, Szenen der Liebe, Elend mit dem scheuen Seitenblick auf das Wasser der Seine, jugendliche Freuden, die zum Schafott führen, Lachen der Verzweiflung und prachtvolle Feste. Gestern ein Trauerspiel: ein Vater erhängt sich, weil er seine Kinder nicht mehr ernähren kann – morgen ein Lustspiel: ein junger Mann versucht die Rolle des Herrn Dimanche mit Variationen zu spielen. Ich hörte Mirabeaus Beredsamkeit rühmen. Ich habe ihn zu seiner Zeit selbst gehört, aber nie hat er mich ergriffen. Dagegen hörte ich oft ein verliebtes junges Mädchen sprechen oder einen alten Kaufmann am Abgrund eines Bankerotts, eine Mutter, die den Fehltritt ihres Sohnes verbergen wollte, einen Mann ohne Brot, einen Großen ohne Ehre, und schauderte ob der Macht ihrer Worte. Erhabene Schauspieler, die sie waren, spielten sie für mich allein! Aber man täuscht mich bei alledem nicht. Mein Blick ist gleich dem des Ewigen: er schaut in die Herzen. Nichts bleibt uns verborgen. Was sollte mir fehlen?! Ich besitze alles! Man kann dem nichts verweigern, der die Schnüre eines Geldbeutels zu öffnen und zu schließen vermag. Man erkauft die Diener und das Gewissen und nennt das Macht. Man erkauft die Weiber und die zärtlichsten Liebkosungen und nennt das Freude und Schönheit – man erkauft alles. Wir sind die stillen und unbekannten Könige des Lebens, denn das Geld ist das Leben! Wir sind unserer etwa dreißig in Paris. Verbunden durch Gleichheit der Interessen, versammeln wir uns an gewissen Tagen in der Woche in einem Kaffeehause bei dem Pont-Neuf. Dort enthüllen wir uns alle Geheimnisse aller Familien und haben ein schwarzes Buch, in dem die wichtigsten Bemerkungen über den öffentlichen Kredit, die Bank und den Handel eingetragen werden. Wir zergliedern die gleichgültigsten Handlungen, wir sind die Kasuisten der Börse. Vor uns steht mit gefalteten Händen der feurigste Liebhaber, der sich sonst über einen Blick erzürnt und um eines Wortes willen den Degen zieht; hier bittet der stolzeste Kaufmann, hier bittet das Weib, das am meisten auf seine Schönheit eitel ist; hier bittet der hochmütigste Krieger, bitten die berühmten Künstler und die Schriftsteller, deren Namen noch die Nachwelt feiern wird – hier ist eine Waage, in der man die Erbschaften wägt und ganz Paris!«

DIE BEICHTE VAUTRINS

Das Verbrechergenie Jacques Collin hat sich in der Maske des Bürgers Vautrin in eine Pension dritter Ordnung eingemietet, um nach seiner Flucht aus dem Bagno insgeheim seine Pläne weiterzuverfolgen. In dem Bestreben, den jungen Rastignac als Werkzeug zu gewinnen, legt er ihm in bestechender Unbekümmertheit seine Lebensbeichte ab.

»Sie möchten wohl wissen, wer ich bin, was ich getan habe und was ich tue. Ich habe Unglück gehabt! Mein vergangenes Leben will ich in drei Worte fassen. Wer ich bin? Vautrin. Was ich mache? Was mir paßt. Genug. Wollen Sie meinen Charakter ergründen? Ich bin gegen jene gut, die gegen mich gut sind oder deren Herz zu mir spricht. Denen ist alles erlaubt, sie können mich mit Fußstößen bedenken, ohne daß ich ihnen sage: Nimm dich in acht! Aber in Dreihenkersnamen, ich bin wie der leibhaftige Teufel gegen jene, die mich drangsalieren oder mir nicht passen. Ich will es Ihnen von vornherein sagen, daß mir's so wenig darauf ankommt, einen Menschen zu töten wie auszuspucken. Aber ich gebe mir Mühe, anständig zu töten, wenn es unbedingt nötig ist. Ich bin ein Künstler in meiner Art. Ich habe Benvenuto Cellinis Aufzeichnungen gelesen und noch dazu auf italienisch. Bei diesem Mann, der ein toller Kerl war, habe ich gelernt, Vorsehung zu spielen, die ja auch nach Gutdünken tötet, und das Schöne zu lieben, wo ich es finde. Gilt es nicht einen hohen Einsatz, wenn man sich im Widerspruch gegen die Gesamtheit fühlt und dabei Glück hat? Ich habe über die Krisis in der bestehenden Weltordnung nachgedacht. Ich gehorche niemand, haben Sie mich verstanden? Wissen Sie, wieviel Sie brauchen, wenn Sie Ihr Leben auf diese Weise führen wollen? Eine Million, und dies bald. Sonst können Sie bald in Saint-Cloud darüber nachdenken, ob es so etwas wie ein höheres Wesen gibt. In diese Menschenmasse muß man einschlagen wie eine Kanonenkugel oder sich hineinschleichen wie eine Seuche. Mit bloßer Anständigkeit schaffen Sie es nie und nimmer. Man beugt sich der Gewalt des Genies, man haßt es, man versucht es zu verleumden; denn es nimmt, ohne zu teilen – aber man beugt sich, wenn es von Dauer ist, mit einem Worte: man betet es an, wenn man es nicht in den Schmutz zerren kann. Die Korruption ist an der Arbeit, das Talent selten. So ist die Korruption die Waffe der Mittelmäßigkeit, die im Überfluß vorhanden ist, und überall werden Sie ihre Spitze fühlen. – Ich spreche hier nicht von jenen armen Sklaven, die alle Arbeit tun, ohne je den Lohn ihrer Arbeit zu empfangen, und die ich die Brüderschaft der Stiefelputzer vom lieben Gott nenne. Natürlich, dort herrscht die Tugend in der ganzen Blüte ihrer Dummheit, aber dort herrscht auch das Elend. Ich kann mir die Grimasse dieser armen Teufel vorstellen, wenn es Gott einfiele, sich am Tage des Jüngsten Gerichtes zurückzuziehen. Wenn Sie schnell zu Geld kommen wollen, so müssen Sie schon reich sein oder so tun, als ob Sie es wären. Um reich zu werden, gilt es große Streiche zu führen, sonst gerät man in den Dreck, und dann ist es endgültig vorbei. Wenn es in den hundert Berufen, die Sie ergreifen können, zehn Männer gibt, die schnell Erfolg hatten, so nennt die Menge sie Gauner und Diebe. Ziehen Sie daraus Ihre Schlüsse. So ist das Leben! Es ist nicht schöner als die Kocherei, es stinkt ebensosehr, und man macht sich die Hände schmutzig, wenn man das Fleisch zubereitet. Sie müssen nur verstehen, sie wieder sauber zu bekommen, das ist die ganze Moral unserer Zeit. Wenn ich Ihnen so von der Welt spreche, sie hat mir das Recht dazu gegeben, ich kenne sie. Glauben Sie, ich machte es ihr zum Vorwurf? Ich denke nicht daran, denn so war sie immer. Die Moralisten werden sie nicht ändern. Der Mensch ist unvollkommen. Zu manchen Zeiten wird mehr Komödie gespielt als zu anderen, und dann sagen die Dummen, daß die Sittenlosigkeit groß sei. Die Reichen sind auch nicht schlimmer als die Armen: der Mensch bleibt sich immer gleich: oben, unten und in der Mitte. Auf je eine Million von diesem Rindvieh kommen zehn entschlossene Männer, die sich kühn über alles, auch über die Gesetze, hinwegsetzen. Zu diesen gehöre ich. Wenn Sie ein überlegener Mensch sind, so gehen Sie aufrecht, mit hocherhobenem Kopf auf dem geraden Weg. Aber Sie werden gegen Neid, Verleumdung, Mittelmäßigkeit, ja gegen die ganze Welt zu kämpfen haben. Napoleon ist auf einen Kriegsminister gestoßen, der Aubry hieß, und es hat nicht viel gefehlt, so hätte ihn der in die Kolonien deportiert. Prüfen Sie sich wohl! Fragen Sie sich jeden Morgen, ob Sie mit einem stärkeren Willen als tags zuvor aufstehen können. Meine Idee ist, ein patriarchalisches Leben auf einem großen Landgut von etwa hunderttausend Morgen in Südamerika zu führen. Ich will dort Pflanzer werden, Sklaven halten und einige Millionen durch den Verkauf von Tabak, Ochsen und Holz verdienen; ich will als Fürst leben, meinen Willen tun, ein Leben führen, das man hier, in Mauern eingezwängt, nicht begreift. Ich bin ein Dichter. Aber ich schreibe meine Dichtungen nicht, ich lebe sie, sie bestehen in Taten und Empfindungen. Heute besitze ich fünfzigtausend Frank, das würde nur für vierzig Neger langen. Ich brauche zweimalhunderttausend Frank, weil ich zweihundert Neger haben will, um mein Verlangen nach diesem patriarchalischen Leben zu befriedigen. Sehen Sie, Neger sind Kinder, mit denen man tun kann, was man für richtig hält, ohne daß ein neugieriger Staatsanwalt Rechenschaft von jedem Schritt fordert, mit diesem schwarzen Kapital werde ich in zehn Jahren drei bis vier Millionen verdient haben. Wenn ich Erfolg habe, so wird niemand fragen: wer bist du? Ich bin Herr Vier-Millionen, Bürger der Vereinigten Staaten. Ich werde fünfzig Jahre alt sein, mit lebendigem Mark in den Knochen und werde das Leben auf meine Art genießen. Es gibt Jagden verschiedener Art. Die einen erjagen eine Mitgift, die anderen einen Bankerott; die einen angeln Gewissen, die anderen liefern ihre Beute gebunden aus. Wer mit gut gefüllter Jagdtasche wiederkommt, wird mit Freuden in die gute Gesellschaft aufgenommen. Wenn ich Ihnen noch einen Rat geben darf, mein Freund: Halten Sie an Ihren Ansichten nicht zäher fest als an Ihren Worten. Verkaufen Sie sie, wenn es nottut. Es gibt keine Grundsätze, es gibt nur Ereignisse; es gibt keine Gesetze, es gibt nur Umstände: der überlegene Mensch vermählt sich mit ihnen, um sie zu lenken. Wenn es feststehende Grundsätze und Gesetze gäbe, so würden die Völker ihre Gesinnung nicht so leicht wechseln wie unsereins die Wäsche. Der einzelne hat nicht die Verpflichtung, weiser zu sein als ein ganzes Volk. Der Mann, der Frankreich am wenigsten genützt hat, ist ein verehrter Fetisch, weil er alles rot gesehen hat, er wäre höchstens dazu nutze, im Museum unter Maschinen mit der Etikette »Lafayette« aufgestellt zu werden; während der Fürst, den jeder steinigt, und der die Menschheit genügend verachtet, um ihr ebensoviel Schwüre, wie sie verlangt, ins Gesicht zu speien, die Teilung Frankreichs auf dem Wiener Kongreß verhindert hat: man schuldet ihm eine Krone und bewirft ihn mit Dreck*. Oh, ich kenne die Dinge! Man hat mir genug Geheimnisse anvertraut – ich weiß Bescheid! Eine unerschütterliche Meinung will ich an jenem Tage haben, wo ich drei Köpfen, die über die Anwendung eines Prinzips ganz einig sind, begegnet bin. Darauf kann ich lange warten! In keinem Gerichtshof gibt es drei Richter, die über einen Gesetzesparagraphen gleicher Ansicht wären. Tun Sie nicht unschuldig wie ein Kind. Aber meinethalben, wenn es Ihnen Spaß macht, geraten Sie auch in Wallung, sagen Sie mir, daß ich ein ehrloser Kerl bin, ein Verbrecher, ein Räuber, ein Schuft, aber nennen Sie mich weder Dieb noch Spion. Nun los, mit Ihren Vorwürfen! Aber überlegen Sie, daß Sie eines Tages schlimmere Dinge tun werden. Die Tugend, mein lieber Student, läßt nicht mit sich handeln, sie ist oder ist nicht. Eine Frau verführen, um eine höhere Staffel auf der sozialen Stufenleiter zu erklimmen, Zwietracht in eine Familie zu säen – alle Gemeinheiten, die man unter irgendeinem Deckmantel begeht oder um des persönlichen Interesses oder des Vergnügens willen – ja, meinen Sie, dies seien Akte des Glaubens, der Hoffnung und der Barmherzigkeit? Warum dem Dandy, der ein Kind in einer Nacht um die Hälfte seines Vermögens bringt, zwei Monate Gefängnis zudiktieren, und den armen Teufel, der unter erschwerenden Umständen tausend Frank gestohlen hat, auf die Galeeren verbannen? Aber so sind eure Gesetze. Jeder einzelne Paragraph führt zum Wahnsinn! Ich sage nichts mehr. Nur noch ein Wort: Sie haben mein Geheimnis!«

PHILOSOPHIE DER STRASSE

Es ist Balzac selbst, der in der Erzählung »Facino Cane« durch die Straßen von Paris schlendert und in den Gesprächen der Spaziergänger das Unwägbare in der Lebensnähe seiner Gestalten einfängt – der noch unbekannte Balzac, der in einer elenden Dachkammer haust, sich in glühendem Begehren nach dem Glanz von Paris verzehrend.

Eine einzige Leidenschaft riß mich aus meinen arbeitsamen Gewohnheiten. Aber war das nicht eigentlich auch noch ein Studium? Ich ging daran, die Sitten der Vorstadt, ihre Bewohner und ihre Charaktere zu untersuchen. Da ich ebenso schlecht gekleidet war wie die Arbeiter, gleichgültig gegen den äußeren Schein, machte ich sie nicht mißtrauisch gegen mich. Ich konnte mich unter sie mengen, sie belauschen, wie sie ihren Handel abschlossen und sich stritten, wenn sie von der Arbeit kamen.

In mir war die Beobachtung schon intuitiv geworden, sie drang in die Seele, ohne dabei den Körper zu vernachlässigen – richtiger gesagt: sie erfaßte die äußerlichen Einzelheiten so scharf, daß sie sofort darüber hinwegging. Sie gab mir die Fähigkeit, das Leben des Einzelnen zu leben, an dem sie sich gerade versuchte, und ermöglichte mir, mich in ihn zu verwandeln, wie der Derwisch aus Tausendundeiner Nacht Leib und Seele der Menschen annahm, über die er gewisse Worte aussprach.

Wenn ich zwischen elf Uhr und Mitternacht einen Arbeiter traf, der mit seiner Frau aus dem Ambigu Comique heimkehrte, machte es mir Spaß, ihnen vom Boulevard Beaumarchais nachzugehen. Diese wackeren Leute redeten zuerst von dem Theaterstück, das sie gesehen hatten, dann kamen sie nach und nach auf ihre Angelegenheiten zu sprechen. Die Mutter zerrte ihr Kind an der Hand, ohne auf seine Klagen und Bitten zu hören; Mann und Frau zählten das Geld, das ihnen am anderen Tag ausbezahlt werden sollte; sie verwendeten es auf zwanzig verschiedene Arten. Da gab es dann die Einzelheiten ihres Haushaltes, Gejammer über den unerhörten Preis der Kartoffeln oder über die Länge des Winters oder über die Verteuerung des Heizens, energische Vorstellungen über die Schuld beim Bäcker; endlich Streitereien, die giftig wurden und in denen jedes von ihnen seinen Charakter in malerischen Worten enthüllte. Wenn ich diese Leute hörte, konnte ich ihr Leben zu dem meinen machen, ich fühlte ihre Lumpen auf meinem Rücken, ich schritt in ihren durchlöcherten Schuhen einher; ihre Wünsche, ihre Bedürfnisse, alles ging in meine Seele, oder meine Seele ging in die ihre über. Es war der Traum eines Wachenden. Ich ereiferte mich wie sie gegen die Werkmeister, die sie tyrannisierten, oder gegen die schlechten Kunden, die sie mehrmals kommen ließen, ohne sie zu bezahlen. Mein Wesen abzustreifen, durch den Rausch meiner Seelenkräfte ein anderer zu werden und dieses Spiel nach Belieben zu spielen, das war meine Zerstreuung. Wem verdanke ich diese Gabe? Ist sie ein zweites Gesicht? Ist sie eine von den Fähigkeiten, deren Mißbrauch zum Wahnsinn führen kann? Ich habe niemals den Ursachen dieser Gewalt nachgespürt, ich besitze sie und bediene mich ihrer, das ist alles!

LEGENDÄRE EXISTENZEN

In seinen journalistischen Arbeiten trachtete Balzac danach, immer wieder die Neugier einer oberflächlichen Leserschaft zu reizen. Das führte ihn zur Behandlung der absonderlichsten Themen. Aber auch bei solchen Gelegenheiten fehlt es ihm nicht an witzigen Einfällen und geistreichen Wendungen. Zwei solcher »Brotartikel« mögen in verkürzter Form hier folgen.

Wozu braucht ein Ministerium eine Bibliothek? Hat irgend jemand dort Zeit, zu lesen? Etwa der Minister? Oder der Hilfsarbeiter? Hat man die Bibliothek für den Bibliothekar erschaffen oder den Bibliothekar für die Bibliothek? Trotz allem: die meisten Ministerien sind im Besitze einer Bibliothek. Als ein junger Herzog aus dem Hause der Orléans einen hervorragenden Dichter zum Bibliothekar eines Ministeriums ernennen ließ, fragte er ihn lachend: »Gibt es dort überhaupt Bücher?« –

»Ich werde sie machen!« antwortete der Poet.

Hat die Bibliothek erst einen Bestand von etlichen hundert Bänden erreicht, dann erzeugt sie noch einen Beamten als Untergebenen des Bibliothekars, der gehalten ist, die Bücher abzustauben; im übrigen bestehen seine Funktionen darin, dem Sinekurenbesitzer jeden Monat einen Sack mit dreihundert Frank ins Haus zu tragen, wogegen dieser in ein Register seine Unterschrift setzt – das kostet also nur zehn Frank den Tag!

Die Dame Physiologie erklärt ausdrücklich, daß sie für diese wirksame Reklame von keinem Bibliothekar bezahlt worden ist.

Ein Ministerium, das keine Bibliothek besitzt, ist das Unterrichtsministerium...

Mir sind in Paris Visitenkarten in die Hände gefallen, die also lauteten: »Monsieur Soundso, Architekt des Ministeriums des Innern, oder der Kammer der Deputierten und ähnlich.«

Was nun den der Deputiertenkammer anlangt: wenn der alles wieder aufbauen sollte, was diese zerstört hat, dann wäre sein Platz keine Sinekure mehr und er wahrhaftig ein großer Mann. Aber diese Posten erklären, warum in Frankreich ununterbrochen gebaut wird, um hernach abreißen und wieder aufbauen zu können, denn die Architekten fühlen das Bedürfnis, die Notwendigkeit ihrer Posten zu beweisen. Wie die Dinge heute stehen, gehört es zum guten Ton, daß jedes Ministerium seinen eigenen Architekten hat. Die Schmeichelei ist in Frankreich zu allen Zeiten sehr erfinderisch gewesen. Unter Ludwig XIV. hatte jeder Minister seine Mätressen und sein kleines Versailles.

Wenn der Architekt das Ministerium erbaut, sind die Beamten nicht drin. Wenn die Beamten drin sind, ist der Architekt fort. Die Existenz des Architekten ist also wie die des Bibliothekars von einer Vernunft diktiert, die nur die Vernunft des Ministers begreift. Dieser Posten ist jedoch unzweifelhaft geschaffen, um zu erweisen, wieweit ein Künstler ein Beamter oder wieweit ein Beamter ein Künstler sein kann.

In jedem Ministerium hat man das Bedürfnis, zu erfahren, ob in den anderen Ländern die Angelegenheiten des Ministeriums, das mit dem eigenen die gleichen Aufgaben teilt, nicht besser stehen oder schlechter. Man wendet sich in einem solchen Fall an einen Journalisten, einen Feuilletonisten, einen Publizisten, kurz irgendeinen Spezialisten, der kein Geld hat, aber die Gabe, die Angelegenheiten dieses Ministeriums, von denen der junge Mann keine Ahnung hat, mit jenen der fremden Ministerien zu vergleichen, von denen weder der junge Mann noch sein Herr Minister eine Ahnung hat.

Eine solche Aufgabe, geboren aus der Ehe einer Republik mit einem König – was man eine billige Regierungsform

nennt –, heißt »eine besondere Mission«. So eine Mission wird nur erlesenen Geistern erteilt, denen der Aufenthalt in Paris gewisse Schwierigkeiten bereitet, die ein Bedürfnis nach Luftveränderung und Bereicherung ihres Wissens empfinden, den Wunsch, neue Bekanntschaften zu machen und alten aus dem Wege zu gehen. Diese erlesenen Geister sind bereit, sodann im staatserhaltenden Interesse Reisen zu unternehmen, wofür sie eine Entschädigung von drei- oder vierhundert Frank im Monat bekommen, was ich schäbig finde. Der Sohn eines Deputierten, der Literat, der Feuilletonschreiber wird also schlechter bezahlt als ein Commis voyageur.
Die französische Regierung kauft eben alles zu Ramschpreisen!

DIE FOLGEN EINES RAUSCHES

Eines Tages, als gerade die italienischen Sänger spielten, im Jahre 1822, lockte mich ein Freund in der Hoffnung, mich der Musik des Rossini, La Cinti, Levasseur, Bordogni*, La Pasta zu entziehen, auf einen Diwan, auf den er sich schließlich hinwerfen mußte: siebzehn leere Flaschen waren die Zeugen seiner Niederlage. Da ich aber gezwungen war, zwei Zigarren zu rauchen, übte der Tabak seine Wirkung aus, von der ich allerdings erst etwas spürte, als ich die Treppen hinunterging. Ich fand, daß die Stufen aus einer ganz weichen Masse hergestellt sein mußten. Aber immerhin, ich bestieg siegreich den Wagen, einigermaßen vernünftig und aufrecht, nur wenig geneigt zum Schwätzen. Da ich der Meinung war, mich in einem Brennofen zu befinden, ließ ich eine Fensterscheibe herunter; die Luft tat noch das ihrige, um mich von Sinnen zu bringen. Ich fand, daß die Umgebung sich sehr weit ausdehne. Die Stufen im Theater der »Bouffons« kamen mir noch weicher vor als die früheren, aber ohne daß ein Unglück geschah, setzte ich mich auf meinen Platz auf dem Balkon. Ich hätte damals allerdings nicht gewagt, zu versichern, daß ich in Paris war, in der Mitte einer glänzenden Gesellschaft, deren Toiletten und einzelne Gestalten ich kaum zu erkennen vermochte. Meine Seele war berauscht. Was ich von der Ouvertüre La Gazza* hörte, war ganz so wie die vagen Töne, die sich vom Himmel in das Ohr einer Frau senken, die sich in Ekstase befindet. Die musikalischen Phrasen kamen zu mir durch glänzende Wolken, alles fehlte ihnen, was die Menschen von Unzulänglichem in ihre Werke bringen, dafür waren sie erfüllt von jenem Gefühl des Künstlers, das etwas Göttliches ist. Das Orchester erschien mir wie ein weiches Instrument, aus dem nur die Wirkung irgendeiner Tätigkeit hervorkam, von der ich weder die Bewegungen noch den Mechanismus erkennen konnte. Nur ein oder zwei gepuderte unbewegliche Köpfe, zwei aufgedunsene, grimassierende Figuren beunruhigten mich. Halb lag ich im Schlummer.

»Der Herr riecht nach Wein«, sagte leise eine Dame, deren Hut mich gelegentlich streifte. Ich gestehe, daß ich etwas gekränkt war.

»Nein, gnädige Frau«, erwiderte ich, »ich rieche nach Musik!«

Ich ging fort, hielt mich ganz außerordentlich gerade, ruhig und kalt wie ein Mann, der nicht die entsprechende Anerkennung gefunden hat und sich nun zurückzieht, seinen Kritikern die Furcht einflößend, irgendein höheres Wesen verletzt zu haben.

OPIUM

Vendramin hat sich auf das Opium gestürzt, eine verwünschte Erfindung, die ein Engländer in die Welt brachte. Das ist nicht jener vulgäre Tod, dem ihr Ärzte die Form eines Skeletts gebt – es ist ein Tod, drapiert mit Fetzen, die ihr in Frankreich Fahnen nennt: er ist ein junges, mit Blumen oder Lorbeeren geschmücktes Mädchen. Er erscheint im Schoß einer Wolke von Pulver, getragen auf dem Schoß der Kanonenkugel, oder auf einem Bette liegend, zwischen zwei Kurtisanen – er erhebt sich aus dem Dunst einer Punsch-Bowle oder aus dem irrenden Dampf eines Diamanten, der sich noch im Zustand der Kohle befindet. Wenn Vendramin es will, macht er sich für drei österreichische Livres zum venezianischen General, er besteigt Galeeren der Republik und geht, die vergoldeten Kuppeln von Konstantinopel zu erobern, er rollt auf den Diwans des Serail umher, inmitten der Frauen des Sultans, der ein Diener des triumphierenden Venedig geworden ist. Dann kehrt er zurück und bringt die Trümmer des türkischen Reiches mit, um seinen Palazzo instand zu setzen. Von den Frauen des Orients geht er zu den doppelt maskierten Intrigen seiner teuren Venezianerinnen und fürchtet die Folgen einer Eifersucht, die es gar nicht mehr gibt. Ach, noch immer für drei österreichische Gulden, läßt er sich in den Rat der Zehn tragen, übt dort die alte Blutjustiz aus, befaßt sich mit den gewichtigsten Dingen und verläßt den Dogenpalast, um sich in einer Gondel unter zwei flammende Augen niederzulegen oder einen Balkon zu erklettern, an den eine weiße Hand die seidene Strickleiter geknüpft hat; er liebt eine Frau, der das Opium eine Poesie verleiht, die andere Frauen aus Fleisch und Blut ihm nicht gewähren können. Plötzlich wendet er sich um und findet sich Auge in Auge mit einem waffenstarrenden Ratsherrn: er fühlt, wie ein Dolch in das Herz seiner Geliebten gleitet, sie lächelt ihm noch im Tode zu, denn sie weiß ihn gerettet. Er entkommt. Er eilt, Herr der Dalmatiner zu werden und die illyrische Küste für das schöne Venedig zu erobern. Für Venedig, wo sein Ruhm ihm Begnadigung erwirbt, wo er das Glück des häuslichen Daseins kostet: Kamin, Winterabend und junge Frau, reizende Kinder, die – geleitet von einer alten Kinderfrau – zu Sankt Markus beten. Ja, für drei Gulden Opium füllt er aufs neue unser leeres Arsenal, sieht er Warenflotten kommen und gehen und Güter aus allen vier Weltteilen bringen. Die moderne Macht der Industrie gebiert ihre Wunder nicht mehr in London, sondern hier in seinem Venedig, wo die hängenden Gärten der Semiramis, Jerusalems Tempel und Roms Kostbarkeiten neu erstehen. Schließlich höht er das Mittelalter mit der Welt des Dampfes auf und durch neue, die Entwicklung der Kunst befruchtende Meisterwerke, die der Staat schirmt, wie einst das alte Venedig die Kunst beschirmt hat. Die Denkmäler, die Menschen umarmen und drängen sich in seinem engen Gehirn. Reiche, Städte und Revolutionen entstehen in wenigen Stunden und stürzen in diesem Gehirn zusammen: nur Venedig wächst und wird mächtiger! Denn das Venedig in Vendramins Träumen hat die Herrschaft über das Meer, zwei Millionen Einwohner, das Zepter Italiens, den Besitz des Mittelmeeres und beide Indien dazu!

EINE BLUMENPHANTASIE

In der Einführung konnte die feinsinnige Naturbeobachtung schon an verschiedenen Stellen von Balzacs Werk nachgewiesen werden. In »Die Lilie im Tal« findet sich der nachstehende Abschnitt, der diese liebenswerte Eigenschaft besonders sinnfällig zum Ausdruck bringt.

Tief im weiten Porzellanhals einer Vase denkt euch einen starken Rand von jenen weißen Büschen, wie sie einzig in den Weingärten der Touraine vorkommen: Andeutung und Bild ersehnter Formen, eingerollt wie die einer unterworfenen Sklavin. Aus diesem Boden schießen die Spiralen der Winden mit ihren weißen Glocken auf und die zarten Knötchen des roten Ochsenbruches, unter die sich Farne mischen und die jungen Eichenschößlinge mit ihren satt gefärbten, glänzenden Blättern. Sie alle wollen empor, die da hingestreckt und demütig sind wie Trauerweiden und in ihrem Flehen schüchtern wie Gebete. Und darüber sind die aufgelösten, blühenden Fäserchen in ewiger Bewegung, purpurnes Zittergras, das seinen hellen, gelben Blütenstaub in ganzen Wellen vergießt, die schneeigen Pyramiden des Feld- und Sumpfrispengrases und die grüne Decke der unfruchtbaren Trespe und die dünnen Federbüsche jenes Straußgrases, das man Windstrich nennt: veilchenfarbene Hoffnungen, die unsere ersten Träume kränzen und sich vom grauen Untergrund des Flachses abheben, dort, wo das Licht um das Blühen dieser Gräser strahlt. Und etwas höher schwanken da und dort bengalische Rosen, sehr dünn gesät zwischen das tolle Spitzenwerk der Karotten, und der Flaum des Wollgrases und die Marabutbüsche des Geißbartes – schwanken die Dolden des wilden Gartenkerbels, die blonden Haare der Waldrebe, die winzigen Kreuze des milchweißen Kreuzwurzes, die vollen Trauben der Scharfgarbe, die zerstreuten Stengel des Erdrauches mit seinen rosa und schwarzen Blüten, die Ranken des Weinstocks und die gekrümmten Halme des Geißblatts – schwankt überhaupt alles hin und her, was an diesen kleinen Geschöpfen nur zerzaust und zerrauft sein kann, die Wimpel und dreifachen Griffel, die lanzettartigen Blätter und die gezackten Stiele, unbestimmten, quälenden Wünschen gleich, die sich in den Grund der Seele eingebohrt haben; und vom Busen dieses überreichen, überquellenden Liebesbaches schießt die Pracht des roten Doppelmohnes auf, er und seine eichelförmigen Knospen, die sich bald öffnen werden, und breitet die Funken seines Brandes über den Jasminsternen aus, hoch über dem ständigen Regen der Pollen, die wie eine schöne Wolke in der Luft verschweben und den Tag in ihren tausend leuchtenden Atomen spiegeln. Gibt es eine Frau, die, berauscht vom Duft der Asphodise und versteckt im flockigen Gras, nicht den Gedanken dieser Üppigkeit, nicht diese weiße Zärtlichkeit begriffe, die da durch leiseste Bewegungen schon erregt wird, und nicht diese rote, heiße Liebessehnsucht, die nach einem Glück schreit, wie es uns in diesen hundertmal begonnenen Kämpfen einer verhaltenen, ungeschwächten, ewigen Leidenschaft versagt bleibt?

LAMBERTS PHILOSOPHIE DER SPRACHE

»Oft habe ich köstliche Reisen gemacht, auf einem Wort durchschiffte ich die Abgründe der Vergangenheit, wie ein Insekt, das sich, an einen Grashalm geklammert, mit dem Strom dahintreiben läßt. Von Griechenland ausgehend, kam ich nach Rom und durchschritt den weiten Raum der Neuzeit. Welch schönes Buch könnte man schreiben über das Leben und die Abenteuer eines Wortes! Zweifellos trägt es die verschiedenartigsten Eindrücke der Ereignisse, denen es gedient hat, mit sich; je nach dem Ort hat es verschiedene Gedanken erweckt. Wirkt es aber nicht noch größer, wenn man es von dem dreifachen Gesichtspunkt der Seele, des Körpers und der Bewegung aus betrachtet? Es anzuschauen, losgelöst von seinen Funktionen, seinen Wirkungen und seinen Taten – kann einen das nicht in ein Meer von Betrachtungen versenken? Sind nicht die meisten Worte gefärbt von dem Gedanken, den sie äußerlich darstellen? Welches Genie hat sie geschaffen? Und wenn schon so viel Verstand nötig ist, um ein Wort zu schaffen – wie alt mag dann die menschliche Sprache sein? Die Zusammenstellung der Buchstaben, ihre Formen, das Gesicht, das sie einem Wort geben, zeichnen genaue Bilder, je nach dem Charakter eines Volkes, von unbekannten Wesen, deren wir uns erinnern. Wer kann uns philosophisch erklären, wie ein Gefühl zum Gedanken wird, der Gedanke zum Wort, das Wort zum hieroglyphischen Ausdruck, die Hieroglyphen zum Alphabet, das Alphabet zur geschriebenen Redekunst, deren Schönheit in einer Folge von Bildern besteht, die die Rhetoren klassifiziert haben und die gleichsam die Hieroglyphen des Gedankens sind? Sollte nicht die antike Gestaltung des menschlichen Gedankens in der Tierwelt entnommenen Formen die ersten Zeichen beeinflußt haben, deren sich der Orient für seine Schriftsprache bediente? Und mag sie nicht auch einige traditionelle Spuren in unseren modernen Sprachen zurückgelassen haben, die sich alle zusammen in die Überbleibsel des Urwortes der Völker geteilt haben, jenes majestätischen und feierlichen Wortes, dessen Majestät und Feierlichkeit im selben Maße abnehmen wird, wie die Gesellschaft altert – dessen Schall, so schön noch in Griechenland, immer schwächer wird mit dem Fortschritt unserer aufeinanderfolgenden Zivilisationen? Ist es dieser antike Geist, dem wir die versteckten Mysterien jedes menschlichen Wortes verdanken? Steckt nicht in dem Wort »wahr« eine Art phantastischer Redlichkeit? Findet man nicht in dem kurzen Laut, den es fordert, ein vages Bild der keuschen Nacktheit, die Einfalt des Wahren in jedem Ding? Und ist es nicht mit allen Worten so? Alle tragen den Stempel einer lebendigen Macht, die ihnen die Seele verliehen hat und die sie ihr wiedergeben durch die Mysterien einer wundersamen Aktion und Reaktion zwischen Wort und Gedanken. Aber dieses Thema trägt vielleicht eine ganze Wissenschaft in sich.«

DIE THEORIE DES GAMBARA

Der nach langen Irrfahrten in Paris gelandete italienische Musiker Gambara sucht das Wesen der Instrumente zu ergründen. Da keines von ihnen seinen Ansprüchen genügt, setzt er sein ganzes Lebensglück an eine Erfindung, die ihn so erfüllt, daß sein Geist sich trübt und die Genialität seiner Eingebungen vom Wahnsinn überschattet wird.

»Meine Neigung für die Musik brachte mich von Theater zu Theater, durch ganz Italien, von einem Nichts lebend, wie man eben dort lebt. Bald spielte ich die Baßgeige in einem Orchester, bald sang ich auf der Bühne in einem Chor, bald steckte ich unter der Bühne beim Maschinisten. So studierte ich die Musik in allen ihren Wirkungen, beschäftigte mich mit dem Instrument und der menschlichen Stimme, mich fragend, worin sie sich unterscheiden und worin sie übereinstimmen, die Partituren anhörend und die Regeln, die mich mein Vater gelehrt hatte, anwendend. Oft reiste ich, um Instrumente zu flicken. Es war ein Leben ohne Brot in einem Lande, wo die Sonne immer scheint, wo die Kunst überall ist, seitdem Rom nur noch dem Namen nach die Königin der christlichen Welt ist. Ich hörte die inneren Stimmen, die mir Ruhm ankündigten. Die Musik schien mir in den ersten Anfängen zu sein. Ich habe diese Meinung behalten. Alles, was uns von der musikalischen Welt vor dem siebzehnten Jahrhundert geblieben ist, hat mir bewiesen, daß die alten Komponisten nur die Melodie gekannt haben. Sie wußten nichts von der Harmonie und ihren reichen Mitteln. Die Musik braucht, ganz wie die Malerei, Körper, die die Fähigkeit haben, diese oder jene Eigenschaft der Hauptsubstanz aus sich herzugeben, um Bilder zu schaffen. In der Musik vertreten die Instrumente die Farben, die der Maler gebraucht. Wenn ein durch einen tönenden Körper hervorgebrachter Ton immer von der großen Terz und seiner Quinte begleitet ist, so daß er Staubkörner auf einem ausgespannten Per-

810

gamentpapier in Bewegung setzt und stets von ihnen die gleichen geometrischen Figuren gezeichnet werden, nach dem verschiedenen Umfang des Tones, regelmäßig beim Anschlagen eines Akkords, und ohne geregelte Zeichnung, sobald man Dissonanzen hervorbringt, dann sage ich, daß die Musik eine Webekunst aus den Abgründen der Natur ist. Die Musik befolgt die physikalischen und mathematischen Gesetze. Die physikalischen sind wenig bekannt, die mathematischen sind es mehr; und seitdem man begonnen hat, ihre Verwandtschaft zu studieren, hat man die Harmonie geschaffen, der wir Haydn, Mozart, Beethoven und Rossini verdanken – holde Geister, die gewiß eine vollkommenere Musik hervorgebracht haben, als es jene ihrer Vorgänger war, auch diese im übrigen Menschen, deren Genie unbestreitbar ist. Die alten Meister sangen, anstatt Kunst und Wissenschaft zu vereinigen, eine edle Verbindung, die erlaubt, alle schönen Melodien und die machtvolle Harmonie in eins zu verschmelzen. Wenn die Entdeckung der mathematischen Gesetze diese vier großen Meister hervorgebracht hat, was könnten wir erlangen, wenn wir die physikalischen Gesetze finden, auf Grund deren wir eine mehr oder minder große Quantität anhäufen, gemäß der noch zu findenden Proportionen, eine gewisse ätherische Substanz, die in der Luft verbreitet ist und die uns die Musik ebensogut wie das Licht, die Wunder der Pflanzendecke wie die der Zoologie gibt? Diese neuen Gesetze würden dem Komponisten neue Waffen verleihen; sie würden ihm bessere Instrumente als die gegenwärtigen geben und vielleicht eine großartigere Harmonie als die, welche in der heutigen Musik herrscht. Wenn jeder veränderte Ton einer Macht entspricht, dann ist es auch nötig, sie zu kennen, um alle diese Kräfte nach ihren wirklichen Gesetzen zu vereinigen. Die Komponisten arbeiten mit Substanzen, die ihnen eigentlich unbekannt sind. Warum ähneln sich Metall und Holz, warum Baßgeige und Horn so wenig, obwohl sie doch dieselbe Substanz verwenden: die Gase nämlich, die die Luft bilden! Ihre Unähnlichkeiten müssen von irgendeiner Auflösung dieser Gase herrühren oder von einem Begriff der Prinzipien, die ihnen eigen sind und die sie verändern, auf Grund unbekannter Fähigkeiten. Könnten wir diese Fähigkeiten kennen, wie würden Kunst und Wissenschaft sich bereichern! Wer die Wissenschaft verbreitet, verbreitet auch die Kunst. Nun, ich habe diese Entdeckungen gespürt – und ich habe sie gemacht!

DIES IRAE

Mit einem feierlichen Totenamt betrauert der düstere Ferragus (»Geschichte der Dreizehn«) den Verlust seiner einzigen Tochter, die ihm vor der Welt nicht angehören durfte. Das Balzac eigene Feingefühl für die Sprache der Musik, das auch in dem Abschnitt der »Musikalischen Interpretationen« so überzeugend klar wird, läßt die ganze Erhabenheit dieser kirchlichen Feier in seiner Darstellung aufklingen.

Die große Messe ging in all der düsteren Herrlichkeit der Totenmessen vor sich. Vielleicht hatte noch niemals das Dies irae eine tiefere, eisiger die Nerven durchzitternde Wirkung ausgeübt denn hier, wo acht Sänger, begleitet von den Priestern und den Chorknaben, die Hymne abwechselnd intonierten. In den sechs Seitenkapellen erhoben sich zwölf andere, schneidend schmerzvolle Kinderstimmen und fielen wehklagend ein. In allen Teilen der Kirche quoll der Schrecken empor, allenthalben antworteten den Aufschreien der Herzensnot bange Angstrufe. Die gewaltige Musik kündete von Schmerzen, die der Welt unbekannt waren, und von heimlichen Freundschaften, die um die Tote weinten.

In keiner menschlichen Religion ist die Bangigkeit der Seele, die sich – dem Körper jäh entrissen – in der strahlenden Gegenwart Gottes wie ein vom Sturme aufgewühltes Meer bebend hebt und senkt, jemals mit solcher Kraft dargestellt worden. Vor diesem höchsten Wehe- und Klageruf können die leidenschaftlichsten Kompositionen der Musiker nicht bestehen – nein, nichts vermag sich mit diesem Gesange zu messen, der alle menschlichen Leidenschaften in sich schließt und ihnen noch jenseits des Grabes ein galvanisches Leben verleiht, indem er sie blutig und zuckend vor den lebendigen, vergeltenden Gott trägt. Sprechen die mit den tiefen Stimmen verflochtenen Kinderchöre, die in diesem Totengesang das menschliche Leben in allen seinen Entwicklungen verkünden, indem sie die Leiden der Wiege und anwachsend alle Qualen der späteren Lebensalter mit den schweren Stimmen der Männer und dem Klagesang der Greise und Priester ausdrücken – spricht diese Mark und Bein durchdringende Harmonie voll Donner und Blitz nicht auch zu der unerschrockensten Phantasie, zu den kältesten Herzen und selbst zu den Philosophen? Wenn man sie hört, könnte man denken, es spräche Gott. Die Wölbungen keiner Kirche sind kalt und stumm, sie leben, sie sprechen, sie tragen durch die Übergewalt ihres vielstimmigen Echos die Angst in unser Herz. Es ist, als erhöben sich ganze Scharen von Toten und streckten die Hände empor. Nicht ein Vater, nicht ein Weib, nicht ein Kind liegt mehr unter dem schwarzen Tuch – nein, die Menschheit hebt sich aus ihrem Staube in dieser Hymne der Verzweiflung, in diesem religiösen Entsetzen, das von Strophe zu Strophe anwächst, gen Himmel steigt, das Herz in Schrecken und Angst versetzt, es niederbeugt und erhebt, und in dem Augenblick, da der letzte Vers zu Ende geht, ein Gefühl der Ewigkeit in das menschliche Bewußtsein strömen läßt. Du hast einen Augenblick lang dem großen Gedanken der Unendlichkeit gegenübergestanden – und mit einem Schlage wird dann alles still in der Kirche. Kein Wort ertönt, selbst die Ungläubigen wissen nicht, wie ihnen zumute ist.

KULTURGESCHICHTLICHE MINIATUREN

Die Begebenheiten des menschlichen Lebens, gleichviel ob öffentlich oder privat, stehen in so unmittelbarer Beziehung zur Architektur, daß die Mehrzahl der Forscher aus den Resten der öffentlichen Bauten oder aus den Reliquien des häuslichen Lebens die Nationen oder die Individuen in der ganzen Tatsachenwelt ihrer Gewohnheiten anschaulich werden lassen können. Die Archäologie bedeutet für das soziale Leben das, was die vergleichende Anatomie für das organische Leben bedeutet. Ein Mosaik gibt Aufschluß über ein ganzes Gemeinwesen, ebenso wie das Skelett eines Ichthyosaurus eine ganze Schöpfung voraussetzt. Überall ist alles abgeleitet und verknüpft. Die Ursache weist auf eine Wirkung hin, wie jede Wirkung den Rückschluß auf eine Ursache zuläßt. Auf diese Weise kann der Gelehrte die frühen Zeiten bis in ihre kleinsten Auswüchse wieder beleben.

Wenn je die Wahrheit bewiesen wurde, daß die Baukunst ein Ausdruck der Sitten ist, so geschah dies seit der Empörung von 1830 unter der Herrschaft des Hauses Orléans. Da es keinen Hof mehr gibt und keinen Adel, von denen der Ton angegeben wird, so sieht man keinen Einklang mehr in den Erzeugnissen der Kunst. Hingegen hat die Architektur eine Fülle haushälterischer Mittel entdeckt, um das Wahre und Dauerhafte nachzuäffen. Gebt einem Künstler die Gartenmauer eines alten niedergerissenen Stadtpalais, und er baut euch daraus ein kleines Louvre mit allen Zierden, er findet Platz zu einem Hof, zu Ställen und, wenn man will, auch zu einem Garten. Im Innern erfindet er so viele kleine Zimmer und Abteilungen, weiß er so gut das Auge zu täuschen, daß man sich in seiner Behaglichkeit glaubt: mit einem Wort – er versteht es, so viele überflüssige Gemächer anzubringen, daß eine herzogliche Familie da einen vollkommenen Lebensraum findet, wo früher ein Präsident kaum Platz für sein Backhaus gewann.

Bei den berühmten historischen Bündnissen sehen wir fast immer Frauen, die der Durchschnittsmensch nicht für schön erklären würde: Kleopatra, Johanna von Neapel, Diana von Poitiers, Fräulein de la Vallière, Madame de Pompadour, kurz die Mehrzahl aller Frauen, die durch die Liebe berühmt geworden sind, war durch Körperfehler oder Kränklichkeit beeinträchtigt, während die meisten der durch ihre Schönheit unsterblich gewordenen Frauen ihre Liebe traurig enden sahen. Diese scheinbare Bizarrerie muß ihren Grund haben. Vielleicht lebt der Mensch mehr durch die Empfindung als durch den Genuß. Vielleicht hat die rein physische Wirkung einer schönen Frau ihre Grenzen, während der seelische Reiz einer leidlich hübschen Frau unerschöpflich sein kann.

Für das Grabmal Julians wählte Michelangelo seine Modelle in Genua. Daher jene Fülle, jene sorgfältige Ausarbeitung des Busens in den Figuren des Tages und der Nacht, die so viele Kritiker übertrieben finden, die aber den Frauen Liguriens eigentümlich sind. In Genua zeigt sich die Schönheit jetzt nur noch unter dem *mezzaro*, wie in Venedig unter den *fazzioli*. Diese Erscheinung bemerkt man bei allen gesunkenen Völkern: der edle Typus findet sich nur noch in den unteren Schichten, genau so, wie sich nach dem Brande einer Stadt die Medaillen in der Asche bergen.

814-815

Dies alte königliche Volk der Italiener schenkt immer noch dem Erdkreis Fürsten – die Lagrange, Volta, Rasori, Canova, Rossini, Bartolini*, Galvani, Vigano, Beccaria*, Cicognara, Corvetto. Diese Italiener beherrschen jenes Gebiet der menschlichen Wissenschaft, auf dem sie sich festsetzen – sie regieren die Kunst, der sie sich ergeben. Ich will nicht von den Sängern, den Sängerinnen, den übrigen ausführenden Künstlern sprechen, die sich die Welt durch eine unerhörte Vollendung in der Kunst erobern, wie Taglioni, Paganini und ähnliche: in jedem Fall beherrscht Italien immer noch die Welt und wird ihr stets ein Gegenstand der Bewunderung bleiben.

Das Café Florian in Venedig ist eine undefinierbare Einrichtung. Die Kaufleute schließen dort ihre Geschäfte ab, die Advokaten geben sich dort Stelldichein, um ihre schwierigsten Beratungen abzuhalten. Florian ist zu gleicher Zeit eine Börse, ein Theaterfoyer, ein Lesekabinett, ein Klub, ein Beichtstuhl, und paßt gut zu den einfachen Arbeitssitten des Landes, in dem manche Frauen von der Art der Beschäftigung ihrer Männer keine Ahnung haben – denn wenn diese einen Brief zu erledigen haben, gehen sie ins Café.

Die Italiener lieben es, als höchst intelligente Leute, wenig, ihre Intelligenz über Gebühr zu zeigen. Bei ihnen ist das Geplauder einheitlich und anspruchslos: es bedeutet nicht, wie in Frankreich, ein Turnier von Fechtlehrern, bei dem jeder die Kunst seines Floretts glänzen läßt und, wer nichts sagen konnte, gedemütigt ist. Wenn bei ihnen die Konversation glänzt, so geschieht das durch ihre weiche und wollüstige Satire, die zart sich wohlbekannter Tatsachen bedient, und an Stelle eines Epigramms, das kompromittieren könnte, werfen sich die Italiener einen Blick oder ein

Lächeln zu. Gezwungen zu sein, Ideen zu diskutieren, wo sie um eines Genusses willen erschienen sind, ist ihrer Ansicht nach, und zwar mit Recht, etwas Langweiliges.

Alles auf dem Gebiet des Gedankens hat zwei Seiten. Die Ideen sind paarig. Janus ist die mythische Gestalt der Kritik und das Symbol des Geistes. Was anders stellte Molière und Corneille so hoch über alle, als daß sie die Gabe haben, Alceste »ja« und Philinte, Octave und Cinna »nein« sagen zu lassen? Rousseau hat in seiner »Neuen Heloise« einen Brief für und einen Brief gegen das Duell geschrieben. Wer von uns kann zwischen Clarissa und Lovelace, zwischen Hector und Achilles entscheiden? Wer ist der Held Homers?

Wir nennen eine Ente eine Tatsache, die so aussieht, als ob sie wahr wäre – ein Vorfall, den man erfindet, um die Nachrichten aus Paris aufzufrischen, wenn sie ein bißchen matt geworden sind. Die Ente ist eine Erfindung von Franklin, der den Blitzableiter, die Republik und die Zeitungsente erfunden hat. Dieser Journalist hat die Enzyklopädisten mit seinen Enten von jenseits des Meeres so gut getäuscht, daß Raynal in seiner »Philosophischen Geschichte Indiens« zwei dieser Enten als verbürgte Tatsache mitgeteilt hat.

Zwischen 1816 und 1827 hatte der Buchhandel keinen anderen Weg der Bekanntmachung als die Artikel, die entweder in den Feuilletons oder im Hauptteil der Zeitungen eingerückt wurden. Um der Tyrannei der Journalisten Widerstand zu leisten, erfanden Dauriat und Ladvocat als die ersten die Plakate, mit denen sie die Aufmerksamkeit von Paris fesselten, indem sie phantastische Schriften, bizarre Farben, Vignetten und später Lithographien anwandten, die aus dem Plakat ein Gedicht für die Augen und oft eine Enttäuschung für den Geldbeutel der Käufer machten.

819–821

Zu der Zeit gab es eine Gesellschaft von jungen Leuten, die bald reich, bald arm, aber alle Müßiggänger waren, die »Lebemänner« genannt wurden, und die in der Tat mit einer unglaublichen Sorglosigkeit lebten, starke Esser und noch stärkere Trinker waren. Sie zeigten sich alle als Verschwender und führten eine wahnsinnige Existenz; die stärksten Späße galten ihnen gerade als gut genug; sie schreckten vor keiner Unmöglichkeit zurück, prahlten mit ihren schlimmsten Streichen, die indessen in einer Hinsicht doch ihre Grenze fanden: was sie auch taten, in allem offenbarte sich ein ursprünglicher Geist, und es war ausgeschlossen, ihnen irgend etwas nicht zu verzeihen.

Die Erfolge Walter Scotts lenkten die Aufmerksamkeit des Buchhandels so stark nach England, daß die Buchhändler als richtige normannische Räuber alle mit der Eroberung Englands beschäftigt waren; sie suchten dort nach einem Walter Scott, wie man später in den kieselhaltigen Erdschichten Asphalt suchte.

Die Chantage ist eine Erfindung der englischen Presse, die von Frankreich übernommen wurde. Die Chanteure sind Leute, die eine Stellung haben, kraft deren sie über Zeitungen verfügen können. Niemals wird sich der Besitzer eines Blattes oder ein Chefredakteur in den Verdacht bringen lassen, daß er sich mit Chantage abgibt. Man hat dafür seine Bravi, die auf die Suche nach einem Menschen gehen, der gewisse Gründe für den Wunsch hat, daß man sich nicht mit ihm beschäftigt. Der Chanteur hat sich über diesen irgendein Dokument beschafft und droht nun seinem Opfer mit der Presse, die bereit sei, die Geheimnisse des Bloßgestellten zu veröffentlichen. Der Angegriffene bekommt es mit der Angst zu tun und zahlt. Der Streich ist gelungen. Im achtzehnten Jahrhundert, als der Journalismus noch in den Windeln lag, machte man die Chantage mit Hilfe von Flugschriften, deren Vernichtung man sich dann von Mätressen und vornehmen Herren abkaufen ließ. Der Erfinder dieser Urform der Chantage ist Aretino, ein sehr großer Mann Italiens, der selbst Könige besteuerte.

Das Kreuz der Erfinder in Frankreich ist das Patent für die Verbesserung. Es verbringt jemand zehn Jahre seines Lebens damit, das Geheimnis einer Industrie, eine Maschine oder irgendeine Entdeckung zu suchen, er nimmt ein Patent und glaubt, die Sache gehöre ihm; aber dann folgt ihm ein Wettbewerber, der die mühsame Erfindung mit irgendeiner Schraube verbessert und sie dem Urheber damit entwindet.

Die gegenwärtige Verfassung der Gesellschaft, deren Räderwerk unendlich verfeinerter ist als das der antiken Gesellschaft, hat zur Folge gehabt, daß in den Gaben der Menschen eine viel weitergehende Teilung eingetreten ist. Früher mußten die hervorragenden Menschen universell sein, und daher traten sie in den antiken Völkern in kleiner Zahl und wie leuchtende Fackeln auf. Als sich später die Fähigkeiten absonderten, mußte die Begabung immer noch Beziehung zur Gesamtheit der Dinge haben. So konnte ein Mann, der reich an Verschlagenheit war, wie man das im Mittelalter nannte, seine List auf alles anwenden; aber heutzutage hat sich die Eigenschaft selbst in verschiedene Teile zertrennt, und es gibt so verschiedene Listen, wie es Berufe gibt.

Wir nähern uns einer Zeit, wo die Vermögen sich ausgleichen, also kleiner werden; wir werden billigere Wäsche und billigere Bücher nötig haben, ebenso wie man anfängt, kleine Bilder haben zu wollen, weil man keinen Raum mehr hat, um die großen aufzuhängen. Das Problem, das zu lösen

825–827

ist, hat die größte Bedeutung für Literatur, Wissenschaft und Politik.

Durch Maschinen wird es gelingen, das Problem der Billigkeit zu lösen, so wie China seine niedrigen Preise durch seine Handarbeit erzielt. Wenn es uns gelänge, ein wohlfeiles Papier von einer ähnlichen Qualität wie das Chinapapier herzustellen, würden sich Gewicht und Dicke der Bücher auf mehr als die Hälfte verringern. Und das wäre sicher eine große Errungenschaft! Die Raumfrage wird sicher in einer Zeit, wo die allgemeine Verkleinerung der Dinge und der Menschen sich auf alles, auch auf ihre Wohnungen erstreckt, für die Bibliotheken immer schwerer zu lösen sein. In Paris werden die großen Paläste, die großen Wohnungen früher oder später eingerissen; es gibt bald keine Vermögen mehr, die mit den Bauten unserer Väter in Einklang stehen.

Im Juni wissen die Minister nicht, was sie mit ihren Theaterlogen anfangen sollen; die ministeriellen Deputierten und ihre Mandanten sind in den Weinbergen beschäftigt oder besorgen ihre Ernte; ihre anspruchsvollsten Bekannten sind auf dem Lande oder verreist; daher sehen die schönsten Logen der Pariser Theater um diese Zeit sehr seltsame Gäste, die von den gewohnten Besuchern nie wiedergesehen werden, und die dem Publikum das Aussehen eines abgenutzten Teppichs geben.

Die meisten großen Männer sind durch Wechselfälle gegangen, die bedrücken, aber nicht unterdrücken. Plautus, ein großer Dichter der Komik, war Müllerknecht, Macchiavelli schrieb seinen »Fürsten« in der Nacht, nachdem er tagsüber mitten unter den Arbeitern gesteckt hatte. Der große Cervantes, der in der Schlacht von Lepanto mitfocht, zum Sieg dieses großen Tages beitrug und dabei einen Arm

828–830

verlor, wurde von den Skribenten seiner Zeit ein alter plebejischer Krüppel genannt und konnte den zweiten Teil seines herrlichen Don Quijote erst zehn Jahre nach dem ersten herausgeben, weil er keinen Verleger fand.

Das Sonett ist eine der schwierigsten Aufgaben der Poesie. Man hat diese kleine Dichtungsgattung recht vernachlässigt. Niemand in Frankreich hat es mit Petrarca aufnehmen können, dessen Sprache viel geschmeidiger als die unsrige ist, und Gedankenspiele zuläßt, die unser Positivismus zurückweist. Victor Hugo hat die Ode gewählt, Canalis vertritt die leichte Gattung, Beranger hat das Monopol für das Lied, Casimir Delavigne hat die Tragödie und Lamartine die Gedankendichtung in Besitz.

Der Biedermann! Hier mag die Bemerkung angebracht sein, daß in der Touraine, in Anjou, in Poitou und in der Bretagne die Bezeichnung »Biedermann« sowohl für die rohesten wie für die gütigsten Menschen angewendet wird, sobald sie bejahrt sind. Mit Sanftmut oder Redlichkeit der Person hat dies nichts zu tun.

Das »Dutzend« ist ein alter Brauch, der in einigen Gegenden Mittelfrankreichs noch geübt und heiliggehalten wird. Wenn in Berri oder in Anjou ein junges Mädchen heiratet, muß ihre Familie oder die Familie ihres Gatten ihr eine Börse geben, in der sich, je nach dem Vermögen, zwölf oder zwölf Dutzend oder zwölfhundert Geldstücke befinden. Die ärmste Hirtin heiratet nicht ohne ihr Dutzend, mag es auch nur aus klotzigen Sous-Stücken bestehen. Noch heute erzählt man sich von dem Dutzend einer reichen Erbin, das hundertundvierundvierzig Goldportugiesen enthielt. Papst Clemens VII., Onkel der Katharina von Medici, machte ihr, als er sie an Heinrich II. verheiratete, ein Dutzend alter

Goldmünzen von außerordentlichem Wert zum Geschenk.

Es gibt kein großes Jahrhundert ohne eine Aspasia. Wie gut steht die Dubarry dem achtzehnten Jahrhundert, Ninon de Lenclos dem siebzehnten, Marion de Lorme dem sechzehnten, Imperia dem fünfzehnten, Flora der römischen Republik, die sie zu ihrer Erbin machte und die mit ihrem Nachlaß ihre Staatsschuld tilgen konnte! Was wäre Horaz ohne Lydia, Tibull ohne Delia, Catull ohne Lesbia, Properz ohne Cynthia, Demetrius ohne Lamia, die noch heute seinen Ruhm ausmacht? Und was wäre ohne alle jene Königinnen das Kaiserreich der Cäsaren? Lais und Rhodope sind Griechenland und Ägypten. Alle übrigen sind die Poesie der Jahrhunderte, in denen sie lebten.

Das ungeheure Vermögen eines Jacob Coeur, der Medicis, eines Ango von Dieppe, eines Auffredi von La Rochelle, der Fugger, der Tiepolos, der Corners wurde ehedem auf ehrliche Weise erworben vermittels der Privilegien, die auf die Unwissenheit über die Herkunft aller kostbaren Waren zurückgeführt werden müssen. Aber heute ist das geographische Wissen so tief in die Massen gedrungen, der Wettbewerb hat die Verdienste so scharf umgrenzt, daß jedes schnell erworbene Vermögen entweder die Wirkung eines Zufalls oder das Ergebnis eines legalen Diebstahles ist.

Buffon war schwerfällig, Newton hat nie geliebt, Byron hat kaum jemanden außer sich selber geliebt, Rousseau war finster und fast wahnsinnig, Lafontaine war zerstreut. Gleichmäßig verteilt, schafft die menschliche Kraft nur Dummheit und die Mittelmäßigkeit; ungleich verteilt, schafft sie jene Mißverhältnisse, denen man den Namen des Genies gibt und die in der sichtbaren Welt Mißgestalten erzeugen würden.

834–836

Heute sind die Erscheinungen der Halluzination so vollständig von der Heilkunde anerkannt, daß sich jene Spiegelung unserer Sinne, jene seltsame Fähigkeit unseres Geistes nicht mehr leugnen läßt. Der Mensch befindet sich unter dem Druck einer Empfindung, die einen solchen Grad erreicht, daß sie kraft ihrer Intensität zu einer Monomanie wird, oft in dem Zustand, in den ihn das Opium, das Haschisch, die salpetrige Säure versetzen. Dann erscheinen Gespenster und Phantome, dann nehmen die Träume körperliche Gestalt an, untergegangene Dinge leben in ihrem früheren Zustande wieder auf; was im Gehirn nur ein Gedanke war, wird ein beseeltes oder lebendes Wesen. Die Wissenschaft glaubt heute, daß das Gehirn sich unter dem Druck der Leidenschaften in ihrem Überschwang mit Blut vollsaugt und daß dieser Blutandrang die beängstigenden Spiele des Traumes im wachen Zustand hervorruft; so sehr wehrt man sich dagegen, das Denken als eine lebendige und zeugende Kraft anzusehen.

Kain ist im großen Drama der Menschheit die Opposition. Unter den Dämonen dieses Geschlechts finden sich von Zeit zu Zeit furchtbare Wesen von ungeheurer Konstitution, die alle menschlichen Kräfte in sich zusammenfassen und jenen fieberischen Tieren der Wüste gleichen, deren Leben der unermeßlichen Räume bedarf, die sie dort finden. Solche Menschen sind in der Gesellschaft so gefährlich, wie es Löwen in der offenen Normandie wären: sie brauchen ihren Fraß, sie verschlingen gewöhnliche Menschen und grasen das Geld der Tröpfe auf; ihr Spiel ist so gefährlich, daß sie den demütigen Hund, den sie zu ihrem Gefährten, zu ihrem Idol machten, schließlich töten. Wenn Gott es will, so werden diese geheimnisvollen Wesen zu einem Moses, Attila, Karl dem Großen, Mohammed oder Napoleon; aber wenn er diese riesenhaften Werkzeuge auf dem Grund des Ozeans einer Generation verrosten läßt, so bleibt nur ein Pugatscheff, Fouché, Louvel oder Abbé Herrera von ihnen übrig. Sie sind mit einer ungeheuren Macht über zarte Seelen begabt, sie locken sie an und zermalmen sie. Das ist in seiner Art groß und schön, es ist die Giftpflanze mit den reichen Farben, die die Kinder in den Wäldern berückt. Es ist die Poesie des Bösen.*

Wenn man sich die schönen Gesichter der antiken Philosophen sorgfältig ansieht, so wird man in ihnen stets jene Abweichungen vom vollkommenen Typus des menschlichen Gesichts finden, denen jede Physiognomie ihre Originalität verdankt; und diese Abweichungen werden berichtigt durch die Gewohnheit des Nachdenkens, durch die beständige Ruhe, die für die geistige Arbeit notwendig ist. Die durchwühltesten Gesichter, wie etwa das des Sokrates, erhalten auf die Dauer eine fast göttliche Heiterkeit.

In Frankreich hat der Herzogstitel den Vorrang vor allen anderen, selbst vor dem Fürstentitel; und das, obwohl in der Theorie der Heraldik, ohne jede Sophistik, die Titel vollkommen bedeutungslos sind und zwischen Edelleuten unbedingte Gleichheit herrscht. Diese wunderbare Gleichheit wurde ehemals vom Hause Frankreich sorgfältig aufrechterhalten, und noch heute geschieht es, wenigstens zum Schein, dadurch, daß die Könige ihren Kindern einfache Grafentitel verleihen. Kraft dieses Systems parierte Franz I. den Prunk der Titel, die sich der prachtliebende Karl V. beilegte, indem er eine Antwort mit dem Namen »Franz, Baron von Vanves« unterschrieb. Ludwig XI. hatte noch mehr getan, indem er seine Tochter einem einfachen, titellosen Edelmann, namens Peter von Beaujeu, vermählte.

839–840

Das, was man in Frankreich die Vorstadt Saint-Germain nennt, ist weder ein Stadtviertel noch eine Sekte, noch eine Einrichtung, noch irgend etwas, das sich klar ausdrücken ließe. Auftreten und Sprechart, mit einem Worte die feste Überlieferung des Saint-Germain-Viertels ist seit ungefähr vierzig Jahren das in Paris, was ehemals der Hof, im vierzehnten Jahrhundert der Palast Saint-Paul, im fünfzehnten der Louvre, im sechzehnten das Schloß, das Hotel Rambouillet, der Königsplatz und endlich im siebzehnten Jahrhundert Versailles darin zu bedeuten hatten.

Marcel, der einzige Tanzmeister, der den Beinamen »der Große« verdient, meinte voll abgründiger Erkenntnis, jeder Stand habe seine besondere Tanzweise: eine verheiratete Frau müsse anders tanzen als ein junges Mädchen, ein Raufbold anders als ein Finanzmann, ein Militär anders als ein Edelknabe; er ging sogar so weit, zu behaupten, ein Infanterist müsse anders tanzen als ein Kavallerist – und hieran anschließend machte er seine Betrachtungen über alle Gesellschaftsklassen. Wie weit sind wir doch heute von alledem entfernt!

Der sehr bezeichnende Name »Cabajoutis« wird vom Pariser Volk solchen Häusern gegeben, die sozusagen aus lauter Flickwerk bestehen. Fast immer sind es ursprünglich getrennte Wohnungen, die aber von den Bedürfnissen der verschiedenen Besitzer vereinigt und nacheinander vergrößert wurden, oder angefangen stehengelassene, weitergebaute und endlich vollendete Häuser, unglückselige Häuser, die gleich manchen Völkern verschiedene Dynastien launenhafter Herrscher erlebt haben. Weder die Stockwerke noch die Fenster »gehen zusammen«, um von der Malerei einen ihrer malerischsten Ausdrücke zu borgen, alles schreit daran wild durcheinander, sogar die äußeren

Zierate. Der Cabajoutis ist für die Pariser Architektur, was die Rumpelkammer für eine Wohnung bedeutet, ein wüster Haufen, auf dem man wahllos die widersprechendsten Dinge zusammentut.

Die Schicksale eines Volkes hängen von seiner Nahrung und seiner Diät ab. Die Kornfrüchte haben die künstlerisch veranlagten Völker geschaffen. Der Branntwein hat die indischen Rassen entnervt. Ich nenne in aller Bestimmtheit Rußland eine Autokratie, aufrechterhalten durch den Alkohol. Wer will sagen, ob nicht der Mißbrauch der Schokolade seine Bedeutung in dem Niedergang der spanischen Nation gehabt hat, die im Augenblick, wo für Europa die Schokolade erfunden wurde, gerade im Begriffe war, das römische Reich zu erneuern?

Die Alten wußten nichts von der lächerlichen und gefährlichen Mode, seinen Hals in ein entweder vorn geknüpftes oder rückwärts mit einer Schnalle zusammengehaltenes Stück Stoff einzuschnüren. Sie trugen diesen Teil des Körpers, in dem so viele Gefäße zusammenlaufen, die man nicht ungestraft beengt, frei. Immerhin, gegen die Kälte verstanden sie sich dennoch zu schützen, und zwar durch ein Halstuch aus Wolle, Baumwolle oder Seide, das man in Rom *focale* nannte. Augustus, der stets Schwächliche und Fröstelnde, trug zu Hause und bei seinen Vertrauten gewöhnlich das Focale, aber in der Öffentlichkeit sah man ihn nie damit. Und Lampritius merkt an, daß Alexander der Strenge niemals seine Zuflucht dazu nahm, es sei denn beim Verlassen der Thermen auf dem Wege zu seinem Palast. Man mußte demnach in Rom, um seine Manneswürde und Bürgerehre aufrecht zu halten, seinen Hals frei tragen, höchstens durfte man ihn bei schlechter Witterung mit der Toga oder mit der Hand bedecken, um sich warm zu halten.

844–845

In Frankreich war es erst im dreizehnten Jahrhundert, nur kurze Zeit vor der Regierung Franz I., daß der Gebrauch der Seide üblich wurde, und da war es gerade dieser Fürst, der als erster ein Paar Seidenstrümpfe anzog, und zwar um die Hochzeit einer seiner Töchter zu feiern.

Ich könnte sie zurückwünschen, die alten italienischen Adelsrepubliken mit ihren inneren Kämpfen, ihren Rivalitäten, aus denen die schönsten Werke der Kunst entsprangen – Rivalitäten, die die Politik schufen und die berühmtesten fürstlichen Häuser begründeten. Den Aktionskreis einer Regierung über eine zu große Fläche der Erde ausbreiten, heißt ihn verringern. Die italienischen Republiken im Mittelalter waren der Ruhm Europas!

Wenn der französische Wirt bemerkt, daß eine Speise gering geschätzt wird, deren Bezahlung ihm sicher ist, so kümmert es ihn wenig; man muß aber nicht glauben, daß dasselbe bei einem italienischen Wirt zu finden ist, der nie genug des Lobes hören kann.

Die Granden des Kaiserreichs waren in ihren Ausschweifungen um kein Haar anders als die Grandseigneurs des ancien régime. Erst der Adel der Restaurationszeit wurde mit ganz geringen Ausnahmen sparsam, vernünftig und vorsichtig, kurzum: spießbürgerlich und kleinlich. Dann wurde 1830 das Werk von 1793 vollendet. Von da ab gibt es in Frankreich vielleicht noch große Namen, aber keine großen Häuser mehr.

Moses, Sulla, Ludwig XI., Richelieu, Robespierre und Napoleon sind vielleicht ein und derselbe Mensch, der, wie ein Komet am Himmel, in den verschiedenen Zivilisationen erscheint.

846–850

Die gegenwärtige Politik zwingt die Kräfte der Menschen, miteinander in Gegensatz zu treten, um sie unwirksam zu machen, anstatt sie in gleicher Richtung auszunutzen und sie zu irgendeinem Zweck gemeinsam wirken zu lassen. Um nur bei Europa zu bleiben: von Cäsar bis zu Konstantin, von dem kleinen Konstantin bis zu dem großen Attila, von den Hunnen bis zu Karl dem Großen, von diesem bis zu Leo X., von Leo X. bis zu Philipp II., von Philipp II. bis zu Ludwig XIV., von Venedig bis England, von England zu Napoleon, von Napoleon wieder bis zu England sehe ich nichts Einheitliches in der Politik, und die beständige Bewegung hat zu keinem Fortschritt geführt.

Beim Beginn der Völkerschaften war die Macht gewissermaßen körperlich, grob, ungeteilt; dann, als die Menschenhaufen größer wurden, sind die Regierungen langsam zu einer mehr oder weniger geschickten Zerlegung der ursprünglichen Macht gekommen. Im fernen Altertum war die Macht in der Theokratie; der Priester führte das Schwert und das Weihrauchfaß. Später gab es zwei Priesterwürden: den Oberpriester und den König. Heute, am Endpunkt der Zivilisation, hat unsere Gesellschaft die Macht nach der Zahl der möglichen Kombinationen verteilt, und wir sind bei den Mächten: die Industrie, der Gedanke, das Geld, das Wort angelangt. Die Macht, die keine Einheit mehr hat, schreitet unaufhörlich einer sozialen Auflösung entgegen, der nur noch von dem Interesse eine Schranke gesetzt wird.

Keine Politik ist je gegen die Zivilisation mit ihrem Reichtum, ihren Sitten, ihrem Verband der Starken gegen die Schwachen aufgetreten, keine hat sie behindert, von Memphis nach Tyrus zu gehen, von Tyrus nach Babel, von Tadmor nach Karthago, von Karthago nach Rom, von

Rom nach Konstantinopel, von Konstantinopel nach Venedig, von Venedig nach Spanien, von Spanien nach England, ohne daß sich heutzutage irgendeine Spur von Memphis, Tyrus, Karthago, Rom, Venedig oder Madrid findet. Der Geist hat diese Riesenkörper verlassen. Keiner ist vor dem Untergang bewahrt geblieben und hat den Sinn des Satzes verstanden: »Wenn die Folge nicht mehr mit ihrer Ursache in Verbindung steht, so tritt der Verfall ein.«

Was soll man von der Politik halten, wenn eine auf Gott gestützte Regierung in Indien und Ägypten zugrunde gehen konnte; wenn eine Regierung auf der Grundlage kriegerischer Macht und königlicher Würde vergangen ist; wenn Einzelherrschaft stirbt; wenn die Herrschaft aller niemals es zu einem Leben hat bringen können; wenn keine Form geistiger Kraft, angewendet auf materielle Interessen, von Dauer gewesen ist und wenn man heute von vorn anfangen muß, wie zu alten Zeiten, wo der Mensch nur rufen konnte: »Ich leide!«

Als Turgot das von Ludwig XIV. erteilte Privilegium zurückkaufte, demzufolge eine Gesellschaft das Recht hatte, ausschließlich und allein Reisende durch das ganze Königreich befördern zu dürfen, und die damals »Turgotinen« genannten Unternehmungen gründete, wurden die alten Karossen in die Provinz zurückgezogen. Ein paar Dickköpfe tauften diese schlechten Kutschen ebenfalls Turgotinen, sei es, um Paris nachzuäffen, sei es aus Haß gegen einen Minister, der es gewagt hatte, Neuerungen einzuführen. Diese Turgotine war ein elendes Kabriolett auf zwei sehr hohen Rädern, in dessen Innern zwei ein wenig umfangreiche Menschen gerade Platz hatten. Da die geringe Beschaffenheit dieses gebrechlichen Fortbewegungsmittels es nicht zuließ, daß man sie sehr belastete, und der Kasten, der den Sitz bildete, ausschließlich für den Postdienst bestimmt war, mußten die Reisenden ihr Gepäck zwischen ihren schon sowieso durch die Schmalheit des Kastens gemarterten Beinen halten. Zwei lederne Vorhänge, die trotz ihrer langen Dienstzeit schwer zu handhaben waren, sollten die armen Teufel von Reisenden vor Kälte und Regen schützen. Der Kutscher, der auf einem elenden Bänkchen saß, nahm infolge der Art und Weise, wie er zwischen seinen zweifüßigen und vierfüßigen Opfern eingeklemmt war, notgedrungen an der Unterhaltung teil. Dieses Fuhrwerk hatte eine phantastische Ähnlichkeit mit jenen steinalten Greisen, die eine gehörige Anzahl von Katarrhen und Schlaganfällen durchgemacht haben und vor denen der Tod zurückzuschrecken scheint. Wie ein schlummernder Reisender bog es sich abwechselnd vor- und rückwärts, als ob es der heftigen Bewegung der zwei kleinen bretonischen Pferde hätte widerstehen wollen, die es über die holperigen Straßen zogen.

Die Kreolin ist ein ganz besonderes Wesen. Sie hat vom Europäer die Intelligenz, vom Tropenbewohner die unvernünftige, zügellose Leidenschaftlichkeit und vom Indianer die Gleichgültigkeit, mit der sie das Gute oder Böse tut oder erduldet; ein anmutiges Geschöpf ist sie – aber gefährlich wie ein Kind, sobald es unbewacht ist. Wie ein Kind will diese Frau jedes Verlangen sofort befriedigt sehen, wie ein Kind würde sie das Haus in Brand stecken, um ein Ei zu kochen. Solange nichts ihre Trägheit stört, denkt sie an gar nichts, ist sie leidenschaftlich erregt, denkt sie an alles. Sie hat etwas von der Nichtswürdigkeit der Neger, die sie von der Wiege an umgeben haben, aber sie ist auch ebenso naiv wie diese. Wie ein Kind weiß sie mit immer wachsendem Verlangen nach einer bestimmten Sache zu trachten und versteht ihre Gedanken zu verbergen, bis sie zur Tat reif geworden sind.*

Die Revolution hat den Frauen der alten Monarchie nur noch wenig Tränen in den Augen gelassen. Zuerst ein Leben der Liebe, später die Schreckensherrschaft haben diese Frauen mit dem jähen Wechsel von Glück und Unglück so vertraut gemacht, daß sie selbst in Momenten der Lebensgefahr ihre kühle, ruhige Würde bewahren, ein ganz echtes Gefühl, das zwar nicht sehr tief geht, ihnen aber erlaubt, immer eine Etikette und würdige Haltung zu bewahren, welche die Sitte der neuen Zeit sehr zu Unrecht nicht mehr schätzt.

Diese siebzigjährigen Porträts aus der Zeit Ludwigs XV. sind fast immer zärtlich, als ob sie noch lieben würden, sind weniger fromm als frömmelnd und weniger frömmelnd, als man glaubt; sie haben immer einen Duft von Maréchalpuder um sich, erzählen gut, plaudern noch besser und lachen über eine Erinnerung mehr als über einen Spaß. Die Wirklichkeit mißfällt ihnen.

Sie werden selten, die Menschen, die nicht ohne Erregung die Treppe zum Obergerichtshof im alten Justizpalast hinaufsteigen. Wenige haben die majestätische Feierlichkeit dieser Treppe beachtet, die so wirkungsvoll angelegt ist; ihre Tür befindet sich mitten in einer Galerie, die von der riesigen Vorhalle bis zur Sainte-Chapelle führt, diesen beiden riesigen Bauten, die alles neben sich unbedeutend erscheinen lassen, aber diese grandiose Treppe dennoch nicht mit ihren Massen zu erdrücken vermögen. Auch wird die Seele wohl bewegt angesichts des Platzes, auf den man durch ein Gitter blickt: hier wurden einst die Urteile vollstreckt.

Bayle bekam Krämpfe, wenn er Wasser springen hörte. Scaliger* erbleichte, wenn er Kresse sah. Erasmus von Rotterdam fieberte, sobald er Fisch roch. Tycho de Brahe wurde ohnmächtig beim Anblick eines Fuchses, der Herzog von Epernon, wenn er einen Hasen sah, Heinrich III. beim Anblick einer Katze, der Marschall Albert, wenn er einen Frischling sah. Dem Chevalier von Guise, Maria von Medici und anderen Persönlichkeiten wurde es schlecht beim Anblick irgendeiner Rose, mochte sie auch nur gemalt sein. Bacon verlor jedesmal die Besinnung in dem Augenblick, in dem eine Mondfinsternis begann, gleichviel, ob er vorher davon wußte oder nicht: während der ganzen Dauer eines solchen Ereignisses setzte sein Leben aus, ohne daß er hernach die geringsten Beschwerden fühlte.

Gewisse Frauen gleichen sich wie Schwestern. Man denke an Bianca Capella, deren Bildnis eines der Meisterwerke Bronzinos ist, oder an die Venus des Jean Goujon, deren Urbild die berühmte Diana von Poitiers war, an Signora Olympia, deren Bildnis in der Galerie Doria hängt, oder an Ninon de Lenclos, Madame Dubarry, Madame Tallien, Madame Recamier, kurz an alle die Frauen, die trotz ihrer Jahre, ihrer Leidenschaften und ihrer Abenteuer schön und genußfähig geblieben sind. Sie haben in ihrer Gestalt, ihrem Bau, dem Typ ihrer Schönheit überraschende Ähnlichkeiten. Man möchte glauben, es bestehe im Ozean der Generationen ein Venusstrom, aus dem die Aphroditen der Weltgeschichte geboren werden, Töchter ein und derselben Salzflut.*

Man braucht einen Polen bloß vor einen Abgrund zu stellen, gleich springt er hinein. Der Slawe hat Reitergeist in sich, er bildet sich ein, jedes Hindernis nehmen zu können und alles zu überwinden. Er lebt inmitten von Kulturvölkern und ist doch selbst noch kein Kulturmensch. Er ist das Bindeglied zwischen Europa und Asien, zwischen Zivilisation und Barbarentum. So hat der Pole in seinem Nationalcharakter das Kindliche und Wankelmütige der Halbkultur. Er besitzt Mut, Geist und Elan, doch unter dem Einfluß seiner Sprunghaftigkeit hat weder sein Mut, noch seine Kraft, noch sein Geist Methode. An der Wiege dieser verführerischen Rasse hat eine Fee gestanden und gerufen: »Du bist glänzend begabt, aber du wirst nie wissen, was du willst!«*

Der Barbar hegt nur Gefühle, der Zivilisierte Gefühle und Gedanken. Darum empfängt das Gehirn des Wilden nur schwache Eindrücke von außen, er unterliegt völlig den Gefühlen, die in ihm herrschen, während der Zivilisierte von der Überlegung beeinflußt wird – hier wirken tausend Interessen und vielerlei Gefühle vereint, im Wilden hingegen gedeiht nur ein einziger Gedanke auf einmal.

Im allgemeinen sind die Minister, die in hohem Alter in den Dienst getreten sind, mittelmäßig gewesen, während jene, die jung begannen, der Ruhm der europäischen Monarchien und Republiken, deren Geschäfte sie führten, geworden sind. Die Welt hallt noch von dem Kampf zwischen Pitt und Napoleon wider, zweier Männer, die die Politik in demselben Alter wie ein Heinrich von Navarra lenkten, wie ein Richelieu, ein Mazarin, ein Colbert, ein Louvois, wie die Staatsmänner aus dem Hause Oranien, Suise, Rovére, Macchiavell, mit einem Worte: in demselben Alter, in dem alle großen bekannten Männer, die entweder aus niedrigen sozialen Verhältnissen stammten oder in der nächsten Nähe der Throne geboren wurden, anfingen, eine führende Rolle in der Politik eines Staates zu spielen. Der Konvent, ein Muster von Energie, wurde zum großen Teil aus jungen Männern zusammengesetzt. Kein Souverän soll vergessen, daß er es verstand, Europa vierzehn Armeen gegenüberzustellen. Seine Politik, die in den Augen jener, die für die absolute Gewalt eintreten, verhängnisvoll war, wurde dennoch von den wahren Grundsätzen der Monarchie bestimmt: sie glich der eines großen Königs.

Dante in seiner Verbannung, Cervantes im Spital, Milton in seiner Hütte, Correggio von Schulden erdrückt, Poussin verkannt, Napoleon auf St. Helena – das sind die Abbilder des großen und göttlichen Gemäldes, das Christus am Kreuze darstellt, sterbend, um wiedergeboren zu werden, seine sterbliche Hülle aufgebend, um in den Himmeln zu herrschen. Als Mensch und als Gott: zuerst Mensch, dann Gott. Mensch für die große Menge, Gott für einige Getreue, wenig verstanden, dann auf einmal angebetet, und endlich: Gott werdend, erst nachdem er sich in seinem Blute getauft hat.

Die vierhundert Gesetzgeber, deren Frankreich sich erfreut, müssen wissen, daß die Literatur über ihnen steht; daß die Schreckensherrschaft, Napoleon, Ludwig XIV., Tiberius, kurz die gewalttätigen Mächte wie die stärksten Institutionen vor dem Schriftsteller verschwinden, der sich zur Stimme seines Jahrhunderts macht. Diese Tatsache heißt Tacitus, sie heißt Luther, sie heißt Calvin, sie heißt Voltaire, sie heißt Jean-Jacques, sie heißt Chateaubriand, Benjamin Constant, Staël, sie heißt heute Zeitung.

AN EINE UNBEKANNTE

Heutzutage hat der Schriftsteller den Priester ersetzt, er trägt die Chlamys der Märtyrer, er leidet tausend Leiden, er nimmt das Licht des Altars und breitet es über die Völker aus; er ist Fürst, er ist Bettler; er tröstet, er verflucht, er betet, er prophezeit; seine Stimme durcheilt nicht nur das Schiff einer Kathedrale, er kann bisweilen von einem Ende der Welt bis zum andern Donner ertönen lassen; die Menschheit ist seine Herde geworden, vernimmt seine Poesien, meditiert darüber, und ein Wort, ein Vers wiegen jetzt in der Waagschale der Politik ebenso schwer wie früher ein Sieg. Die Presse hat den Gedanken organisiert, und der Gedanke wird bald die Welt ausbeuten; ein Blatt Papier, das gebrechliche Werkzeug einer unsterblichen Idee, kann den Erdball nivellieren. Die in Forschen und Schaffen durchwachten Nächte erniedrigen sich nicht mehr zu den Füßen der Macht, sie sind die Macht. Dem Schriftsteller gehören alle Kräfte der Schöpfung, ihm gehören die Pfeile der Ironie, ihm gehört das sanfte, anmutige Wort; ihm gehören die Gestalten der Bühne, ihm die unermeßlichen Labyrinthe des Märchens und der Erfindung; ihm alle Blumen, alle Dornen; er legt alle Gewandungen an, dringt in den Grund aller Herzen, erleidet alle Leidenschaften, errät alle Interessen. Seine Seele saugt die Welt ein und spiegelt sie wider.

HISTORISCHE GESTALTEN UND EREIGNISSE

DANTE

Der Fremde blieb einen Augenblick auf der Türschwelle stehen. Sein Blick beunruhigte die Herzen. Es war wirklich für jeden, selbst für einen beherzten Mann, unmöglich zu leugnen, daß die Natur dieser Gestalt außerordentliche Kräfte verliehen hatte. Unter den großen Bogen, die die Brauen bildeten, lagen die Augen tief eingesenkt, sie glichen denen eines Geiers, in ganz breite Lider gesetzt und von einem schwarzen Ring umgeben, der sich so hart von seinen Wangen abzeichnete, daß die Augäpfel herauszuspringen schienen. Dies zauberhafte Auge hatte etwas unbeschreiblich Herrisches und Durchdringendes und packte die Seele mit schwerem und gedankenvollem Blick, einem Blick, glänzend und funkelnd wie der der Schlangen und Vögel. Dieser Blick machte erstarren, er zerschmetterte durch das Gefühl unermeßlichen Unglücks, das er mitteilte, durch irgendeine übermenschliche Macht. Alles stand im Einklang mit diesem bleischweren Feuerblick, der streng, ruhig, starr und doch beweglich war. Schienen auch in dem gewaltigen Adlerauge die Erschütterungen dieser Welt gewissermaßen ausgelöscht, so zeigte das magere, trockene Gesicht doch die Spuren verheerender Leidenschaften, großer vergangener Ereignisse. Die Nase fiel steil ab und verlängerte sich so, daß erst die Nasenlöcher ihr Halt zu gebieten schienen. Die Lage der Gesichtsknochen wurde scharf durch die Runzeln betont, die lang und gerade die fleischlosen Wangen durchzogen. Jede Vertiefung in seinem Gesicht war in tiefe Schatten gebettet. Einem leeren Strombett schien dies Antlitz zu gleichen, in dem die einstige Macht der Wassermassen sich noch in der Tiefe der Furchen zeigte, den Zeugen furchtbaren, ewigen Kampfes. Gleich den Spuren, welche die Ruder einer Barke in den Fluten ziehen, betonten tiefe Falten zu beiden Seiten der Nase das Gesicht und gaben dem Munde mit seinen messerscharfen Lippen den Ausdruck bitterer Trauer. Über diesem sturmgepeitschten Antlitz wölbte sich kühn eine ruhevolle Stirn und krönte es wie eine Marmorkuppel. Der Fremdling hatte jene furchtlose und würdige Haltung, die denen eigen ist, die das Unglück kennen, die von der Natur dazu geschaffen scheinen, kaltblütig einer wütenden Menschenmenge zu trotzen und jeder Gefahr kühn ins Angesicht zu schauen. Eine eigene Sphäre schien er um sich zu haben, in der er über der Menschheit schwebte. Wie sein Blick besaß jede seiner Gebärden eine unwiderstehliche Macht. Seine fleischlosen Hände waren die eines Kriegers. Wie man selbst die Augen unter dem Blick der seinen senken mußte, so erzitterte man, wenn sein Wort, seine Gebärde an die Seele griff. Er schritt dahin von einer schweigenden Hoheit umgeben wie ein Herrscher ohne Truppen, ein Gott ohne Heiligenschein. Seine Kleidung unterstrich noch das Seltsame seines Verhaltens und seines Aussehens, so daß Seele und Körper und Gewand übereinstimmten, den finstersten Eindruck hervorzurufen. Er trug eine Art von Chorhemd aus schwarzem Tuch, ohne Ärmel, das vorn gerafft war, bis zur Wade herabfiel und ohne Kragen den Hals frei ließ. Sein Leibrock, seine Schuhe, alles war schwarz. Auf dem Kopf trug er eine Sammetmütze, ähnlich der der Priester, die einen Kreis um seine Stirn zog und unter der sich nicht ein einziges Haar hervorwagte. Es war die tiefste Trauer und das düsterste Gewand, das ein

Mann wählen konnte. Ohne das lange Schwert, das er, an einem ledernen Degengurt, an seiner Seite trug und das man durch den Schlitz seines Gewandes erkennen konnte, hätte ihn ein Geistlicher als Bruder begrüßt. Obgleich nur von mittlerer Statur, erschien er groß, und wenn man ihm ins Antlitz blickte, wirkte er gigantisch.

URBILD DES DON JUAN

Don Juan Belvidero galt als ein frommer Sohn. Er errichtete auf dem Grabe seines Vaters ein Monument aus weißem Marmor und übertrug die Ausführung den berühmtesten Bildhauern seiner Zeit. Er fand nicht eher Ruhe, als bis die in Marmor geformte Gestalt seines Vaters, vor einer allegorischen Darstellung der Frömmigkeit kniend, ihr gewaltiges Gewicht auf die Grube legte, auf deren Grund er den einzigen Gedanken der Reue versenkt hatte, von der er in Stunden körperlicher Ermattung befallen wurde. Als Don Juan die ungeheuren Reichtümer sichtete, die der alte Orientfahrer gesammelt hatte, befiel ihn der Geiz. Mußte er nicht zwei Menschenalter mit Geld versorgen? Sein Blick durchforschte die Tiefen des gesellschaftlichen Lebens und umfaßte die Welt um so verlangender, als er sie hinter einem Grabe sah. Er prüfte die Menschen und die Dinge, um mit einem Male mit der Vergangenheit, der Gegenwart und der Zukunft, also der Geschichte, dem Gesetz und dem Glauben, fertig zu werden. Er nahm die Seele und die Materie, warf sie in einen Schmelztiegel und fand – nichts!

Von da ab wurde er *Don Juan.*

Nun war er Herr aller Illusionen und stürzte sich, jung und schön, in das Leben – die Welt verachtend, aber sich ihrer bemächtigend. Sein Blick hatte nichts von jener bürgerlichen Zufriedenheit, die sich mit einem Brei, einer Wärmflasche im Winter, einer Nachtlampe und jedes Vierteljahr mit neuen Pantoffeln begnügt. Nein, er ergriff das Dasein wie ein Affe die Nuß, und ohne sich lange daran zu ergötzen, entfernte er klüglich die groben Hüllen, um die begehrenswerte Frucht zu genießen. Die Poesie und alle anderen begeisterten Darstellungen des Lebens berührten ihn nicht. Er beging nicht den Fehler so manchen klugen Mannes, dem es dann und wann einfällt, daß kleine Seelen an große Seelen glauben, und der dann die hohen Gedanken der Nachwelt gegen die kleine Münze unserer vorübergehenden Betrachtungen eintauscht. Wohl konnte er wie sie einhergehen, den Fuß auf der Erde und das Haupt in allen Himmeln, aber er zog es vor, sich niederzubeugen und mehr als einen zärtlichen frischen und duftenden Frauenmund an seinen Küssen welken zu lassen; denn wie der Tod zerstörte er schamlos alles, woran er vorüberkam. Sein Liebesgenuß gipfelte wie der des Orients im Besitz, in langen und leichten Freuden. Da er in der Frau nur das Weib liebte, wurde die Ironie eine natürliche Geste seiner Seele. Wenn seine Mätressen sich ins Bett begaben, um jene Himmel zu ersteigen, wo sie im Schoße berauschender Ekstasen versanken, folgte ihnen Don Juan ernst, eifrig, hingebend, wie ein deutscher Student es sein kann. Aber er sagte »Ich«, wenn seine Geliebte toll und aufgelöst »Wir« stammelte. Er verstand es ausgezeichnet, sich von einer Frau hinreißen zu lassen. Er war immer stark genug, sich glauben zu machen, er zittere wie ein Gymnasiast, der auf einem Ball seine Tänzerin fragte: »Lieben Sie den Tanz?« Aber er verstand auch, zur rechten Zeit zu brüllen, sein sicheres Schwert zu ziehen und die Großen niederzuwerfen. Wenn er sich einfach gab, so war es Spott, und in seinen Tränen war ein Lachen; er hatte nämlich immer Tränen, wie eine Frau, die zu ihrem Gatten sagt: »Schenke mir eine Equipage, oder ich sterbe vor Herzweh!«

Für die Kaufleute ist die Welt ein Tuchballen oder eine Menge laufender Rechnungen; für die meisten jungen Leute ist es eine Frau; für manche Frauen ein Mann; für gewisse Seelen ein Salon, eine Clique, ein Stadtviertel, eine Stadt. Don Juan brauchte die ganze Welt. Vornehm und liebenswürdig und mit verführerischen Geistesgaben ausgestattet, ließ er sein Boot an jedem Ufer landen. Doch wenngleich er sich treiben ließ, ging er immer nur so weit, als er gerade gehen wollte. Je mehr er sah, desto mehr wuchs sein Zweifel. Er beobachtete die Menschen und erkannte, wie häufig der Mut nichts anderes war als Feigheit, und Großmut nur Berechnung, Gerechtigkeit ein Verbrechen; und durch eine sonderbare Fügung gewahrte er, daß die wahrhaft redlichen, vornehmen, gerechten, großmütigen, klugen und mutigen Menschen von den anderen keinerlei Hochschätzung erfuhren.
»Welch ein frostiger Scherz ist das Ganze«, dachte er, »es kann kein Gott gewesen sein, der dies geschaffen hat!«
In der Tat, er war das Urbild des »Don Juan« von Molière, des »Faust« von Goethe, des »Manfred« von Byron und des »Melmoth« von Maturin * – jener großen Gemälde, die von den größten Genies Europas geschaffen wurden und denen weder die Akkorde eines Mozart noch voraussichtlich die Leier eines Rossini fehlen – jener schrecklichen Gemälde, denen das im Menschen lebendige Prinzip des Bösen Ewigkeitswerte gibt und von denen sich in jedem Jahrhundert einige Typen wiederfinden: sei es, daß er in Mirabeau mit den Menschen Zwiesprache hält, sei es, daß er sich begnügt, stumm zu handeln, wie Bonaparte, oder das Weltall in eine Ironie zu pressen, wie der göttliche Rabelais; oder noch besser, daß er die Menschen verlacht, um nicht die Dinge anzugreifen, wie der Kardinal Richelieu, oder daß er gar Dinge und Menschen verachtet, wie der berühmteste unserer Gesandten.* Aber das umfassende Genie Don

Juans enthielt diese Charaktere alle im voraus. Er ergötzte sich über alles und setzte sich über alles hinweg. Sein Leben war eine Verhöhnung der Menschen, Dinge, Institutionen und Ideen.

NAPOLEON UND FOUCHÉ

Als Bonaparte erster Konsul wurde, fand er Fouché mit der Leitung der allgemeinen Polizei betraut. Die Revolution hatte offen und mit gutem Grund ein eigenes Ministerium der Polizei gegründet. Bonaparte aber schuf bei seiner Rückkehr von Marengo die Polizeipräfektur, die er Dubois gab, der inzwischen Graf von Lapparent geworden war. Fouché, der das Polizeiministerium in einer weitausschauenden Regierung mit feststehender Politik für das Wichtigste hielt, sah einen Schimpf oder mindestens ein Mißtrauen in diesem Wechsel. Als Napoleon in den Affären der Höllenmaschine und der Verschwörung, um die es sich hier handelt, die außerordentliche Überlegenheit dieses großen Staatsmannes erkannt hatte, gab er ihm das Polizeiministerium zurück. Später erschreckten den Kaiser die Talente, die Fouché während seiner Abwesenheit zur Zeit des Falles Walcheren entfaltete, und er gab das Ministerium dem Herzog von Rovigo, während er den zum Herzog von Otranto ernannten Fouché als Gouverneur in die illyrischen Provinzen schickte: in ein wahres Exil.

Dieses eigenartige Genie, das Napoleon erschreckte, zeigte sich bei Fouché nicht auf einmal. Das unbekannte Konventsmitglied, einer der außerordentlichsten und zugleich der verkehrtest beurteilten Männer, wurde erst in den Stürmen zu dem, was er nachher war. Er erhob sich unter dem Direktorium zu der Höhe, von der aus tiefblickende Männer die Zukunft zu erkennen wissen, indem sie die Vergangenheit abwägen; dann gab er ganz plötzlich – wie manche mittelmäßigen Schauspieler, durch ein jähes Licht aufgeklärt, ausgezeichnete Darsteller werden – während der überraschenden Revolution des 18. Brumaire Beweise seiner Geschicklichkeit. Dieser Mann mit dem blassen Gesicht, der unter klösterlicher Beherrschung aufgewachsen war, der alle Geheimnisse der Bergpartei, der er zunächst angehörte, und auch die der Königstreuen kannte, zu denen er schließlich überging, hatte die Menschen, die Dinge und die Interessen des politischen Schauplatzes langsam und schweigsam studiert; er durchschaute die Geheimnisse Bonapartes und gab ihm nützliche Ratschläge und kostbare Auskünfte.

Zufrieden damit, seine Gewandtheit und Nützlichkeit bewiesen zu haben, hatte Fouché sich wohl gehütet, sich ganz zu offenbaren; er wollte an der Spitze der Geschäfte bleiben, aber Napoleons Unsicherheit ihm gegenüber gab ihm seine politische Freiheit zurück. Die Undankbarkeit oder vielmehr das Mißtrauen des Kaisers nach dem Fall Walcheren erklärt diesen Menschen, der zu seinem Unglück kein großer Herr war und dessen Verhalten sich knechtisch nach dem des Fürsten von Talleyrand richtete. In diesem Augenblick ahnten weder seine neuen noch seine ehemaligen Kollegen die Bedeutung seines Genies, das ein rein ministerielles Genie, das wesentlich Regierungsgenie war: treffend in all seinen Prophezeiungen und von unglaublichem Scharfblick.

Sicherlich gilt heute jedem unparteiischen Geschichtschreiber Napoleons übertriebene Eitelkeit als einer der tausend Gründe seines Sturzes, der übrigens all sein Unrecht grausam gesühnt hat. Bei diesem mißtrauischen Souverän war eine große Eifersucht auf seine junge Macht vorhanden, die seine Handlungen ebensosehr beeinflußte wie sein geheimer Haß auf alle geschickten Leute, die ihm die Revolution als kostbares Legat hinterlassen hatte und aus denen er sich hätte ein Kabinett zusammenstellen können, das nur ein Gefäß für seine Ideen war. Talleyrand und Fouché waren nicht die einzigen, die ihm ein Dorn im Auge blieben. Nun ist es das Unglück der Usurpatoren, daß sie sowohl alle jene, die ihnen die Krone gegeben haben, wie auch die, denen sie sie genommen haben, zu Feinden behalten. Napoleon überzeugte die Leute, die seine Vorgesetzten und seinesgleichen gewesen waren, und auch diejenigen, die am Recht festhielten, niemals ganz von seiner Souveränität: niemand also hielt sich durch seinen Eid ihm gegenüber für gebunden. So behielt auch Fouché einen großen Teil der Geheimnisse, die er entdeckte, für sich, und er schuf sich damit eine Macht über die Menschen, die der Bonapartes noch überlegen war.

CUVIER

George Baron von Cuvier (1769-1832), Schüler der Stuttgarter Hohen Karlsschule, Pair von Frankreich, suchte die Zoologie auf die vergleichende Anatomie zu gründen und erhob sie als erster zur Wissenschaft. Es ist begreiflich, daß seine kühnen Schlußfolgerungen Balzacs Phantasie begeisterten.

Hast du dich jemals bei der Lektüre der geologischen Werke von Cuvier in die Unendlichkeit von Raum und Zeit gestürzt? Hast du, von seinem Genie getragen, wie an der Hand eines Zauberers über dem unendlichen Abgrund der Vergangenheit geschwebt? Wenn wir unter den Steinbrüchen von Montmartre oder in den Schiefergebirgen des Ural die fossilen Reste von Tieren entdecken, die vorsintflutlichen Zivilisationen angehören, muß die Seele da nicht erschrecken bei der Vorstellung, daß Milliarden Jahre vergangen sind, Millionen Völker gelebt haben, die von dem schwachen menschlichen Gedächtnis und der starren religiösen Überlieferung vergessen worden sind und deren Asche, an der Oberfläche unseres Erdballes angesammelt,

die einige Fuß tiefe Erdschicht bildet, woraus uns Brot und Blumen wachsen? Ist Cuvier nicht der größte Dichter unseres Jahrhunderts?
Lord Byron hat wohl ein paar seelische Erschütterungen in Worte gebannt – aber unser unsterblicher Forscher hat mit gebleichten Knochen Welten wiedererstehen lassen, hat, wie Kadmos, mit Zähnen Städte neu erbaut, hat mit Hilfe eines Stäubchens Kohle tausend Wälder mit allen Geheimnissen der Tierwelt wiederbelebt, hat an dem Fuß eines Mammuts erkannt, daß Völker von Riesen gelebt haben. Diese Gestalten ragen auf, wachsen, füllen Regionen, die zu ihrer ungeheuren Größe in einem richtigen Verhältnis stehen. Er ist Dichter mit Zahlen, er ist herrlich, wenn er eine Null neben eine Sieben setzt. Er erweckt das Nichts, ohne kunstgerechte Zauberworte auszusprechen. Er untersucht ein Stück Kalk, bemerkt einen Abdruck und ruft: »Seht her!«
Alsbald verwandelt sich der Stein in tierischen Stoff, der Tod belebt sich, und eine Welt vermag sich zu entfalten. Nach zahllosen Reihen riesenhafter Kreaturen, nach Fischrassen und Molluskengeschlechtern kommt endlich das menschliche Geschlecht, die entarteten Nachfolger eines grandiosen Typus, der vielleicht vom Schöpfer zerschlagen worden ist. Von seinem rückwärtsschauenden Blick erwärmt, können die kümmerlichen Menschen, diese Wesen von gestern, das Chaos überschreiten, einen endlosen Hymnus anstimmen und sich von der Vergangenheit des Weltalls in einer Art rückläufiger Apokalypse eine Vorstellung bilden. Angesichts dieser ungeheuerlichen Auferstehung auf das Wort eines einzelnen Menschen hin muß uns das Krümchen, dessen Nutznießung in der Unendlichkeit ohne Namen, die allen Sphären gemeinsam ist und die wir die »Zeit« benannt haben, uns gewährt ist – muß die Minute Leben uns zum Erbarmen gering erscheinen. Ver-

nichtet vor soviel zerstörten Welten, fragen wir uns, wozu unser Ruhm, unser Haß und unsere Liebe.

DIE ABSCHIEDSPARADE

Dieser Sonntag war der dreizehnte des Jahres 1813. Zwei Tage darauf sollte Napoleon zu jenem schicksalsvollen Feldzug aufbrechen, in dessen Verlauf er nacheinander Bessières und Duroc verlieren, die denkwürdigen Schlachten von Bautzen und Lützen gewinnen, sich durch Österreich, Sachsen, Bayern und Bernadotte verraten sehen und die schreckliche Schlacht bei Leipzig liefern sollte. Die heutige Parade, vom Kaiser selbst kommandiert, sollte die letzte derer sein, die so lange die Bewunderung der Pariser wie der Fremden erregten. Die alte Garde sollte zum letzten Male die kunstvollen Manöver vorführen, deren Glanz und Genauigkeit manchmal sogar diesen Riesen selbst in Erstaunen setzten, der sich jetzt gerade anschickte, ein Duell mit ganz Europa zu beginnen.

Ein von Trauer nicht freies Gefühl führte eine ebenso glanzliebende wie neugierige Bevölkerung nach den Tuilerien. Es schien, als ob jeder die Zukunft errate und vorausahne, daß mehr als einmal die Phantasie dieses Bild in die Erinnerung werde zaubern müssen, wenn später einmal die Bilder aus Frankreichs Heldenzeiten nur noch in Märchenfarben erglänzen würden.

Der malerische und großartige Anblick des Carrousels löste Ausrufe des Entzückens bei den Tausenden von Zuschauern aus. Eine Reihe von Menschen stand eng gepreßt gegenüber der Front des Schlosses die Gitter entlang. Diese Menge schaffte durch die vielen verschiedenen Toiletten der Frauen eine vierte Seite zu dem riesigen Quadrat der Tuileriengebäude.

Die Regimenter der alten Garde, die defilieren sollten, füllten den Platz aus, auf dem sie, gegenüber dem Schloß, wuchtige blaue Linien in zehn Gliedern Tiefe bildeten. Jenseits dieses Bereiches und im Carrousel standen in anderen Parallelreihen mehrere Infanterie- und Kavallerieregimenter, die unter dem Triumphbogen vorbeimarschieren sollten, der die Mitte des Gitters schmückt und auf dessen Giebel sich damals die wundervollen Venediger Pferde befanden. Die Regimentsmusiker, die unter den Galerien des Louvre aufgestellt waren, wurden durch die polnischen Lanzenreiter verdeckt. Ein großer Teil des kiesbedeckten Platzes blieb leer, gleich einer Arena, bereitet für die Manöver dieser schweigend dastehenden Armee, deren Massen, nach allen Regeln der Kriegskunst symmetrisch aufgestellt, durch den Glanz ihrer dreieckigen Bajonette die Sonnenstrahlen zurückwarfen. Die Luft bewegte die Federbüsche der Soldaten und ließ sie hin und her schwanken, wie die Bäume des Waldes sich unter einem stürmischen Wind beugen. Diese altbewährten Regimenter, in schweigender Glorie, zeigten tausend Gegensätze der Farben, durch die Verschiedenheit der Uniformen, des Schmucks der Waffen und der Verschnürungen. Dieses ungeheure Gemälde, die Miniaturausgabe eines Schlachtfeldes vor dem Kampf, war mit all seinen Merkwürdigkeiten und all dem, was dazugehört, künstlerisch eingerahmt durch die hohen, majestätischen Gebäude, deren Unbeweglichkeit durch die Soldaten und ihre Führer nachgeahmt schien. Unwillkürlich verglichen die Zuschauer die Mauern aus Männern mit den Mauern aus Steinen. Die Frühlingssonne, die verschwenderisch ihr Licht über die tags zuvor erbauten wie über die hundertjährigen Mauern ausgoß, beleuchtete hell und klar diese unzähligen, von Wind und Wetter gebräunten Gesichter, die alle von bestandenen Gefahren zu erzählen wußten und die kommenden mit würdigem Ernst erwarteten. Die Obersten der einzelnen Regimenter gingen allein vor den Fronten dieser heldenhaften Männer auf und ab.

Weiter hinter diesen Truppenmassen, bunt von Silber, von Blau, von Purpur und Gold, konnten die Neugierigen dreifarbige Wimpel erblicken, die an den Lanzen von sechs unermüdlichen polnischen Reitern befestigt waren. Diese Reiter, Schäferhunden gleich, die eine Herde an einem Feld vorbeiführen, sprengten unaufhörlich zwischen den Truppen und den Zuschauern hin und her, um letztere zu verhindern, den ihnen zugewiesenen kleinen Platz neben dem Gittertor des Kaiserhauses zu verlassen. Man hätte sich bei diesem Hin und Her beinahe im Dornröschenschloß wähnen können. Die Frühlingsluft, die über die langhaarigen Mützen der Grenadiere dahinflutete, zeigte erst recht, wie unbeweglich die Soldaten standen, das dumpfe Murmeln der Menge machte ihr Schweigen doppelt fühlbar. Nur manchmal erinnerte das leise Erklingen eines Schellenbaumes oder ein Schlag auf die große Trommel, der versehentlich erklang und dessen Echo die Mauern des Palastes zurückwarfen, an ferne Donnerschläge, die das Heranrücken eines Gewitters anzeigen. Eine unbeschreibliche Begeisterung strahlte aus der Erwartung der Menge. Frankreich bot Napoleon am Vorabend eines Feldzuges, dessen Gefahren auch der einfachste Mann voraussehen konnte, seinen Abschiedsgruß. Diesmal handelte es sich für das Kaiserreich um Sein oder Nichtsein. Dieser eine Gedanke schien die Bürger wie die Armee zu beseelen, die sich beide in gleichem Schweigen in dem abgeschlossenen Raum drängten, in dem die Adler und das Genie Napoleons schwebten. Diesen Soldaten, der Hoffnung Frankreichs, diesen Soldaten, seinem letzten Blut, galt auch zum Teil die unruhige Neugier der Zuschauer. Die Mehrzahl der Umherstehenden mußte von den Soldaten vielleicht Abschied für immer nehmen; alle Herzen aber, selbst die, welche dem Kaiser feindlich gesonnen waren, sandten heiße Gebete für den Ruhm des Vaterlandes zum Himmel. Selbst die Männer, die des zwischen Frankreich und Europa entbrannten Kampfes übermüde waren, legten allen Haß gegen Napoleon ab in dem Augenblick, in dem sie unter dem Triumphbogen hindurchzogen. Sie fühlten, daß angesichts der Gefahr Napoleon ganz Frankreich verkörperte.

Vom Schlosse schlug es halb eins. In diesem Augenblick hörte das Gemurmel der Menge auf, und das Schweigen wurde so tief, daß man die Stimme eines Kindes gehört hätte.

Plötzlich erschien ein kleiner, ziemlich dicker Mann, bekleidet mit einer grünen Uniform, weißen Hosen und Reiterstiefeln, auf dem Kopf einen dreieckigen Hut, der genau so zauberhaft wirkte wie der Mann selbst; das breite rote Band der Ehrenlegion flatterte auf seiner Brust, ein kleiner Degen hing an seiner Seite. Der Mann wurde von jedem Platze und von allen Augen im gleichen Atemzuge gesehen. Sofort schlugen die Tambours ihre Wirbel, die Musikkapellen begannen ein Musikstück, dessen kriegerische Klänge von allen Instrumenten, von der kleinsten Flöte bis zur größten Trommel, aufgegriffen wurden. Bei diesem Schlachtensignal erzitterten alle Herzen, die Fahnen senkten sich, die Soldaten präsentierten ihre Waffen mit einem vollkommen gleichen und regelmäßigen Griff, der alle Gewehre vom ersten bis zum letzten Glied im Carrousel mit sich riß. Kommandorufe ertönten von Glied zu Glied, sich echoartig wiederholend, und die Menge rief hingerissen: »Es lebe der Kaiser!«

Alles kam in erzitternde, aufgewühlte Bewegung. Napoleon war zu Pferde gestiegen. Diese Bewegung hatte den schweigenden Massen Leben eingehaucht, hatte den Instrumenten ihre Stimme wiedergegeben, den Adlern und

Fahnen neue Flugkraft, allen Gesichtern eine große Erregung. Es schien, als ob selbst die Mauern der hohen Galerien des alten Palastes rufen wollten: »Es lebe der Kaiser!« Das war nichts Menschliches mehr, das war Zauberei, ein Ebenbild der göttlichen Macht oder vielmehr eine flüchtige Vorstellung dieser so flüchtigen Herrlichkeit. Der Mann, der von soviel Liebe umgeben war, von soviel Begeisterung und soviel Ergebenheit, für den die Sonne die Wolken vom Himmel verjagt hatte, saß ruhig auf seinem Pferde, drei Schritte vor der goldglänzenden Reiterschar, die ihm folgte, den Großmarschall zu seiner Linken, den Marschall, der den Tagesdienst hatte, zu seiner Rechten. Inmitten aller der Erregungen, die er auslöste, schien kein Zug seines Gesichtes sich zu bewegen.
Und die Parade begann.

DIE FLUCHT ÜBER DIE BERESINA

Als Marschall Viktor gegen neun Uhr abends die Höhen von Studzianka verließ, die er am 28. November 1812 den ganzen Tag hindurch verteidigt hatte, ließ er dort etwa tausend Mann zurück, die beauftragt waren, diejenigen der beiden Brücken über die Beresina, die noch übrig war, bis zum letzten Augenblick zu schützen. Diese Nachhut hatte sich geopfert, um den Versuch zu wagen, ob man eine erschreckliche Menge von Nachzüglern, die von der Kälte erstarrt waren und sich hartnäckig weigerten, den Train des Heeres zu verlassen, retten konnte.
Der Heroismus der großherzigen Truppe sollte nutzlos sein.
Die Soldaten, die in Massen auf den Ufern der Beresina zusammenströmten, fanden dort zum Unglück ungeheure Mengen von Wagen, Munitionsfuhrwerken und Geräten jeder Art, die das Heer hatte im Stich lassen müssen, als es

während der Tage des 27. und 28. November den Übergang vollzog. Als Erben unverhoffter Reichtümer bezogen diese vom Frost abgestumpften Armen die leeren Biwaks. Sie zerbrachen das Material des Heeres, um sich Hütten zu bauen; sie entzündeten mit allem, was ihnen unter die Hände kam, Feuer; sie zerlegten die Pferde, um sich zu sättigen, rissen Tuch und Leinwand von den Wagen, um sich zuzudecken, und schliefen ein, statt ihren Weg fortzusetzen und während der Nacht die Beresina zu überschreiten, die ein unglaubliches Verhängnis der Armee schon so sehr hatte zum Verderben werden lassen.

Die Gleichgültigkeit der Armen kann nur der verstehen, der sich erinnert, wie er durch diese ungeheuren Schneewüsten gezogen ist, ohne einen anderen Trunk als den Schnee, ohne ein anderes Bett als den Schnee, ohne eine andere Aussicht als auf den Horizont des Schnees und ohne andere Nahrung als den Schnee oder ein paar erfrorene Mohrrüben, ein paar Handvoll Mehl und ein wenig Pferdefleisch. Halbtot vor Hunger und Durst, Ermattung und Schlafsucht, kamen diese Unglücklichen zu einem Ufer, an dem sie Holz, Feuer, Lebensmittel, unzählige aufgegebene Wagen, Biwaks, kurz eine ganze improvisierte Stadt vorfanden.

Das Dorf Studzianka war völlig zerlegt, zerteilt und von den Höhen in die Ebene überführt worden. So kläglich und verderblich diese Stadt war, so zeigten doch ihr Elend und ihre Gefahren diesen Leuten noch ein freundliches Lächeln, denn sie sahen nichts als die furchtbaren Wüsten Rußlands vor sich. Kurz, es war ein ungeheures Spital, das nicht mehr als zwanzig Stunden Dauer vor sich hatte. Lebensmüdigkeit oder ein Gefühl unerwarteten Wohlseins machte die Scharen jedem andern Gedanken als dem der Ruhe unzugänglich.

Obgleich die Artillerie des linken russischen Flügels unablässig auf diese Masse schoß, die sich wie ein großer, bald schwarzer, bald flackernder Fleck auf dem Schnee abzeichnete, schienen der erstarrten Menge die unermüdlichen Kugeln nicht mehr zu bedeuten als eben wiederum eine Unbequemlichkeit. Sie wirkten wie ein Gewitter, dessen Blitz, von aller Welt verachtet, hier und da nur Sterbende, Kranke oder vielleicht Tote treffen konnte.

Unaufhörlich trafen die Nachzügler in Gruppen ein. Die wandelnden Leichen verteilten sich sofort und gingen von Feuer zu Feuer, um einen Platz zu erbetteln, und da sie meistens abgewiesen wurden, so fanden sie sich schließlich wieder zusammen, um die Gastfreundschaft, die man ihnen versagte, mit Gewalt zu erzwingen. Taub gegen die Stimmen der wenigen Offiziere, die ihnen für den folgenden Tag den Tod weissagten, verschwendeten sie den Vorrat an Mut, der nötig gewesen wäre, um den Fluß zu überschreiten, darauf, sich für eine einzige Nacht ein Asyl zu bauen, sich eine oft verhängnisvolle Mahlzeit zu bereiten. Dieser Tod, der ihrer harrte, erschien ihnen nicht mehr als ein Übel, wenn er ihnen nur eine Schlummerstunde ließ.

Als kein Holz, kein Feuer, keine Leinwand, kein Dach mehr zu finden war, entspannen sich zwischen denen, die aller Dinge bar neu eintrafen, und den Reichen, die einen Unterschlupf besaßen, grauenhafte Kämpfe. Die Schwächeren unterlagen. Schließlich kam ein Augenblick, in dem ein paar Leute, die von den Russen gejagt wurden, nur noch den Schnee als Lager fanden; und sie legten sich nieder, um nicht wieder aufzustehen.

Unmerklich wurde die Masse fast vernichteter Wesen so kompakt, so taub, so stumpf, oder vielleicht so glücklich, daß der Marschall Viktor, der sie heroisch verteidigt hatte, indem er zwanzigtausend Russen unter dem Befehl Wittgensteins Widerstand leistete, gezwungen war, sich mit der Waffe durch diesen Menschenwald Bahn zu schaffen, damit die fünftausend Helden, die er dem Kaiser zuführte, die Beresina überschreiten konnten. Die Unglücklichen ließen sich eher zerstampfen, als daß sie sich rührten; und schweigend kamen sie um, an ihren erloschenen Feuern lächelnd, ohne an Frankreich zu denken.

ÜBER ZEITGENOSSEN

In die Briefe, die Balzac an Frau von Hanska richtete, sind zahlreiche Bemerkungen über zeitgenössische Persönlichkeiten eingestreut. Mögen viele dieser Darstellungen und Urteile einer sachlichen Überprüfung auch nicht standhalten können, so bleiben sie doch immer noch ungemein reizvolle und intime Miniaturen, gezeichnet von der Feder eines seltenen Temperaments.

Paris, Ende März 1833

Eugène Sue ist ein braver, liebenswürdiger junger Mann, der gern mit seiner Liederlichkeit prahlt, untröstlich ist, Sue zu heißen und sich mit Luxus nur umgibt, um für einen großen Herrn gehalten zu werden; aber im Grunde genommen ist er mehr wert als seine Werke, obwohl er ziemlich verlebt ist. Von Nodier wage ich Ihnen nichts zu erzählen, ich könnte Ihnen sonst Ihre Illusionen zerstören. Er ist ein großes Kind in der Art von La Fontaine.*

Paris, Ende März 1833

Jules Sandeau ist ein junger Mann, George Sand eine Frau. Ich interessiere mich für den einen und die andere, weil ich es erhaben von einer Frau fand, alles zu verlassen, um dem Manne, den sie liebt, zu folgen. Diese Frau, die sich Madame Dudevant nennt, scheint ein großes Talent zu besitzen; es galt, Sandeau von der Konskription freizubekommen. Die beiden schreiben ein Buch zusammen. Das Buch ist gut. Ich war verliebt in diese zwei Liebenden.*

Paris, Ende März 1833

Ja, es gibt schöne, vornehme Charaktere, selten vielleicht, aber es gibt sie. Scribe ist solch ein Mann der Ehre und des Mutes.*

Paris, 29. Mai 1833

Gestern habe ich Madame Récamier besucht, die ich leidend antraf, aber außerordentlich geistreich und liebenswürdig. Ich hatte erfahren, daß sie viel Gutes tut, und zwar in jener vornehmen Weise, die sich über die Undankbarkeit, die ihr begegnet, nie beklagt. Wahrscheinlich hat sie einen Widerschein von dem, was ich über sie denke, in meinem Gesicht gesehen, war aber, ohne sich Rechenschaft über diese stille Sympathie zu geben, reizend zu mir.

Paris, 19. August 1833

Benjamin Constant hat, meiner Meinung nach, allen Weltleuten, allen Politikern ein Verdammungsurteil gesprochen; aber es gibt schöne Ausnahmen.*

Paris, 31. Oktober 1833

Mitten in meinen Gängen begegnete ich Rothschild, der mich bei der Hand nimmt und mich zu seiner Frau führt. Sie waren eben im Begriff, in ihren Wagen zu steigen. Austausch von Liebenswürdigkeiten, warum man mich nicht mehr sähe, warum…?

Paris, 17. November 1833

Was Rossini betrifft, so wollte ich, daß er mir einen netten Brief schreibe, und nun lädt er mich statt dessen mit seiner Mätresse zum Diner ein, die ausgemacht die schöne Judith ist, die ehemalige Mätresse von Horace Vernet und von Sue, Du weißt schon! Er verspricht mir ein Wort zu schreiben, verspricht mir etwas Musikalisches usw. Er ist sehr gefällig; nun laufen wir einer dem andern seit zwei Tagen nach. Man macht sich keinen Begriff von der Hartnäckigkeit, mit der man in Paris etwas wollen muß, um es zu erreichen.*

Paris, 11. August 1834

Ich habe den Fürsten Pückler-Muskau hier getroffen, der mir ein wenig mephistophelisch und leicht voltairisch angehaucht vorkam. Er sagte mir, daß ich in Berlin sehr anerkannt und geschätzt würde und daß, wenn ich hinginge... ah! ah! bravi! brava!!...

Paris, 26. November 1834

Mein Diner? Aber es hat ja Furore gemacht. Rossini erklärte, er habe noch bei keinem Fürsten Ähnliches gegessen und getrunken. Es sprühte von Geist. Die schöne Olympia benahm sich graziös und klug und war einfach vollkommen. Latour-Mezeray war der geistreichste von allen; er hat das Kreuzfeuer zwischen Rossini, Nodier und Malitourne mit glänzenden Salven beantwortet. In diesem Feuerwerk spielte der Hausherr nur den bescheidenen Anzünder, der an jedem der Feuerräder die Lunte ansteckte. Ecco.*

Paris, 23. November 1836

In drei Tagen gehe ich wahrscheinlich nach Rochecotte, um die Herzogin von Dino und den Fürsten Talleyrand zu besuchen, den ich noch nie gesehen habe, und Sie wissen ja, wie sehr ich mir wünsche, jene geistreichen Puter zu sehen, die den Adler gerupft und in die Fallgrube des Hauses Habsburg gestoßen haben.*

Paris, 11. Dezember 1836

Herr von Talleyrand ist wunderbar, er hat zwei- oder dreimal geradezu großartige Ideengänge entwickelt. Er hat mich dringend eingeladen, ihn in Valencay zu besuchen, und wenn er am Leben bleibt, so werde ich nicht verfehlen, es zu tun.

Florenz, 11. April 1837

Gautier sollte mit mir reisen, aber die Notwendigkeit, über die Ausstellung zu berichten, zwang ihn zu Hause zu bleiben. Italien verliert dabei, denn er ist der einzige Mensch, der imstande gewesen wäre, es zu verstehen und etwas Neues darüber zu sagen.*

Paris, 14. Mai 1837

Ich habe mir gestern »La Camaraderie« angesehen, und ich halte dies Stück für überaus geschickt. Scribe kennt das Metier, aber er versteht nichts von Kunst, er hat Talent, wird jedoch nie Genie haben.

Paris, 8. Juli 1837

Chateaubriand ist am Hungertod; er hat seine Schriftstellervergangenheit verkauft und seine Zukunft dazu. Für seine Zukunft zahlt man ihm 12000 Frank Rente, solange er nichts veröffentlicht, und 25000 Frank, sobald er etwas herausgibt. Für ihn ist das Armut, und er ist siebzig Jahre, ein Alter, in dem das Genie erlöscht, höchstens daß die Jugenderinnerungen noch einmal Blüten treiben, denn man liebt zweimal: das erstemal in der Wirklichkeit, das zweitemal in der Erinnerung.*

Paris, 19. Juli 1837

Gestern auf dem Boulevard begegnete ich erst Heine, dann Rothschild, das heißt dem ganzen Geist und dem ganzen Geld der Juden.

Chaillot, 26. Oktober 1837

Die »Krönung Napoleons und Josephinens«, »Die Einweihung der Adler« und »Napoleon begnadigt die Araber« von David und Guérin sind so schön wie Tizian oder wie überhaupt das Beste in der Malerei. Was für ein großer Maler ist dieser David! Das ist ja ein kolossales Talent. Ich hatte diese drei Bilder noch nie gesehen.*

Chaillot, 7. November 1837

Beethoven ist der einzige Mensch, den ich beneide. Ich hätte lieber Beethoven sein mögen als Rossini und Mozart. In diesem Menschen steckt eine göttliche Macht. In seinem Finale ist es, als ob uns ein Zauberer in eine Wunderwelt entführte, mitten hinein in die schönsten Paläste, die alle Wunder der Künste in sich vereinigen, und als ob sich da auf sein Wort Türen gleich denen des Baptisteriums in ihren Angeln drehten und uns ungeahnte Schönheiten, Gebilde der Phantasie erblicken ließen.

Chaillot, 20. Januar 1838

Scott wird immer größer werden, Byron aber abfallen. Der eine war immer er selbst, der andere war ein Schöpfer!

Ajaccio, 20. März 1838

Ich kam auf Schloß Nohant am Karsamstag gegen sieben ein halb Uhr abends an und traf den Kameraden George Sand im Schlafrock in einem immens großen Zimmer am Kaminfeuer sitzend, wie sie nach Tisch ihre Zigarre rauchte. Sie hatte sehr hübsche gelbe Pantoffeln mit Fransen an, kokette Strümpfe und eine rote Hose. So viel für das Moralische. Was das Physische betrifft, so hat sie sich ein Doppelkinn gleich einer Äbtissin zugelegt. Sie hat kein einziges weißes Haar, trotz des schrecklichen Unglücks, das sie durchgemacht hat. Ihr bräunlicher Teint hat sich nicht verändert, und ihre schönen Augen sind noch ebenso strahlend und feurig; sie sieht noch geradeso dumm aus, wenn sie nachdenkt, denn ihr ganzer Ausdruck liegt in ihren Augen, wie ich es ihr auch gesagt habe.

Aux Jardies, 15. Oktober 1838

Ich glaubte, ich hätte Ihnen schon von dem jungen Théophil Gautier erzählt. Er ist eines der Talente, die ich anerkenne, aber er hat keine Erfindungskraft. Er hat einen entzückenden Stil, sehr viel Geist – aber ich glaube, er wird nie etwas erreichen, da er ganz im Journalismus steckt.

Aux Jardies, 16. März 1839

Stendhal, der bei der Vorlesung bei Custine zugegen war, schrieb mir die paar Worte, die ich als Umschlag zu meinem Brief benutzen werde und die er aus einer alten, unerklärlichen Gewohnheit Cotonet unterschrieben hat. Er zeichnet nur offiziell mit seinem wahren Namen Beyle.

Aux Jardies, 14. April 1839

Dieser Tage gab Beyle das schönste Buch nach meinem Gefühl heraus, das seit fünfzig Jahren erschienen ist. Es heißt »Die Karthause von Parma«. Ich weiß nicht, ob Sie es sich verschaffen können. Schriebe Macchiavell einen Roman, so wäre es dieser.

Sèvres, 2. Juni 1839

Unsere Bilderausstellung war überaus schön, sieben bis acht Meisterwerke jeden Genres, prächtige Descamps, eine prachtvolle Kleopatra von Delacroix, ein wunderbares Porträt von Duval, eine entzückende Venus Anadyomene von Chassériau, einem Schüler Ingres'. Wie schrecklich ist es, arm zu sein, wenn man ein Herz für die Kunst hat!*

(Ohne Ort, ohne Datum)

Gestern, am 15., waren fünfhunderttausend Personen in den Champs-Elysées. In dem Augenblick, als der Leichnam Napoleons in den Invalidendom einzog, bildete sich ein Regenbogen über dem Dom, so daß man fast an eine Absicht der Naturerscheinung glauben könnte. Victor Hugo hat ein wunderbares Gedicht gemacht, eine Ode auf die Rückkunft des Kaisers. Von Havre bis Pecq war das ganze Ufer der Seine schwarz von Menschen, und als das Schiff vorüberfuhr, sank die ganze Bevölkerung in die

Knie. Das ist größer als alle römischen Triumphzüge. Man kann ihn im Sarg erkennen. Die Haut ist weiß, die Hand wie lebendig. Er bleibt bis ans Ende der Mann des Prestige und Paris die Stadt der Wunder.

Passy, 26. Januar 1843

Vernet wird nie ein großer Maler werden. Er hat wohl alles dazu, er ist Kolorist, er kann zeichnen, er kann komponieren, er ist manuell geschickt, hat manchmal Gefühl, aber er versteht es nicht, diese Eigenschaften in seinen Werken zum höchsten Ausdruck zu bringen. Er ist ein großer Macher, und das ist alles. Er ist kein Genie, dies spürt er übrigens selbst.

Passy, 26. Januar 1843

David d'Angers, dem ich für mein Medaillonbild sitze, bis die Büste an die Reihe kommt, sagte neulich zu mir: »Ich schätze Sie auf dreißig Jahre.« – »Ich bin bald vierundvierzig.« Frau David fiel fast vom Sofa: »Wie kommen Sie zu diesem Privilegium?!« – »Ah, das ist mein Geheimnis!« sagte ich zu ihr.*

Passy, 7. April 1843

Ich erfuhr, daß Sie Liszt wiedersehen würden. Ein lächerlicher Mensch, aber ein göttliches Talent! Er ist der Paganini des Klaviers, aber Chopin steht weit über ihm.

Passy, 24. April 1843

Im Drang der Notwendigkeit schreibe ich oft drei Seiten in der Stunde, dasselbe tut auch Dumas. Was aber Dumas nicht tut, ist, die Seiten nachher zehn- bis zwölfmal durchkorrigieren wie ich.

Passy, 15. Mai 1843

Marie d'Agoult ist ein greuliches Wüstentier. Liszt ist sehr glücklich, sie loszusein. Sie hat mir Avancen gemacht, mich zum Diner eingeladen; ich habe zweimal bei ihr gegessen, einmal mit Ingres, das andere Mal mit Hugo. Sie ist so prätentiös, daß man es keine zwei Stunden bei ihr aushält. Ich habe endgültig die Flucht vor ihr ergriffen.*

Passy, 28. Mai 1843

Lamartine ist in einer viel schlechteren Lage als ich, George Sand hat Schulden, der Pater Lamenais hat Bankerott gemacht, und Berryer steckt bis an den Hals in Schulden. Liszt hatte recht. Aber unter uns gesagt, dieser Ungar ist ein bißchen Komödiant, ich glaube wenigstens. Sie werden Liszt erst beurteilen können, wenn es Ihnen vergönnt sein wird, Chopin zu hören. Der Ungar ist ein Dämon, der Pole dagegen ein Engel!*

Berlin, 16. Oktober 1843

Herr von Humboldt machte mir heute einen Besuch von einer guten Viertelstunde und überbrachte mir die Grüße des Königs und der Prinzessin von Preußen. Er gab mir die nötige Auskunft, wie ich Tieck in Potsdam treffen könne; ich will ihn aufsuchen und bei dieser Gelegenheit Potsdam kennenlernen. Wen treffe ich, wie ich zur Bahn gehe? Meine phantastische Talleyrand, aufs sorgfältigste frisiert mit Blumen und Diamanten im Haar, wie eine Erscheinung aus einem Winternachtstraum! Sie ist zu Hof befohlen und fährt gleich fertig angezogen hin. Sie diniert bei der Prinzessin von Preußen, unser dritter Gefährte ist der Graf Redern, ein alter preußischer Baron, trocken wie ein Genfer und impertinent wie ein Russe. Ich beauftragte die zweiundfünfzigjährige Schäferin, der Prinzessin von Preußen meinen Respekt zu Füßen zu legen. Ich habe Tieck in seiner Häuslichkeit gesehen, er schien von meiner Huldigung beglückt zu sein.*

Passy, 7. November 1843

Meissonier verlangt ungefähr 2000 Frank für mein Porträt. Er würde es umsonst malen, dann aber nach seiner

Bequemlichkeit; wenn man es aber innerhalb einer gewissen Zeit haben will, so wäre es ungerecht, ihm nicht das, was er für seinen Lebensunterhalt braucht, zu ersetzen.*

Passy, 7. Dezember 1843

Herr von Metternich sagte in Gegenwart von hundert Personen, der König von Preußen sollte König Wetterfahne heißen.

Passy, 18. Dezember 1843

Nodier liegt im Sterben, er hat keine vierzehn Tage mehr zu leben. Er sagte mir in seiner liebenswürdigen und geistreichen Art: »Ach, mein Freund, Sie bitten mich um meine Stimme, und ich gebe Ihnen meinen Platz.« Ich war so erschüttert, daß ich nicht mehr über die Akademie sprach.

Passy, 6. Februar 1844

Vier Männern wird man ein großes Leben nachrühmen: Napoleon, Cuvier, O'Connell, und ich will der vierte sein. Der erste hat sich vom Blute Europas genährt, sich mit Waffen geimpft! Der zweite hat sich dem Erdball vermählt! Der dritte hat ein Volk in sich verkörpert! Ich aber werde die Gesellschaft einer ganzen Epoche in meinem Kopfe getragen haben!*

IM NAMEN DER KUNST

Selbst geniale Künstler haben nicht allen ihren Werken zugleich jenen gewissen Glanz verleihen können, der selbst dem geübten Auge auffällt. So erregen einige Bilder Raffaels, etwa die berühmte Verklärung Christi in der Vatikanischen Galerie, die Madonna di Foligno ebenda, oder die Fresken in den Stanzen nicht die augenblickliche Bewunderung wie der Violinspieler aus der Galerie Sciarra, die Porträts des Angelo und der Maddalena Doni in Florenz, die Vision Ezechiels im Palazzo Pitti, die Grablegung Christi der Galerie Borghese und die Vermählung Mariä in der Brera. Der Johannes der Täufer in der Tribuna und der heilige Lukas, die Madonna malend, in der Accademia di San Luca zu Rom üben nicht denselben Zauber aus wie das Porträt Leos X. und die Sixtinische Madonna in Dresden. Trotzdem sind das alles gleich hohe Werke. Ja, mehr noch: die Stanzen, die Verklärung Christi, die Loggien und die Tafelbilder des Vatikans stellen das Höchste dar in Erhabenheit und Vollendung. Aber diese Meisterwerke verlangen selbst von geschulten Bewunderern eine Art Anspannung, ein Studium, um in allen Teilen erfaßt zu werden, während der Violinspieler, die Vermählung der Jungfrau von selbst durch die Doppeltür der Augen ins Herz dringen und sich darin einen Platz erobern. Wie angenehm ist es, das Schöne so mühelos zu empfangen! Vielleicht ist das nicht der Gipfel der Kunst, sicherlich aber ihre höchste Wonne. Diese Tatsache beweist, daß in den Familien der Kunstwerke derselbe Zufall eine Rolle spielt wie in den Familien der Menschen, wo es auch Sonntagskinder gibt, die umsonst zur Welt kommen, ohne ihren Müttern wehe zu tun, denen alles zulächelt und alles gelingt. So treibt das Genie des Künstlers gerade wie die Liebe der Menschen verschiedenartige Blüten.

Das Brio zeichnet besonders Frühwerke aus. Es ist die Frucht des Ungestüms und des kühnen Schwunges des jugendlichen Genies, einer Begeisterung, die sich bei späteren Werken nur noch zu besonders glücklicher Stunde äußern kann. Aber dann kommt das Brio nicht mehr aus dem vollen Herzen des Künstlers, und anstatt seine Werke vulkanartig zu überfluten, quillt es nur spärlich und aus von außen erregten Quellen: der Liebe, der Eifersucht, oft auch dem Hasse und noch öfter der Sehnsucht nach dem alten Feuer, dem der Künstler seinen Ruhm verdankt.

Die künstlerische Arbeit ist eine Jagd im Hochgebirge des Menschentums, eine der größten Leistungen des Menschen. Zur Kunst muß man alle Schöpfungen rechnen, die auf inneren Vorgängen beruhen. Was man am meisten bei Künstlern bewundern sollte, das ist der Mut – ein Mut, den sich ein Alltagsmensch gar nicht vorstellen kann.

Sinnen, träumen, schöne Werke seelisch zu empfinden, ist ein köstlich Ding. Es ist das Rauchgekräusel einer Wunderzigarre. Es ist das Dirnenleben der Phantasie. Das Werk ist da noch gleichsam ein ungeborenes schönes Kind, an dem man im Liebesrausch eine unsinnige Vorfreude genießt. Wer seine Schöpferträume in Worte fassen kann, ist bereits ein ungewöhnlicher Mensch. Diese Fähigkeit besitzen alle künstlerisch veranlagten Menschen. Nun kommt das Erzeugen, das Hervorbringen, das mühselige Aufziehen des Kindes. Die tolle Rastlosigkeit des Lebens zu bändigen und es in einem Meisterwerk zu neuem Leben

874–876

wiedererstehen zu lassen, das zu allen Menschen spricht, das heißt künstlerisches Schaffen. Die Hände müssen unermüdliche Diener der Phantasie sein. Stimmung ist die Sonne des Genies. Die Inspiration ist ein ätherisches Wesen, das sich nicht fassen läßt, nicht an den Locken halten, weil es Flammenhaar hat. Die künstlerische Arbeit ist ein ermüdender Kampf, den die Starken fürchten und lieben, an dem viele zugrunde gehen. Ein großer moderner Dichter sagt von dieser schrecklichen Arbeit: »Voller Verzweiflung gehe ich an sie heran, und mit Kummer verlasse ich sie!« Die Laien ahnen dies nicht! Ein Künstler muß sich kopfüber in sein Werk stürzen wie Curtius in den Abgrund, wie der Soldat auf eine Schanze, ohne Überlegung; er muß in dieser Enge arbeiten wie der Bergmann im Schutt seines Schachtes; er muß alle Schwierigkeiten niederkämpfen wie der verliebte Ritter im Märchen den ewig sich wandelnden Zauberer, bis er seine Prinzessin befreit. Sonst bleibt das Werk ein Torso, der bereits in der Werkstatt wieder zerfällt.

Der großen Plastiker sind wenige. Ein einziges echtes Werk genügt zur Unsterblichkeit. Skulpturen sind versteinerte Taten. Das Geheimnis dieses gewaltigen Problems liegt in andauernder Arbeit, denn die technischen Schwierigkeiten müssen derart überwunden sein, daß der Künstler gleichsam Seele gegen Seele mit einem unfaßbaren Wesen kämpft, das er zugleich verklärt und materialisiert. Beständige Arbeit ist ein Gesetz der Kunst wie des Lebens. Kunst ist freiestes Schaffen – aber wahre Künstler schaffen immerdar.

Alle Künstler neigen zur Träumerei; sie ist ein künstlerischer Zustand – das Vergnügen des Paschas in seinem Harem. Künstler buhlen mit Träumen, sie begeistern sich im Reiche der Seele. Die Schwachen unter ihnen verzehren sich in ihren Träumen. Wie Opiumraucher gehen sie daran zugrunde.

Maler haben nur das Recht, mit dem Pinsel in der Hand zu denken!

Alle menschlichen Gefühle kennen eine Frühblüte. Sie ist die Folge eines edlen Rausches – aber sie wird schwächer und blässer, bis die Erfüllung schließlich nur noch als Erinnerung bleibt und der Ruhm einer Lüge ähnlich sieht. Nichts unter all diesen zerbrechlichen Gefühlen ähnelt der Liebe so stark wie die jugendliche Leidenschaft des Künstlers, der eben zu begreifen beginnt, daß sein Schicksal aus Kostbarkeit und Unglück, aus Wunder und Wunden gemischt sein wird – jene Leidenschaft voller Kühnheit und Befangenheit, voller unsicheren Glaubens und sicherer Entmutigung. Wem nicht – der arm ist und reich nur in der Gewißheit, ein Selbst zu haben – das Herz höher pochte, als er vor einen Meister trat, dem wird in diesem Herzen immer eine Saite fehlen, ein Pinselstrich, irgendeine Gefühlsfaser im Werk; ein gewisser Ausdruck der Poesie wird ihm mangeln. Ein Großsprecher, der von sich selbst überquillt und allzu sicher seiner Zukunft ist, wird immer nur von den Dummen für einen großen Mann gehalten werden.

Die Vollkommenheit in den Kunstwerken hindert oft die Seele, sie zu vergrößern. Ist das nicht der Prozeß, den die Skizze gegen das fertige Bild gewinnt? – Gewinnt, vor dem Tribunal jener, denen ein unvollendetes Kunstwerk, das sie mit eigenen Gedanken vollenden, lieber ist als ein fertiggestelltes?

Wirklichkeit? Sie ist nur eine Hülle des Lebens und keineswegs das Leben selbst. Die Form ist ein Proteus, der noch ungreifbarer und in seinen Verwandlungen unerschöpflicher ist als der Proteus der Odyssee. Erst nach langen Kämpfen kann man sie zwingen, daß sie sich in ihrer wahren Erscheinung zeigt. Raffaels große Überlegenheit kommt aus dem geheimen Sinn, der bei ihm die Form zu zerbrechen droht. In seinen Bildern ist die Form das, was sie bei uns ist: ein Dolmetscher, der Ideen, Gefühle – eine ungeheure Poesie mitzuteilen hat. Jede Figur bei ihm ist eine Welt, ein Porträt, dessen Modell in einer erhabenen Vision erscheint, besprengt von Licht, bezeichnet von einer inneren Stimme, entkleidet von einem göttlichen Finger, der, im Vorüberzug eines ganzen Lebens, uns die Quellen des Ausdrucks wies.

Wenn ein Künstler das Unglück hat, von der Leidenschaft erfüllt zu sein, die er ausdrücken möchte, kann er sie nicht schildern, er ist die Sache selbst und nicht ihr Bildner. Es ist gleichsam eine Revolution der Sinne gegen die Fähigkeiten.

Keiner weiß uns Dank für das, was unter der Oberfläche steckt.

Die Schatten bei den minderen Malern sind von anderer Natur als ihre lichten Töne: das ist Holz oder Erz oder alles, was ihr wollt – nur Fleisch, von Schatten bedeckt, ist es nicht. Man fühlt, wenn solche Figuren sich jetzt anders hinstellen würden, so könnten sich die Schattenpartien nicht mit ihnen aus dem Dunkel lösen und licht werden. Der menschliche Körper endet nämlich nicht in Linien. Hierin vermögen die Bildhauer sich der Wahrheit stärker zu nähern als andere Künstler. Die Natur baut sich aus einer Folge von Rundflächen auf, von denen die eine die andere einhüllt. Übertrieben gesprochen: es gibt keine Zeichnung! Die Linie ist nur ein Mittel, durch das der

Mensch sich Rechenschaft ablegt über die Wirkung des Lichtes auf den Dingen; aber in der Natur gibt es keine Linien! Da ist alles rund und gefüllt: es geschieht nur beim Modellieren, daß man zeichnet. Das will sagen: man nimmt die Dinge aus der Mitte ihrer Wesenheit heraus und zerlegt sie, die Verteilung des Lichtes erst ist es, die den Körper zur Erscheinung steigert.

Die Peris, die Undinen, die Feen, die Sylphiden der alten Zeit, die Musen Griechenlands, die Jungfrauen der Certosa von Pavia, der Tag, die Nacht Michelangelos, die kleinen frühen Engel Bellinis und die andern, die Raffael so göttlich zu den Füßen der Jungfrau malte, die Madonna, die in Dresden friert, die geliebten Mädchen Orcagnas in der Kirche von San Michele in Florenz, die himmlischen Chöre an der Sebalduslade in Nürnberg, einige Jungfrauen vom Mailänder Dom – ach, die ganzen Völkerschaften von hundert gotischen Kathedralen und, ach, das gesamte Figurenheer, das aus seiner zerbrochenen Form steigt, um euch, ihr Schwärmer, zu beglücken...

Wenn Poussin, Frankreichs Raffael, in seinen »Schäfern Arkadiens« die Landschaft nebensächlich behandelt hat, so war er sich dabei bewußt, daß der Mensch klein und dürftig wird, wenn die Natur auf einem Gemälde die Hauptsache ist.

Die Phantasie steht über der Kunst, wie die Ursache über der Wirkung steht.

Ein großer Künstler ist in der Tat ein Oligarch, er stellt ein ganzes Jahrhundert dar und wird fast immer ein Gesetz.

Gegen die Spießbürger sind die Künstler am grausamsten.

Scharfblick fehlt den Malern selten. Da sie den ganzen Tag hindurch in der Stille ihres Ateliers mit Arbeiten beschäftigt sind, die den Geist bis zu einem gewissen Grade freilassen, so ähneln sie ein wenig den Frauen: ihre Gedanken können die kleinen Tatsachen des Lebens umschweben und ihren verborgenen Sinn durchdringen.

Ein Künstlerantlitz ist immer irgendwie übertrieben, es befindet sich stets ober- oder unterhalb jener üblichen Linien, die für die blöde Menge das ideale Schöne ausmachen.

Der Künstler braucht einen Kontrast gegen das Paradies seiner Stunden der Arbeit, seiner Schöpferwonnen, er ist müde, und er bedarf nun entweder, wie Gott, der Sonntagsruhe oder, wie der Teufel, der Genüsse der Hölle, um mit der Arbeit der Sinne die Arbeit seiner Begabung in Einklang zu bringen.

MUSIKALISCHE INTERPRETATIONEN

Ist die Musik für liebende poetische Seelen und für leidende gekränkte Herzen nicht ein Text, den sie je nach ihren Erinnerungen deuten? Wenn das Herz eines Dichters dazu gehört, um Musiker zu werden, gehört dann nicht Poesie und Liebe dazu, um die großen musikalischen Werke zu hören, zu verstehen? Sind Religion, Liebe und Musik nicht der dreifache Ausdruck für ein und dieselbe Sache, für das Ausdehnungsbedürfnis, von dem jede edle Seele gequält wird? Diese drei Poesien steigen alle zu Gott auf, der alle irdischen Wallungen löst. So nimmt denn diese heilige menschliche Dreieinigkeit auch teil an der unendlichen Größe Gottes, den wir uns niemals vorstellen können, ohne ihn mit der Glut der Liebe, mit den goldenen Sistren der Musik und mit Licht und Harmonie zu umgeben. Ist er nicht das Prinzip und das Ende aller unserer Werke?

892–894

Die Orgel ist ohne Zweifel das größte, das kühnste und das herrlichste aller vom menschlichen Geist erschaffenen Instrumente. Sie ist ein ganzes Orchester, von dem eine geschickte Hand alles verlangen, auf dem sie alles ausführen kann. Ist sie nicht gewissermaßen der Fußblock, auf den die Seele sich stellt, um sich in den Raum hinauszuschwingen und in ihrem Fluge tausend Gemälde zu entwerfen, um das Leben zu malen und die Unendlichkeit zu durchqueren, die den Himmel von der Erde trennt? Je tiefer ein Dichter diese riesenhaften Harmonien vernimmt, desto besser begreift er, daß nur die hundert Stimmen dieses irdischen Chores die Entfernung zwischen den knienden Menschen und dem in den blendenden Strahlen des Allerheiligsten verborgenen Gotte ausfüllen können, daß sie die einzigen Dolmetscher sind, die menschliche Bitten in den Himmel zu tragen vermögen: durch die Allgewalt ihrer Klänge, durch die Mannigfaltigkeit ihrer Schwermut, durch die feinen Färbungen ihrer tief versonnenen Entzückungen, durch den gewaltigen Schwung ihrer Reue und durch die tausendfältigen Träume allen Glaubens. Ja, unter den langgestreckten Wölbungen der Kirchenschiffe erlangen die durch den Sinn für heilige Dinge geschaffenen Melodien eine unerhörte Größe, mit der sie sich schmücken und stärken. Das gedämpfte Licht, die tiefe Stille, die Gesänge, die mit dem Donnern der Orgel abwechseln, breiten hier um Gott etwas wie einen Schleier, durch den das Strahlen seiner glanzvollen Wesenheit bricht. Alle diese heiligen Reichtümer sind wie ein Weihrauchkorn, geworfen auf den gebrechlichen Altar der Liebe angesichts des ewigen Thrones einer eifersüchtigen und rettenden Gottheit.

Das unsterbliche Finale von Mozarts Don Juan muß junge Leute erschaudern lassen: wenn etwas die ungeheure Macht der Musik beweisen kann, ist es dann nicht diese unvergleichliche Wiedergabe der Unordnung, der Verlegenheiten, die in einem ausschließlich der Wollust geweihten Leben entstehen, diese furchtbare Schilderung des Entschlusses, seine Schulden, seine Duelle, seine Bubenstreiche, alles Unheil, das droht, im Taumel zu vergessen? Mozart steht hier ebenbürtig neben Molière, ja übertrifft ihn noch!

Gluck überlegte lange, ehe er schrieb. Er berechnete die möglichen Fälle und setzte einen Plan fest, der später durch seine einzelnen Eingebungen wieder verändert werden konnte, der ihm aber nicht erlaubte, den Weg zu verlieren. Daher diese energische Betonung, diese lebhafte Deklamation der Wahrheit.

In Beethovens Symphonien gibt es ein Thema, gewaltig wie ein grandioses Gedicht, welches das Finale der C-Moll-Symphonie beherrscht. Eine strahlende Fee erscheint und erhebt ihren Zauberstab. Man vernimmt das Rauschen purpurner Seidenvorhänge, die von Engeln emporgehoben werden. Goldene Pforten, mit Skulpturen wie die des Baptisteriums in Florenz, drehen sich um ihre diamantenen Angeln. Das Auge versenkt sich in köstliche Ausblicke, es umfaßt eine Reihe wundervoller Paläste, aus denen Wesen höherer Art entschlüpfen. Auf dem Altar steigt die Flamme des Glücks, der Weihrauch des Erfolges empor, und ein köstlicher Duft verbreitet sich! Himmlisch lächelnde Wesen in weißen, blau umsäumten Gewändern ziehen flüchtig an dir vorüber und zeigen dir ihr Antlitz von überirdischer Schönheit und ihren Körper von unendlicher Zartheit. Amoretten fliegen umher und lassen die Flamme ihrer Fackeln leuchten. Man fühlt sich geliebt, man ist glücklich über ein Glück, das man begehrt, ohne es zu verstehen, indem man in den Fluten dieser Harmonien untertaucht, die herabströmen und jedem die Ambrosia, die er sich ausgewählt hat, bringen. Die geheimsten Hoffnungen, die tief im Herzen verborgen waren, sind für einen Augenblick Wirklichkeit geworden. Aber nachdem er uns durch alle Himmel geführt hat, taucht uns der Zauberer, mit dem Übergang der tiefen, unheimlichen Bässe, wieder in den Pfuhl der kalten Wirklichkeit, um uns wieder herauszuziehen, wenn er uns genug nach seinen himmlischen Melodien hat dürsten lassen und unsere Seele ausruft: Noch einmal!

Beim Aufschlagen der C-Moll-Symphonie von Beethoven wird ein musikalischer Mensch auf goldenen Fittichen des Themas in G-Dur in das Reich der Phantasie getragen, wiederholt in E-Dur durch Hörner. Er sieht eine ganze Welt abwechselnd beleuchtet durch blendende Lichtgarben, verdunkelt durch melancholische Wolken, erheitert durch göttliche Gesänge. Beethoven hat die Grenze der Instrumentalmusik zurückgeschoben, und niemand ist ihm auf seinem Weg gefolgt. Seine Werke sind besonders bemerkenswert durch die Einfachheit des Planes und durch die Art, wie dieser Plan befolgt wird. Bei den meisten Komponisten vereinigen sich die gewaltigen und zügellosen Orchesterteile nur, um eine augenblickliche Wirkung zu erzielen, durch die Regelmäßigkeit ihres Ganges wirken sie nicht immer im Einklang mit dem Stück. Bei Beethoven sind die Wirkungen, wenn man es so ausdrücken darf, im voraus verteilt. Ähnlich den verschiedenen Regimentern, die durch regelmäßiges Manövrieren die Gewinne der Schlacht verbürgen, folgen die Orchesterteile der Symphonien von Beethoven den zum Nutzen des Ganzen gegebenen Befehlen; sie sind den bewunderswert ausgedachten Plänen untergeordnet.

Die Koloratur ist die höchste Ausdrucksform der Kunst, sie ist die Arabeske, die das schönste Gemach in der ganzen

899–900

Wohnung ziert: ein wenig darunter, und wir haben nichts, ein wenig mehr, und alles ist verwirrt. Geladen mit der Kraft, die tausend schlummernden Möglichkeiten in unserer Seele zu wecken, schwingt sie sich auf und durchschwebt den Raum, überall die luftigen Samen hinsäend, die, aufgefangen vom Gehör, im Grunde des Herzens Blüten treiben. Glaubt mir, als Raffael die heilige Cäcilie schuf, gab er der Musik den Vorrang vor der Poesie. Er hat recht – die Musik spricht geradenwegs das Herz an, während das geschriebene Wort sich nur der Intelligenz zuwendet; die Musik überträgt unmittelbar ihre Ideen, es ist eine Mitteilung wie die der Gerüche. Die Stimme des Sängers setzt das Urprinzip unserer Gefühle selbst in Bewegung. Es ist beklagenswert, daß die vulgäre Masse die Musiker gezwungen hat, die Äußerungen ihrer Kunst an Worte zu binden, an allerlei Tatsachen und Äußerlichkeiten. Aber leider ist es richtig: sie würden sonst nicht von der Masse verstanden werden. Die Koloratur ist daher das einzige, was den Freunden der absoluten Musik, den Liebhabern fleckenlos reiner Kunst, noch geblieben ist.

Wie? Du erkennst sie nicht, die Fee, die in ihrem kühnen Lauf durch die schimmernde Atmosphäre, auf den Goldfäden der Harmonie die melodischen Schätze aufreiht, die sie uns lächelnd zuwirft? Hast du nie den Schlag des magischen Zauberstabes gespürt, mit der sie der Neugierde zuruft: »Empor«? Glanzvoll ersteht die Göttin aus den Schluchten unseres Gehirns, sie eilt zu den wunderbaren Schlupfwinkeln, sie berührt sie, wie der Organist die eingeschlafenen Tasten weckt. All die flammenden Dornbüsche unserer Jugend brennen zum zweiten Male!

In der musikalischen Sprache heißt Malen denn doch nichts anderes, als durch gewisse Töne Erinnerungen in unseren

Herzen oder gewisse Bilder in unserem Geist zu erwecken. Ist es nicht eine Wirkung der Oboe, wie die fast aller Blasinstrumente, Bilder des Landlebens uns vorzutäuschen? Hat das Blech nicht etwas Kriegerisches, erweckt es nicht in uns lebhafte und geradezu zornige Herzschläge? Die Streicher, deren Material selbst organisierten Wesen entnommen ist, scheinen wieder die zartesten Nerven unserer Seele erbeben zu lassen, sie dringen ein bis in die tiefsten Tiefen.

Es gibt eigentlich zweierlei Musik: eine kleine, mesquine, zweiten Ranges, immer nur sich selber gleichend, beruhend auf ein paar Dutzend Phrasen, die jeder Musiker sich aneignen kann; solche Musik bedeutet ein mehr oder minder angenehmes Geplauder, und die meisten Komponisten leben davon: man lauscht ihren Gesängen, ihren sogenannten Melodien, man kostet vielleicht hier und da ein wenig Vergnügen, aber nichts verbleibt davon irgendwie in der Erinnerung, hundert Jahre gehen dahin, sie sind vergessen. Aber nun jene zweite Musik: vom Altertum bis zu unseren Tagen haben die Völker gewisse Lieder, die ihre Sitten und ihre Gewohnheiten schildern, wie einen kostbaren Schatz bewahrt. Lauschen Sie einem dieser nationalen Gesänge, und Sie versinken in eine unerhörte Träumerei, in Ihrer Seele formen sich bezwingende und gewaltige Gestalten, und es macht nichts, daß diese musischen Bruchstücke, diese Ruinen so einfach sind. Es werden in jedem Jahrhundert ein oder zwei geniale Männer geboren, nicht mehr, jeder davon ein Homer der Musik, dem Gott die Fähigkeit verlieh, seiner Zeit vorauszueilen: und wie ersinnt er diese Melodien, randvoll von tollster dichterischer Kraft! Die Melodie hat die Macht, die Zeit zu überdauern, die sie geboren hat.

BRIEF EINES LEBENSKÜNSTLERS

Paul, ich bin Dein Freund im wahrsten Sinne des Wortes. Hättest Du früher die Tatkraft besessen, die Dir zu spät gekommen ist, so würde ich Dir meine Freundschaft durch Offenbarungen bewiesen haben, die Dich über die Menschheit hätten hinwegwandeln lassen wie über einen Teppich. Aber als ich Dir in romanhafter Form die tatsächlichen Erlebnisse meiner Jugend berichtete, nahmst Du sie wirklich für Romane und wußtest keinen Nutzen daraus zu ziehen. Talleyrand sprach einmal ein wunderbares Wort; er sagte: »Alles kommt vor!« Aber die Welt hat ein Interesse daran, dies abzuleugnen, zudem ereignen sich selbst die übelsten Dinge mit einer solchen Natürlichkeit, sind so überzuckert vom Firnis guten Geschmacks, daß ich oft genötigt bin, meine Brillengläser zu putzen, um den Dingen auf den Grund sehen zu können.

Doch ich wiederhole Dir: wenn ein Mensch zu meinen Freunden zählt, wenn ich mit ihm gemeinsam die Champagnertaufe erhielt, gemeinsam mit ihm am Altar der Venus das Abendmahl empfing, wenn wir uns beim Jeu mit gierig raffenden Händen verbrüderten und wenn mein Freund sich nun in einer schwierigen Lage befindet, so werde ich in aller Gemütsruhe zwanzig Familien zugrunde richten, um ihn wieder in die Höhe zu bringen. Du kannst hieraus ersehen, daß ich Dich liebe. Lies also recht aufmerksam das, was mir jetzt noch Dir zu sagen bleibt.

Da hat es sich also ereignet, daß meine Mutter in irgendeinem Thermalbad eine entzückende alte Jungfer kennenlernte, eine Engländerin, die zweihundertvierzigtausend Frank Rente hat und der sie als gute Mutter den verwegenen Gedanken eingegeben hat, meine Frau werden zu wollen. Ein Mädchen von sechsunddreißig Jahren, meiner Treu! auferzogen nach denkbar puritanischen Grundsätzen, eine wahre Nonne, die der Anschauung huldigt: »Ehebrecherische Frauen müssen öffentlich verbrannt werden!« Ich habe sie gefragt, wo man das Holz hernehmen sollte.

Ganz gewiß hätte ich sie zum Teufel gejagt; denn zweihundertvierzigtausend Frank Jahresrente wiegen mir meine Freiheit nicht auf und sind ein zu geringer Preis für meine leiblichen und geistigen Werte und meine ganze Zukunft. Aber sie ist die alleinige Erbin eines gichtgeplagten Alten, irgendeines Londoner Brauers, der ihr in absehbarer Zeit ein Vermögen hinterlassen muß, das demjenigen, das die Süße schon jetzt ihr eigen nennt, zum mindesten gleichkommt.

Außer diesen Vorzügen hat sie eine rote Nase, die Augen einer toten Geiß und eine Taille, die mich fürchten läßt, daß sie bei einem unglücklichen Fall in drei Teile zerbricht. Sie sieht aus wie eine schlecht angemalte Puppe, aber sie ist von bezaubernder Sparsamkeit, sie wird stets und immer ihren Gatten anbeten, sie hat die berühmte englische Naturanlage, sie hat die ganze Hoheit der Tugend: sie hält sich so steif und hölzern wie eine Ansagerin des Théatre-Français – nichts kann mich von dem Gedanken abbringen, daß sie eine Latte verschluckt haben muß...

Miß Stevens ist immerhin weiß und rein genug, daß man sie heiraten kann, wenn es durchaus sein muß. Aber, und das greift mich an, sie hat ganz die Hände eines Mädchens, dessen Tugendhaftigkeit sprichwörtlich ist; sie sind so rot, daß ich mir kein Mittel vorstellen kann, mit dessen Hilfe ich sie ohne allzu große Kosten zarter machen könnte, und ich weiß nicht, wie ich auf diese Finger, die wie Blutwürste aussehen, Küsse hauchen soll. Oh, sie gehört den Händen nach ersichtlich zur Brauerzunft und dem Vermögen nach zur Aristokratie.

Aber ihr Wesen ist gar zu geziert, wie das aller reichen Engländerinnen, die für Ladys gelten wollen und doch ihre Krebsfinger nicht genügend zu verbergen wissen. Sie hat jedoch den Vorzug, so dumm zu sein, wie ich es von der Frau verlange. Gäbe es irgendwo noch eine Dümmere, so machte ich mich auf den Weg, um sie zu suchen. Niemals wird dieses Mädchen, das sich Dinah nennt, sich ein Urteil über mich anmaßen; niemals wird sie mir widersprechen, ich werde ihr Reichstag sein, ihr Lord, ihr Gemeinderat. Kurz, lieber Paul, dieses Mädchen ist ein unwiderleglicher Beweis englischen Genies; die englische Mechanik hat in ihr den größten Grad der Vollkommenheit erreicht, sie ist zweifellos in Manchester fabriziert worden, wo man Dampfmaschinen und Hutfedern zu bauen weiß. Das ißt und trinkt, das läuft und kann Kinder machen, sie pflegen und erziehen, und das spielt die Frau, daß man glauben könnte, es sei eine.

Als meine Mutter uns einander vorstellte, hatte sie ihre Maschine so gut montiert, hatte Bolzen und Scharniere so sorgsam nachgeprüft, so viel Öl ins Räderwerk gegossen, daß nichts gekreischt hat; dann, als sie sah, daß ich kein allzu entsetztes Gesicht schnitt, öffnete sie die letzten Ventile und ließ das Mädchen sprechen. Die Angelegenheit ist so weit gediehen, daß ihre Veröffentlichung bevorsteht. Wir halten schon auf »my dear love«, und die Miß macht mir Augen, die einen Packträger umschmeißen könnten. Aber die tatsächliche Mitgift, über die ich verfügen werde, ist eine Million.

Du siehst, lieber Paul, ich gebe meinen Freunden nur den Rat, dessen Nutzanwendung ich selber auch für mich anerkenne. Hättest Du auf mich gehört, so hättest Du jetzt eine Engländerin, die Tochter irgendeines Nabobs. Ich würde Dir meine künftige Frau abtreten, wenn Du nicht schon verheiratet wärest. Doch ich bin nicht der Mann, der Dir Deine Vergangenheit vorwerfen will. Diese Einleitung war notwendig, um Dir klarzumachen, daß ich mir die Bedingungen geschaffen habe, unter denen es möglich ist, das große Wettrennen des Lebens mitzumachen. Statt Dich in Indien einpökeln zu lassen, ist es wirklich viel einfacher, unter meiner Bedeckung in den Wassern der Seine zu plätschern. Glaube mir, mein Freund:

Paris ist noch das Land, aus dem die goldenen Ströme sich ergießen. An allen andern Orten bedarf es schwerfälliger Arbeit, bedarf es eines Packträgerschweißes, bedarf es eines Verfahrens und eines Gegenverfahrens, um ein Vermögen aufzubauen: hier aber genügen die Gedanken. Hier findet sogar der nur mittelmäßig Begabte ganz nebenbei eine Goldmine, etwa wenn er sich die Pantoffeln anzieht oder nach Tisch die Zähne stochert, wenn er sich schlafen legt, oder wenn er sich morgens erhebt. Du findest kein zweites Land, wo eine gute Idee, und wenn sie noch so dumm ist, ebensoviel einträgt und so gut verstanden wird wie hier. Ich, der ich mich unterfange, das Leben zu schlürfen wie eine Tasse Eselsmilch und der nie die Erregung der Furcht hat Herr über sich werden lassen, ich, mein Freund, habe die sonderbarsten Wirkungen dieses Empfindens bei unseren Zeitgenossen wahrgenommen. Die einen zittern, die Genüsse zu verlieren, an die sie sich gewöhnt haben, die anderen zittern, eine Frau preiszugeben. Die Abenteurersitten alter Zeiten, wo man das Leben von sich warf wie einen alten Schuh, sind längst dahin. Das große Geheimnis der sozialen Alchimie besteht darin, aus jedem Alter, das wir durchmachen, möglichst großen Gewinn zu ziehen, im Frühling alle seine Blätter, im Sommer alle seine Blüten, im Herbst alle seine Früchte zu tragen.

Wir, ein paar Lebenskünstler und ich, haben uns zwölf Jahre lang belustigt wie die Musketiere, haben uns niemals etwas entgehen lassen, nicht einmal hier und da einen kleinen Raubzug in fremdes Gebiet; jetzt wollen wir uns daran machen, die Pflaumen vom Baum zu schütteln – jetzt, da wir alt genug sind, daß die Erfahrung unsere Ernte hat reifen lassen. Komm, schließe Dich uns an, Du sollst Dein Teil haben vom Pudding, den wir uns zubereiten wollen. Komm, und Du wirst einen Dir ganz ergebenen Freund finden in der Haut

Deines alten
Henry de Marsay.

EIN ABSCHIEDSBRIEF

Madame!
Was sagen Sie von einer Frau, der ein armer, schüchterner Junge gefallen hat – einer, der noch den ganzen edlen Glauben hat, den der Mensch später Illusionen nennt; von einer Frau, die die Reize der Koketterie, die Klugheit ihres Geistes und den schönsten Schein der mütterlichen Liebe anwendet, um dieses Kind zu verführen? Die zärtlichsten Versprechungen, die Luftschlösser, die ihn entzücken, kosten sie nichts; sie entführt ihn, sie bemächtigt sich seiner, sie schilt ihn wegen seines geringen Vertrauens, sie schmeichelt ihm; und wenn nun das Kind seine Familie verläßt und ihr blind folgt, dann führt sie ihn an den Rand eines ungeheuren Meeres, läßt ihn lächelnd ein gebrechliches Boot besteigen und überläßt ihn allein, ohne Beistand, den furchtbaren Wogen, dann fängt sie auf dem Felsen, auf dem sie in Sicherheit ist, zu lachen an und wünscht ihm gute Reise.
Diese Frau sind Sie. Dieses Kind bin ich.
In den Händen dieses Kindes befindet sich ein Andenken, das Ihre verbrecherische Gunst und Ihre Hingabe verraten könnte. Sie könnten erröten müssen, wenn Sie dem Kind, das den Wellen preisgegeben ist, wiederbegegneten und daran dächten, daß Sie es auf Ihrem Schoß gehabt hatten. Wenn Sie diesen Brief lesen, wird das Andenken in Ihrem

Besitz sein. Es steht Ihnen frei, alles zu vergessen. Nach den schönsten Hoffnungen, die Ihre Hand mir am Himmel gewiesen hat, finde ich die Wirklichkeiten des Elends im Schmutz von Paris. Während Sie glänzend und angebetet auf den Höhen der vornehmen Welt sich ergehen, bis zu deren Schwelle Sie mich geführt haben, werde ich in der elenden Dachstube, in die Sie mich verbannten, mit den Zähnen klappern.

Aber vielleicht packt Sie die Reue inmitten der Feste und Vergnügungen, vielleicht denken Sie dann an das Kind, das Sie in den Abgrund geworfen haben. Wohlan, Madame, bleiben Sie ohne Reue. Aus der Tiefe seines Elends reicht Ihnen das Kind das Letzte, was ihm geblieben ist: seine Verzeihung mit seinem letzten Blick.

Ja, Madame, dank Ihnen besitze ich weiter nichts. Nichts! Ist das nicht der Stoff, aus dem die Welt gemacht worden ist? Das Genie muß Gott nachahmen: ich will mit seiner Güte beginnen, ohne zu wissen, ob ich je seine Macht haben werde.

Lucien.

BRIEFE AN DIE FREMDE

Im folgenden geben einige charakteristische Abschnitte aus den Briefen an Frau von Hanska einen von starker Unmittelbarkeit erfüllten Einblick in den mühsamen Alltag des Dichters und seine unerschütterliche Liebe zu der fernen Geliebten.

Paris, 24. Februar 1833

Immerzu Arbeit! Ich verbringe mein Leben in einer Mönchszelle, die allerdings eine ganz hübsche Zelle ist. Aber ich gehe selten aus. Ich habe viel persönlichen Verdruß wie alle Menschen, die von dem, was sie anbeten möchten, leben müssen. Wie vieles tue ich, auf das ich gern verzichten würde! – Wenn Sie wüßten, wie mächtig sich eine einsame Seele, die niemand mag, zu aufrichtiger Zuneigung hingezogen fühlt! Ich liebe Sie, unbekannte Frau, und diese wunderliche Sache ist nur die natürliche Folge eines Lebens, das immer leer und unglücklich war, das ich nur mit Gedanken ausgefüllt und dessen Jammer ich durch eingebildete Freuden zu mildern gesucht habe. Darum konnte auch nur mir ein derartiges Abenteuer widerfahren.

Paris, Mai-Juni 1833

Oh! wie selig macht uns heimliche Liebe! Wie macht sie stolz! Wenn Sie wüßten, was für wundervolle Reisen ich in jenem Monat des Nichtstuns, unter dem schönen blauen Himmel Angoulêmes zu Ihnen unternahm, wie ich mich mit Ihnen beschäftigte, mich Ihretwegen beunruhigte, als ich Sie krank wußte, und was für verrückten Gedanken ich mich hingab, als ich keine Antwort von Ihnen erhielt! Es gehört Ihnen so viel von meinem Leben, vielleicht zuviel...

Paris, 19. August 1833

Ich beschwöre Sie, hören Sie nicht auf Schwätzereien und Verleumdungen – alle bösen Zungen beschäftigen sich mit mir, neulich hörte einer meiner Freunde, wie ein Einfaltspinsel erzählte, daß ich zwei Talismane hätte, auf die ich schwöre: zwei Trinkgläser. Von dem einen hinge mein Leben ab, von dem andern mein Talent!

Paris, 9. September 1833

Warum lassen Sie leere Seiten in Ihrem Brief stehen? Doch lassen Sie's – lassen Sie's! Nur nichts Erzwungenes. Dieses leere Weiß, ich fülle es aus. Ich sage mir, daß Ihr Arm darübergestrichen hat und küsse das Weiße. Adieu, meine Hoffnung, auf bald!

Paris, 26. September 1833

Ich wollte, daß man auf der ganzen Erde voll Bewunderung von mir sprechen könnte, damit Du, wenn ich meinen Kopf in Deinen Schoß lege, die ganze Welt zu Deinen Füßen hättest.

Paris, 20. November 1833

Gestern ist mein Lehnstuhl, der Gefährte meiner Nächte, in Stücke gegangen; es ist der zweite Stuhl, der seit dem Beginn der Schlacht, die ich liefere, unter mir zusammengebrochen ist. Wenn man mich fragt, wohin ich gehe, warum ich Paris verlasse, so sage ich, daß ich mich nach Rom wende. Der Kaffee wirkt fast gar nicht mehr auf mich, ich muß ihn mir eine Weile abgewöhnen, damit er seine Kraft wiederbekommt.

Paris, 24. November 1833

Ich habe diese Woche durchweg achtzehn Stunden am Tag gearbeitet und mich nur durch Bäder, die die allgemeine Reizbarkeit niederschlugen, aufrechterhalten. Wieviel Widerwärtigkeiten und Laufereien habe ich gehabt! Ich mußte diese Woche, am Freitag, dem 29., ein großes Diner geben und entdeckte dabei, daß ich weder Messer noch Gläser hatte. Ich ertrage nun einmal keine schäbigen Dinge um mich, und so mußte ich wieder ein paar Schulden machen.

Paris, 19. Oktober 1834

Ich bin so dick geworden, daß die Zeitungen sich darüber lustig machen. Diese Elenden! So ist es nun einmal in unserem schönen Frankreich, da macht man sich selbst über ein durch Arbeit verursachtes Mißgeschick noch lustig. Sie spotten über meinen Schmerbauch, gut! Sie haben eben nichts anderes. – Was meine Vergnügungen angeht, so sind sie recht harmlos. Ich freue mich über die Möbel in meinem Zimmer, die erneuert worden sind, über einen Spazierstock, von dem ganz Paris redet, und über ein herrliches Augenglas, das meine Chemiker bei dem Optiker des Observatoriums haben machen lassen; freue mich über die goldenen Knöpfe an meinem blauen Rock, Knöpfe, die wie von Feenhänden ziseliert sind; denn ein Mann, der im 19. Jahrhundert einen Spazierstock besitzt, der eines Ludwig XIV. würdig wäre,* der konnte doch keine gewöhnlichen chrysokalen Knöpfe mehr tragen! Diese kleinen unschuldigen Marotten bringen mich in den Ruf eines Millionärs. Ich habe für die elegante Welt eine Sekte der »Stockophilen« gegründet, und nun hält man mich für einen frivolen Menschen.

Paris, 26. Oktober 1834

Alles in mir strebt nach Größe. Ich ersticke in den Niederungen, ich brauche Höhenluft, um zu leben! Und ich habe so Großes unternommen! Wir sind in die Ära der Intelligenz eingetreten. Die Könige verschwinden, es gibt keine rohe Gewalt mehr. In der Welt der Intelligenz kann man Leuten gleich Pizarro, Cortez, Kolumbus begegnen. Gewaltige Herrscher erstehen im Reiche des Geistes!

Paris, 15. Dezember 1834

Niemand ahnt, was es heißt, Tinte in Gold verwandeln zu müssen. Ich lebe in Furcht und Zittern, daß ich vor Ermüdung zusammenbrechen könnte, bevor ich mein Werk aufgebaut habe. Werde ich Ihnen auch mit langen Haaren gefallen?

Paris, 22. Dezember 1834

Es ist etwas Schreckliches um die Armut, ihretwegen zeiht man uns der Herzlosigkeit, und alles wird durch sie zur Unnatur. Bei mir muß das Talent oder die Gabe zu schreiben gleichen Schritt mit meinen Zahlungsterminen halten. Ich darf weder krank noch leidend, noch schlecht aufgelegt sein. Aus Stahl und Eisen müßte ich sein, wie der Prägehammer der Münze, und immerzu prägen, prägen!

Paris, 30. März 1835

Ich sehe wie Ludwig XVIII. aus. Es ist ja wahr, ich gehe selten aus und sitze oft zwanzig Stunden über der Arbeit. Sie können sich nicht vorstellen, welchen Erfolg dieser Stock, der eine europäische Berühmtheit zu werden droht, gehabt hat. Borget, der aus Italien zurückgekommen ist und dort nichts verlauten ließ, daß er mit mir befreundet ist, erzählte mir lachend, daß er in Neapel und in Rom davon habe reden hören. Der ganze Dandysmus von Paris beneidet mich um ihn, und die kleinen Schmierblätter leben seit sechs Monaten davon.

Paris, 24. August 1835

Die Schlachtfelder der Intelligenz stellen größere Anforderungen als jene, auf denen man stirbt, und die Felder, auf denen man sät. Frankreich verbraucht jetzt das Gehirn der Menschen, wie es ehemals die Köpfe der Edelleute abschlug.

Paris, 20. März 1836

Wenn man in meinem Alter kein ungetrübtes Glück genossen hat, dann widersetzt sich später unsere Natur der Möglichkeit, den Becher des Glücks an die Lippen zu heben. Weiße Haare haben damit nichts zu tun. Für mich wird das Leben der grausamste Witz gewesen sein. Eines um das andere von dem, was mein Ehrgeiz erstrebte, fällt von mir ab. Macht haben bedeutet nicht viel. Die Natur hat mich zur Liebe, zur Zärtlichkeit geschaffen, und mein Geschick zwang mich, mein Wünschen und Sehnen zu schreiben, anstatt es zu befriedigen.

Paris, 27. März 1836

Ich kann in Paris niemand um Geld angehen, denn man glaubt, ich sei reich, und wäre der Nimbus weg, so würde sich alles in nichts auflösen. – Ich kann Ihnen nichts von Paris sagen. Ich lebe wie ein Mönch, leite meine Zeitung, schreibe, kämpfe und beschäftige mich mehr mit dem Erraten von Staatsgeheimnissen als mit dem, was um mich her ist. Ich will zur Macht in Frankreich gelangen und werde sie erlangen; aber man muß für den Kampf gut gerüstet und mit allen Fragen vertraut sein. Wenn ein Mann von einiger Bedeutung nicht in dem reellen und materiellen Glück der Liebe aufgeht, so muß er sich seinem Ehrgeiz widmen oder sich verkriechen; der Mittelweg ist unwürdig und gewöhnlich.

Paris, 23. April 1836

Mein Brief wurde durch die Ankunft eines Polizeikommissars und zweier Agenten unterbrochen, die mich arretierten und in das Gefängnis der Nationalgarde brachten, wo ich mich jetzt befinde und friedlich an meinem Brief weiterschreibe. Ich werde fünf Tage hierbleiben müssen und den Geburtstag des Königs von Frankreich hier feiern. Nun komme ich um das schöne Feuerwerk, das ich mir ansehen wollte. – Alle meine Ideen sind nun verflogen. Dieses Gefängnis ist abscheulich; man ist mit allen Gefangenen zusammen. Es ist kalt, und wir haben kein Feuer. Die Arrestanten gehören den niedersten Klassen an und brüllen beim Kartenspiel. Es ist unmöglich, auch nur für einen Augenblick Ruhe zu haben. Die einen sind arme Arbeiter, die keine zwei Tage von ihrer Zeit verlieren können, ohne ihre Familien um die Subsistenzmittel zu bringen, und da und dort ein Künstler und Schriftsteller, dem das Gefängnis noch lieber ist als die Wachtstube. Die Betten sollen gräßlich sein...

Paris, 30. April 1836

Der Gedanken ewiger Jude bin ich, immer aufrecht, immer wandernd, ohne Ruhe, ohne eine Herzensfreude, nichts mein eigen nennend als ein paar Erinnerungen, die reich und arm zugleich sind, nichts mein eigen als das, was ich der Zukunft entreiße: bettelnd stehe ich vor ihr und strecke ihr die Hand entgegen. Doch keinen Obolus wirft sie mir zu, nur ein Lächeln hat sie für mich, das »morgen« bedeutet.

Chaillot, 30. September 1836

Freundschaft müßte eigentlich der zuverlässigste Tröster in den großen Katastrophen des Lebens sein. Warum erschwert sie uns nur alles? Das habe ich mich heute nacht, als ich Ihren letzten Brief las, voll Traurigkeit gefragt. – Briefe besitzen eine verhängnisvolle Macht, sie haben, je nachdem sie uns in einer Stimmung überraschen, einen großen Einfluß auf uns. Ich wollte, es gäbe zwischen zwei Freunden, die einander sicher sind, gewisse vereinbarte Zeichen, damit jeder von ihnen gleich wüßte, ob der Brief ausgelassen heiter oder tief traurig ist. Dann könnte man sich den Augenblick heraussuchen, um ihn zu lesen. – Das Gefühl meiner Verlassenheit und Einsamkeit quält mich. Es ist nichts Egoistisches in mir, ich muß nur meine Gedanken, mein Streben und alle meine Empfindungen einem Wesen, das nicht ich bin, sagen können; kann ich das nicht, so habe ich keine Kraft. Ich möchte keine Krone von der Menschheit, könnte ich sie niemand zu Füßen legen.

Chaillot, 30. September 1836

Die große Masse versteht uns nicht, und die höherstehenden Leute haben keine Zeit, uns zu lesen und zu verteidigen. Der Ruhm leuchtet nur Gräbern, die Nachwelt zahlt uns keine Renten, und ich möchte es beinahe wie jener Country Gentleman machen, der, als er in einer Debatte stets von ihr reden hörte, von der Tribüne herunterrief: »Ich höre immerzu von der Nachwelt reden und möchte wissen, was diese Macht je schon für England getan hat.«

Chaillot, 1. September 1837

Sie können sich nicht vorstellen, wie schön Paris wird. Wir brauchten das souveräne Walten einer Maurerkelle, um diese glänzenden Resultate zu erreichen; die täglich zunehmende Pracht, die sich nach allen Seiten ausbreitet, macht uns würdig, die Hauptstadt der Welt zu heißen. Die asphaltierten Boulevards, strahlend erleuchtet von großen Bronzekandelabern, der zunehmende Luxus der Auslagen dieser zwei Meilen langen fortwährenden Messe, in der stets Neues gebracht wird, bieten ein Schauspiel ohnegleichen. In zehn Jahren werden wir reine Straßen haben, und der Pariser Schmutz wird aus dem Wörterbuch gestrichen sein, ja – wir werden so glanzvoll dastehen, daß Paris wirklich eine große Dame sein wird, die erste unter den Königinnen, die Mauerkronen tragen.

Sèvres, 2. Juni 1839

Sie können sich meine Empfänglichkeit nicht vorstellen; bei mir verjährt nichts – alles, was mich je beeindruckte, ist wie von gestern. Ein Baum, ein Fluß, ein Berg, eine Aussicht, ein Wort, ein Blick, Angst, Lust, Gefahr, Emotion, sogar der Sand, das kleinste Ereignis, die Farbe einer Mauerwand, alles spiegelt sich in meiner Seele, alles empfinde ich täglich neu und tiefer.

Ohne Ort, 30. Juni 1841

Wohl will ich, daß wir mit unserer Feder die geistige Welt beherrschen, aber daß wir es uns selbst sagen, ohne daß man uns widerspricht, in unserem eigenen Haus, in der Akademie, das ist geschmacklos und hat mich empört.

Passy, 12. Juni 1842

Seele meine Seele, lassen Sie sich sagen, daß ich keine kostspieligen Neigungen habe, daß es für gewisse, wirklich große Geister – und ich glaube groß zu sein – nur zwei Arten zu leben gibt: entweder großartig zu leben, so wie Leute, die 100000 Frank Einkommen haben, oder einfach zu leben. Was mir Abscheu einflößt, ist das spießbürgerliche Milieu mit seinen Halbheiten, seinen Einschränkungen, dieses gewisse Wollen und Nichtkönnen und der Zwang, an allem sparen zu müssen.

Passy, 14. Oktober 1842

O Freiheit! O Unabhängigkeit! Rossini hatte wohl recht: es gibt nur eine – die des Geldes!

Passy, 28. April 1843

Seit zwei Tagen räume ich in meinem Schreibzimmer auf, in dem es wie in einem Stall ausgesehen hat. Man war zwei Tage damit beschäftigt, es zu reinigen. Nun ist der Stall wieder zum Palast geworden, aber ich habe, obwohl ich schon steif vom Bücken bin, noch Berge von Papier zu ordnen.

Passy, 16. Mai 1843

Ich habe zu sehr nur in der Arbeit, der Einsamkeit gelebt, um den mezzo-termine zwischen Schweigen und Vertraulichkeit zu handhaben. Ich bin wie Herr von Talleyrand: entweder eine eiserne Maske und kein Wort, oder ich schwätze wie eine Elster.

Passy, 28. Mai 1843

Der Kaffee regt mich nicht mehr genügend an; seit zwei Tagen trinke ich eine Flasche Bordeaux bei Tisch, und in einigen Tagen werde ich zu Portwein übergehen müssen. Es bleibt mir nichts anderes übrig.

Passy, 31. Januar 1844

Adieu, geliebte Freundin, der ich angehöre wie der Ton der Glocke, wie ein Hund seinem Herrn, wie der Dichter seinem Ideal, wie das Gebet Gott, wie die Lust ihrer Ursache, wie die Farbe dem Künstler, wie das Leben der Sonne, und haben Sie mich lieb, denn ich brauche Ihre belebende, farbige, freudenspendende, göttliche, ideal gute, süß beherrschende, beständig zitternde Liebe!

ERLÄUTERUNGEN

QUELLENNACHWEIS

ERLÄUTERUNGEN ZUR EINFÜHRUNG

Anm. 1. Sein Vater unterzeichnete einst – wie Cabanès in seinem Buch »Balzac ignoré« mitteilt – in einem launigen Einfall die Verlobungsanzeige seiner Tochter mit Bernard de Balzac. Der Sohn nahm dies für gültig hin und legte sich unbekümmert um die rechtlichen Voraussetzungen nach 1830 das Adelsprädikat bei. In Wirklichkeit gehörte die Familie Balzac Jahrhunderte hindurch dem Bauernstande an. Näheres hierüber hat Biré in seiner Balzac-Biographie veröffentlicht.

2. Paul Barrière hat diese Jugendwerke in seinem Buch »Les romans de jeunesse« eingehend behandelt. Er weist darin, ähnlich wie auch Le Breton in »Balzac, l'homme et l'oeuvre«, sehr aufschlußreiche Zusammenhänge mit den volkstümlichen Schauerromanen jener Zeit nach.

3. Mit sichtlichem Bezug hierauf heißt es im »Père Goriot« einmal: »Das Herz einer Schwester ist ein Diamant an Reinheit, ein Abgrund von Zärtlichkeit.« Freilich wird hernach durch die Heirat Lauras auch diese Beziehung getrübt; siehe darüber die Briefe an Frau von Hanska.

4. Frau von Berny war eine Tochter des deutschen Musikers Hinner, der als Harfenlehrer der Marie-Antoinette nach Paris gekommen war. Ein Ausdruck des ehrenden Gedenkens mag es daher gewesen sein, daß Balzac seinen beiden rührendsten Mädchengestalten, Modeste Mignon und Ursule Mirouet, deutsche Mütter gegeben hat. Hanotaux und Vicaire haben diesem Liebesbund in »La jeunesse de Balzac« eine ausführliche Darstellung gewidmet.

5. »Es ist ein vortreffliches Werk neuester Art, welches sich«, so schreibt Goethe über »La peau de chagrin« am 11. Oktober 1831 in sein Tagebuch, »jedoch dadurch auszeichnet, daß es sich zwischen dem Möglichen und dem Unerträglichen mit Energie und Geschmack hin und her bewegt, und das Wunderbare als Mittel, die merkwürdigsten Gesinnungen und Vorkommnisse sehr konsequent zu brauchen weiß, worüber sich im einzelnen viel Gutes würde sagen lassen.«

6. Balzacs Romane sind in ihrer Art ebenfalls »Bruchstücke einer großen Confession«, so schildert er in »Louis Lambert« seine Knabenzeit bei den Oratorianern, in »Le lys dans la vallée« seine Erlebnisse in der Pension Lepître und sein Verhältnis zu Frau von Berny, in den »Illusions perdues« seine Versuche als Buchdrucker, in »Facino Cane« seine ersten einsamen Arbeitswochen in Paris, in »Colonel Chabert« seine Tätigkeit als Rechtspraktikant.

7. Evelina von Hanska stammte aus der Familie der Grafen Rzewuski. Sehr früh hatte sie sich mit dem 20 Jahre älteren Grafen Wenzeslaus von Hanski verheiratet. Als sie in das Leben Balzacs trat, war sie 28 Jahre alt. Siehe hierzu die Briefsammlung der »Lettres à l'étrangère«.

8. Viele Anekdoten aus dem Alltag Balzacs finden sich bei Gozlan und in dem Sammelwerk von Marc Blanchard. Auch Lovenjoul, wohl der beste Balzac-Kenner, bringt sehr aufschlußreiche Tatsachen, so die Erinnerungen des Jugendfreundes Pétigny.

9. Die Schilderung des Liebesnestes in »La fille aux yeux d'or« der »Histoire des treize« bezieht sich auf einen dieser Salons.

10. Victor Hugo hat in seinen Tagebüchern: »Choses vraies« sein Verhältnis zu Balzac menschlich deutlich gemacht. Siehe auch seine Grabrede in »Actes et paroles« 1849–51 sowie sein »Post-Scriptum à ma vie«, 1901.

11. Es handelt sich um die Gemahlin des Fürsten Talleyrand, der im Jahre 1815 den Titel eines Herzogs von Dino empfing. Die Tagebücher erschienen als »Chronique de 1831–62«, Paris 1909.

12. Champfleury hat in mehreren Studien sehr aufschlußreiches Material über Balzac veröffentlicht, so »Documents pour servir à la biographie de Balzac«, Paris 1878, und »Balzac et ses méthodes de travail«, Paris 1879.

13. Siehe die Arbeit »Henri Monnier, sa vie et ses oeuvres« von Champfleury.

14. François Gérard (1770–1837) war Schüler von Pajou und J. L. David. Als Hofmaler blieb er sowohl unter Napoleon wie unter den Bourbonen in Gunst. Sein Lebenswerk umfaßt über 250 Bildnisse.

15. Was Frau von Hanska an Balzac eigentlich interessierte, ist im Letzten nicht zu ergründen, da Balzac alle ihre Briefe aus Furcht vor Indiskretionen vernichtet hat.

16. Matteo Bandello (1485–1562), Bischof von Agen, war bekannt als »lombardischer Boccaccio«. Aus seiner umfangreichen Novellensammlung entnahm Shakespeare das Motiv zu »Romeo und Julia«. Auch Musset verdankt ihm manche Anregung.

17. Giovanni Battista Giraldi, gen. Cintio (1504–1573), Professor in Ferrara, veröffentlichte seine Novellensammlung unter dem Titel »Gli hecatommithi«. Aus ihr schöpfte Shakespeare den Stoff zum »Othello«.

18. Lasca, eigentlich Antonio Francesco Grazzini (1503 bis 1584), hinterließ eine Novellensammlung in der Art des Boccaccio unter dem Namen »Cene«.

19. Bekannter Balzac-Biograph. In seinem Werk »Balzac l'homme et l'oeuvre«, Paris 1905, zeigt er sich allerdings vielfach von vorgefaßter Meinung und ist z. B. auf die Contes drôlatiques überhaupt nicht eingegangen.

20. Siehe unter den Stücken besonders den Abschnitt »Paris und die Franzosen«, in dem aus dem Gesamtwerk der Comédie Humaine alles Wesentliche zusammengetragen wurde, was Balzac über seine Landsleute gesagt hat.

21. Dem italienischen Genie hat Balzac fünf seiner schönsten, von künstlerischem Schwung getragenen Erzählungen gewidmet: »Gambara« – »Massimilla Doni« – »Facino Cane« – »Lorenzo Ruggieri« – »Les proscrits«. Aus diesen Werken enthält das Brevier die Abschnitte »Die Theorie des Gambara« – »Opium« – »Philosophie der Straße« und mehrere Abschnitte in den »Kulturgeschichtlichen Miniaturen«.

22. Voller Leidenschaft und Heldentum ersteht in den Novellen »El Verdugo« und »Les Marana« das Spanien der Napoleonischen Ära, während im »Elixir de longue vie« in düsterer Besessenheit das großartig angelegte »Urbild des Don Juan« lebendig wird, das hier zitiert wurde (S. 242).

23. In überraschender Einfühlung gelang es Balzac, die grüblerische Versunkenheit und schwerblütige Beharrlichkeit des Flamen auf den Hintergrund einer reichen Landschaft zu zeichnen. So entstanden die Erzählungen »Tobias Guarnérius« und »Jésus-Christ en Flandre« sowie das Hauptwerk dieser Gattung, der Roman »La recherche de l'absolu«.

24. Kaum jemals sind Vorzüge und Nachteile des Polen so anschaulich dargestellt worden wie in der Gestalt des Grafen Stenbock in »Cousine Bette«. Vergleiche hierzu auch das Zitat unter den »Kulturgeschichtlichen Miniaturen«. Weitere Aufschlüsse über dieses Thema gibt Hélène Altszyler in ihrer Studie »Les Polonais dans l'oeuvre de Balzac« (Revue d'Histoire littéraire de la France, 25e année Nr. 2, 1918). Die Verfasserin, selbst Polin, muß zugeben, daß Balzac ein richtiges Bild von den emigrierten Polen gegeben hat, allerdings tut sie dies mit dem typischen Vorbehalt: »Mais il n'a jamais compris le fond de l'âme polonaise!«

25. Faguet hat sich in der »Collection des grands écrivains francais«, Paris 1913, sehr gründlich, aber wiederholt ablehnend mit Balzac und seiner Comédie Humaine auseinandergesetzt.

26. Schwarzenberg begleitete Balzac während seiner Deutschlandreise auf das Schlachtfeld von Wagram, wo er ihm – wie wir einem Vermerk in Balzacs Roman »Les paysans« entnehmen – die Worte eines Augenzeugen der Schlacht übersetzte. In dankbarer Erinnerung hat Balzac hernach dem Fürsten seine Erzählung »Adieu« gewidmet.

27. Es handelt sich höchstwahrscheinlich um Lulu v. Thürheim, die bemerkenswerte Erinnerungen vom Wiener Kongreß und dem alten Kaiserhof veröffentlicht hat.

28. Einen genauen Nachweis über den Einfluß Hoffmanns auf Phantasie und Stilistik Balzacs bringt Ernst Hofmann in seiner Studie »Hoffmann et la littérature française«, Jahresbericht der Annenschule, Dresden 1913.

29. Weiteres aufschlußreiches Material über das Verhältnis Balzacs zu Deutschland bietet Irene Schoppach in ihrer Arbeit »Deutschland und die Deutschen im Urteil Honoré de Balzacs«, Gießen 1923 (Gießener Beiträge zur romanischen Philologie, III, 12).

30. Ohne jeden Idealismus urteilt im »Contrat de mariage« der elegante Henri de Marsey in einem Schreiben an seinen Freund Paul über Miß Stevens, seine englische Braut: es ist im Brevier als »Brief eines Lebenskünstlers« zitiert (S. 277). Eine glänzende Satire über das englische Gefühlsleben bildet das

Gespräch der Kurtisanen in »Splendeurs et misères«, vergleiche hierzu das Zitat »Die Liebe und die Engländer« (S. 193).

31. Hanns Heiß ist in seinem Werk über Balzac ausführlich auf eine ganze Reihe von Romanen eingegangen und hat damit eine ziemlich weitgehende inhaltliche Orientierung ermöglicht.

32. Siehe hierzu besonders im I. Teil des Breviers den Abschnitt »Geld und Geschäfte«, ferner »Balzac und der moderne Kapitalismus« von Erika Buttke, Marburg 1923.

33. Vergleiche die Romane »Gobseck« und »La Maison Nucingen« sowie im Brevier die Abschnitte „Der Schatz der Jungfrau" und »Träumereien eines Wucherers« (S. 194 uud 197).

34. Eine ausführliche Darstellung dessen, was Balzac unter einer wirksamen sozialen Betreuung versteht, findet sich in den Auslassungen des Dr. Benassis im »Médicin de village«, vergleiche hierzu auch einen Teil der Aphorismen im Abschnitt »Staat und Gesellschaft« S. 58 ff.

35. Man denke hier an sein poetisches Spiegelbild Louis Lambert, den er schon als Schüler eine Abhandlung über den Willen schreiben läßt.

36. Eine ausführliche Untersuchung hierüber hat Ernst Robert Curtius in seinem Aufsatz »Balzac und die Religion« (Hochland Juni-Juli 1922) angestellt.

37. Saint-Martin (1743–1803) hat gegenüber dem Sensualismus und Materialismus seiner Zeit mystisch-theosophische Anschauungen der »Lichtmetaphysik« verfochten. Besonders bestärkt wurde er hierin von Jacob Böhmes Schriften, von denen er einige ins Französische übersetzte. Sein politisches Ideal war die Theokratie. Seine Philosophie hat auf die Theosophie der deutschen Romantik gewirkt.

38. Franz Joseph Gall (1758–1828) untersuchte Hirne und Schädel von Tieren und Menschen, um deren geistige Leistungen in Zusammenhang mit den Hirn- und Schädelformen zu bringen. Seine Vorträge, die er hierüber in Wien hielt, wurden 1802 durch kaiserlichen Erlaß verboten.

39. Es sei hier nur auf die Bemerkungen Bianchons im »Père Goriot« und die ersten Abschnitte in »Une ténébreuse affaire« sowie auf die vielen eingehenden physiognomischen

Beschreibungen verwiesen, die Balzac von fast allen seinen Gestalten gibt.

40. Etwa der dunkle Auftrag des Maxime de Trailles in »Le député d'Arcis« oder die Rätsel um den jungen Savarin in »Albert Savarin«.

41. Théophile Gautier (1811–1872) war der erste Verfechter des »l'art pour l'art«, wichtig sein Werk »Histoire du Romantisme«. Bei der Neuauflage des »Chef d'oeuvre inconnu« hat Balzac ihn zur Mitarbeit herangezogen. Von Gautier stammen die Gedanken des Frenhofer über die Malkunst.

42. Der von ihr vertretene poetische Realismus lehnte sowohl die phantastischen Verstiegenheiten der Romantik wie die kritisch-pessimistische Auffassung des Naturalismus ab.

43. Selbst auf der Höhe seines Ruhmes blieb Balzac ein Klient des Pfandhauses, und seine Schulden schwankten zwischen 150–200000 Frank.

ERLÄUTERUNGEN
ZU DEN AUSGEWÄHLTEN STÜCKEN

Seite 3, Aph. 3. Vergleiche die tragischen Frauengestalten der Menschlichen Komödie, etwa die Baronin Hulot (Lis), die Mutter von Philipp Brideau (Jh) oder die Kurtisane Esther (Kur I).

3, 8. Ein Beispiel hierfür hat Balzac in dem Roman »La femme abandonnée« (1832) gegeben.

5, 23. Balzac hat damit offenbar den Widerstreit seiner eigenen Gefühle zu schlichten versucht; denn trotz seiner unwandelbaren Bereitschaft, sein Leben auf die Dauer einzig an das Frau von Hanskas zu binden, zögerte er doch nicht, sich gelegentlich mit Liebschaften abzugeben, wenn Laune und Gelegenheit dem günstig schienen (siehe hierzu Cabanès u. a.).

7, 38. Die Briefe an Frau von Hanska geben von diesen Empfindungen ein treues Spiegelbild, siehe auch die Einführung.

9, 47. Siehe das Schicksal der Ehe Sommervieux (Kat) oder die Erfahrungen der Modeste Mignon mit Canalis (MM) und die Leidenschaft des Fräulein von Watteville (Sav).

16, 101. Ganz in diesem Sinne schreibt Balzac an Frau von Hanska über George Sand: »Sie hat vom Mann das Großzügige, ergo ist sie kein Weib.« (Brief vom 2. März 1838.) Schon vorher, am 20. Januar 1838, heißt es: »Ich habe es sehr gern, wenn eine Frau schreibt und studiert, aber sie muß es machen wie Sie und den Mut haben, ihre Werke zu verbrennen.« Dies hinderte Balzac freilich nicht, einen Novellenentwurf der Freundin für seine »Modeste Mignon« zu verwenden: »Ihre Novelle ist so reizend ... ich werde sie korrigieren und unter meinem Namen veröffentlichen.« (Brief vom 1. März 1844.)

16, 107. Das ist zugleich auch der Schlüssel für die Beharrlichkeit der Werbung Balzacs um Frau von Hanska.

22, 141. Dies ist wohl auch als anonymes Bekenntnis für sein Verhältnis zu Frau von Hanska zu werten, von der Balzac jahrelang getrennt leben mußte, ehe er sie zur Frau gewann.

23, 142. Dies möchte zunächst als Widerspruch zu Aph. 38 erscheinen, doch es ist hier fraglos der gesellschaftliche Umgang gemeint, nicht das Liebesverhältnis zweier Menschen, wie im vorgenannten Aphorismus.

23, 152. Man könnte diese Erklärung fast als antiklassizistisch auslegen und als ein Bekenntnis zur Romantik hinnehmen. Aber Balzac ist nie an einer derartigen Stellungnahme gelegen gewesen, es ging ihm weder um das eine noch das andere, sondern einzig um die klarste Ausprägung alles Seins. Eine Deutung in diesem Sinne findet sich im ersten Satz von Aph. 153: »Das Leben liegt in der Leidenschaft.«

29, 190. So wie etwa Ferragus (Dr).

29, 191. Vergleiche hierzu die Gestalt des Canalis (MM).

29, 192. Ähnlich heißt es an anderer Stelle: »Die sichersten Renten sind nicht die Staatsrenten, sondern jene, die man sich selber in seiner Eigenliebe gründet« (Bau).

30, 202. Auch dies ist ein Geständnis, das die seelischen Hintergründe für Balzacs Verhältnis zu Frau von Hanska beleuchtet: die geliebte Frau besaß den Reichtum, den er rastlos ebenfalls zu erringen suchte, und sie hatte bereits von Anbeginn jene aristokratische Herkunft, die er selber erst nachträglich aus eigener Vollmacht für sich beanspruchte.

31, 208. Siehe hierzu die Ausführungen über Balzacs Naturgefühl in der Einführung.

31, 209. Ein farbiges Beispiel hierfür ist das Verhältnis des Barons Hulot zu seinem Schwager Crevel (Lis).

32, 219. Balzac hat hierfür die glänzenden Beispiele seiner Monomanen geschaffen: Hulot (Lis), Grandet (EG), Phil. Brideau (Jh), Goriot (Go), Claes (Abs), Collin alias Vautrin (Go) alias Abbé Herrera (Kur I–II).

33, 220. Siehe hierzu besonders das Schicksal des Barons Hulot (Lis).

33, 221. Wie etwa Frau von Bargeton (VJ.I).

35, 235. Man denke an Gobseck (Gob), den alten Grandet (EG) oder Nicolas Séchard (VJ I).

40, 276. So ließ Balzac u. a. Goriot (Go), Guarnerius (Gua), Frau von Sommervieux (Kat), Frau d'Aiglemont (Fr), die Baronin Hulot (Lis) und die Mutter der Brüder Brideau (Jh) enden.

40, 278. Mit unvergleichlicher Klarheit hat Balzac damit zugleich seine eigene Arbeitsweise gekennzeichnet: Denken ist Sehen.

41, 281. Man denke an die Verwandlung des Balthasar Claes (Abs) und das Schattenleben des Musikers Gambara (Gam).

44, 306. Dem Zwiespalt zwischen Wollen und Können erliegt Frenhofer als Maler (Mei), Gambara als Musiker (Gam), Claes als Forscher (Abs), Rubempré als Schöngeist (VJ. und Kur), Birotteau als Kaufmann (Bi), Rabourdin als Beamter (Bea). Die dichterische Verklärung dieses Zwiespaltes hat Balzac in »La peau de chagrin« gegeben.

45, 311. Das Verhältnis von Ursache und Wirkung hat Balzac immer wieder eingehend gewürdigt, es ist die alte Formel des Aristoteles, der Scholastik, der Renaissance- und Aufklärungsphilosophie, die in Balzacs Mystik und Magik zugleich Ausdruck aller Beziehungen zwischen Gott und Welt, Wille und Werk wird: cause, das ist ihm Wesen, Urgrund und Kraft – effet ist Welt, Gestalt und Erscheinung.

45, 312. Siehe die weiteren Gedanken hierzu in Lamberts Philosophie der Sprache (Lam).

47, 326. Im Gegensatz zu dieser Behauptung mußte Balzac es erleben, daß man sich dennoch über seine Eigenheiten aufhielt.

47, 327. Balzac, der sich viel mit ungerechten Kritikern, vor allem mit Sainte-Beuve, herumschlagen mußte, spricht hier aus eigener Erfahrung. Vergleiche auch die vielen Klagen über die Anfeindungen in den Briefen an Frau von Hanska.

48, 329. An anderer Stelle heißt es: »Der Zufall hat mich gezwungen, meine Wünsche zu schreiben, anstatt sie zu befriedigen«. (Brief an Frau von Hanska.)

48, 330. Die Begründung hierfür gibt Aph. 325.

48, 333. Auf Victor Hugo gemünzt, von dem er in seinem Stendhal-Aufsatz sagt: »Er verwandelt sich nicht genug, er legt sich in seine Gestalt, anstatt diese Gestalt zu werden.«

51, 350. Hier spricht die Sammelfreudigkeit des Dichters aus eigenem Empfinden.

53, 365. Balzac zeigt den Selbstmord in allen Stadien des Vorgefühls und der Vollendung, so bei Lucien und Esther (Kur), bei dem jungen Granson (Ju), bei Raphael von Valentin (Cha), während Phil. Brideau (Jh) nur in freventlicher Weise mit diesem Gedanken spielt.

54, 371. Ähnliche Formulierungen in der Beichte Vautrins (Go) und beinahe wörtlich wiederholt in (Bau).

55, 378. Hierzu besonders die Figur des Barons Nucingen (Nu, Kur).

55, 381. Diese Geheimlehre hat Balzac nie beherrscht – sie war seine unglückliche Liebe, die ihm manche Rechnung verdorben hat, weil seine Phantasie den Tatsachen nicht nur vorauseilte, sondern sie auch schon als gegeben hinnahm und auf diesem schwanken Grund dann seine Hoffnungen aufbaute.

56, 388. Treffende Szenen hierzu besonders in (Bi) und (VJ))

56, 390. Es sei auf die mit dämonischer Eindringlichkeit gezeichneten Gestalten von Gobseck (Gob, Bea) Séchard (VJ) und Grandet (EG) verwiesen.

57, 395. Balzac hat diese Einsicht für sich selber nie beherzigt.

58, 401. Balzac hat sich diese Erkenntnis in seinem Werk selber nutzbar gemacht, indem er viele seiner Gestalten mit einer bis zur Manie gesteigerten Leidenschaft auszeichnete und auch in seinen Motivierungen gelegentlich keineswegs auf etwas grobe Effekte verzichtete.

59, 403. Ein Beispiel dafür hat Balzac in (Ho) gegeben.

60, 410. Zugleich eine Rechtfertigung seiner Menschlichen Komödie, in der er allen nur erdenklichen Leidenschaften nachgespürt hat.

60, 412. Beispiel hierfür das Schicksal der Herrschaft »Les Aigues« in (Bau).

63, 438. Balzac hat sein soziales und nationalökonomisches Programm ausführlich entwickelt (Landa, Mem).

64, 439. Balzac verbreitet sich über dieses Thema ausführlich (Phys Bea).

64, 440. Vergleiche hierzu besonders die reichen Szenen aus dem Beamtenleben (Bea).

66, 458. Eine Fülle ergötzlicher Szenen in diesem Sinne enthalten die Romane (VJ, Ju, Mir).

66, 461. Ähnliche Formulierungen in (Fr und Bi).

67, 470. Ganz aus der Geisteshaltung des 18. Jahrhunderts geborener Antagonismus. Vergleiche hierzu Rousseaus »Contrat social« und Balzacs Anklage in der »Polémique judiciaire«: Ursprüngliche Lebensformen gibt es nur noch bei den Dieben, den Dirnen und den Zuchthäuslern.

70, 489. Balzac selber befolgte diese Mahnung nie. Alle, die ihm nahestanden, bekunden, daß er fast unausgesetzt sprach, und zwar stets von sich und seinen Plänen.

72, 500. Wohl von Balzac zugleich als Rechtfertigung für seine später von ihm verleugneten Jugendschriften gedacht.

72, 501. Auch dies wieder verstanden im Sinne einer Potenzierung des Willens, der Balzac eine so entscheidende Bedeutung beimißt.

72, 502. Vergleiche hierzu die Schicksale Luciens (VJ), Rabourdins (Bea) und Birotteaus (Bi).

73, 507. Zugleich als Protest gegen jene Nörgler gedacht, die ihm die oftmals naiven Kundgebungen seiner Vitalität verdachten.

74, 521. Balzac fiel es selber sehr schwer, sein Licht unter den Scheffel zu stellen und über seine Pläne zu schweigen; er hat dies selbst dann nicht vermocht, wenn es die Vorsicht geboten hätte.

74, 522. Vergleiche hierzu die Szenen des Verhörs (Kur), in denen Lucien durch den Zusammenbruch seiner Willenskraft sein eigenes Schicksal und das des Abbé Herrera besiegelt.

75, 524. Auch darin wieder spricht sich Balzacs energetisches Prinzip aus: die Zusammenballung aller Kräfte zu einer großartigen Willenssteigerung.

75, 531. Hier durfte Balzac aus eigener Erfahrung sprechen, es sei auf die bitteren Klagen verwiesen, die er hierüber wiederholt in den Briefen an Frau von Hanska führt.

76, 539. Vergleiche den Satz im Brief an Frau von Hanska vom 22. Oktober 1836. Bei Frau von Staël heißt es: »Ruhm ist die gleißende Trauer des Glücks.«

79, 556. Wiederholt in (Bau).

79, 557. Für Balzac selbst kennzeichnend, der sich nie die Erfüllung eines Wunsches versagen mochte.

79, 561. Siehe den ehrlichen Martin (Ehe) oder den berühmten Derville (OCh).

80, 567. Balzac hat im Gang seiner Handlungen dem Zufall wiederholt einen dramatischen Effekt eingeräumt.

82, 583. Ähnliche Erkenntnis in (MM).

83, 592. Ein ähnlicher Gedanke findet sich in (Lam).

85, 606. Siehe Lucien (VJ und Kur), Canalis (MM), Steinbock (Lis) und Sommervieux (Kat).

86, 614. Die Kleiderfrage spielt bei den jugendlichen Helden Balzacs eine große Rolle, man denke an Lucien (VJ) oder an Rastignac (Go), an Valentin (Cha).

86, 617 Glänzende Verkörperungen dieser Erkenntnis im alten Séchard (VJ) und im alten Grandet (EG).

101, 659. Denis Auguste-Marie *Raffet* (1804–1860), Maler und Stecher, schuf zahlreiche Illustrationen zur Geschichte Napoleons.

138, 735. Nicolas Toussaint *Charlet* (1792–1845), Maler und Lithograph, trug mit seinen Bildern und Illustrationen viel zur Vertiefung der Napoleon-Legende bei. Sein graphisches Werk umfaßt über tausend Blätter.

143, 738. Vergleiche den Abschnitt über die Kreolin in den »Kulturgeschichtlichen Miniaturen« (S. 234, Nr. 856.)

146, 739. Matthew Gregory *Lewis* (1775–1818), bekannt als Verfasser des antikirchlichen Schauerromans »Ambrosio or the monk«. – Antoine-Marie Chamans, Comte de *La Valette* (1769 bis 1830), verdankte seiner mutigen Frau, einer geborenen Beauharnais und Schwägerin Napoleons, durch die List eines Kleidertausches die kühne Flucht aus dem Gefängnis, am 21. Dez. 1815. Er hat dies abenteuerliche Unternehmen selber in seinen »Mémoires et souvenirs«, Paris 1831, geschildert. – Lady Hester *Stanhope* (1776–1839), Nichte von William Pitt, unternahm – was damals bei einer Frau noch ziemliches Aufsehen machte – viele Reisen über Europa hinaus. Lange Zeit lebte sie in Syrien, wo sie wegen ihrer Wohltätigkeit »Die Königin von Tudmur« genannt wurde. Ihr Leibarzt veröffentlichte ihre Erinnerungen unter dem Titel: »Memoirs of the Lady H. St.« (1845).

153, 742. Pierre Carlet de Chamblain de *Marivaux* (1688–1763), Romancier und Dramatiker. Aus der Fülle seines Schaffens haben sich bis heute erhalten »Le jeu de l'amour et du hasard« – »Les fausses confidences« – »L'épreuve«. – Louis Roberte *Dancourt* (1725–1801), Dramatiker und Schauspieler, schrieb eine Unzahl von Bühnenwerken für die Provinzbühnen, auf denen er spielte. Über seine äußeren Lebensumstände ist fast nichts bekannt.

182, 796. Balzac hat ihre Geschichte in dem Roman »La maison du chat qui pelote« geschildert.

185, 798. Die Figur des *Frenhofer* im »Chef-d'oeuvre inconnu« ist nicht historisch. Irene Schoppach läßt in ihrer Arbeit »Deutschland und die Deutschen im Urteil des Honoré de Balzac« die Frage offen, ob es sich um die Gestalt eines deutschen Meisters handeln soll. Ich halte dies für gesichert: ganz abgesehen davon, daß die Namensgebung bei Balzac niemals willkürlich erfolgt, manchmal sogar charakterisierend ist – etwa wie bei Crevel (d. h. Bäuchlein) in »Cousine Bette« –, finden sich noch manche anderen Hinweise: so bittet Porbus den Frenhofer, ihm wieder etwas von seinem herrlichen Rheinwein zu beschaffen; vor allem aber ist die faustische Zwiespältigkeit Frenhofers ein dem Romanen unverkennbares Merkmal deutscher Wesensart. Vergleiche auch die Studie von François Fosca »Les artistes dans les romans de Balzac«. – Jan Gossart, gen. *Mabuse* (1478–1534), Begründer des Romanismus, d. h. der nach Italien orientierten Richtung der niederländischen Malerei des 16. Jahrhunderts. – Die Figur des *Porbus* im »Chef-d'oeuvre inconnu« ist ebenso wie die des Frenhofer die freie Gestaltung einer künstlerischen Persönlichkeit. – Nicolas *Poussin* (1593 bis 1665) kam 1612 nach Paris, war also in der Tat noch ein Jüngling, wie Balzac ihn im »Chef-d'oeuvre inconnu« gezeichnet hat.

191, 799. Auch der geheimnisvolle Ferragus bedient sich im ersten Teil der »Histoire des treize« tödlicher Mittel mit dem Anschein des Zufalls, um einen Widersacher aus dem Weg zu räumen, und wie vom Zufall begünstigt, gehen die tödlichen Wünsche Raphael von Valent ins in »La peau de chagrin« in Erfüllung.

202, 803. Gemeint ist Fürst *Talleyrand*, der nach dem napoleonischen Zusammenbruch die Interessen Frankreichs mit außerordentlichem Geschick zu vertreten wußte.

207, 806. Marco *Bordogni* (1788–1856), gefeierter Tenor zu Rom und Mailand, berühmter Gesangslehrer; seine bekannteste Schülerin wurde Henriette Sontag.

208, 806. »La Gazza ladra«, eine um 1817 entstandene Oper von Rossini.

220, 816. Bartoli(ni), eigentlich Pietro Santi *Perugino*, Maler und Stecher (1635–1700), Schüler von Poussin, hinterließ zahlreiche Kupfer nach antiken Denkmälern und Werken der Renaissance. – Cesare Bonesano *Beccaria* (1738–1794), Jurist und Schriftsteller, berühmt durch seine unter dem Einfluß von Montesquieu entstandene Schrift »Dei delitti e delle pene«.

228, 838. Jemaljan Iwanow *Pugatscheff* (1726 oder 1740–1779) gab sich als Zar Peter III. aus und entfesselte einen Kosakenaufstand, der zeitweise den Thron von Katharina der Großen bedrohte. Pugatscheff scheiterte durch Verrat und endete in Moskau auf dem Schafott. – Louis Pierre *Louvel* (1783–1820) war der Mörder des Herzogs von Berry. – Abbé *Herrera* ist eine Balzac-Figur aus dem Roman »Splendeurs et misères des courtisanes«.

235, 856. Ein glanzvolles Beispiel dazu hat Balzac mit seiner Frau Evangelista im »Contrat de mariage« gegeben.

235, 860. Julius Caesar *Scaliger*, eigentlich Giulio Bordone della Scala, Humanist (1484–1558), Page Maximilians I., veröffentlichte viele philosophische Schriften.

236, 861. *Bianca Capella* (Capello) (1548–1587), Geliebte und später Gemahlin Francescos de Medici. – Agnolo di Cosimo, gen. *Bronzino* (1503–1572), Hofmaler der Medici, malte zahlreiche Bildnisse. – Jean *Goujon* (1510 oder 1514 bis 1564 oder 1568), Hauptmeister der französischen Renaissance, hat die Verschmelzung italienischer Formen und französischer Eleganz zum vollendeten Ausdruck gebracht.

237, 862. Vergleiche hierzu das Leben des polnischen Malers Stenbock in »La Cousine Bette«.

244, 869. Charles Robert *Maturin* (1782–1824), Verfasser von Schauerromanen, vor allem »Melmoth, the wanderer« (1820) einer Erzählung, die das Faustmotiv mit dem des Ewigen Juden verbindet. Durch die Lektüre dieses Buches wurde Balzac zu einer neuen Gestaltung des »Melmoth« angeregt. – *Der berühmteste unserer Gesandten:* Talleyrand.

BRIEFE ÜBER ZEITGENOSSEN

256, Ende März 1833. Eugène *Sue* (1804–1857) wählte die politische und soziale Umwelt zum Gegenstand vielbändiger Romane. Sein Gesamtwerk umfaßt 114 Bände, von denen jedoch wenige lebendig geblieben sind, am bekanntesten noch heute »Les mystères de Paris«. Er wurde bald nach Balzacs Tod von Napoleon III. verbannt. – Charles *Nodier* (1780–1844), kam 1824 nach Paris, wo sein Salon alsbald Geburtsstätte und Mittelpunkt der romantischen Schule wurde.

256, Ende März 1833. Jules *Sandeau* (1811–1883), Bibliothekar, schrieb eine Reihe erfolgreicher Romane, u. a. zusammen mit George Sand den Roman »Rose et Blanche« (1831). – George *Sand*, eigentlich Amantine Lucile Aurore Baronin Dudevant (1804–1876), Urenkelin des Marschalls Moritz von Sachsen. Ihre Liebe zu Frédéric Chopin ist auf ihr Leben und Schaffen sehr einflußreich gewesen.

257, Ende März 1833. Augustin Eugène *Scribe* (1791–1861) schrieb mit handwerklich geschulten Literaten über 400 Theaterstücke, mit denen er jahrelang die französischen Bühnen beherrschte. Noch heute bekannt »La verre d'eau« (1840) und »Adrienne Lecouvreur« (1849). Er schrieb ferner mit großem Glück die Texte zu den Opern »La dame blanche« – »Fra Diavolo« – »Les Hugenots« – »La muette de Portici« – »Roberte le Diable«.

257, 19. August 1833. Benjamin *Constant* de Rebecque (1767 bis 1830), Politiker und Schriftsteller, war einer der bekanntesten Publizisten seiner Zeit.

257, 17. Nov. 1833. Horace *Vernet* (1789–1863) ging wie viele seiner Zeitgenossen vom Klassizismus zu einer romantisch-realistischen Darstellung über. Mit seinen zahlreichen Lithographien aus dem Soldatenleben der Napoleonischen Zeit wurde er neben Charlet zu einem der Wegbereiter der Napoleon-Legende.

258, 26. Nov. 1834. Latour-Mezeray, im Brief vom 2. März 1843 auch als Monsieur de Lenzne eingeführt, ist in der Nouvelle Biographie Générale nicht verzeichnet.

258, 23. Nov. 1836. Vgl. Anm. 11 zur Einführung.

259, 11. April 1837. Vgl. Anm. 41 zur Einführung.

259, 8. Juli 1837. Vicomte de *Chateaubriand*, François René (1768–1848), zu seiner Zeit als Schriftsteller und Staatsmann geschätzt und einflußreich, gehörte seit 1833 zum engeren Kreis um Madame Récamier.

259, 26. Okt. 1837. Jacques Louis *David* (1748–1825), Hauptvertreter des französischen Klassizismus. Sein auf Anregung Ludwigs XVI. entstandenes Gemälde »Schwur der Horatier« errang Weltruhm. Drei Jahrzehnte lang beherrschte David die offizielle Kunst Frankreichs vollkommen. – Pierre Baron *Guérin* (1774–1833), Schüler von Regnault, war einer der Hauptvertreter der klassizistischen Malerei in Frankreich. Er war der Lehrer von Géricault und Delacroix. Die Mehrzahl seiner Bilder befindet sich im Louvre.

261, 2. Juni 1839. Jean-Baptiste *Descamp* (1714–1791), Begründer einer Zeichenschule in Rouen, Autor von »La vie des peintres flamands, allemands et hollandais« (vier Bände 1753–1763). – Alexandre *Duval* (1767–1842), einer der erfolgreichsten Lustspieldichter seiner Zeit. – Théodore *Chassériau* (1819–1856), als Schüler von Ingres zunächst dem Klassizismus verpflichtet, wandte sich unter dem Einfluß von Delacroix später der Romantik zu.

262, 26. Jan. 1843. Pierre Jean David *d'Angers* (1788–1856), Schüler von Jacques Louis David, weilte zweimal in Deutschland, wo er zahlreiche Medaillons von zeitgenössischen Persönlichkeiten modellierte. Berühmt seine Büsten von Goethe, Rauch und Tieck. Sein Riesenwerk umfaßt 55 Statuen, 180 Büsten und etwa 500 Bildnismedaillons.

262, 15. Mai 1843. Gräfin *d'Agoult*, Marie Cathérine Sophie (1805–1876), bekannt durch ihre Freundschaft mit Liszt, behandelte diese Beziehungen in dem Roman »Nélida« (1846). Von den aus diesem Bund hervorgegangenen Töchtern vermählte sich Blandine mit Emile Ollivier und Cosima zuerst mit Hans v. Bülow, hernach mit Richard Wagner.

263, 28. Mai 1843. Hugues, Félicité Robert de *Lamenais* (1782 bis 1854), philosophischer und politischer Schriftsteller, trat für die völlige Trennung von Staat und Kirche ein. – Antoine Pierre *Berryer* (1790–1862), berühmter Advokat und glänzender Redner, wandte sich mit Leidenschaft gegen den Staatsstreich Napoleons III.

263, 16. Okt. 1843. Balzac wurde auf Empfehlung Humboldts, den er von Paris her kannte, bei *Tieck* eingeführt und widmete später in freundlicher Erinnerung an diese Begegnung der französischen Ausgabe von Tiecks gesammelten Werken eine herzliche Besprechung. – Wilhelm Friedrich Graf *v. Redern* (1802 bis 1883) war damals Generalintendant der königlichen Schauspiele. Das von Schinkel erbaute Stadtpalais der Familie Redern befand sich Unter den Linden, an der Stelle des heutigen »Diplomatenhotels« Adlon.

263, 7. Nov. 1843. Ernest *Meissonier* (1815–1891). Mit seinen Kriegsszenen und Genrebildern erzielte er beispiellose Preise, so erhielt er allein für seine »Kürassiere« ein Honorar von 400000 Frank.

264, 6. Febr. 1844. Daniel *O'Connel* (1775–1847), irischer Politiker, kämpfte für den »Repeal«, die Aufhebung der im Jahre 1801 erfolgten Union zwischen Irland und Großbritannien. O'Connel galt damals allgemein als Nationalheld und war zweifellos einer der größten Volksredner und Agitatoren des 19. Jahrhunderts.

AN FRAU VON HANSKA

284, 19. Okt. 1834. Es handelte sich um einen sehr kostbaren Stock mit einem Karneol als Knauf, auf den er in türkischer Schrift die Devise eines Sultans hatte einschneiden lassen: »Ich breche alle Hindernisse!« Siehe auch den Brief vom 30. März 1835.

QUELLENNACHWEIS

Die Zahlen bedeuten die Nummern der ausgewählten Stücke in der Anordnung unserer Ausgabe. Die Abkürzungen löst der vorangehende Schlüssel auf.

ABKÜRZUNGSSCHLÜSSEL

Abs = Die Erforschung des absoluten Prinzips. La recherche de l'absolu. 1834; *Anti* = Das Antiquitätenkabinett. Le cabinet des antiques. 1838; *Arc* = Der Abgeordnete von Arcis. Le Député d'Arcis; *Bau* = Die Bauern. Les paysans. 1845; *Bea* = Die Beamten. Les employés. 1837; *Bi* = Cäsar Birotteaus Größe und Untergang. Histoire de la grandeur et de la décadence de César Birotteau. 1837; *Cad* = Die Geheimnisse der Fürstin von Cadignan. Les secrets de la princesse de Cadignan. 1839; *Cha* = Das Chagrinleder. La peau de chagrin. 1831; *DBeg* = Eine dunkle Begebenheit. Une ténébreuse affaire. 1841; *Doni* = Massimilla Doni 1839; *Dr* = Die Geschichte der Dreizehn. Histoire des Treize. 1833/34; I. Ferragus. II. Die Herzogin von Langeais. La Duchesse de Langeais. III. Das Mädchen mit den Goldaugen. La fille aux yeux d'or; *EG* = Eugenie Grandet. Eugénie Grandet. 1833; *Ehe* = Der Ehevertrag. Le contrat de mariage. 1835; *Elix* = Das Lebenselixier. L'élixir de longue vie. 1830; *Fac* = Facino Cane. 1836; *Fal* = Die falsche Geliebte. La fausse maîtresse. 1841; *Fr* = Die Frau von dreißig Jahren. La femme de trente ans. 1834, endg. Fass. 1842; *Gam* = Gambara. 1837; *Go* = Vater Goriot. Le Père Goriot. 1834; *Gob* = Gobseck oder Die Folgen des Leichtsinns. Gobseck. 1830; *HistSt* = Historische und politische Studien. Etudes historiques et politiques; *Hon* = Honorine; *Jh* = Ein Junggesellenheim. Un ménage de garçon. 1842 (davon der 1. Teil als „Les deux frères" bereits 1841, die Bühnenbearbeitung hieß „La Rabouilleuse": Die Krebsfischerin); *Ju* = Die alte Jungfer. La vieille fille. 1836; *Kat* = Das Haus zur Ball spielenden Katze. La maison du chat-qui-pelote. 1830; *Kö* = Die Königstreuen. Les Chouans ou La Bretagne en 1799. 1829; *Kur* = Glanz und Elend der Kurtisanen. Splendeurs et misères des courtisanes. I. Die Liebe der Dirnen. Comment aiment les filles. II. Was die alten Herren für die Liebe zahlen. A combien revient l'amour aux vieillards. III. Die Wege des Lasters. Où mènent les mauvais chemins. IV. Vautrins letzte Maske. La dernière incarnation de Vautrin; *Kraw* = Die Kunst, seine Krawatte zu binden. L'art de mettre sa cravatte (Physiologie des eleganten Lebens); *La* = Der Landarzt. Le curé de village. 1839; *Lam* = Louis Lambert. Histoire intellectuelle de Louis Lambert. 1832; *Leb* = Lebwohl! Adieu! 1830; *Li* = Die Lilie im Tal. Le lys dans la vallée. 1835/36; *Lis* = Tante Lisbeth. La cou ine Bette. 1846; *Mar* = Die Marana. Les Marana. 1832; *Mart* = Die calvinistischen Märtyrer. Les martyrs calvinistes. 1841; *Mei* = Das unbekannte Meisterwerk. Le chef d'oeuvre inconnu. 1831; *Mem* = Memoiren zweier junger Frauen. Mémoires de deux jeunes mariées. 1841; *Messe* = Die Messe des Gottesleugners. La messe de l'athée. 1836; *Mir* = Ursula Mirouet. Ursule Mirouet. 1841; *MM* = Modeste Mignon. 1844; *Nu* = Das Haus Nucingen. La Maison Nucingen. 1838; *OCh* = Oberst Chabert. Le colonel Chabert. 1832; *PhysBea* = Physiologie der Beamten. Physiologie des employés; *PhysM* = Physiologie der Ehe. Physiologie du mariage. 1829; *Portr* = Literarische Porträts und Kritiken. Portraits et critiques littéraires; *Pons* = Vetter Pons. Le cousin Pons. 1847; Reiz = Abhandlung über moderne Reizmittel, aus der „Physiologie des Alltags" (Etudes historiques et politiques); *Sar* = Sarrasine. 1830; *Sav* = Albert Savarus. 1842; *Sc* = Der Ball von Sceaux. Le bal à Sceaux. 1830; *Ven* = Die Blutrache. La vendetta. 1830; *Ver* = Die Verbannten. Les proscrits. 1831; *VJ* = Verlorene Illusionen. Illusions perdues. 1837. 1839. 1843. I. Die beiden Dichter. Les deux poètes. II. Ein großer Mann der Provinz in Paris. Un grand homme de province à Paris. III. Die Leiden des Erfinders. Les souffrances de l'inventeur; *VMK* = Vorwort zur Menschlichen Komödie. Préface de la Comédie Humaine.

1=Ehe, 2=Go, 3=Cha, 4=Cad, 5=Cad, 6=Bi, 7=Go, 8=EG, 9=Lis, 10=Lis, 11=Ehe, 12=Dr, 13=Nu, 14=Kur I, 15=Nu, 16=Nu, 17=Kö, 18=Dr, 19=MM, 20=V J II, 21=Lis, 22=Ju, 23=Dr, 24=Lis, 25=Bi, 26=Cha, 27=D Beg, 28=Dr, 29=Ver, 30=Dr, 31=VJI, 32=Bi, 33=Bea, 34=Dr, 35=Dr, 36=VJI, 37=Bau, 38=Fr, 39=Ehe, 40=Dr, 41=Li, 42=MM, 43=Bi, 44=Doni, 45=Fr, 46=Cha, 47=Fr, 48=MM, 49=MM, 50=Kö, 51=Gam, 52=Bea, 53=Bea, 54=D Beg, 55=Cha, 56=VJI, 57=Kö, 58=Fr, 59=EG, 60=Dr, 61=Dr, 62=Bea, 63=Dr, 64=Nu 65=KurII, 66=VJI, 67=Go, 68=Fr, 69=Fr, 70=Fr, 71=Cad, 72=VJI, 73=Go, 74=Fr, 75=Bea, 76=VJII, 77=Li, 78=VJI, 79=KurII, 80=KurI, 81=Cad, 82=VJII, 83=KurI, 84=Li, 85=Cha, 86=Sav, 87=Bi, 88=Kö, 89=Li, 90=Fr, 91=EG, 92=EG,

93=EG, 94=Mar, 95=VJI, 96=Cha, 97=Ehe, 98=Fr, 99=Go, 100=VJI, 101=Fr, 102=DBeg, 103=Cha, 104=Dr, 105=Bau, 106=Cad, 107=Kur I, 108=Cad, 109=Fr, 110=Ju, 111=Fr, 112=Mar, 113=Mar, 114=Cad, 115=Dr, 116=Ehe, 117=VJII, 118=Ehe, 119=Ehe, 120=Lis, 121=Bea, 122=Bau, 123=Ehe, 124=Bea, 125=Sav, 126=VJI, 127=Ehe, 128=Go, 129=VJII, 130=Bea, 131=Ehe, 132=Mar, 133=VJI, 134=Fr, 135=Bea, 136=Bea, 137=Go, 138=Fr, 139=Go, 140=La, 141=Li, 142=VJI, 143=Go, 144=VJII, 145=VJII, 146=Gam, 147=Mir, 148=Bea, 149=Arc, 150=Go, 151=VJII, 152=Mir, 153=Phys M, 154=Mem, 155=VMK, 156=Li, 157=Dr, 158=Nu, 159=Bea, 160=Kö, 161=Ehe, 162=Go, 163=Dr, 164=Arc, 165=VJI, 166=Gam, 167=Fr, 168=Bea, 169=Kraw, 170=Ehe, 171=VJII, 172=Kur II, 173=Li, 174=KurII, 175=KurII, 176=Bi, 177=Dr, 178=Kur I, 179=VJI, 180=Ehe, 181=KurI, 182=Ehe, 183=Bi, 184=Ehe, 185=VJII, 186=Ven, 187=Ehe, 188=Bi, 189=Ehe, 190=Kö, 191=MM, 192=Bi, 193=VJI, 194=Fr, 195=Bea, 196=Arc, 197=Bea, 198=Ehe, 199=VJI, 200=VJI, 201=Bi, 202=Lis, 203=KurII, 204=Li, 205=Ehe, 206=Li, 207=Kö, 208=Fr, 209=Lis, 210=KurI, 211=KurI, 212=Cha, 213=Bi, 214=Cha, 215=Mir, 216=Lam, 217=Ehe, 218=KurII, 219=Cha, 220=Bau, 221=VJI, 222=Arc, 223=EG, 224=Cha, 225=Dr, 226=Lis, 227=Fr, 228=VJII, 229=Li, 230=VJII, 231=DBeg, 232=Go, 233=Bea, 234=Bea, 235=VJI, 236=Go, 237=Phys M, 238=Pons, 239=VJII, 240=Sc, 241=Gob, 242=KurII, 243=Go, 244=VJII, 245=Fr, 246=Bi, 247=La, 248=VJI, 249=Li, 250=Ju, 251=VJII, 252=VJII, 253=Dr, 254=Dr, 255=VJII, 256=VJII, 257=Mir, 258=Abs, 259=Go, 260=Jh, 261=Bea, 262=Dr, 263=Jh, 264=Bea, 265=Lis, 266=EG, 267=Anti, 268=Dr, 269=Fr, 270=Go, 271=Dr, 272=Cha, 273=VJII, 274=MM, 275=VJI, 276=Mart, 277=Cha, 278=Lam, 279=Sav, 280=Go, 281=Mart, 282=Fr, 283=DBeg, 284=Cha, 285=Go, 286=MM, 287=Abs, 288=VJI, 289=MM, 290=VJII, 291=Ju, 292=MM, 293=DBeg, 294=Lam, 295=Kat, 296=Mir, 297=Mir, 298=Messe, 299=KurI, 300=VJII, 301=Doni, 302=Bea, 303=MM, 304=VJI, 305=Phys M, 306=Cha, 307=DBeg, 308=Gam, 309=Lam, 310=Lam, 311=Fal, 312=Lam, 313=VJI, 314=Phys M, 315=Cha, 316=Jh, 317=VJI, 318=Dr, 319=VJI, 320=Dr, 321=VJII, 322=Fr, 323=Dr, 324=Cha, 325=VJI, 326=Cad, 327=VJII, 328=VJII, 329=Dr, 330=VJI, 331=VJII, 332=KurII, 333=VJII, 334=VMK, 335=VMK, 336=VJII, 337=VJII, 338=VJI, 339=VJI, 340=VJII, 341=Li, 342=KurI,

343=Bau, 344=OCh, 345=Doni, 346=Ehe, 347=VJI, 348=KurII, 349=Li, 350=Pons, 351=Ehe, 352=Bau, 353=Abs, 354=OCh, 355=Bi, 356=DBeg, 357=Li, 358=Go, 359=Ver, 360=Bi, 361=KurII, 362=EG, 363=Li, 364=Bi, 365=Cha, 366=Pons, 367=KurI, 368=Cha, 369=Bi, 370=Go, 371=KurI, 372=VJII, 373=Ehe, 374=Cha, 375=Cha, 376=Kat, 377=KurI, 378=KurI, 379=VJII, 380=Bi, 381=Bi, 382=EG, 383=KurI, 384=Go, 385=KurI, 386=Lis, 387=Sc, 388=EG, 389=Bi, 390=EG, 391=VJII, 392=Bea, 393=Sar, 394=VJI, 395=Kat, 396=Bi, 397=La, 398=Arc, 399=Cha, 400=Cha, 401=Abs, 402=Dr, 403=Bea, 404=Arc, 405=VJI, 406=VMK, 407=Dr, 408=Dr, 409=Dr, 410=VJII, 411=Dr, 412=Bea, 413=Bea, 414=VMK, 415=Bi, 416=VJII, 417=Bea, 418=Kö, 419=Bea, 420=Bea, 421=Bea, 422=Arc, 423=VJI, 424=La, 425=OCh, 426=Dr, 427=Dr, 428=La, 429=VJII, 430=La, 431=Ju, 432=Arc, 433=Jh, 434=Arc, 435=Jh, 436=Bi, 437=Anti, 438=VMK, 439=Bea, 440=Bau, 441=La, 442=KurI, 443=DBeg, 444=Arc, 445=Mar, 446=Lis, 447=KurI, 448=OCh, 449=KurII, 450=DBeg, 451=Bea, 452=Abs, 453=KurI, 454=Fr, 455=DBeg, 456=Dr, 457=Dr, 458=Arc, 459=Arc, 460=VMK, 461=Ehe, 462=KurII, 463=KurII, 464=Dr, 465=Ehe, 466=KurI, 467=VJII, 468=Ehe, 469=KurII, 470=Mem, 471=Arc, 472=DBeg, 473=DBeg, 474=VJII, 475=Cha, 476=Bi, 477=Arc, 478=Bea, 479=KurII, 480=Bi, 481=Ehe, 482=Cha, 483=Cha, 484=Jh, 485=VMK, 486=Ehe, 487=Ju, 488=KurI, 489=MM, 490=VJI, 491=Mem, 492=Dr, 493=Ver, 494=VJII, 495=MM, 496=VJII, 497=Ju, 498=Mir, 499=Bi, 500=VJI, 501=Gam, 502=VJI, 503=Ehe, 504=VJI, 505=Jh, 506=EG, 507=Messe, 508=VJI, 509=Abs, 510=Cad, 511=Cad, 512=VJII, 513=La, 514=Cad, 515=MM, 516=KurII, 517=La, 518=Mir, 519=MM, 520=Ehe, 521=Gam, 522=VJII, 523=Ver, 524=HistSt, 525=Bea, 526=Arc, 527=Bau, 528=Li, 529=Cad, 530=VJII, 531=VJI, 532=VJI, 533=DBeg, 534=Kat, 535=Dr, 536=Bea, 537=Cha, 538=VJI, 539=Abs, 540=Li, 541=EG, 542=Dr, 543=Lis, 544=DBeg, 545=VJI, 546=Bea, 547=Bau, 548=Dr, 549=Lis, 550=Go, 551=Go, 552=Abs, 553=Go, 554=Bi, 555=Fr, 556=Dr, 557=VJI, 558=Fr, 559=Arc, 560=OCh, 561=DBeg, 562=DBeg, 563=DBeg, 564=KurII, 565=Nu, 566=Jh, 567=KurI, 568=VJI, 569=Fr, 570=DBeg, 571=KurII, 572=Lis, 573=Bi, 574=DBeg, 575=Li, 576=Go, 577=Lis, 578=Dr, 579=EG, 580=Nu, 581=Lam, 582=Ehe, 583=Cad, 584=Hon, 585=Ju, 586=Go, 587=VJI, 588=Gob, 589=Bi, 590=MM, 591=Bi,

592=Bi, 593=Dr, 594=Lis, 595=DBeg, 596=Fr, 597=Bea, 598=Dr, 599=Lis, 600=Abs, 601=EG, 602=Bau, 603=Ehe, 604=Ehe, 605=Bi, 606=MM, 607=VJII, 608=VJII, 609=Bi, 610=DBeg, 611=Nu, 612=Go, 613=Bea, 614=VJI, 615=Anti, 616=VJII, 617=Mir, 618=KurII, 619=Bea, 620=VJI, 621=Ehe, 622=VJI, 623=La, 624=Bi, 625=La, 626=Cha, 627=VJI, 628=VJII, 629=Doni, 630=VJI, 631=Go, 632=VJI, 633=VJI, 634=KurI, 635=KurII, 636=VJI, 637=Jh, 638=Dr, 639=VJII, 640=Lis, 641=Dr, 642=Dr, 643=KurII, 644=Dr, 645=Go, 646=KurI, 647=KurI, 648=KurI, 649=VJI, 650=VJI, 651=VJI, 652=VJI, 653=VJI, 654=VJII, 655=VJII, 656=DBeg, 657=Dr, 658=EG, 659=Jh, 660=OCh, 661=KurI, 662=Lis, 663=Ju, 664=Go, 665=Arc, 666=Bi, 667=Bi, 668=Lis, 669=Anti, 670=Messe, 671=Bi, 672=Lis, 673=Nu, 674=EG, 675=VJI, 676=DBeg, 677=KurI, 678=KurI, 679=Dr, 680=Dr, 681=KurI, 682=VJII, 683=VJII, 684=Dr, 685=VJII, 686=VJII, 687=VJII, 688=VJII, 689=VJII, 690=KurII, 691=Dr, 692=Dr, 693=Dr, 694=Dr, 695=Dr, 696=Dr, 697=Dr, 698=Dr, 699=Dr, 700=Dr, 701=Dr, 702=Dr, 703=Dr, 704=Li, 705=Li, 706=Go, 707=Go, 708=Go, 709=Go, 710=Go, 711=Lis, 712=Bi, 713=Arc, 714=Bea, 715=Anti, 716=Fac, 717=Cha, 718=VJI, 719=Cha, 720=Bea, 721=OCh, 722=VJI, 723=Jh, 724=Jh, 725=VJI, 726=Bi, 727=Bi, 728=Bi, 729=Sav, 730=Mir, 731=Arc, 732=Bea, 733=Kraw, 734=Dr, 735=Dr, 736=VJI, 737=Dr, 738=Ehe, 739=VJI, 740=KurI, 741=Bea, 742=KurI, 743=OCh, 744=Ehe, 745=DBeg, 746=VJI, 747=DBeg, 748=EG, 749=Cha, 750=Ju, 751=Ju, 752=Ju, 753=Sav, 754=Sav, 755=Sav, 756=Sav, 757=Mir, 758=Elix, 759=Arc, 760=Arc, 761=Arc, 762=Bea, 763=Bea, 764=Bea, 765=Bea, 766=Bea, 767=Bea, 768=Bea, 769=Bea, 770=Bea, 771=Bea, 772=Arc, 773=Arc, 774=Arc, 775=Arc, 776=Bir, 777=Bir, 778=Bir, 779=Bir, 780=Bir, 781=Bir, 782=Bir, 783=Bir, 784=Bir, 785=Bir, 786=Bir, 787=Bir, 788=Bir, 789=Go, 790=Go, 791=Go, 792=Go, 793=Go, 794=VJI, 795=Go, 796=Bir, 797=Bir, 798=Mei, 799=Lis, 800=KurI, 801=EG, 802=Gob, 803=Go, 804=Fac, 805=Phys.Bea, 806=Reiz, 807=Doni, 808=Li, 809=Lam, 810=Gam, 811=Dr, 812=Abs, 813=Fal, 814=Abs, 815=Hon, 816=Doni, 817=Doni, 818=Doni, 819=VJII, 820=VJII, 821=VJII, 822=VJII, 823=VJII, 824=VJII, 825=VJII, 826=VJII, 827=VJI, 828=VJI, 829=VJI, 830=VJI, 831=VJI, 832=EG, 833=EG, 834=KurI, 835=KurI, 836=KurI, 837=KurII, 838=KurII, 839=Cad, 840=Cad, 841=Dr, 842=Nu,

843=Dr, 844=Reiz, 845=Kraw, 846=Kraw, 847=Doni, 848=Gam, 849=Lis, 850=Cha, 851=Lam, 852=Cha, 853=Lam, 854=Lam, 855=Kö, 856=Ehe, 857=Fr, 858=Fr, 859=Bi, 860=Lam, 861=Lis, 862=Lis, 863=Lis, 864=Bea, 865=Portr, 866=Portr, 867=Ver, 868=Elix, 869=DBeg, 870=Cha, 871=Fr, 872=Leb, 873=Lis, 874=Lis, 875=Lis, 876=Lis, 877=Lis, 878=Lis, 879=Mei, 880=Gam, 881=Gam, 882=Mei, 883=Doni, 884=Mei, 885=Mei, 886=Doni, 887=Bau, 888=KurI, 889=Dr, 890=Bi, 891=Jh, 892=Dr, 893=Cha, 894=Dr, 895=Dr, 896=Anti, 897=Gam, 898=Bir, 899=Gam, 900=Doni, 901=Doni, 902=Doni, 903=Doni, 904=Ehe, 905=VJI.

Für weiterführende Literatur zu Balzac sei verwiesen auf:

Schmölders, Claudia (Hrsg.): *Balzac. Leben und Werk.* Zeugnisse und Aufsätze von Victor Hugo bis Georges Simenon. Diogenes: Zürich 1993.

Bitte beachten Sie auch
die folgenden Seiten

Honoré de Balzac
Die Menschliche Komödie

Das gigantischste Romanwerk aller Literaturen
in 40 Bänden und einem Supplementband.
Reprint der legendären Ausgabe der zwanziger Jahre
im Originalformat 9 x 14,5 cm im klassischen blauen Einband.
Übertragen von den bekanntesten Übersetzern der Zeit
von Walter Benjamin bis Paul Zech.
Wird nur geschlossen abgegeben.

»Der neue Balzac bei Diogenes ist fast geschenkt, eine wirklich schöne Ausgabe.«
Franz Schuh / Die Zeit, Hamburg

»Balzac ist wieder da. Lange stand er im Schatten Flauberts. Der war die Ikone der Moderne. Doch Balzac wird immer die überlegene Figur der französischen Literatur des 19. Jahrhunderts sein. In der Diogenes-Ausgabe der *Menschlichen Komödie* in 40 Bändchen sind glanzvolle Übertragungsleistungen bekannter deutscher Schriftsteller jener Zeit enthalten.«
Tilman Krause / Die Welt, Berlin

»Sagenhaft preiswert und umfassend. Rechtzeitig zum zweihundertsten Geburtstag.«
Martin Ebel / Stuttgarter Zeitung

»Balzacs *Menschliche Komödie* macht süchtig: Wer nur ein paar der über 3000 Schicksale verfolgt hat, will auch all die anderen kennenlernen, vom Dichterling bis zum Gangsterboß, vom Flittchen bis zur schlauen Baronesse. Nun gibt es Balzac wieder auf deutsch: Diogenes erweckt ein Buchmonument der zwanziger Jahre, bei dem Größen wie Walter Benjamin mitwirkten.«
Johannes Saltzwedel / Der Spiegel, Hamburg

»Wir brauchen ihn ganz.«
Rolf Vollmann / Frankfurter Allgemeine Zeitung

Das Haus zur ballspielenden Katze
Erzählungen. Aus dem Französischen von Otto Flake

Zwei Frauen
Roman. Deutsch von Gabrielle Betz

Modeste Mignon
Roman. Deutsch von Friedrich Sieburg

Albert Savarus
Erzählungen. Deutsch von Max Krell und Hugo Kaatz

Die falsche Geliebte
Erzählungen. Deutsch von Friedrich von Oppeln-Bronikowski und Emmi Hirschberg

Die Grenadière
Erzählungen. Deutsch von Paul Mayer, Rosa Schapire und Hugo Kaatz

Honorine
Erzählungen. Deutsch von Paul Meyer, Max Krell und Hugo Kaatz

Beatrix
Roman. Deutsch von Viktor von Koczian

Die Frau von dreißig Jahren
Roman. Deutsch von Erich Noether

Vater Goriot
Roman. Deutsch von Rosa Schapire

Oberst Chabert
Erzählungen. Deutsch von Ernst Weiss, Hugo Kaatz und Paul Mayer

Der Ehekontrakt
Erzählungen. Deutsch von Rosa Schapire

Ursula Mirouet
Roman. Deutsch von Walter Benjamin

Eugenie Grandet
Roman. Deutsch von Mira Koffka

Pierrette
Erzählungen. Deutsch von Rosa Schapire

Junggesellenwirtschaft
Roman. Deutsch von Franz Hessel

Nebenbuhler
Erzählungen. Deutsch von Paul Mayer

Verlorene Illusionen
Roman. Deutsch von Otto Flake

Geschichte der Dreizehn
Erzählungen. Deutsch von Viktor von Koczian

Cäsar Birotteaus Größe und Niedergang
Roman. Deutsch von Hugo Kaatz

Das Bankhaus Nucingen
Erzählungen. Deutsch von Else von Hollander

Glanz und Elend der Kurtisanen I
Roman. Erster Teil. Deutsch von Emil A. Rheinhardt

Glanz und Elend der Kurtisanen II
Roman. Zweiter Teil. Deutsch von Emil A. Rheinhardt

Die Geheimnisse der Fürstin von Cadignan
Erzählungen. Deutsch von Lucie und Hans Pollnow, Paul Mayer und Else von Hollander

Tante Lisbeth
Roman. Deutsch von Paul Zech

Vetter Pons
Roman. Deutsch von Otto Flake

Volksvertreter
Erzählungen. Deutsch von Paul Mayer und Charlotte Stucke-Kornfeld

Die Kleinbürger
Roman. Deutsch von Hugo Kaatz

Eine dunkle Geschichte
Erzählungen. Deutsch von Friedrich von Oppeln-Bronikowski und Frieda von Oppeln

Mystische Geschichten
Deutsch von Franz Hessel, Else von Hollander und Emmi Hirschberg. Mit einem Nachwort von Wilhelm Dilthey

Tolldreiste Geschichten
Deutsch und mit einem Nachwort von Herbert Kühn. Mit vielen Bildern von Gustave Doré

Albert Savarus/ Kehrseite der Geschichte unserer Zeit
Zwei Romane. Deutsch von Max Krell und Hugo Kaatz. Mit einem Nachwort von Ingrid Peter

Cäsar Birotteaus Größe und Niedergang
Roman. Deutsch von Hugo Kaatz. Mit einem Nachwort von Stefan Zweig

Modeste Mignon
Roman. Deutsch von Friedrich Sieburg. Mit einem Nachwort von Richard Mellein

Pierrette/Der Landpfarrer von Tours
Zwei Romane. Deutsch von Rosa Schapire. Mit einem Nachwort von Hermann Hesse

Ursula Mirouet
Roman. Deutsch von Walter Benjamin. Mit einem Nachwort von Oscar Wilde

Oberst Chabert
Erzählung. Deutsch von Ernst Weiss

Meistererzählungen
Ausgewählt von Auguste Amédée de Saint-Gall. Mit einem Nachwort von Georges Simenon

Balzac – Leben und Werk
Zeugnisse und Aufsätze von Victor Hugo bis Georges Simenon. Mit einem Repertorium der wichtigsten Romanfiguren. Chronik und Bibliographie. Herausgegeben von Claudia Schmölders. Erweiterte Neuausgabe 1993

Voltaire im Diogenes Verlag

»Er besaß die Zärtlichkeit einer Frau und den Zorn eines Helden. Er war ein großer Geist und ein ungeheures Herz.« *Victor Hugo*

»Voltaire wird immer betrachtet werden als der größte Name der Literatur der neueren Zeit und vielleicht aller Jahrhunderte; wie die erstaunenswerteste Schöpfung der Natur.« *Johann Wolfgang Goethe*

»Einer der größten Befreier des Geistes.«
Friedrich Nietzsche

Gedanken regieren die Welt
Eine Auswahl aus dem Gesamtwerk
Herausgegeben und mit einem Vorwort
von Wolfgang Kraus

Candide oder Der Optimismus
Aus dem Französischen
von Stephan Hermlin
Mit einem Nachwort von Ingrid Peter

Briefe aus England
Herausgegeben, übersetzt und
mit einem Nachwort von Rudolf von Bitter

Stendhal im Diogenes Verlag

»Nun geschieht es, daß dieser die Wirklichkeit mißachtende und in seine Logik verrannte Psychologe durch die rein geistige Spekulation zu Wahrheiten gelangt, wie sie nie vor ihm ein Romanschriftsteller gewagt hat.« *Emile Zola*

»Die Entwicklung der Gesellschaft hat Balzac recht gegeben, die neue Psychologie Stendhal. Balzacs Weltrevision hat die moderne Zeit vorausgeahnt, Stendhals Intuition den modernen Menschen.
Unzählig die Spuren und Wege, die Stendhal mit seinem abseitigen Experimentieren der Literatur eröffnete: Dostojewskijs Raskolnikow wäre undenkbar ohne seinen Julien, Tolstois Schlacht bei Borodino ohne das klassische Vorbild jener ersten wirklichkeitsechten Darstellung von Waterloo, und an wenig Menschen hat sich Nietzsches ungestüme Denkfreude so völlig erfrischt wie an seinen Worten und Werken.«
Stefan Zweig

Über die Liebe
Essay. Aus dem Französischen von Franz Hessel. Mit Fragmenten, einem Anhang aus dem Nachlaß des Autors und einer Anmerkung von Franz Blei

Armance
Einige Szenen aus einem Pariser Salon um das Jahr 1827. Roman. Deutsch von A. Elsaesser. Anmerkung von Franz Blei

Rot und Schwarz
Eine Chronik des 19. Jahrhunderts. Deutsch von Rudolf Lewy. Mit einer Anmerkung von Franz Blei und einem Nachwort von Heinrich Mann

Lucian Leuwen
Romanfragment. Deutsch von Joachim von der Goltz. Mit einer Anmerkung von Franz Blei

Leben des Henri Brulard
Autobiographie. Deutsch von Adolf Schirmer. Mit Nachwort, Anmerkungen sowie Namen- und Sachverzeichnis von Wilhelm Weigand

Die Kartause von Parma
Roman. Deutsch von Erwin Rieger. Mit einem Nachwort von Franz Blei

Amiele
Romanfragment. Deutsch von Arthur Schurig. Mit Fragmenten und Aufzeichnungen aus dem Nachlaß des Autors sowie einem Nachwort von Stefan Zweig

Meistererzählungen
Mit einem Nachwort von Maurice Bardèche

Guy de Maupassant im Diogenes Verlag

Guy de Maupassant (1850–1892), geboren auf Schloß Miromesnil in der Normandie. Nach einem abgebrochenen Jura-Studium arbeitete er ab 1871 als kleiner Beamter im Marine-, später im Kulturministerium in Paris und begann gleichzeitig mit ersten literarischen Arbeiten, unterstützt und geformt von Flaubert, der mit Maupassants Onkel befreundet war. Nach zehnjähriger literarischer Produktion unter Ausschluß der Öffentlichkeit erschien 1880 ein Gedichtband und seine Erzählung *Schmalzpummel*, die ihn mit einem Schlag berühmt machte.

»Maupassants Ahnen waren Rabelais, Montaigne, Molière, La Fontaine, die Starken und die Klaren, jene, die ihn nur durch seine Werke kennen, lieben ihn wegen des unsterblichen Liebesliedes, mit dem er das Leben besungen hat.« *Emile Zola*

»Ich denke oft an Guy de Maupassant, der mir der beste Erzähler des 19. Jahrhunderts zu sein schien... Ich habe die Art Geschichten am liebsten, die ich selber schreiben kann. Eine Form, die viele gute Autoren gehabt hat, aber keinen glänzenderen als Maupassant. Sogar Anton Čechov nahm sich Maupassant zum Vorbild.«
W. Somerset Maugham

Das Haus Tellier
und andere Erzählungen. Aus dem Französischen von Georg von der Vring

Der Schmuck
und andere Erzählungen. Deutsch von Georg von der Vring

Mamsell Fifi
und andere Erzählungen. Auswahl, Übersetzung und Nachwort von Walter Widmer

Das Glück
und andere Erzählungen. Deutsch von Walter Widmer

Eine List
und andere Erzählungen. Deutsch von Walter Widmer

Meistererzählungen
Ausgewählt, übertragen und mit einem Nachwort von Walter Widmer

Das Freudenhaus
Drei Erzählungen. Deutsch von Walter Widmer und Georg von der Vring